中国专业作家小说典藏文库

中国专业作家小说典藏文库
肖克凡卷

人间消息

肖克凡◎著

中国文史出版社

目录

谜　底

很久以来何布达就认为，人的记忆仓库是一个黑洞。存放在这个仓库里的东西，大多早已绝迹于这个世界。譬如说家家户户围坐灯下，给朝鲜战场上的志愿军赶制棉鞋。这个场面只能融入记忆的黑洞而不会在现实生活之中重现了。还有记忆之中的脚气。

患上北人最为常见的那种疾病，大约是二十岁那年。脚疾使何布达没了主张，只得到大街上的诊所去打听。白白胖胖的女大夫说，男人四处行走，难免要患一些脚疾的。听了这话，何布达就笑了。

暮年之时，这种疾病才莫名其妙在他脚上消失了，只留下脚气的记忆。当然，那已经是后话了。

患上脚气的何布达知道从此不会有人说自己是不肖子孙了。何姓人家的男子，无论长幼尊卑，都患有脚气这种疾病。何布达加入了这个行列，心里就觉得稳妥了。人活着，就是一种稳妥的动物。

他一患上脚疾，父亲就死了。使人觉得老人家已经功德圆满。那是民国三十七年的事情。弥留之际，父亲异常清醒，脸上挤出最后一丝微笑说，一定要记住我的这句话，你若是结婚，必定要娶温正芳做妻子。

温正芳是谁呀？他低头轻声问父亲。

父亲那张满是皱纹的脸孔已经成了遗容。

何布达知道一九四八年的父亲已经把谜底带走了。那谜面，只能凭自己去猜测。父亲一生不苟言笑，在这座城市里是个小有名气的工厂主。何布达只得辍学，从父亲手里继承了闻名一方的盛昌玻璃厂，成为何姓第三代资本家。从那时候起，他天天都要受到脚气的困扰。

他知道自己已经开始了。

盛昌玻璃厂其实只是一家拥有三十几个工人的大作坊。上学的时候，何布达从来没到这里来过。父亲不允许自家的孩子到厂里乱跑。子承父业，他终于走进这座工厂，呆呆看着那红色的液体缓缓流淌过来。赤膊上阵的工人，一个个都张起嘴巴鼓起腮，吹出一件件玻璃器皿来。何布达觉得一阵眩晕，从那鼓胀的嘴巴里吹出的一件件玻璃器皿，活像是从工人口中呕出的肠胃。他不知道父亲为什么非要开办这么一个玻璃厂。

这时候，他又想起父亲临终之前的嘱咐。

温正芳是谁呢?

常在路上行走，总会遇到擦肩而过的女人。何布达觉得，既然父亲临死之前留下那么一句话，就应当认为这是遗嘱了。父亲既然为他指定了妻子，那么父亲的在天之灵，理当保佑这桩婚姻。有朝一日，总会传来一阵脚步，将那个名叫温正芳的女人送到自己面前。生活应当遵循着这样的逻辑。何布达相信这种逻辑的存在。

何布达有条不紊管理着这座每天都要从工人口中吐出许多脏器的工厂。那都是几十年一贯制的玻璃器皿，样式早已陈旧。他这才明白，民国三十七年死去的父亲，其实仍然活在这些玻璃器皿之中。父亲每天都被工人从口中吹吐出来，然后送到市场上出售。

他要求工人们从嘴里吹吐出一些新的式样来。工人们就都憨厚地朝这位新的工厂主笑一笑。在这种笑容面前，何布达又觉得自己失去了主张。

工人们继续吹制那些几十年一贯制的玻璃器皿。

这时候，从家乡来了一个信使。何姓在杏山北麓本是一个大姓望族。很久以来宗祠与自己那些天外游子的联系，都是依靠这种家族的信使。好像这个世界上根本就没有邮局。或者说，何姓家族对这个世界上的邮局总是持有深深的怀疑。于是，信使就走进了何布达的住所。

这是早年租界地里常见的那种灰色小楼。何布达住在二楼。

一看这位信使黢黑的肤色，何布达就知道他是从家乡来的。黑脸信使给他鞠了一个躬，双手将信函递了上来。

信函是用火漆封口的，还盖着族长的大印。何布达知道族长在之前已经被镇压了。只用了一粒子弹。族长没了，不知为什么族里的信函仍然使用一个死人的印章。读这种来信，何布达觉得它寄自阴间。

这封信函内容十分简单，要他本月初七回故乡何姓祠堂祭祖。当然，指的是旧历。此时已经是初三了。他对黑脸信使说，给族里捎个口信吧，我准时到达。

说罢，他就掏出钱包，从里边捻出一张钞票来。父亲活着的时候，每次都要赏给信使小费的。信使每次都要深深鞠一躬，小声说谢谢。

他学着父亲在世的样子，递给黑脸信使一块钱。

黑脸信使神色紧张地说，二少爷，如今族里不让我们这些送信的差人收取赏金了。

小费送不出去，何布达有些失意。他知道自己永远也不会拥有父亲那样的生活。

黑脸信使走了。何布达怏怏回到阳台上，看着楼下那条无精打采的小街。小街的对面也是一座座灰色小楼。租界时期，这种小楼乃是那些大人先生们隐山遮水的外宅。里面的生活充满了神秘色彩。

譬如对面小楼院子里的那棵香椿树。何布达总觉得它与自家院子里的这棵香椿树长得一模一样。因此，他一有空闲就到阳台上来，目光定定看着小街对面院子里的景致。

他渐渐看出，对面的那座灰色小楼里只住着一户人家。通常是在清静的下午，二楼的窗户里便常常闪现一个小姑娘的身影。一年四季这小姑娘爱穿一件月白色的衫子，她的长相，很容易让人想起嫦娥。

买一架俄国出产的望远镜，不知要用多少钱？

何布达站在阳台上，朝对面小楼望去。没有桂树和玉兔，更不见嫦娥的身影。他有些惆怅，转身回到房间里去。

他已经养成了一个习惯，每逢外出之前，他总是爱坐在沙发里，思考一些事情。这是继承父业以来首次还乡，他知道应当深沉起来才是。于是，他就在屋里踱步。

父亲生前雇用的那位管家婆，早已被他遣去了。如今做事，全凭自己。他打开挂满衣裳的柜子，想找出一些替换的，以备回乡之用。柜子里散发出一种特殊的味道。

这味道似曾相识。他耸着鼻子朝衣柜里寻找着。

这是一件只有在隆冬季节才会派上用场的皮大衣。他从衣架上将它摘下来，那种气味一下子就灌满了五脏六腑。他觉出这是父亲的味道。

父亲走远了。父亲的味道还住在衣柜里。父亲你好。

这时候，他看到皮大衣上挂着一张长长的纸条。一眼就能认出那是父亲生前的蝇头小楷，他一字一字读着。

切莫忘记了，你要娶温正芳为妻。

何布达呆呆望着父亲的遗墨。这时候他才觉出先严大人的书法，乃是师承柳体的。字字的肩膀，都端得平平，很像是那些走在大街上的进城干部。

想起进城干部，何布达淡淡笑了。

将皮大衣穿在身上，试了试。他发现衣柜里挂满了父亲生前穿过的衣裳，除了裤子，还是裤子。使人觉得父亲只穿裤子，一生都打着赤膊。再看裤子们的颜色，除了黑的，还是黑的。

心里渐渐觉出几分惧怕。天色就一下子黑了。

灯下，他又在书房的那本《康熙字典》里看到了一张形若树叶的书签。上面一行字，看上去依然是进城干部的肩膀。

看着这一行挺拔的小楷，他又听到了父亲嘿嘿的笑声。

父亲只有在饭桌上喝罢鲫鱼汤之后，才发出这种嘿嘿笑声的。听到这种笑声，那只黑猫就该跑来吃鱼刺了。

那只黑猫，如今也销声匿迹了。

温正芳是谁呢？这肯定是一个女人。

父亲生前真有这种难得的从容，将这个谜底留给儿子，让他耗尽青春去慢慢破译。想到父亲安卧黄泉，自己却在人间面对这一行蝇头小楷苦思不休，何布达心里就懂得了父亲的阴险。

他从书柜里找到一架望远镜。拿在手里他才发现上边贴着一张纸条。父亲又在这里展示了他老人家的小楷书法：俄产，二十四倍望远镜。

不知什么缘由，他觉得裤子变成紧绷绷的了，感到一股性欲的冲动。拿起望远镜，大步走到阳台上去了。

黑暗之中，对面的那座灰色小楼却是一派灯火通明的样子。

他急切地将那座小楼填进望远镜里。之后他惊讶得大叫一声。他的惊叫，震得那棵香椿树上的树枝发出一阵哗哗的响动。

怎么眨眼之间，月白就变成了淡蓝呢?

于是入睡之前，坐在父亲留给他的写字台前，将方才那个奇特的发现写到日记里去。那是一只硬壳日记本，父亲生前写了两页。一页上写的是老人家在元旦聚餐会上吃到的几道大菜的菜名，譬如说香葱炒蟹。另一页上写的是一个地址，不知道是个什么人物住在那里。

何布达的日记只能从第三页开始写起。面对这硬壳日记本，他有一种永远无法写满的感觉。

他在硬壳本子里先是记下天气情况，晴转多云。然后又在正文里记下了二楼窗口那个于一瞬之间就能够改变衣裳颜色的小姑娘。

觉得自己生活在一个虚拟的空间里。时间也显得模模糊糊的。

入睡的时候，他想起了柯南道尔侦探小说里的福尔摩斯和华生。

杏山南麓，最为壮观的建筑就是何氏祠堂。何布达穿过城关牌楼走了过来。他十分认真地想了想，认为自己印象之中不曾到过这个地方。绕过树荫，渐渐走近祠堂，他心里一下子变得清澈起来。父亲已经住在这里。父亲随父亲的父亲一同住在这里。许许多多先祖从人间消失，他们的灵魂便住到这里来了。这样想着，祠堂的形象也就愈发宽阔高大了。

应当说这里原本就是一个王朝。四面结结实实的墙壁拢出当中的空间。空气之中流动着的那种特殊的味道，就是历史。

何布达拎着一只黑色皮箱。下身穿着父亲留在人间的黑色毛料西裤，上身穿着一件由那位上海老裁缝给他新做的薄呢外套。

黑色皮箱里，装着一架俄产望远镜。二十四倍的。

族老们坐在那间充满芳香的大屋里，默默无言。看上去很像是十八位罗汉。何布达走进大屋，就被扑面而来的芳香给镇住了。这种味道使他想起那位身穿月白色衫子的小姑娘。于是就觉得这很滑稽，他咧嘴笑了笑。

族老们都抬起头来，注视着他脸上残存的笑容。

他有些慌张，就给族老们鞠了一躬，说了声我来了。

圆脸族老说，你来啦?我们已经等你很久很久了。你知道我们为什么等你很久很久吗？

一定是有重要的事情要说给我听吧？

族老们都笑了。何布达大吃一惊。族老们的笑容使他感到脚下的土地猛然下陷。他觉得自己分明站在一个坑里，四周都是族老们。

长脸族老说，你哥哥从英国来信了吧？

何布达这才想起自己有个哥哥名叫何布道，很多年之前去了英国念书，杳如黄鹤。

何布道给咱们祠堂来信了。信上说他已然转到美国去读书了。美国那地方比英国还要远吧？

何布达听着长脸族老的话，就想起哥哥的脚疾。哥哥何布道是个心高志大的人。为了研制出一种专治脚气的药水，他才远跋重洋去英国留学。如今十年寒窗他又去了美国。何布达心中对哥哥顿生敬意。

你哥哥一走就是这么远，什么事情也指不上他。因此我们只能把那件该办的事情，全放在你一个人的肩上。圆脸族老说着就将期待的目光投到他的脸上。引而不发，何布达觉得族老们白白耗去了大好的时光。他坐在位子上问道，你们到底要对我说什么事情呀？

用人给何布达送上来一碗茶。他知道这碗茶不能喝。父亲生前好像说过，祠堂里的茶是不能喝的，只能看。

他就朝茶碗里看了看，脸上的神情显得心事重重的。

你穿的裤子是你父亲的吧？

他朝长脸族老点了点头。您是怎么知道这条裤子是我父亲的？

族老们又都笑了起来。何布达认为这笑声是对自己的一种嘲弄。

圆脸族老收敛起笑容说，开始说事情吧。何布达，我们请你回乡就是要跟你说一件重要的事情。你是不是觉得自己应当结婚啦？

何布达点了点头。

你的黑色皮箱里是不是放着什么来路货？那东西能看多远？说完这话，圆脸族老又笑了，像是一个得意的偷窥者。

何布达十分惊异圆脸族老身怀绝技，隔着皮箱竟能看到内容。

你愿意结婚吗？

他说，结婚，我跟谁结婚？

你跟温正芳结婚。你知道温正芳吗？

何布达心里一下就明白了。父亲没死。父亲正在与这些族老们合谋，操办着这件婚事。温正芳到底是什么人呢？

长脸族老站起身。这时何布达才看清这位族老穿着长袍马褂，显得一表人才。长脸族老从一只古铜色的木匣里拿出一册线装书籍，脸上挤出一团难看的笑容。这是一册必读之书。你风尘仆仆赶回乡祠，路途劳顿，今日就早早安歇吧。这书，你有心就读一读吧，事理自明，事理自明啊。

族老们一齐起身，眨眼之间就都走得没了踪影。

何布达拎着皮箱，到族老们指定的馆驿里去投宿了。这是一座青砖四合小院。走进大门，迎面影壁上是砖刻的四个大字：唐风宋韵。

何布达心里笑着说，兴许一步就迈到了武则天殿前啦。

觉出口渴了。这里应当是允许喝茶的地方了吧？祠堂里不让喝茶，不知典出何处。这时，一个用人提着一只铜壶，气喘吁吁走了上来。

何布达想起自己工厂里的那些工人，颇有隔世之感。自打走进祠堂，就将外面的世界渐渐淡忘了。好像喝了迷魂汤。

闻见茶香了，他就向用人打听这个馆驿素常的情况。用人是个让人无法判断年龄的干枯男子。用人说，这里只住着您一位客人。每年只有清明时节，才是馆驿的旺季。那时候，满客，就连院子里也要搭上棚子的，住的都是回乡扫墓的人们。

用人又说，明天是端午节。之后就拎着铜壶走开了。何布达不知用人为什么要告诉自己明天是端午节。端午节的内容不过是吃上几只江米粽子罢了。喝茶的时候，他又想起温正芳这个名字。

晚饭是何布达一个人吃的。那些族老似乎一下就都土遁到四面八方去了。他慢慢吃着，吃得很饱。放下筷子的那一霎间，他就将刚刚下咽的晚饭内容全部忘记了。住在这里，何布达已经成了一个记忆迟钝的人。最为清晰不忘的只有温正芳这个名字。他不知道自己今生今世也不会忘记这个名字了。生活的全部意义，似乎恰恰就在于此。

躺在驿馆的床上，他想起族老们要他阅读的那册书。

用人又拎着铜壶来送热水了，说是住到馆驿里的客人每天入睡之前都是要烫一烫脚的。何布达就询问这是为什么。用人惊讶地望着他说，何姓男子没有不患脚疾的啊。

何布达这才想起自己的脚气。如果感觉不到瘙痒，那么脚气这东西也就名存实亡了。

夜深时分，他从皮箱里拿出那只古铜色的木匣，从匣里取出那册看上去年龄很老的线装书。院子里猛地刮起一阵小风。浓浓的夜色就在这一阵小风之中走动起来，像一个不为人知的奸夫。何布达打开那册捧在手里感到有些潮湿的老书。他又想起了温正芳。

书上的字体很小，使他想起那种香喷喷的芝麻。何布达有些不知所措，真没想到世界上会有这种小字的书籍。他使劲揉了揉双眼，面前仍然是一片芝麻。原来世界的秘密都埋藏在这一大堆芝麻里。

从皮箱里找出望远镜，何布达知道芝麻马上就会长成苹果。将那册书展平，摆在桌子上，他举起望远镜读了起来。那些芝麻果然都长大了，成了一行行文字。因此，那一股霉味立即从字里行间散发出来。何布达觉得自己走进了一座百年历史的地窖。

书还是很好读的。这是一个常见的故事。有男，有女，有老，有少。男人与女人在一起，做着那种古老的游戏。何布达的呼吸变得急促起来。

何布达渐渐觉出这是一本淫书。一头倒在床上，只觉得四肢发软。看来阅读这种淫书，还是十分费力劳神的。

做一个男人，真的要有一个强健的体格才是。何姓先祖在那册书里谆谆教导说：后人们啊，男子务必拥有一个强壮的身体才是啊！你的那个东西，要硬得赛过石头。只有这样，她们才会在床上朝我们叫春，永远肚脐朝上。

这册书总共八卷，读到卷三的时候，何布达战栗起来。他丢掉望远镜，惊恐地看着窗外的夜色。书中的那个声音，已然在耳边响彻了。他终于读懂了，这是一册何姓先祖告诫后人的谈话录，那位何姓先祖板着面孔说了许多冰冷如霜的话，寒彻百年。

何布达惊恐地躺在床上，蜷缩成一只出水的大虾。

先祖在书里说，举凡何姓后代男子，皆为“性战”兵士，年二八即可行床笫之举。凡阳痿不能参战者，赐以死。毋赦。

在这半文半白的字里行间，何布达已经看懂了，何姓先祖说，后代之中凡有阳痿者，都是应当处死的。这真是一个高标准严要求的家族，它绝不允许丧失性欲的何姓男子活在人间。

何布达小声对自己说，你可千万不要成了一个阳痿啊。说罢，他心中忐忑起来，伸手去摸裤裆里的物件。心儿跳得像一只兔子，手就失去了触摸的目标。他想起小时候见过的那种死蚕。这时他的心已经跳到嗓门了。

温正芳是谁？

第二天清早，圆脸族老走进门来。他看到何布达还在睡梦之中，就无声站在床前，看着脸上挂着余悸的后生。就这样，圆脸族老仿佛是在欣赏着一个刚刚出生的婴孩儿，目光如醉如痴。之后他轻轻撩起薄被，看见何布达正硬硬地撑起雨伞。圆脸族老笑了。

梦中，何布达发现自己成了一个阳痿。他啊的一声尖叫，从床上爬了起来，口中不住地喊着死蚕。

圆脸族老说，起床吧，吃了早饭我领你去登银瓶山。

他怔怔望着圆脸族老说，登这银瓶山，跟你们要我娶温正芳有什么关联吗？

圆脸族老笑了笑说，你真是一个聪明的大孩子。

这时何布达蓦然觉得圆脸族老长得很像自己的父亲。

何布达回到这座城市的时候，已然成了一个满脸胡须的男子。先是到父亲留给他的玻璃厂里去看了看。工人们光彩依旧，个个涨脸鼓腮的，吹出一件件透明的器皿。总务室管账的先生抬起头来，目光凝凝看着他，很是陌生的样子。他说我是何布达。管账的先生这才将信将疑站起身，走上来打量着他。之后，管账先生掏出手绢擦了擦眼窝。我真的已经没有用了，我怎么连您都认不出来了呢？

何布达说，我刚从故乡祭祖回来，你就不认识我啦？是不是我的相貌起了很大变化，你们觉得我成了另外一个人？

管账的老先生十分感伤地望着他，说您不应该侍养这么长的胡须。从前，您父亲的脸上从来都是干干净净的。

他向账房先生打听，父亲在世的时候是不是每年都要回故乡祭祖。管账的先生想了想，十分坚决地摇了摇头说，老东家从来不回故乡祭祖。何布达笑了。你认识温正芳吗？

管账的先生眍着昏花老眼，似乎在回忆着唐朝的事情。

我不知道什么温正芳。账房先生咬紧牙关对他说。

何布达知道这个世界上的许多人其实都是胸藏祸心的。这座工厂迟早就是一个灾祸。别看它到处都是透明的玻璃。

出了工厂，他叫了一辆洋车将自己送到华明理发所。回乡不到半月光景，我竟然成了一个让人无法辨认的人物了。这就叫世态炎凉。想到皮箱里的望远镜，他的心思一下又活跃起来。总觉得从这架望远镜里看到的是一场又一场的有声电影。

望远镜真是一个好东西。

你知道温正芳是谁吗？他对镜子说。

镜子里的理发师摇了摇头。听这名字好像是唱京韵大鼓的吧？理发师附会着。

何布达认为这种随意的附会非常没有意思，就闭上双眼不言语了。

你知道银瓶山吗？他怀着最后一丝希望，问理发师。

您是说《火烧红莲寺》那部电影吧？

他彻底绝望了。他认为理发师的脑袋里装的是一盘大杂烩。当你与他谈到西湖龙井的时候，他给你端上来一只红烧猪肘。

何布达觉得头发很快就要理好了，就说，你这理发所里有没有治脚气的药水？

理发师立即响声告诉他，理发所里珍存着百年秘方，专治男人脚气。听着理发师的诉说，何布达才知道脚气这种疾病，原来也有阴阳雌雄之分的。此时他想立即离开这个剃头如割草的地方。

走出理发所很远了，他停下脚步，从皮箱里拿出望远镜，朝刚才的那个地方望去。望远镜一下子就缩短了彼与此的距离，令人猝不及防。就仿佛一只蚊子撞到了脸上。

他看到理发师手持一把明晃晃的刮脸刀，正冲着大街上奸笑呢。

何布达站在街上叫住一辆三轮车。坐在车上他向车夫说出自己的住址，才想起父亲留给自己的那幢灰色小楼。车夫的脊背一弓一弓的，将三轮车蹬得飞快。拐进小街，车夫并不回头却大声对他说，您的那架望远镜真不错呀！全城人都知道您有那么一架望远镜。

全城人都知道我有这么一架望远镜？何布达惊讶得抱紧怀里的皮

箱。他很想停下车来，看一看车夫的面孔。

此时却只能看到车夫的脊背。何布达觉得脊背其实就是一张硕大的面孔。三轮车驶到那幢灰色小楼近前。

他拎着皮箱跳下车来。车夫转过身来。他看到车夫是个宽额大汉。宽额大汉笑了。

听说您的那架望远镜，朝前看呢能瞅见将来，向后看呢能瞧见过去，是不是这样啊?

他摇了摇头，然后死死盯着车夫的眼睛。他知道这是一张陌生的面孔。今后可能就会熟悉起来了。

何布达认为应当漫天撒网，向这个车夫打听一下温正芳的下落。

车夫伸手抹了抹前额上的汗水，又呵呵笑了。温正芳?温正芳是我媳妇呀。我们是上个月才办的喜事。您认识我媳妇?

何布达一阵眩晕。

宽额大汉说，先生，您要是认识我媳妇，我就跟您打听打听她。

何布达拎着皮箱，觉得天旋地转。他运足气力说，你到底要打听什么事情?

宽额的车夫说，这温正芳以前到底是何等人物?她虽然已经嫁给了我，可是她的情况我什么都不知道。

何布达终于笑了。她的情况我也什么都不知道。

过午的阳光将何布达镀成一个焦黄的男子。灰色小楼对面的那座“外宅”的大铁门吱呀一声推开一道缝儿，却不见有人出来。

何布达给了车钱。他觉得自己已经平静下来，就对车夫说，既然如此，你一定知道银瓶山啦?我说的是百里之外山顶上有一座白亭子的银瓶山。

车夫摇了摇头，用茫然的目光望着何布达。之后车夫踏着三轮车远去了。

何布达拎着皮箱跑进自己的那幢灰色小楼。他气喘吁吁走进二楼的客厅，将皮箱放在沙发上，手就颤抖起来。

他不知道自己为什么这样激动。

从皮箱里拿出望远镜，他冲到阳台上去了。

夕阳里，望远镜的镜片闪闪发光。这时楼下小街上正走过一位身穿便衣的警察。阳台上何布达的望远镜引起了此人的注意。身穿便衣的警察隐在暗处，嘿嘿笑了。

何布达预感之中的事情终于出现在面前。他知道自己回乡半月期间，对面的那幢灰色小楼或多或少将发生一些变故。

果然如此。

黄昏之中，对面的那幢灰色小楼面目全非，已经被粉刷成一幢白色。何布达举起望远镜朝前望去的时候，有幸看到了这件事情的一个尾巴——那两个油漆匠挥动着毛刷，正将那二楼阳台上的最后一块死气沉沉的灰色刷成灿灿的白色。

只是一个瞬间，一高一矮两个油漆匠就收了工。世界上也就少了一幢灰色小楼。何布达呆呆看着望远镜里那座耀眼的小白楼，心里很不是滋味。不仅仅是由于陌生。

他觉得这一切都是无法令人容忍的。回乡仅仅半月，这幢小楼竟然光天化日之下变成了白色。尤其是目睹了那两个油漆匠挥舞毛刷的最后一笔，心中愈发品出那种遗民的味道。

灰色小楼为什么要刷成白色呢?

何布达望着白色小楼那一扇扇敞开的窗子。窗口空空荡荡，像是一部没有主角的无声电影。那位时常出现在二楼窗口的小姑娘呢?她现在是月白色呢还是淡蓝色呢?何布达脑海一片空白。

一切都被小灰楼变色为小白楼这一重大事件给打乱了。他仿佛一只困兽，在屋里焦灼地走动着。

想起回乡前夜写下的日记，心里就觉得有了考古的根据。坐到写字台前，他如同寻找远古遗存那样，寻找着那只硬壳日记本。

找不到。

他将所有的抽屉都拉开，像是在给一只庞大的动物灌肠洗胃。翻遍了角落，还是找不到。这时何布达认为这个世界绝对不可信赖。

情绪愈发急躁起来，他想酒。酒能使一个狂躁的男人镇定下来。他想起父亲生前常喝的那种英国“小黑鬼”。

就去酒柜里寻找小黑鬼。他自言自语说，如果连小黑鬼也找不到，那么这个世界的历史肯定是断续而且永远无法连贯的。

但是他很顺利就找到了小黑鬼。由于顺利，他竟然感到一丝失落。这时他完全忘记了要找那只硬壳日记本的事情。他大口大口喝着小黑鬼。

小黑鬼将他变成一个既没有过去也没有未来的“现在人”。现在人很快就喝空了一瓶小黑鬼。这时他看到小黑鬼酒瓶标签上写着一行蝇头小楷。

又是父亲在说话：当你焦躁的时候，还是可以喝一些小黑鬼的。但你不要忘记去娶温正芳为妻。

他担心父亲如今悄悄住在瓶子里，于是就眯起眼睛，朝空空荡荡的瓶内窥去。

没人。

不甘心，恨不得钻到瓶子里去找寻。这时他在瓶子里看到一个人，愈看愈觉得面熟。猛然他明白了，瓶里映出的这个人正是何布达。

他开始怀疑父亲是在耍弄自己。

从书柜里拿出父亲的遗像，他在墙上找了一个钉子就将镜框挂了上去。他对父亲说，您将那个硬壳日记本交出来吧。您已经是一个死人了，您把那个日记本藏起来又有什么用处呢？

父亲不言不语看着他，脸上挂着一丝微笑。

您不要笑，我还是有办法的。那篇日记的内容，我大体能够回忆起来。没有您的硬壳日记本，我照样不会失去记忆。

父亲依然不言不语看着他。

您从什么时候学会这种无动于衷的样子啦？何布达觉得父亲的样子非常无聊，就坐到写字台前，开始回忆那天日记的内容。

日记的内容十分清晰地呈现在记忆之中。

今天我又到阳台上去了。我手里有了一架望远镜。这架望远镜是我父亲留下来的。以前我从来不知道他老人家还有这么一架望远镜。通过望远镜，我能清清楚楚看到对面那幢小楼里的情形。还是那个身穿月白色衫子的小姑娘，坐在窗前出神地看着一本书。我就移动望远镜去看院子里的那棵香椿树。只有一两秒钟吧？当我再去看二楼窗口那个月白色的小姑娘的时候，她身上的衫子已经变成了淡蓝色。

天啊，除了仙女，谁又能在一瞬之间变换衣裳的颜色呢？莫非对面那幢小楼里真的住着王母娘娘不成？要么就是天上飘来一团神秘的空气，将月白熏成淡蓝。如今父亲已经不在人间了，谁能告诉我这件事情的真相呢？

将那一篇日记的内容在心里品咂了一番，何布达告诉自己要等待夜色降临，再去阳台观察对面的动静。无论如何，他也不能容忍那位月白色的小姑娘一下子变成淡蓝色。

此时，他丝毫也不知道自己已经成为那位身穿便衣的警察的监视目标。

等待天黑。

楼下传来一阵门铃的声响。他仄耳细听，猜想来者必是一位身穿深绿制服的老头儿。走下楼去，他看见老邮差那一双硕大的扇风耳。

老邮差说有信，又说一连许多天了，每当黄昏时分就来这里按门铃，也不见有人出来。之后老邮差向他打听老先生这些天为什么总不露面。何布达告诉老邮差，老先生已经不在人间了。

老邮差递上来一封沉甸甸的来信。那信封背面，贴满了花花绿绿的邮票。何布达将信接在手里，觉出这是一封远方来信。

你是何家的二少爷吧？老邮差问。

何布达点了点头。这时他看到信封上写着父亲的名字。

这封信是何家大少爷从美国寄来的。老邮差又问，何家大少爷并不知道老先生已经过世的消息吧？

何布达说，我跟哥哥多年失去联系。只是这一次回乡，才听说他已经到了美国。你一个邮差，怎么对我们这个家庭这样了解啊？听你的口气，你好像在这里当过管家。

老邮差笑了。老先生过世的消息，你应当及时告诉美国的哥哥。你看这封信，收信人是何老先生的名字何之谓，寄信人是何家大少爷的名字何布道。这就好比从阳间给阴间寄信，迟早要伤了你哥哥的阳气的。

那位身穿便衣的警察大声咳嗽着从门前踱了过去。这种伪装的咳嗽声引起了老邮差的警觉。

刚才大声咳嗽着走过去的那个便衣男人，是个警察。

何布达听了这话，呆呆望着老邮差。老邮差见他这种痴相，就压低声音又说了一遍。

何布达眨了眨眼睛说，他咳嗽得这样厉害，是不是得了三期肺病？治疗这种疾病必须使用进口的盘尼西林啊。

听了这话，老邮差骑上车子就走了。过午的阳光照耀着老头儿身上那深绿色的制服。何布达猜想，如果此时举起望远镜去看，老邮差的背影肯定就像一块干涸的青苔。

何布达走上二楼，坐在写字台前去阅读一个活人写给一个死人的美国来信。

摆在阳台上的那一架俄产望远镜，在夕阳的照耀下闪闪发光。

身穿便衣的警察其实并不是一个便衣警察。他骨瘦如柴。

这一天他身穿便衣从何布达门前走过，完全出于偶然。身穿便衣的警察有一个十分美满的家庭。除了漂亮贤惠的妻子，他还有一个刚满一岁的儿子。他给儿子起名张小警，觉得颇有深意。张小警不仅白白胖胖，还长着一只肉嘟嘟的小鸡儿，看上去有些超常。于是张小警的父亲就添了一个癖好：每天都要将这个名叫张小警的男孩儿举过头顶，然后稳稳当当坐在自己的脖子上。

这样，张小警自幼就成了一名高高在上的驭手。

这一天张小警例行公事，又成了一名驭手坐在父亲的脖子上。天上有太阳。父亲却觉得突然降下一阵大雨。他立即沉浸在一股清新的臊气之中。尽管他的警服被名叫张小警的男孩儿的尿液浇了一大片。

这样，张小警的父亲只得换上便衣去上班了。

身穿便衣的警察平日极少身穿便衣上街。他热爱威风凛凛的警服。他甚至觉得警服就是自己的一层皮肤。正因如此，他刚刚走在大街上的时候，有一种赤身裸体迈出家门的感觉。横过马路的刹那，他感到人们都向自己投来盯视的目光。为此，全世界都在交头接耳。

人们都知道我是个警察。但是人们又都做出佯装不知的样子。我不是故意扮成便衣警察的。我的警服被儿子的一泡尿给浇湿了。是的，我应当身着警服堂堂正正走在大街上。那才是我的名分。

儿子的一泡尿。局部地区有中雨。警服湿了。

迎面急匆匆走过一个男人。身穿便衣的警察被他撞了一个趔趄。那男人回头看了看，并不道歉，转身就走开了。

身穿便衣的警察本能地伸手去摸腰际。他追了几步，怒火从胸中升起。他不知道我是个警察。如果他知道我是个警察，断然不敢这样慢待我的。

身穿便衣的警察渐渐静下心来。他破天荒地坐在边道牙子上，活像一个漫步都市的单身汉。人们从他身边走过去走过来。身穿便服的警察静止着，成了人行道旁的一个句号。

他突然觉得这是一件非常好玩的事情。当他有意将自己淹没在都市人流之中的时候，竟然享受到一种素常不曾体味的快意。

你们都在明处。我在暗处。

我在暗处。你们都在明处。

一个蹬着三轮车的宽额汉子行驶过来。身穿便衣的警察定定注视着这个汉子。那汉子如过无人之境，悠然自得地行驶过去了。

穿便衣真好。没有人知道我的真正身份是什么。

谢谢张小警的那一泡好尿。

身穿便衣，他的心理得到了一种莫大的满足。只是一个瞬间，他就觉得自己的脚步充满弹性而青春重返，浑身散发出一阵阵难以抑制的朝气。有生以来，他都不曾品尝到今日这种异乎寻常的感觉。他不知道该怎样描述自己的感受。他只知道，那种憋了一路终于找到厕所的淋漓畅快，也无法与此时相比。如果以肠胃来打比方，那么世界在他心目之中就成了一大块有滋有味的排骨，而他则成了一个牙齿很好的隐形食客。

由于身穿便衣，他特别愿意在大街上走来走去。下午时分，他心情极好，稳步从何布达门前走过。看到二楼阳台上闪闪发光的望远镜，他知道这是一种奢侈品。这种只有富人才会拥有的玩意儿引起了他的注意。当他看到何布达隐在阳台的藤萝架下举起望远镜向外窥视的时候，立即就将这个少爷形象的男子列为重点怀疑对象。他紧紧咬住下唇，恨只恨自己手中没有一架足以监视对方的望远镜。

只能凭自己这双父母造就的眼睛了。

身穿便衣的警察用脑子记下何布达的门牌号码，之后眨着猎狗一样的眼睛，朝站在二楼阳台上的猎物发出几声无人察觉的冷笑。就这样，何布达成了他生活之中的重要人物。他认为破案在即。

身穿便衣的警察此时并没有感到自己已经找到了一种充满快感的生存方式，但是，他正在体味到那种浮荡在心头的惬意。他坚信如此这般生活下去，过不了多久，自己肯定会胖了。生活真是美好。

但必须身穿便衣。

多年之后何布达才认识到那一次登临银瓶山在自己人生道路上究竟意味着什么。普天之下，银瓶山确实是一处空前绝后的景致。那一草一石，皆有故事可言。听罢全部故事，谁都会认为这是一座充满人间血脉的肉山。回忆银瓶山的故事，何布达常常脑海一片空白。因此他愈发急于知道父亲生前可曾到此一游。但关于这个话题，只能在梦中向父亲提问了。他期待着。

他甚至很少做梦。即使偶有梦境，也只是三片清云一道溪水，从来不见父亲的影像。因此何布达认定自己是一个素素净净的男人，就连做梦也是一派清朗。

好在温正芳有了下落，虽说她已经是别人的妻子了。将一个有夫之妇娶来做自己的妻子，对何布达来说这是一件力不从心的事情。

有志者事竟成。对此他并不觉得多么焦急。就好比一个男人患上了脚气，总是要耐下心来慢慢治疗才是。

何布达开始怀疑自己正在重复父亲的人生故事。就好比一本小说，父亲是初版，时隔多年，他是再版。广大读者是不论版次的，他们永远认为这是同一本小说。

何布达的这种揣测在哥哥何布道的海外来信中得到了一些佐证。

他认为何布道写给父亲信中的这一句话，足以被称为佐证。

您以为您是谁？您是我？您不是我。我也不是您。您就是您。真的，您就是您。

反复阅读这封海外来信，何布道认为只有这句话是谶言。信中哥哥似乎尚有许多难言之隐，弥散在字里行间。何布道出国修习西药专业，信中却只字未提学业之事，只说了一句美国是个美丽的国家。由英国去往美国，看来哥哥仍然没有研制出那种医治脚气的药水。无颜见江东父老。哥哥在美国的心情，何布达大体可以猜出八九。他几次都想写信告诉哥哥，父亲已经去世的消息。不知为什么，每次都是中途搁笔。就这样，远在美国的哥哥迟迟不知父亲的死讯。一连串的日子过去了，哥哥又从海外寄来一封信，询问父亲为何长久不予回信。这时候何布达终于明白了自己的心思。

春暖花开的时候，他模仿父亲的笔体给哥哥回复了一封信。信很短，主要内容是询问脚气药水的研制近况，并且报了个平安，说家中情景如前，放心勿念云云。

落款时他写上父亲的名字：何之谓。

写毕，他自言自语说，我居然成了何之谓。我居然成了一个死去的人。父亲被再版了。

很久很久，也未见哥哥的来信。

下雨的那天，久违的黑脸信使又从家乡来了。何布达发现他已经变得非常衰老了。脸上皮肉松弛，脊背出现微驼，并且大声咳嗽着。

何布达很是惊讶。难道都市的一日，就等于乡下的十年？他开始怀疑时间的可靠性。黑脸信使为了抑止自己的咳嗽，憋得面红耳赤。

上一次你来这里送信，看上去还是非常年轻的，怎么一下子变得这样衰老啦？

黑脸信使说从前当然是年轻的。岁月是贼，一下就偷走了人的光阴。是人，就要衰老的。人间只有一种东西不会衰老，那就是时光。有谁能比时光更古老呢？没有。我当了一辈子信使，送信，讨回讯儿。就这样一年又一年耗到了今日。我想我很快就要死了。我死了以后，也不知道还有没有信使这个行当。

何布达抓住黑脸信使的手说，你当了一辈子的信使，那么请告诉我，当初你是不是也向我父亲讨过回讯儿？我父亲是不是也像如今我这个样子活着？你一定要告诉我。

黑脸信使大声咳嗽着说，你这样讲话，等于是颠倒了时光。时光其实是不能颠倒的。时光用脑袋走路，用双脚思考。时光是不能颠倒的。时光一旦颠倒，大家就没法做人了。时光就是要大家做人的。

听了这话，何布达愈发紧紧抓着黑脸信使的手，压低声音说，请你如实告诉我，当年你来送信，是不是见过我的母亲？

黑脸信使点了点头。何布达大喜过望。

那你告诉我，我母亲嫁给我父亲的时候，一定是个寡妇吧？

黑脸信使默然。何布达哈哈大笑说，你已经回答了我。看来我的猜测是非常准确的。我已经能够看到百年之前的事情了。

黑脸信使说，那事情你给个回信儿吧。今天我还要赶回去。

何布达觉得时间紧迫起来。他就在屋中走来走去。从前，我父亲是不是也这样在屋里踱步？

黑脸信使说，你哥哥何布道也是这样走来走去的。但是他的步子，迈得比你的大。所以他就走到外国去了。

听了这话何布达心中窃喜。哥哥的步子迈得大，一迈就到了美国。一个连自己的父亲已经去世的消息都不知道的人，步子迈得天大，也没有丝毫用处。

何布达拉过黑脸信使的左手，抄起狼毫小楷在他掌心写下几个墨字：容我一段时光。

黑脸信使苦笑着说，这是第三次了。何布达问他这句话是什么意思。黑脸信使说，你父亲，你哥哥，都在我掌心里写过这句话。如今，你也写了。你终于也写了。

前两次是个什么结果呢？他问。

就看这一次你的结果了。容你一段时光。这一段是三五天，也可能是三五年，也可能就是你的一生啊。

黑脸信使说罢，就走了。

黑脸信使的离去使何布达一天都处于惆怅之中。他不知道自己与黑脸信使之间存在多少情谊。但是，那浓雾般的惆怅情绪令他预感到今生今世再也见不到黑脸信使了。黑脸信使代表着一种时间。

他抬头看了看墙上的挂钟。

又到了使用望远镜的时间了。

他来到阳台上。藤萝架早就死了，晾成了一株弯弯曲曲的干柴。何布达举起望远镜，朝对面那幢白色小楼望去。白色小楼已经变成灰色小楼了。灰色是白色的堕落。

他盯着二楼窗口里的那个身穿月白色衫子的姑娘。她的丰满，如气韵一般从衫子里溢出，飘荡出窗外。于是窗口也显得丰腴起来。这气韵越过小街融入何布达的嗅觉之中，令他为之一爽。

身穿月白色衫子的姑娘悠闲地看着一本什么书。何布达手中的望远镜是无法读到书上的文字的。这时三楼窗口灯光大亮。一个身穿淡蓝色衫子的姑娘手拿一本什么书，悠闲地来到窗前。何布达惊呆了。三楼的姑娘与二楼的姑娘长得一模一样。唯一不同之处就是一个月白一个淡蓝。

放下望远镜，他静静想了想，就无声地笑了。长久以来，他所观测到的姑娘，其实是一个版本的两次印刷。月白从来就不是淡蓝，淡蓝也从来就不是月白。她们是一对孪生姊妹。一个住在二楼，一个住在三楼。在此之前，他一直认为月白与淡蓝只不过是一个姑娘所拥有的两件不同颜色的衫子罢了。

他非常沮丧。从前的时光一下子就变得毫无意义。绞尽脑汁，他也想不出用什么办法来对付面前的这种已被破译的生活。

何布达去见温正芳的那一天，正是旧历七月十五。依中国古俗，这一天是鬼节。鬼节的隆重在于夜色降临之时，这座都市里处处都在焚烧纸钱，使人想起古代的狼烟。白天的时候，焚烧纸钱的大战尚未打响，何布达走着去见温正芳了。

想象不出温正芳是个什么样子的女人。一路上他都在为这次突然的造访寻找一个得体的理由。他知道今天自己属于不速之客。我为什么要娶温正芳为妻呢？温正芳如今明明是别人的妻子啊。

又想起那个蹬三轮的宽额大汉，恍惚如隔世了。

他的背后眨动着一双机警的眼睛。身穿便衣的警察佯装散步，不远不近走在何布达身后。

何布达走过街心花园，向东之后向南，拐进那一条日本风格的小街。他知道这里从前是日本的租界。木式拉门，榻榻米，使这里的民宅永远保持着昔日的殊荣。来到那座小院门前，他按了按门铃。身穿便衣的警察从他身旁走了过去，记下这座小院的门牌。

门牌是搪瓷烧制的，白底蓝字。不知什么时候什么人用黑漆将门牌涂抹，用白漆写上新的路名和门牌。但黑漆并不耐久，有些剥落了。于是何布达并不费力就看清了这座小院当年的门牌：松岛街 66 号。而身穿便衣的警察记下的却是如今的门牌：蓝天路 44 号。

院外不见三轮车，何布达知道宽额大汉出车了。

有人走来开门。何布达看到面前站着一个中等身材的女人。为了能够记住对方的容貌，他就定睛看着。这种目光很容易被对方认为来者是一个色狼。

他知道自己应当张口说话了，就向她打听温正芳的住处。

她告诉他温正芳就住在这个院子里。他有些不知所措。这时候他看清面前的这个女人有着一双好看的丹凤眼。

“丹凤眼”说，你找温正芳有什么事情？

他说找温正芳也没有什么事情，只是想来这里看一看她。

我就是温正芳。

何布达听了这句话，心儿一下子就悬了起来。面前的这个寻常女人就是温正芳？他几乎不敢相信这个似是而非的事实。

你真的名叫温正芳？

女人朝他点了点头，领着他朝屋里走去。他端详着她的背影，觉得面熟，好像是在梦中见过一次。那是一个渐渐远去的女人背影。

屋里的陈设很简单，有床和桌子。桌子上的主要内容是两只大碗。何布达不知道再说些什么，就定定看着那两只大碗。

他对着大碗说，你什么时候搬到这个地方来住的？

温正芳告诉他搬到这里只有三个多月时光。

时光这个字眼刺激了他，使他不敢询问在此之前她住在什么地方。他不敢贸然走进别人的时光。

温正芳再次问他来这里有什么事情。

这的确是一个无法回答的问题。他也说不清楚此行的目的究竟是来做什么。他万万不能说出自己要娶她为妻，因为眼下温正芳明明是一个有夫之妇。

父亲和那些族老们，为什么给我出了这样一个难题呢？

温正芳不再发问了，静静坐下来，等待着何布达说话。这时何布达又觉得桌上的那只老座钟有些眼熟，一次梦中似乎见过这个物件。

这时，他对时光产生了极大的恐惧。

你是不是姓何？

你怎么知道我姓何？

我能够猜出你姓何。当你一走进这座院门的时候，我就已经猜出你姓何。我自己也说不清楚这到底是怎么一回事。反正我能猜出你姓何。你是不是姓何？

何布达点了点头说，你搬到这个地方住，真的只有三个多月时光？

温正芳点了点头说，是的，只有三个月零八天。从前我并不住在这里。我现在的丈夫是三轮客运社的副社长，脱产干部了。

他明明还在大街上蹬三轮车嘛，你为什么要说他已经成了脱产干部呢？何布达觉得事情来得太突然了，令人难以置信。

温正芳告诉何布达，今非昔比，自己的丈夫的确已经当了三轮客运社的干部，领导着三百六十四名三轮车夫。

何布达只得相信时光。这时桌上的老座钟当当当打了三响。温正芳说，你千万别相信这个老座钟，它一天跑慢五个钟头。

听了这话，何布达侧身看了看院子里的天色，并不见黑。他也弄不清楚现在究竟是个什么时辰，心里忐忑起来。

我知道你想娶我为妻。

何布达听了这话很是惊异，一时不知该说什么才好。

从前也陆续来过几个姓何的男人找我。我心里清清楚楚，这一个又一个的何姓男人，都是相同的心思，想娶我为妻。如今轮到你来找我了。我想你也是这个意图吧？

何布达点了点头说，只可惜我找到你的时候，你已经是有夫之妇。眼下，我是没有办法娶你了。

温正芳说，你要是早来一段时光，我正一个人住在另外一个地方。

何布达说，是啊。不过总会有办法的。只要有足够的时光，人间万物都能改变。眼前的老座钟，不就是已经被悠悠岁月拖累得走不动了吗？

说着何布达起身告辞。温正芳突然说，能不能告诉我，你们何姓男子为什么要娶我为妻呢？这里面是不是有一个曲折复杂的故事？

何布达默然。

走出院门的时候，他突然问她知道不知道百里之外有一座银瓶山。

温正芳斩钉截铁告诉他，那是一座根本就不存在的假山。

听罢她的话，何布达不知道应当怀疑那山，还是应当怀疑这人。

走出院子，他并不回头。但是他知道温正芳站在院子门外正目送着自己。他的脊背能够感觉到她投来的目光。走到大街上，何布达自言自语说，这里当然有一个曲折复杂的故事。关于这个故事，将来不是我何布达讲给温正芳来听，就是你温正芳讲给何布达来听。那肯定是一个已经被印刷多次的故事了。

回到家中，他并没有去阳台上拿望远镜，而是坐在写字台前回忆那只硬壳日记本里当年父亲写下的那两页内容。

一页写的是老人家在一次元旦聚餐会上吃到的几道大菜的菜名，譬如说香葱炒蟹。另一页写的是一个地址。

何布达清清楚楚记得那个地址是：松岛街 66 号。

松岛街 66 号就是如今的蓝天路 44 号。

何布达活像一个中学生在分析一道几何难题，伏在写字台前。

我父亲生前在硬壳日记本上写下松岛街 66 号这个地址的时候，温正芳肯定尚未搬到此处居住。温正芳是在我父亲在这个硬壳日记本上写下松岛街 66 号这个地址之后很久才搬到此处居住的。

那么究竟是我父亲未卜先知，断出温正芳多年之后必将进住松岛街 66 号，还是温正芳本身就具有遥感功能，悟出她必须进住我父亲当年为她预先指定的松岛街 66 号呢？

不知道。

死人与活人之间到底有没有一条信息通道呢？

也不知道。

假设这条信息通道就是今日的蓝天路。那么通过今日的蓝天路一瞬之间就可以站在昨天的松岛街上。何布达当然不会知道，就在松岛街 66 号门前，那时有一个卖烟卷的小摊。一个小姑娘不分冬夏守候在那里，吆喝着老人牌烟卷。这个小姑娘长大成人以后，嫁给了一个爱穿便衣的户籍警察。

喝了一口热茶，何布达踱到窗前。外面，人们已经开始焚烧纸钱了。这时他才想起今天是鬼节，也应该给父亲送上一沓冥币。拉开抽屉，他想拿些零钱去楼下大街上的白事买一些纸钱。

抽屉里摆放着一张写得工工整整的纸条，又是父亲的遗墨。

父亲写了六个字：不要给我寄钱。

何布达苦笑了。

这时他觉得脚痒难耐，想起了出国研制脚气药水的哥哥何布道。

身穿便衣的警察为了实施对何布达的全天候监视，已经成了一个不舍昼夜的人。一天二十四小时，他都处于异常警觉的状态下，活像一只弓起身子随时准备捕鼠的公猫。他本是一个与跟踪工作无关的户籍警。完成本职工作之余，他深深沉浸在这种不能自拔的亢奋之中。无论身处何地，这个世界上的一切，在他眼里都成了静物，最具活力的景致就是何布达那时隐时现的背影。一段时光就这样滑过去了，他练就了一双看似迷离实则穿云破雾的火眼金睛。

由于他的魂不守舍，张小警的母亲就以为自己的丈夫有了外遇。这位贤惠的妻子是个平静如水的女子，她的不动声色就是一个最大的雌性陷阱。身穿便衣的警察心目之中除了何布达的背影，已是一片空白。就这样，他完全忘却了房事。

妻子也就成了床上的待业者。待业年代里，她的最大感受就是处于漫长的旱季之中。干旱使她红颜尽衰，脸上现出行行皱纹，看上去很像文具店里卖的那种廉价条格本。丈夫从未在她的条格本上来完成男人的作业。

于是张小警的母亲静观事态发展。张小警则成了一个异常擅跑的男孩儿。他越过门前水沟的时候，如白驹过隙。

秋风扫落叶的时候，张小警的母亲发现丈夫已经偷偷积攒私房钱了。身穿便衣的警察是个从不贪污的正人君子。他积攒私房钱，只能从日常的菜金里节省。这是一位意志顽强的警察。为了能够尽快积攒更多的私房钱，他戒了烟，同时又成为素食者，月月不知肉味。

身穿便衣虽然淡泊于房事，但他还是很快就瘦了下来。突然之间的脱发，使他头上变为不毛之地。他终日沉默无言，郁郁寡欢。人们只能从他那双迷茫的眼睛里，看出盯石欲穿的执着。

张小警的母亲对丈夫藏在那只皮鞋里的私房钱佯作不知。但是这个女人每天都处于一种猜谜的状态之中。他积攒这笔私房钱到底是想干什么呢？

猜也猜不出谜底来。一连串的日子就这样过去了。她也就无止地猜想下去。到了闰八月那年冬天，她的想象能力已经达到惊人的程度。她的思绪如天马行空，随心所欲就能够描绘出开天辟地的图景和世界末日的情形。看到天上一朵浮云，她能猜想此时玉帝用膳的食谱。见到一滴泪水，她能想象出鲤鱼跃龙门的心情。事实上，由于想象力与猜想力的超常发达，张小警的母亲每天都生活在一个虚假的精神世界之中。她那异常发达的思维逻辑，远非人间凡夫所能理解。

天热的时候，张小警的双脚已经长得能够穿起爸爸的那两只藏着私房钱的皮鞋去四处乱跑了。但是张小警的母亲却还是没有能够猜出男人私攒这笔存款的真正动机。

她不急不躁，自言自语：

容我一段时光。

身穿便衣的警察回到家里仍然默默无言。吃晚饭的时候，他拿起筷子突然问妻子说，前几天我吃剩下的那一小碟辣椒呢？

妻子拢了拢额前刚刚生出的白发轻声说，咱们家已有三年时光没吃辣椒了。

身穿便衣的警察自言自语说道：

容我一段时光。

张小警吃着馒头大声说，马路上来了一个卖脚气药水的人。

身穿便衣的警察似乎想起了什么急事，从饭桌上拿了一个馒头，边吃边走出家门，起步朝前跑去。他心里大声说，破案在即。

见爸爸猛地就走了，张小警对妈妈说，我长大成人，是不是也像爸爸这样，整天风风火火的让别人摸不着头脑？

母亲沉吟片刻抬头看着自己的儿子说，我想象不出会是个什么样子。不过我要问你，长大成人以后，你是不是也要积攒私房钱呢？

张小警眨动着一双眼睛笑了。从儿子的笑容里母亲看出丈夫少年时代的表情。只有在这种时候她才意识到，站在岁月的河边，只有将丈夫和儿子的时光加在一起，她才能够看到一个男人完整的人生。

仿佛醍醐灌顶，她对儿子张小警立即生出几分警惕来。因为儿子迟早要长成他父亲那个样子的。

她决定考一考儿子的智力，就再次提起私房钱的事情。

张小謦对父亲偷偷攒钱很是惊讶。母亲又觉得儿子惊讶起来的表情，跟他父亲如出一辙。这令她感到愤怒。

她要儿子猜一猜父亲多年积攒私房钱到底是一个什么目的。

张小謦说，您是不是已经猜了很多年了如今还是没有猜出来？

她告诉儿子，自己并不是一个智力低下的女人。之所以猜测多年而迟迟没有结果，完全是因为丈夫目光之中一派空茫，令人无法看到心灵深处的微波细澜。丈夫在她眼里，简直就是一具标本。

张小謦认真听着，被母亲多年之苦心所感动。受到感动的张小謦操着从父亲那里继承来的声音告诉母亲，父亲积攒私房钱很可能是为了买一件玩具。

听到儿子的话，母亲非常惊诧。一个成年男子早已告别童年，却多年如一日省吃俭用积攒私房钱为了去买一件玩具。莫非时光倒流了？

除非时光倒流。大街两旁的槐树越长越小；雄辩的演说家开始牙牙学语；老妪成为少女；作家重返文盲状态；张小謦的父亲成了张小謦；丈夫的私房钱由多变少；自己重新成为一个羞涩的处女……

张小謦的母亲张开想象的翅膀，纵横古今。她当然没有去想，如果时光倒流，蓝天路44号也会成为松岛街66号。

收拾碗筷的时候，母亲对儿子说，我要跟你爸爸离婚。

张小謦并不惊讶。他问母亲，离婚是不是能够使人变得年轻？当了丈夫的男人重新成为单身小伙儿；做了妻子的妇人重新成为没主儿的女子。

儿子的高深见解令母亲大为惊诧。她因此而激动。

此时，身穿便衣的警察跟踪何布达来到了旧货市场。何布达在前，他悄然随后，一走进市场迎面就刮来了一阵黄风，一切都显得朦朦胧胧。身穿便衣的警察一下子就觉得自己成了古董。

黄风过后，何布达走到一个收购旧货的摊位近前，与摊主搭讪起来。他身后的跟踪者认为这是一次恶劣天气里的秘密接头。

之后，身穿便衣的警察却被摆在地摊上的一堆旧货所吸引。这是他对何布达实施跟踪以来的首次走思。而何布达则在这个时间里完成了一笔交易。

他多年以来的跟踪，百密而一疏。为此他将懊悔不已。

宽额大汉除了会蹬三轮车，了无一技之长。扫盲学习班里，他认识了八百多个汉字。其中能够书写的，三百有余。每天一早儿他蹬着三轮车出了门，时光拴在轱辘上，大街就是家了。他先前是从事货运的，后来觉得无聊。拉的那些货物放在车上，都是死物。你说话它不搭腔，蹬着车就好比进了坟地。宽额大汉不愿意进坟地。于是就改成了客运。客运不错，整天跟活物打交道，还能说上几句人话。

他认为这很好。

过午时分，何布达成了他的乘客。他知道这位乘客是一位有钱的体面人物。他也知道这位有钱的体面人拥有这座城市里独一无二的望远镜。何布达是因望远镜而成为这座城市的闻人的。关于那架望远镜的来历，宽额大汉是听一位老邮差讲的。老邮差是天降冰雹的那一天死去的。接他班的人，是老邮差的儿子小邮差。

自从改为客运，宽额大汉觉得自己应当活得比过去体面一些，就思谋着如何才能体面起来。这时一位拄着两条木拐的瘸腿先生叫住了他的三轮车。

通常来说，这种瘸腿行者往往是算命看相的先生。

瘸腿先生在他的搀扶之下终于坐到三轮车上。之后，气喘吁吁向他说出了一个地址。宽额大汉笑了。

他告诉瘸腿先生，很多年以前，日本鬼子就投降了。

瘸腿先生惊讶了。我又不是汉奸，你跟我说这些话干什么用啊?

宽额大汉告诉他这是一个日伪时期的地址。如今这种地名已经没有了。地名没有了，也就无法去找这个地址了。

瘸腿先生告诉他，地名没有了绝不等于地方没有了。地方永存，而地名却常变。之后，瘸腿先生问他叫什么名字。

宽额大汉说，我姓景，叫景全来。

瘸腿先生哈哈大笑。景全来是你。现在你是一个三轮车夫。那么你换一个名字，姓时，叫时芭年。名字变了，你还是你吧？你还是一个三轮车夫吧？万事万物都是这么一个道理。

你刚才说我叫十八年，这里面有没有什么讲究？

瘸腿先生说他是只打了那么一个比方，并没有看相算命的意思。

那现在我该怎么办呢？我能为您做些什么事情呢？

瘸腿先生告诉他，现在该做的事情就是将松岛街 66 号这个地址，换算成今天的地名。至于两者之间究竟隔了多少年的时光，统统没用。

三轮车驶向了今日的蓝天路一带。那里有一个公安派出所。

名叫景全来的宽额大汉蹬着三轮车，仿佛载着一车困惑。他不知道今日一个崭新的地名怎么能够还原成昨日的松岛街。而坐在车上的瘸腿先生口中念念有词，听起来好比和尚念的经文。

三轮车驶进派出所的院子里。名叫景全来的宽额汉子从车子上跳下来，去找值班警察。

一个身穿便衣的警察走上来，摸了摸瘸腿先生的木拐然后说，这就是你的双腿啊？看着真是结实。

瘸腿先生摇了摇头，告诉身穿便衣的警察这不是两条腿，这是两棵树。听了这话，身穿便衣的警察表情惑然。

名叫景全来的宽额大汉走了过来，问他怎样才能找到早先的松岛街 66 号。身穿便衣的警察目光痴痴地盯着那两条木拐，还是弄不明白它们为什么被称为两棵树。

名叫景全来的宽额大汉不得不拍了拍他的肩膀，继续询问如何寻找当年松岛街的事情。

身穿便衣的警察目光迷离地说，你为什么要问我呢？

瘸腿先生说，为什么要问你？因为你是一个警察啊。

见别人轻而易举就能看出自己是个警察，他心中非常沮丧。多年以来隐在暗处的那种快感，烟消云散。

瘸腿先生又说从前他每天都到松岛街 66 号门前去买那个小姑娘卖的老人牌烟卷。听了这话，身穿便衣的警察无动于衷。

三轮车只得驶出派出所的大门。瘸腿先生意犹未尽，扭过身子大声对那位身穿便衣的警察大声喊着。

记住，将来你肯定会跟你自己的儿子争夺同一件玩具的！

身穿便衣的警察呆呆望着远去的三轮车。多年以来他苦心积攒的私房钱，很快就能购买一架俄产望远镜了。他不认为这是一件玩具。为了能够顺利实施跟踪，他必须拥有一架望远镜才成。宁可省吃俭用宁可营养不良，他也要将自己装备起来，紧紧盯住何布达。

破案在即。

三轮车围着这座城市盘旋，像一只迷路的鸽子。黄昏时分终于来到蓝天路 44 号门前。这座小院的铁门引起瘸腿先生的遐想。

名叫景全来的宽额大汉有些焦急，就催促瘸腿先生尽快辨认。这时瘸腿先生对自己的记忆产生了严重的怀疑。

您不是说从前每天都到松岛街 66 号门前买一个小女孩的老人牌烟卷吗？既然您记得这样清楚，就到这座院子里去辨认一下吧！天很快就要黑了。天黑以后这座城市就会变得模模糊糊的。

瘸腿先生听了这些话愈发张皇起来。他的脑海好像多云的天气，一时无法清朗起来。至于当年那一段与松岛街有关的生活，究竟是一段真实的经历，还是出于自己的一个梦境？关于那位叫卖烟卷的小女孩儿，究竟是来自一条记忆的长河，还是源于一个虚拟的空间？面对时光瀑布，瘸腿先生汗流满面，完全无法确定自己的存在。也完全无法找到确定自己曾经存在的实证。这时他对存在几乎丧失了信心，感到自己的身体宛若一只气球，离开地面飞上了天空。

您回答我，从前您是不是吸过老人牌香烟？

面对三轮车夫的询问，瘸腿先生甚至开始怀疑自己的双腿是不是真的丧失了行走功能。这两条所谓的瘸腿极有可能就是一个误会。在真实与虚拟之间，人往往弄不清自己究竟是什么地方出了毛病。

名叫景全来的宽额大汉拎起一条木拐大步走进那座小院。院子里有一小块空地，荒芜着。他随手将那条木拐插进松软的土地里。之后，他走进楼里。

他空着手从院子里走出来，告诉瘸腿先生这是一座空楼。瘸腿先生似乎已经对生活失去了信心，默默无言坐在三轮车上。

他又声说了一遍，这是一座空楼。

瘸腿先生脸上现出感慨万千的表情。是啊，这是一座空楼。

名叫景全来的宽额大汉说，这里可是一个过日子的好地方。将来我要是娶妻，就来这里租上一间房子，住到死也不搬家。

瘸腿先生突然大声说，让我忘掉这似虚似实的一切吧，我受不了啦！我真的受不了啦！

然后，他猛然站起身迈下车来，朝前跑去了。

他的那一只木拐却扔在三轮车上。

很久没有接到哥哥从美国的来信了，因此也就很久没有见到那个老邮差。只有见到老邮差来送信，何布达才能想起自己有一个哥哥在美国留学。哥哥与老邮差，似乎成了一根线上拴着的两只蜻蜓，或者说是一根糖葫芦上串着的两只山楂果。

父亲留下来的盛昌玻璃厂早就不属于他了。这样，他也就平添几分清静的心情。工厂属于他的时候，他很久才去那里看一看。如今工厂不属于他了，却认为那里有着一种特殊的风光，很想时常去走一走。有时他甚至觉得父亲留给自己的不是一座工厂，而是一座园林。只可惜，当他明白这个道理的时候，为时已晚。

他又在一部叫《渊鉴类函》的书里看到父亲写在书签上的留言：如果工厂没了，你也就没有什么操心的事情了。唯一要做的就是娶温正芳为妻。

他开始怀疑父亲生前哪里来的这么充裕的休闲时光，到处为他写下这些语重心长的留言。父亲的留言处处充满预言的意味，等待何布达用尽一生时光去一个接一个兑现。

自从那一次游览银瓶山，何布达就知道自己已经成了古代祭祀仪式上的祭品——童男。他不知道族老们为什么要选中自己去舍身。尽管这种舍身只不过是娶一个名叫温正芳的女人为妻罢了。那个声音如洪钟大吕，彻夜在他的梦中响起。齐氏是我们的仇氏。温正芳是齐氏的遗孀。我们何姓的后生，凡是娶齐氏遗孀为妻为妾的，就是复仇行为，会成为名彪族史的英杰。何之谓之子何布道当娶温正芳为妻，以壮族威。

原来是天降大任于哥哥，但是他丢下这个有趣的游戏不做，跑到美国念书去了。于是就轮到我来完成这个游戏了。何布达觉得族老们制定了这么一个荒唐的游戏要后辈人来玩，并没有想到那个名叫温正芳的齐姓遗孀，已经被一个名叫景全来的三轮车夫捷足先登给娶走了。

黑脸信使肯定已经死了。于是家乡与这里也就断了音信。但何布达知道冥冥之中不知有多少族老的眼睛在注视着自己。父亲的留言也充满了各个角落，令你防不胜防。

有一件事情他总想问一问父亲。清明节那天，他就扎了一捆纸钱，到野外去了。烈焰燃起的时候，他又朝火堆里投进他写给父亲的一封信。他想父亲在那边应当能够收到。

信是这样写的。

先父大人：

您好。实在没有别的办法，才给您写这封书信。我想您是能够理解我的求知欲望的。我只想问您一件事。您是不是也娶了齐氏遗孀做妻子。也就是说，我那早逝的母亲是否就是一个齐氏遗孀，然后才被您娶来为妻的？

请您郑重回答我这个问题。您是没有办法给我回信的。您可以采取托梦的形式告诉我。打车票的钱我随信给您寄去了。

清明节之后，何布达改变了多年养成的作息习惯。天一黑，他即上床就寝，等待梦中父亲的到来。父亲终于没来。

何布达只得到阳台上去看风景。举起望远镜，对面的景致尽收眼底。小楼一派祥和。二楼的窗前坐着一位身穿月白色衫子的丰腴少妇，正在悠然自得看着一本书，凭直觉他断定是一部艳情小说。三楼的窗前坐着一位身穿淡蓝色衫子的丰腴少妇，正在自得悠然看着一本书，何布达认定那也是一部艳情小说，只不过是同一版本而印刷版次不同罢了。何布达看到这两位少妇脸上都已出现褐色蝴蝶斑。

只是不知那些褐色蝴蝶什么时候才能从她们的脸上飞舞起来，扑出窗外进入春天里。

对面小楼院子里的那棵香椿树已经死了。何布达这才发现自己院子里的这棵香椿树也已经干枯。这个世界永远具有稳固的对称性。

这时手中的望远镜唤起了他的思索。他觉得自己在镜头里住得太久了，虽说镜头里的人物已经由姑娘变成了少妇。

一个身穿便衣的警察从楼下蹒跚走了过去，他的头发已经完全脱光，但口中依然信心十足地自言自语。

破案在即，破案在即；破案在即，破案在即。

何布达看到了楼下刚刚走过去的那个头发已经完全脱光的男子。他知道用脑过度往往是脱发的主要原因。他不知道自己是否属于用脑过度的男人，但是温正芳的存在耗去了多年的思维。

等待父亲前来托梦的这段时光里，何布达心情焦灼几近失控。他不知如何才能使自己平缓下来，就想起一件十分细微的事情。父亲生前，遇到欢乐或烦恼的事情，才吸上一支吕宋雪茄。因此老人家抽屉里的雪茄总是供大于求的。吸烟是解除男人焦灼的一种方法。

因此他想到了父亲留在人间的吕宋雪茄。

打开抽屉，他寻找着那只父亲存放雪茄的烟盒。

一张信笺上父亲写下几行楷体小字：

> 吕宋雪茄的上品，性格非常突出。点燃之后，你吸，它则悠悠燃烧；不吸，它也决不擅自熄灭。吕宋雪茄的这种中间状态，似乎颇得老庄哲学的真谛。

他读罢父亲语录，终于在抽屉里找到那只洋铁制作的烟盒。打开烟盒，看到一只半截子吕宋雪茄，他就轻轻拿在手里，仔细端详着父亲的遗物。

他知道这不是化石。温正芳也不是化石。

将这半截子遗物叼在嘴上，他用力一吸，那支吕宋雪茄竟冒出一团青烟。觉得味道很好，他就使劲又吸了一口。屋中，立即弥漫着吕宋雪茄特有的那种香气。这支当年由父亲点燃的雪茄，居然燃到今日吸到他的嘴里。睹物思人，何布达觉得父亲的寿命竟然不比一支雪茄长久。就愈发觉得人类的微不足道。

他不知该不该将父亲留下的这半截子遗物吸光燃尽。只有在这种时候，他才懂得手中的这半支吕宋雪茄已经就是化石了。

将它放回那只洋铁制作的烟盒里。他又在抽屉里看到父亲写下的一行小楷：当你想梦到我的时候，你就应当到户外去参加活动了。

何布达小声说，现在我跟您没什么两样了，都在户外。

就人类而言，何布达脑海之中印象最深的应当是那个名叫景全来的宽额大汉。尽管他们素无往来。景全来荣任客运三轮社副主任要职，何布达是很久之后才知道的。当他知道景全来身居客运三轮社副主任要职的时候，这位宽额大汉已经再度得到提拔，调任一家叫《老湾》的杂志社担任副社长兼常务副主编，从而成为这座城市出版界文化素质最为低劣的干部。一连串的日子过去了，名叫景全来的副主编在他所主持的《老湾》杂志上登出招收杂役的启事。

何布达是在避雨的时候，在身旁报摊上随手买到《老湾》杂志的。这一期的封面是一只扬帆出海的小船。

何布达觉得这只小船非常可笑。与许多向往大海的动物一样，这只小船根本不知道大海就是一个巨大无比的蓝色陷阱。

但是他还是读到了那一则招收杂役的启事。

无所事事的何布达没等到天晴就去报名应试。考题的内容不难，古语作文。应聘者只要能够之乎者也，大多可以交卷。走出考场，何布达才看到监考者竟是宽额大汉景全来。

彼此无言。一切都仿佛是上个世纪的事情。

三天之后，小邮差送来一封信，打开细看，他知道自己已经被录用为《老湾》杂志社的杂役。在杂志社当杂役，何布达认为自己即将修成正果。这时候，门铃响了。

身穿便衣的警察一反常态，身穿一套警服走了进来。何布达从未见过这位身穿警服的警察，就觉得来者的形象既滑稽又陌生。于是在这位不速之客面前，何布达就显得有些不知所措。他的不知所措的表情，使这位身穿警服的警察更加坚信多年以来的监视跟踪丝毫也没有选错对象。

他环视着这间屋子，随手摘下警帽。何布达看到他有一颗光亮无比的脑袋，就在心中暗暗感慨人间头发的珍稀。

身穿警服的警察告诉何布达此行是专门来核查户籍情况的。

何布达的户口册只有一页。不消一刻，就核查无误了。

他寻找着理由，想在这幢小楼里停留一段时光。于是，他身穿警服开始在屋中踱步。他已经探得何布达受聘于一家杂志社的消息，但是不知道何布达将充当一名杂役。

何布达并不知道这位警察此行前来的目的。他只是觉得与这样一位面色阴郁的警察待在一起很是无聊。这时候他有了一个新的发现：无聊是生活的主要内容。

您是不是到阳台上去看一看？站在阳台上您会发现很多风景的。何布达漫不经心对踱来踱去的警察说。

听了这话，身穿警服的警察一阵眩晕，几乎无法抑制内心的激动。今日入户佯作核查户籍，其实就是为了到何宅阳台上来看一看的。在警察的印象之中，何布达几乎在这个阳台上度过了一生的时光。因此这个阳台在警察心目之中成了充满神奇魅力的地方。

既然已经跟踪多年，那么无论冒着多大风险付出多大代价，他也要到这阳台上实地踏勘一番。

身穿警服的警察迫不及待走向了阳台。这时，他因激动而双手颤抖起来。倚在阳台上，他有一种身在船舷的感觉。他知道，只有心坚如石，才能对付那似铁的生活。为了多年如一日的跟踪监视，他付出了常人难以承受的代价。不思饮食，淡泊床笫，上司对他终日的魂不守舍极其不满，同人对他的丢三落四侧目以待，最终妻子携子离他而去。他甘于冷落甘于清寂，早早就脱光了头发，成了世界上最为孤独的动物。因终日奔走于大街之上，他被认为是一个不安心本职工作的落后人物：总共受到一百四十四次口头批评，一次记过处分，一次留职察看。因积攒私房钱而造成营养不良，他患有心脑疾病六种，以冠心病和脑萎缩最为严重。这一切，都是为了完成一生之中自己的这一场最大的跟踪。他痴心不改。他掌握了何布达一生的所有资料，他甚至比何布达本人更了解何布达。因此他坚信破案在即，尽管目前他还无法说清这是一个什么性质的案子。

站在阳台上，他知道自己此时正伫立于一个今生今世从未到达的位置上。站在这里，能够一览那些闻所未闻见所未见的风光。放眼四顾，他想起应当拥有一架望远镜才是。他不知道何布达的望远镜放到哪里去了。自己多年苦心积攒的私房钱，明天就能达到购买一架望远镜的数额了。站在这块梦寐以求的地方，手里却没有望远镜，于是他心中升腾起一股淡淡的遗憾。

只能靠父母赠予的这双眼睛了。他急不可耐朝对面望去。

对面就是何布达观望了一生的景致啊。

对面是一座灰色小楼。小楼的院子里没有草坪和水池。只有那株死去的香椿树，像一根立在那里的败军旗杆，在风中招摇。

这时，他才觉出自己的视力极好。站在阳台上，凡是想要看到的地方，他的目力无所不及，都能看得清清楚楚。这时，他领悟到黄泉路上望乡台的意境，心中一派清凉。

他看着对面那幢灰色小楼。二楼的窗前，坐着一位身穿月白色衫子的白发老妇，正悠然自得地拿起一本小书。隔着一条小街，警察的双眼竟能看到小书封面上的书名：半生。

这极有可能是一部并不畅销的小说。

警察抬起目光，看到三楼窗前坐着一位身穿淡蓝色衫子的白发老妇，手里自得悠然地捧着一部小说。隔着小街，警察不但看到了书名《半生》，竟然清清楚楚看到小说作者的名字：肖克凡。

警察知道这是一位今年八十四岁高龄的德高望重的大作家。

这就是矗立在警察面前的全部风景。

一种兴味索然的情绪渐渐笼罩了这位表情阴郁的警察。放眼面前的风景，他开始为何布达感到委屈了。面前这种干枯无聊的景致，居然使何布达手持望远镜在这里观望了一生。警察无法想象何布达是怎样度过这漫长的味同嚼蜡的时光的。

何布达是一个不可思议的人物。于是警察心理得到了莫大的满足。他离开阳台，表情变得趾高气扬。他问何布达如果日后在大街上邂逅，是否能认出他这个警察。何布达不假思索说，你若是身穿便衣，我就完全认不出了。这个世界上身穿便衣的人太多了。

身穿警服的警察志得意满。他坚信破案在即，就匆匆告辞走了。回到自己的那间小屋，他脱下警服换上便衣。他决定省下中午的菜金，这样就能够去旧货市场买上一架望远镜了。

他站在旧货市场的那个摊位前边，拿起一架看上去很是不错的望远镜。摊主告诉他这是正宗俄国货。掏出全部积蓄，他买下了朝思暮想的望远镜。假若早日拥有这种先进的玩意儿，那案子定破无疑了。

小心翼翼将望远镜放在提包里。这时摊主说，这架俄产望远镜是一个名叫何布达的男人卖给我的，我又卖给了你。从中才赚了三分利。

身穿便衣的警察呆呆站着，像个石头人儿。

何布达上班了。多少年来，他终于有了这样一个早出晚归的去处。他知道自己向温正芳又走近了一步。他不急不躁。

他的日常工作就是保持《老湾》杂志社的环境整洁。他挥舞拖布擦拭地板的动作，与那些摇动笔杆删改稿件的编辑相比，只不过强度稍大一些罢了。然而只有到了年底，何布达才有资格参加全体员工一年一度的杂志社大会。

杂志社年终庆功大会安排在文化会馆举行。这里从前是一座相公院。坐在相公院遗址里开会，不知为什么何布达想起了曾经属于自己的那个盛昌玻璃厂。想起玻璃厂，他就想用“玲珑剔透”这个成语来形容自己的前半生。

玻璃厂多好啊。也不知如今工人们嘴里又吹出多少个新奇的品种。盛昌玻璃厂在何布达的记忆之中又一次成为一座园林。

年终大会由景全来主持并讲话。就其口语水平而论，这是一位隽永生动的领导。他的讲话不时插入几句市井俚语，颇有万人迷相声的遗韵。他的发言，给人们带来了欢乐。

何布达突然觉得景全来的相貌很像乡祠里的那位圆脸族老。

就在景全来宣布散会的一霎间，会议室上方的一只灯罩悄然脱落，直线落下准准砸中景全来的脑顶。那是一只十分沉重的灯罩。砰的一声，景全来就歪倒在沙发上了。杂役何布达静静看着这个场面，一派麻木的样子。

送到医院的景全来被宣布成了一名植物人。这时候，何布达多年潜心钻研的药物学，已经面临突破。在这个世界上，除了那位暗中监视他的身穿便衣的警察，没有第二个人知道他的这项秘密研究。

何布达知道自己现在应当开始参与此事了。温正芳已经成了一名植物人的妻子。植物人在医院住了很久，就被抬回家中治疗了。这样，何布达就可以到温正芳家中来充当杂役了。

他走进蓝天路 44 号的时候，晨钟正响彻黄昏。

何布达其实知道这里曾经是松岛街 66 号。他因研制那种致死的药水而必须忘记许多东西。他认为只记得有一座银瓶山就足够了。

半老徐娘温正芳迎了出来。这是今生今世他与她的第二次见面。他看到院子里的一棵小树已经吐出新绿，就对她说这棵小树越长越大。温正芳告诉他，这是一棵越长越小的树，因为从前它已经成材，曾经是一位瘸腿先生的拐杖。拐杖插在这里重新成为一棵树，这是趋小啊。

何布达同意了温正芳的说法。他说，《老湾》杂志社的新任社长派我来这里当一名杂役。我在路上走了很久，才到达这里。

温正芳说，是的，您脚上的鞋子都磨烂了。您是不是姓何？我猜想您肯定姓何。我这一生注定要与姓何的打交道了。

何布达笑了，抖动着长长的寿星眉。他心里暗自说，等那植物人服下一百瓶我所研制的慢性致死药水，自会寿终正寝的。

何布达看到那张单人床上，景全来仿佛是一株被镰刀割倒的植物，静静躺在那里等待着晾晒。他满怀信心掏出一瓶药水放在床头。

他告诉她，每日三次，每次一勺；服过百瓶，情形就大好了。

温正芳笑了，说何布达说话时候的表情，很像她的那位齐姓的前夫。何布达此时已将心力完全集中在植物人身上。他打开药瓶，给植物人服下了一勺药水。

他知道一切都从现在开始了。放下药瓶，他就将温正芳搂在怀里。

温正芳像一棵树。

循序渐进，植物人已然喝下三十六瓶药水。何布达认为胜利有望，心情一下子就晴朗起来。他无法平复激动的心情，就独自到一家装修豪华的饭店去喝酒。

饭店对面的一家咖啡屋里，临窗坐着一位风烛残年的老汉。他就是那位身穿便衣的警察。面前的那杯咖啡已经冰凉了。这位身患癌症即将告别人世的男人举起手中这架从旧货市场买来的望远镜，向一街之隔的豪华饭店望去。

他用昔日何布达的望远镜观测着今日的何布达。望远镜里，故事的主人公正在慢慢喝着一杯红葡萄酒。

他对望远镜里的何布达大声说，我知道你已经给植物人喝到第三十六瓶了，天网恢恢，疏而不漏。破案在即！破案在即！

望远镜里，一位瘸腿先生走了过去；一位理发师手持刮脸刀奸笑着走了过来；一个身穿月白色衫子的小姑娘追着一位身穿淡蓝色衫子的老太婆；一件被尿湿的警服像一面旗帜挂在绳子上……

身穿便衣的警察摇摇晃晃走出咖啡屋。他多年以来呕心沥血写就的《跟踪学》手稿，被遗忘在桌子上。一位涂着红嘴唇的陪酒女郎走过来，随手将这部著作扔到地上。清洁工立即就将它扫入伙房里烧火用了。

植物人喝到第四十四瓶药水的时候，变得面色红润。温正芳将这个情况告诉何布达。他认为这正是通常所说的回光返照。

何布道在这座城市最大的一家报纸上登出启事，寻找失散多年的弟弟何布达。日日夜夜守在植物人床前的何布达知道胜利在即，将报纸放在一边，无心理睬。这时他为了鼓舞自己的斗志，再一次拥抱了温正芳。老于此道的她竟然面有羞色。

他觉得怀里的温正芳像一株老树。老树上所缺少的，是一只喜鹊窝。在猎枪如林的时代，何布达知道只能由自己变作一只喜鹊才是。第六十六瓶的时候，植物人开始咳嗽。何布达大喜。温正芳郑重地对他说，我已经看出这药水的作用了，你是想杀死这个植物人啊。

何布达说，请容我一段时光。

一辆黑色出租车停在蓝天路 44 号门前，车中走出一个名叫何布道的老者。他看了看小院的铁门轻声说，其实这就是松岛街 66 号。

他拄着手杖走进小院。这时候，植物人正喝下第一百瓶慢性致死药水。

何布达守在床前大声说，大限已至，你去吧！你去之后，我就娶温正芳为妻。这就是我研制这种药水的基本逻辑。

温正芳站在他的身旁，静静等待着结局的到来。

名叫景全来的植物人睁开眼睛，从床上欠了欠身，然后打了一个哈欠问着温正芳。

现在几点啦？我这一觉睡得可真长久啊。

何布达眼前一阵发黑。他知道自己的一生完全锈了，就跑到院子里，哈哈大笑起来。后来这大笑演进成狂笑。何布道踏着笑声走进院子大声说，别笑啦。

温正芳走出屋子看着何布道，问他是什么时候从美国回来的。

何布道说他从来就没去过美国。

何布达就问他是什么时候从英国回来的。

何布道说他从来也没去过英国。从落生到如今，他一步都没离开中国。听了这话，何布达冷笑着说，你为了逃避族规，一躲就是这么多年，总算是保住了性命。

何布达与何布道并肩走出温正芳的小院。看他俩的背影，他与他就好像是一个人拖出的两条影子，留下无比虚幻的意味。

他断定哥哥这些年来以研制治脚气药水为名，其实是在研制壮阳药水。脚气是阳痿的代名词。于是他就将自己研制慢性致死药水终于失败的情况告诉了哥哥。

一百瓶药水就能使一个植物人完全康复？何布道一下子就激动起来。你想让一个植物人死去，却令千千万万植物人获得了生机。

何布达不明白哥哥何布道这话是什么意思。

何布道大声说，我要用你的这个验方，去争取明年的诺贝尔医学奖金。如果获奖，那么我的获奖评语肯定是这样的：

这是一个来自东方的由阴谋所滋生的药方。非常有趣的是这个极具特色的药方，它在无意之中完成了一个人类多年渴望完成而尚未完成的壮举——使数以万计的植物人走下床来。无论这个过程有多么荒谬，然而它的结果则肯定为人类所接受。因此，何氏验方获得本届诺贝尔医学奖金。

何布达看着口若悬河的哥哥。这时他才发现，他们原来是一对孪生兄弟。之后他认为这是一个非常可笑的发现。

身穿便衣的警察东摇西晃跑了过来。他使劲揉了揉双眼，看着面前这一对似是而非的兄弟。之后他举起手枪大声说，你们以为扔掉望远镜，就能够逃之夭夭了？

身穿便衣的警察手里拿的是一支玩具手枪。

人间消息

1

入冬已经很长一段时光了，还是没有嗅到那种满室异香的味道。他心中渐渐焦急起来，开始怀疑自己的天分。譬如说缺少一只颇具悟性的鼻子，或者天生就没有慧根。临近春节的时候，他的这种自我怀疑达到高峰，寝食难安。

参加的是“中华五方功”学习班。前来修习中华五方功的学员多是一些中年男女。看得出，他们都怀着对生活的种种期待。因此首先期待自己能够拥有一个良好的身心。中华五方功之所以功德无量，恰恰是因为它能够使这样一群良正的男男女女舒心而归。

他相信中华五方功能够使自己多年难以振作的肠胃焕发活力。当然他并不希望成为一个饕餮之徒。他只想成为一个正规的男人，一日三餐，食欲正常。他认为中华五方功应当能够帮助自己达到这个境界。按时进入练功场所，严格听从教练指挥，认真完成家庭功课，他一丝不苟全无二心，修习着。都说这种功法练到第十天之后，就应当能够嗅到一种奇香。但是他嗅不到。从鼻子到肠胃，路途尚远。连香气都嗅不到，莫说免除肠胃的疾患了。

他到耳鼻喉科请医生给自己查一查鼻腔。

没病。

自己竟然拥有一只健康的鼻子，他很是失意。怏怏走出医院，拦了一辆面的，告诉司机去中华大厦。那座十八层的写字楼里有他供职的金手文牍有限公司。他是公司的内务助理。

电梯升到十三楼究竟需要多少时间，他从来不曾留意。电梯到达七楼时他忽发奇想。假若肠胃疾患痊愈，一定要鼓足勇气约安菲菲到凤凰娱乐城去，请她吃一顿饭，了却此生夙愿。

此生夙愿居然是请安菲菲到外边去吃一顿饭。这时候他才感到自己作为一个男人对生活的要求其实是很有节度的，只求温馨不求浪漫。

电梯就在他的反思之中到达了十七层。过犹不及。这种事情近来经常发生。他对自己极不满意。决定依法办事惩罚自己这种毫无休止的走思。惩罚的方式就是从十七层走到十三层，苦其心志劳其筋骨。

走进办公室的时候，他看到大家还都健在。只有一张座椅是空着的。他知道那张空着的座椅主人刚刚从医院检查鼻子归来。他拥有一只完好的鼻子却怀着一腔淡淡的惆怅。惆怅是不是一种高品位的情绪，他不得而知。但他知道渴望填饱肚皮的忧愁，是低品位情绪；热盼跟女士共进午餐而不能得以实现的焦灼，则属于高品位情绪。人类恰恰是由低品位走向高品位的。然后由高品位堕落到低品位。反反复复直至今日。他认为这就是人类无聊的历史。非常无聊。

安菲菲的位置就在靠近窗子的那张桌子前。走进办公室的一霎间，他就感觉到安菲菲不在这间屋子里。果然不错，没有见到她的倩影。看一看手表已是临近中午时分。假若到午餐时候仍然不见安菲菲归来，那么她肯定接受某位男士的邀请，共进午餐去了。

他走到自己的桌前，坐下。金手文牍有限公司有着严格的工作规范。白领人员坐到桌前所做的第一件事情，就是实行身份公开制度，将自己的名牌从抽屉里拿出，摆到桌上。这个做法，使新型公司的职员与旧式官衙的干部相比，有了根本的区别。不知为什么，他对此举总是感到难以适应。将名牌摆到桌上，心中时常升起一种裸露的感觉。尽管如此，他仍然照章办事，打开自己的抽屉。

抽屉里放着一只坏苹果。他的心情一下子变得比苹果还要坏。无论心情好与坏，名牌总是要找到的。他开始对抽屉实施搜捕。

名牌没了。那只写着“常安”两个汉字的由塑料制成的白底红字的名牌没了。一丝庆幸的心理使他脸上现出一种古怪的微笑。

他将那只坏苹果摆在桌子上。

内务部主任朝他走了过来。他知道对方的到来是因为桌上的那只坏苹果。一个四十二岁的男人将一只坏苹果在工作时间里摆放到应当摆放名牌的地方，人也就即将变成鱿鱼了。

内务部主任是一个胖得好似酒桶的先生。“酒桶”站在他面前嘿嘿笑着问他的名字是不是叫苹果。他摇了摇头声明自己是烂苹果。

总经理要常安立即到总经理办公室去。

他觉得事情比想象的要复杂，就抬头看着内务部主任，询问对方今天的午餐是什么内容。

形若酒桶的内务主任说自己已经进入辟谷阶段，不用午餐。

人家已经辟谷了。这就又使他想起中华五方功以及自己那只尚未嗅到香气的鼻子。这时候他看到安菲菲的位置依然空空荡荡，就向“酒桶”打听她的下落。“酒桶”嘿嘿笑着告诉他，从今天开始安菲菲已经不在这个公司工作了，去向不明。

这个突发的事件对他是一个沉重的打击。他呆呆望着“酒桶”，表情活像一个迷路的少年。他知道从此再也见不到安菲菲了。

走向总经理办公室的路上，他觉得前途难卜。已经临近午餐时间了，难道总经理需要我这只烂苹果？

走到总经理办公室门前，他感到屋里就是地狱。

叩门。然后他站在门外大声禀报。方总经理，我来了，我是常安。

门内仿佛是一间死屋。没有动静。

2

袁医生的诊所坐落在这个城市的一条小街上。这座城市在中国近代史上曾经名噪一时出尽风头。如今好似人老珠黄，无人问津。在这样一座城市里开办心理咨询门诊，袁医生认为很好。

早年留学苏联的袁医生本是一位男科病学专家。男科病，在中国男人日见萎靡的今日应当是一个火爆行当。即使夜以继日，仍将有数不胜数的患者要求袁大夫伸出救治之手。袁医生不是一个胸无大志的医生。当他看到四面八方拥来一批批心理失衡的患者，当即决定解民于倒悬，改行成了一名心理医生。

因此，袁医生在交纳手续费人民币五百元之后即被收入一九九五年版《华夏当代名人大辞典》。由于这部大辞典所收词条良莠不齐敌我难辨，袁医生的后半生充满了色彩斑斓的故事。

袁医生是在就寝睡熟之后被一阵急促的叩门声唤醒的。黑暗之中他在床头摸到火柴，却碰翻了烛台。当他举着点燃的蜡烛从桌前走过的时候，首先看到的是晚餐剩下的那半瓶啤酒和一块燕麦列巴。

这使他的心情变得忧郁起来。

他知道夜晚前来叩门的不速之客，肯定都是患者。袁医生对患者是从来不敢怠慢的。他永志不忘的就是自己的母亲正是被一个心地冷酷的郎中耽误而死的。袁医生举着蜡烛打开那扇沉重的木门。门外的夜色一下就扑了进来。手中的烛火东摇西晃，维持着自己的生命。

门外是一位拄着手杖的老翁。老翁脸上戴着一副黑得出奇的墨镜。老翁并不进门，隔着门槛就开始了他的叙述。

袁医生从医以来首次与患者处于这样的格局之下，隔着一道门槛交谈，使他感到很不舒服。这时候，门槛唤起了童年的幻觉。是家乡监狱那道高高的大墙。他沿着长长的墙根，从生满青苔的石缝儿里捉出一只小小的蜗牛。他认为蜗牛获得了自由。既然这是从大墙之内营救出来的一个生命，他就给它起名常安。常安给他带来了人间一隅的消息，随即就翻身死去。这个突然到来的死亡过于残酷，实在无法让他接受。从此他开始怀疑自己。蜗牛从前是自由的，落到自己手里才是真正的身陷囹圄。他不知道应当怎样理解人间的大墙。大墙的存在，似乎有着大墙的道理。而大墙内外，却成了蜗牛常安的生死之界。

心猿意马的袁医生无法阻止门外老者的讲述。老翁所讲述的乃是一段与眼睛有关的事情。袁医生迫使自己镇定下来，静心倾听。

老翁声称自己是一个真正的盲人，遗憾的是别人并不认为他已经丧失目力。尤其不能容忍的是王雅芳。他明明拄着手杖已近十年光景，她却一口咬定这根手杖只是他的一件玩具而已。

袁医生认为必须弄清王雅芳是个什么人物，否则站在门外的老翁永远是一团迷雾之中的一座假山。

他向老翁询问有关王雅芳的情况。

老翁告诉他，王雅芳就是王雅芳，没有什么更多的故事。

他告诉老翁应当进入美好的回忆，在美好的回忆之中王雅芳的形象必然就会充满温馨。

拄着手杖的老翁显得有些激动，迈开双腿缓缓走进门来。袁医生知道序幕已过，正剧开始了。

回忆往往是温馨的，您与王雅芳的关系也是从温馨开始的吧？

温馨？我只知道我与她认识将近五十年了。我说不清与王雅芳算是什么关系。我想王雅芳也说不清与我算是什么关系。

如果我当面问询王雅芳，她也会这样回答吗？

老翁似乎想摘下戴在脸上的墨镜，但终究没有摘下来。袁医生以为老翁是被这个问题给难住了，就静心等待着。作为一名心理医生，他知道必须拥有超常的耐性。他给老翁搬来一把椅子。老翁坚决不坐。

王雅芳是不会回答你的询问的。她这种令人难以琢磨的女人是不会回答你的询问的。老翁似乎陷入了往事的泥淖，显得有气无力。

为什么呢？袁医生开始追问。

因为她认定自己是一个哑巴。

这很令袁医生感到意外。她到底是不是一个哑巴呢？或者说您认为她是不是一个哑巴呢？您必须如实回答我的提问。

我认为她的原身就是一台留声机。你知道留声机吗？当年最为流行的是百代唱片公司的产品，后来才有高亭公司。王雅芳就是一台从不停转的留声机。

袁医生感到迷茫。他觉得这位老翁仿佛天外来客，思维与众不同。他开始猜想老翁的到来本身就是一个玄机，预示着一个全新世事的开端。在这种夜深人静的时候，我能帮您做些什么呢？

听了他的这句话，老翁立即从怀里掏出一只硕大的瓶子。

我是来买酒的。就是上一次你卖给我的那种六十五度的白酒。

袁医生终于看出这位老翁的确不是一个盲人。盲人之中的酒鬼，是绝对不会在去往小酒店的途中迈错门槛的。

于是袁医生告诉老翁说六十五度的白酒已经卖光了。

老翁似乎感到十分意外，浑身颤抖起来。这是不可能的，六十五度的白酒怎么会卖光呢？六十五度的白酒居然卖光了，这个地球真是不可信赖了，绝对不可信赖了。

袁医生只得劝慰老翁千万不要对生活失去信心，之后他想将有关王雅芳的话题继续下去。说不清什么原因，他对王雅芳这个名字产生了浓厚的兴趣。

剩饭，都是剩饭，真的都是剩饭。老翁喃喃自语，似乎有无限感慨涌在心头。

3

常安是在那个被人们称为“鸟食店”的小餐馆遇见身穿皮衣的女子的。那是一件棕色的皮衣，使人觉得它是从一只棕熊身上剥下来的。平心而论，皮衣女子长得并不漂亮，但非常性感。性感的眼风，性感的唇，性感的腰身。多年来常安迟迟未能戒掉手淫的恶习，于是皮衣女子则成了他心目之中的性偶。其实很长一段时间里皮衣女子只是一个背影而已。但这背影已经令他怦然心动。当隔着三张餐桌常安看到皮衣女子侧影的时候，立即泛起一股原始冲动。他知道这是性欲。性欲是一种简明扼要的表现，而爱情则是一件深刻复杂的事情。在简明扼要与深刻复杂之间，常安童心未泯。

在春天的日子里，常安惴惴不安。他认为自己应当更名为常不安才是。就这样，每天午餐时间里他都要到鸟食店去。虽说是守株待兔，但他仍然抱着一丝侥幸心理，渴望皮衣女子的出现。

似乎皮衣女子在鸟食店吃罢那一顿午餐，就立即移居银河系之外的某个星球了。常安想向鸟食店老板打听下落，却又不知道她到底叫什么名字。在鸟食店老板的印象之中，每天到这个餐馆吃饭的顾客之中，身穿皮衣的女子数以百计。

寝不安席，食不甘味，常安几乎对生活失去了信心。他为了重振雄风，想尽一切办法使自己热爱生活。自幼常安就深知“对症下药”这句俗语的厚重含义。他的母亲正是由于江湖郎中所开的药方并未对症而一命归西的。所以常安的人生基本逻辑完全可以用对症下药这四个字来概括。生活永远是辩证的。有时常安是药，有时常安是症。因此常安迟迟未能戒掉那个萦绕多年的恶习。

后来形势出现转机，他从安菲菲的脸部侧影之中，蓦然看到皮衣女子的形象。当时他激动得双唇颤抖起来，隔着三张办公桌定定看着她。

空气一瞬之间也变得甜了。

安菲菲埋头打着电脑，根本不知道自己已经成了皮衣女子。常安大喜过望，他要的就是这种隐匿效果。安菲菲的脸部侧影成了精品，代表了皮衣女子的全部形象。尽管安菲菲不曾穿过皮衣。

久而久之，安菲菲成了一个现实形象，矗立在常安的幻想之中。而那位皮衣女子，却被淡化了。

然而生活竟然如此残酷，安菲菲也在他的视野里消失，去向不明。就在叩响方总经理办公室的一瞬间，常安即迁怒于门内那位大腹便便的方总经理。肯定是这个家伙炒了安菲菲的鱿鱼。

不觉得又进入幻想世界：方总经理高楼失足，如同一只断线的风筝东冲西撞，绝望地从空中坠落。

常安正是怀着这种幻想走进总经理办公室的。风筝并没有断线，白白胖胖的方总笑容可掬坐在大款椅上，岿然不动。

他知道自己这种白领职员，最好不要与上司发生龃龉。对症下药。此时自己是症，对方是药。于是症就不卑不亢看着药。

方总似乎比往日显得热情，主动走上来拍了拍他的肩膀。常安平时不曾受到这种礼遇，心中忐忑起来。

沙发前边的茶几上放着一只精美的不锈钢饭盒。常安不知道里边装着什么故事。方总经理哈哈大笑，请他在沙发上落座。

之后方总经理指着那只不锈钢饭盒向他说了几句话，就穿上外套急急忙忙去宴请港商了。屋里只剩下一个他，懵懵懂懂站在沙发与茶几之间，注视那只款式精美的不锈钢饭盒。

不可思议。我变成了方总经理的胃口。

小心翼翼打开饭盒，他看到里边摆放着八只玲珑剔透的水晶蒸饺。再看，这八只水晶蒸饺以荷叶为依托，摆成一个福字的图案。不知为什么，常安有些冲动，莫名其妙想到了女人。

嗅到一股香气，但他知道这与中华五方功毫无关系。

4

红与黑商务统计所是这座城市之中唯一的私立统计机构。说是私立统计机构，其实是一家私人侦探所。它的名字虽然来自司汤达，却只拥有一间可怜巴巴的门面，坐落在一条繁华却肮脏的街上，与豪华的法兰西相去甚远。这条大街两旁的门面，都已精心装修，看上去像是花枝招展的姑娘。而红与黑商务统计所与这些姑娘们愈发大相径庭：旧门旧窗旧篷厦。于是它的真实身份似乎成了一个隐私，譬如说是一位从良久矣的老年娼妇。

这时候已经是秋天了。红与黑商务统计所恰恰选择在这种痛扫落叶的日子里诞生。它的诞生无声无息，给人一种世界即将圆寂的感觉。白日里，那张破旧的椅子上一成不变坐着一位老媪。晚间，那位拄着手杖的老头儿就回来了，提着一只硕大的酒瓶。如此景象，人们自然就认为他是一个守夜人。

屋里唯一让人感到如今是信息时代的物什，只是桌子上的那部黑色电话机。黑色电话机响起来的时候，那声音总是使人想起老式闹钟。

老媪终日不言不语。这就令那些闲人渐渐生出疑心，揣摩她是不是一个患有生理残疾的哑巴。人们所能看到的，就是她伏在桌前绘制表格。那是一种最为常见的统计表格。她好像很忙，有着无穷无尽的内容急待填写。

很少有人走到这间屋子里来。然而凡是走到这间屋子里来的人，往往与众不同，给人一种生命正处于特殊阶段的印象。

这里来过一位身穿皮衣的女子。

她是从一辆高级出租轿车里走出来的。夕阳里她显得很有朝气。跨进红与黑商务统计所的时候，老媪正在接一个大洋彼岸打来的洲际电话。她讲一口十分标准的美式英语。

这令刚刚走进门来的皮衣女子感到惊异。她就怀疑这位老媪年轻的时候就是中国的德·瑞纳夫人。

老媪在电话里与对方交谈了整整一个小时。皮衣女子不急不躁，静静等待了六十分钟。老媪终于放下电话，抬头用汉语对她说了一声对不起。老媪的汉语，是标准的北京口音。

她看出老媪年轻的时候，是一个美人坯子。

她就对当年的美人坯子说，有一件事情需要得到红与黑商务统计所的帮助，而且希望是在秘密状态下进行的。

老媪立即告诉她这里从来不办理追账讨债之类的业务。

她摇了摇头，告诉老媪只想调查一个男人对她是否忠诚。

老媪笑了，露出一排白得泛着亮光的假牙。这种事情恰恰是红与黑商务统计所的强项。在全国同行业中，它对男女隐情调查的成功率达99%，名列第一。

皮衣女子笑了笑，觉得老媪仿佛一台接通电源的放音机，话语不断。老媪侃侃而谈的时候，坐姿平稳言语连绵，使人觉得时间停滞空间静置，万物都进入聆听的状态。

这时，肮脏的大街上刮过一阵肮脏的风，行人一下子被刮得肮脏起来。但是这一间小小的门面里，老媪岿然如钟，给皮衣女子讲起红与黑商务统计所从业人员的详细情况。她几次强调必须拥有高素质的从业人员，才能开展高质量的调查工作。尤其是男女之情的调查，乃是这个世界上最为复杂的事情。

最后，老媪告诉皮衣女子，这里的调查人员都是拥有五十多年情场经验的老手，敢于挺身而出接受各种类型的男女隐情调查委托。

皮衣女子深深感动了。她不知该说些什么话才能表达自己的心情。从老媪的谈话之中也似乎领悟到一种力量的感召，尽管她一时还说不清楚这是一种什么力量。临出门的时候老媪告诉她，自己撰写的一本叫《婚外情感概论》的理论书籍，四十四万字，已交付明日中国出版社，年内可望出版。估计定价为人民币二十四元上下。

皮衣女子走出红与黑商务统计所的门槛，心情很好。尤其是当她听到老媪谈起《婚外情感概论》第三章“婚外恋的运筹与操作”的时候，颇有天目初开的感觉。在此之前皮衣女子从来不知普天之下会有如此振聋发聩的书籍。她以为婚外恋只不过是阿猫阿狗的事情而已。走在肮脏的大街上迎着肮脏的风，皮衣女子兴奋得甩掉皮衣朝前走去。这样，看上去她就不是皮衣女子了。

甩掉皮衣的皮衣女子脚步匆匆目不斜视横过大街。这时一个名叫常安的男子心事重重低头思索着与她擦肩而过。之后这个名叫常安的男子走进街旁的一家俗称鸟食店的小餐馆，要了一屉小笼包，呆呆坐在桌前。

什么时候才能够自由自在吃上一顿午餐啊。

感慨之余又想起那位去向不明的安菲菲。这时候，这位名叫常安的男人心头涌起一阵苦涩。

没有消息。

5

他告诉妻子自己是一个犯人。妻子大惊失色，手中的托盘落在地上，发出一声脆响。据事后统计，托盘被摔成十八瓣碎片。

他认为这是一个吉利的数字。

妻子认为他一定是贪了污或者受了贿，就声泪俱下请求他前去自首。他笑了。他觉得天下女子若都像妻子这般实诚，中国男人就不会吃二茬苦受二茬罪了。

他告诉妻子自己并没有犯罪。没有犯罪就算不上犯人。妻子不懂他的话到底是什么意思，就眨着一双无助的大眼睛望着他。

我只是将自己比喻为一个犯人。

妻子放心了。妻子一旦放心于某件事情，就会立即将它忘到九霄云外，今生今世也不会再度想起。

只有他知道自己是一个真正的犯人。一个已经失去午餐自由的男子，难道还不是一个犯人吗？

绝对天下第一号犯人。无期徒刑。他不知道自己究竟是应当越狱还是应当继续服刑，默默忍受着。

没有消息。他总在心底自言自语，说着这句没头没脑的话。

妻子响起了轻微的鼾声。他从来不认为这就是音乐。那一次去听音乐会，他远远看见一位身穿皮衣的女子背景很像安菲菲，追上去的时候，那背景钻进一辆小汽车，开走了。

安菲菲是从来不穿皮衣的。记得她说过穿皮衣太俗气，容易被人误解为那种操持贱业的女人。所以安菲菲从来不穿皮衣。不穿皮衣的安菲菲愈发成了他心目之中的性偶。

安菲菲永远活在他的心中。

走出家门去公司上班，妻子追到阳台上大声喊话，告诉他午餐勿食生冷，精心保护肠胃。他被感动了，朝妻子挥了挥手，让她放心。这时他觉得这个世界就是一只大鼓，妻子就是被蒙在鼓里的女人。

我已经丧失了午餐的自由。

走进电梯，他看到身边的一位先生手中拿着一张当天的《晨报》，心中一阵惊异。《晨报》？记得这是五四时期的一张报纸啊。难道如今又出现了它的转世灵童？这样想着，居然觉得历史已经装满电梯，向高空飞去。时间变得毫无意义。只剩下一个拥挤的空间。他侧身看了看那位先生手里的《晨报》，映入眼帘的是一条心理医生广告：“在心灵的湖畔，袁也方医生恭候您——前来叙旧。”

他记住了袁也方这个生动而有趣的名字。

电梯升到顶楼他才察觉。这时他又想起中华五方功。据说练功得道的人士，都变得耳聪目明。绝不可能出现乘上电梯忘了楼层这种荒唐的事情。他深知自己与中华五方功毫无缘分。

从十八层走到十三层，他懂得了什么叫作任劳任怨。走进办公的地方，远远又看到那只空着的座椅。他知道那里正等待着自己的屁股。再看安菲菲的位置上，已经坐着一个刚刚离开校门的大学毕业生。据说这毛头小伙儿是学什么焊接专业的。毛头小伙儿为什么不去建筑工地呢？好像这里到处都是需要焊接的东西。

焊接人们的心灵。

坐在自己的桌前，从抽屉里拿出名牌，摆在桌上。于是“常安”二字赫然陈列在常安面前。这名牌是公司重新为雇员定做的。铁打的营盘流水的兵，公司雇员的名字就像股市的价位，总是变化不停。想到这个比喻，他暗暗笑了。如果上市，常安肯定是一支垃圾股，跌得鼻青脸肿最终崩盘。

上午的时光是最为痛苦的。因为午餐正朝他敞开地狱大门。时间的脚步仿佛是一个狱卒，随时都会将他这个犯人提去审问。他对时间的流动充满恐惧。他最不愿意看到的东西就是走动不停的钟表。

十一点半钟的时候，是魔鬼时间。那位形若酒桶的内务主任经常是在这个时间里突然出现的，脸上布满典狱长式的微笑。这种微笑，除此之外只有在魔鬼的脸上才能见到。

不知道今天“酒桶”会不会出现。每当他对未来充满畏惧的时候，总是掏出一个硬币，悄悄抛起来落在桌上，以期能够准确预测吉凶。

他刚刚找到一枚硬币，“酒桶”就站到桌前了。

方总经理请你到他的办公室去，现在就去。

他抬头看了看“酒桶”，收起硬币站起身。他觉得大家都很可怜。

向方总经理办公室走去的路上，他发现同事们都向自己投来羡慕的目光。他心中一下就怒愤起来。这时他终于明白了，智者与庸人的根本区别就在于两者对世界的看法截然不同。

人世间，一切事物的初始阶段往往都是能够使人愉悦的。他永远也不会忘记方总经理赐予的第一顿午餐。

方总经理告诉他这是从家里带来的午餐，很不凑巧，中午宴请港商，只得请他代劳，吃下这八只玲珑剔透的水晶蒸饺。方总经理说话的时候温文尔雅，使常安受宠若惊，颇有君赐一餐三生有幸之感。方总经理将那只装有水晶蒸饺的不锈钢饭盒递给常安，之后和颜悦色告诉他，用罢午餐，请写出一份百字之内的“吃后感”，主要内容是对午餐的味道、色泽、火候、咸淡等等方面谈一谈看法。要言之有物，不要空洞泛泛；要言简意赅，不要长篇大论。

他呆呆望着方总经理。方总经理说了声拜托，就急急忙忙去宴请港商了。屋里只剩下一位名叫常安的男人和八只水晶蒸饺。

的确嗅到了香味，但肯定与中华五方功无关。中华五方功的得道者嗅到的是一种介于人间与天堂之间的异香，而他所闻到的香气却来自那八只色味水晶蒸饺。从这个意义上说，他知道自己拥有一只非常市俗的鼻子。它所能够嗅到的，通常出于人类的生理欲望。

因此，他对自己的鼻子再次感到失望。

好在面前摆着八只令人耳目一新的水晶蒸饺。他的肠胃蠕动起来。至今他也无法清楚忆起那八只水晶蒸饺是如何下咽的，但他永远认为那是人间罕见的美味。吃过这种美味的人，永远有理由认为生活是美好的。而人间的饕餮之徒，也将得到大众的充分谅解。

清楚记得自己用了三十分钟时间才写完那份“吃后感”的。数了数，包括标点符号总共九十九个字。他以为这是一个吉利的数字，就预想今后应当进入阳光灿烂的日子了。他有些陶醉，认为这一篇吃后感是自己有生以来所写出的最为优秀的文章。首先它是一篇精短绝妙的散文，其次它表达了自己对人生的独特看法，具有丰富的思想内涵。令人难忘的是他兴致所至，竟将这篇“吃后感”一字不差地背诵下来。那一天深夜他激情涌动，与妻子做了爱。妻子对他旷日已久的行为感到惊异，以为丈夫终于重振雄风。重振雄风的丈夫一鼓作气，坐到桌前凭着记忆将那篇“吃后感”一字不落书写一遍，寄给了本市出版的《国内散文》月刊。

缘自那八只水晶蒸饺的创作冲动，使他年届中年才投出了自己的处女作。事情终于有了开头。

其实这是一个非常糟糕的开头。

时光残酷。他依然还在修习中华五方功，尽管他对自己的修习早已不抱多大的幻想。接踵而来的是他经常在临近午餐的时间里，被那个形若酒桶的内务主任请到方总经理办公室去，接受上司馈赠的一份午餐。他不知道究竟发生了什么事情。这一切都像是一部童话故事。

记得第二次被叫到方总经理办公室，对方递来那只不锈钢饭盒，他看到里边盛着一份精美无比的南味炒面。方总经理依然温文尔雅，说了一声拜托，起身穿上外套就匆匆外出赴宴了。当然，方总经理临走的时候仍然没有忘记告诉他，写出一篇百字之内的“吃后感”。

南味炒面色香味佳，他的“吃后感”当然也就写得非常充实。

他开始觉得事情有些蹊跷了。方总经理在社会上交际广泛，几乎天天都有饭局。那么他为什么还要从家里带来午餐呢？即使他从家中带来了午餐而又遇到了必须外出应酬的饭局，那么他完全可以将那只不锈钢的饭盒放入办公室的冰箱里贮存，根本没有必要请人替他吃下那份午餐。

尤其那份百字之内的“吃后感”，更是让人觉得不可思议。

当同事们日复一日向这个名叫常安的男子投来羡慕甚至嫉妒的目光的时候，他对生活本身所表现出来的不可预测性不可理喻性以及不可归纳性，产生了深深的敬畏。这一切都来自方总经理那接连不断的午餐以及午餐之后的百字“吃后感”。尤其方总经理每次都是那句一成不变的台词：拜托了。给这一顿顿莫名其妙的午餐愈发蒙上了一层神秘的面纱。他不知面纱后面是一位女神还是一位女巫。

他的确做过一个梦，梦见自己成了方总经理的一只胃口。

破译生活的愿望渐渐强烈起来。肠胃的功能却因这种失常的午餐而越发衰弱。他知道应当加强统计工作，就在电脑里编了一个新的文件号：X/X，开始记录自己的午餐情况。这时，他已经明显感觉到自己完全丧失了午餐的自由。而那只“酒桶”每天午餐之前随时都有可能出现在他面前，说方总经理正在办公室里等他。听到这个咒语，他往往立即站起，成了一种条件反射。

然后他在同事们或羡慕或嫉妒的目光照耀之下，走向人间地狱。

他终于懂得了人类就是一群身不由己的动物。

他怀念皮衣女子。他怀念安菲菲。他怀念坐在“鸟食店”里的守株待兔的忐忑情形。他怀念昔日自由自在的午餐时光。他怀念往日的一切而厌烦今日的一切。他为怀念而怀念。

电脑告诉他，截至今日他在六十八天里，已经应邀替方总经理吃下四十四顿午餐并写出四十四篇“吃后感”。

这究竟是一个什么故事呢？

他想知道其他事情。他想知道人间还有没有与“吃后感”毫无干系的事情。譬如说什么地方着了一场大火或者什么地方发了一场大水。

没有消息。

他朝方总经理办公室走去。他知道那只美丽的不锈钢饭盒又将摆到他的面前。方总经理又用那种他早已听腻的腔调说，拜托了。然后匆匆忙忙外出赴宴。

想到这里，他突然感到自己正处于一种性欲冲动的状态之下。

6

袁医生是在黄昏时分接到那个患者电话的。患者男性，说起话来时断时续，使人想起收音机里那干瘪的电池。袁医生要求对方报出姓名。电话里沉默片刻，听筒里才极不情愿地挤出两个字。

心理医生惊诧得几乎叫了起来。他想起儿时从监狱墙缝里弄到的那只蜗牛。他连忙举着电话大声邀请这位患者前来谈心，电话却发出嘟嘟嘟的断路声。

这位心理疾病患者的名字居然也叫常安。多少年过去了，儿时死在自己手上的那只可怜的蜗牛终于辗转来到人间，成了我的一位心理疾病患者。袁医生自言自语在诊所里踱来踱去，内心充满劫后重逢的喜悦。虽说那个电话在关键时刻突然断了，但是袁医生并不认为从此将与常安失去联系。

他开始期待着常安的到来。此时他并不知道这种期待的本身就具有十分明显的宿命色彩。人与蜗牛的不同一性，必将使他的这一场旷日久远的等待成为人类向时间发起的一次悲壮的挑战。童心未泯的袁也方医生站在诊所门前翘首以待，迎面却走来了一位白发如霜的老媪。

老媪要求袁大夫提供心理门诊咨询。袁医生心猿意马的神情引起了老媪的不满。老媪当然不知道这位心理医生正在等待一只儿时的蜗牛的到来，更不知道心理医生的心理此时已临近崩溃的边缘。

老媪要求心理医生给她解释一个概念，什么叫人间剩饭。

袁也方医生有生以来第一次听到这个名词：人间剩饭。这一下子刺激了他那本来就十分旺盛的求知欲。心理医生竟然不耻下问，拱手向老媪请教。老媪无可奈何地笑了。

她说这是一种发生在男女之间的广泛存在的暮年心理。你耗尽一生精力所追求的东西，到头来竟是一碗剩饭。当你将对方作为一碗剩饭端在手里不知如何是好的时候，对方恰恰也觉得你是一碗剩饭。

两碗剩饭？袁医生小心翼翼看着能讲一口道地北京话的老媪。

是的。男女之间就是两碗剩饭而已。老媪的表情变得很是神秘，缓缓凑近心理医生，声音压得很低。

告诉你，洪长根就是一碗剩饭。洪长根是人间最大的一碗剩饭。

洪长根是谁？

老媪告诉袁医生说，洪长根从来就不是一个盲人，虽然他天天叫嚷自己已经丧失了目力。洪长根的那一支手杖其实就是一个玩具。人老了，往往比孩子更加需要玩具。四十多年来，洪长根已经成了人间的最大的一碗剩饭。

袁医生以心理医生的敏锐立即断定那个名叫洪长根的男人在漫长的人生道路上，与这个白发老媪做了四十多年情人。他与她在极端隐蔽状况之下保持着热气腾腾的情欲。而如今却进入了凉锅冷灶的人生阶段。袁也方认为自己的这个判断，肯定来自人间的一个真实消息。

坐在木椅上的老媪此时似乎难以控制情感的起伏，先是自言自语渐渐就激昂起来，变成了大声独白。她的地道的北京口音并未因衰老而失去魅力，其间还不时夹杂着一串英语。这样，袁医生就只能听得一半明白一半糊涂了。上大学的时候他读的是俄语。俄语属斯拉夫语系。这时他开始回忆“剩饭”这个词汇在俄语里究竟如何发音。绞尽脑汁也想不起来。俄语似乎成了一位早已分道扬镳的情人，当年愈熟悉，如今就愈陌生。就在他苦思冥想之际，一个思想蓦然涌入心理医生袁也方的脑海。这个思想在涌入脑海之时所产生的巨大惯性竟然使他觉得脚下踉跄，站立不稳。那是一个洪大的声音：扆拡。

对于我来说，俄语就是一碗剩饭；对于一个心理医生来说，从我面前走过的一个又一个患者，也都是一碗又一碗剩饭。

他被自己的这个突发的思想所震撼，呆呆望着面前的那张空空荡荡的椅子。这时候他思绪如潮，并没有发现那位老媪已经离去。

追到门外，他想问一问老媪能够帮她做些什么。

一个中年男子站在门外。老媪早已走得没了踪影。

难道这又是一碗剩饭？袁也方竟然完全忘记自己曾经等待一个名叫常安的患者的到来。于是他呆呆望着面前的这位中年男子。

中年男子说他是心理疾病的患者急需心理医生解救。

袁也方心里却在思忖，有朝一日如果心理医生都需要心理疾病患者前来解救，天下可能就会进入一个太平无事的年代。

天色一下就黑得十分彻底。这时候的人们纷纷忙着点灯，也就被这种天色比喻成为一种昼伏夜出的动物了。

中年男子走进心理医生的房间首先看到的是桌子上的杯盘狼藉。他猜想这是昨日心理医生的剩饭。无论伙食的内容如何，燕麦列巴加啤酒，都应当被认为是一顿自由自在的午餐。

这时心理医生终于恢复了正常心态，世界在他眼里，重新有了一些光泽和味道。他划着火柴燃起蜡烛。

这座城市实行电灯照明已经八十年了，您为什么还要依靠蜡烛来照明呢？你肯定是一个古典主义者。

袁也方医生举着蜡烛说，那都是别人家的电灯。你见过蜗牛吗？

7

很多年前这座城市曾经传出一桩艳闻，说的是一对男女暗中偷情的事情。男方是有妇之夫，他妻子是一个河东狮吼的妒妇。女方是有夫之妇，她丈夫是一个心理阴暗的懦夫。其实这种男欢女爱的故事在生活中屡见不鲜。但事发之后，彼此之间的藕断丝连，多年不已。于是这个普通的故事就有了一些新意。就这样，一场经年不息的婚外恋渐渐成为一场玫瑰战争。在看不见的战线上，常常响起听不见的枪声。偷情者转入地下活动，像两只聪明的鼹鼠。妒妇和懦夫联合起来实施跟踪围剿，意在现场捉奸。敌我双方以这个世界绝无仅有的独特方式展开精神巷战，多年硝烟不绝。虽说这里的黎明静悄悄，但人们总是能够感到战斗未有穷期。无论春夏秋冬，跟踪与反跟踪、监视与反监视，成了生活的全部内容。

光阴荏苒，《孙子兵法》的要义竟然在这场情战之中得到恰如其分的应用——古代圣贤的智谋与现实凡人的韬略居然如此暗合。正是在这种特殊的战场之中，那一对婚外偷情的男女，智商得到极大的提高。人们常说的“恋爱中的男女是世界上最愚蠢的人”这句滥调，在这里统统失去箴言意义。他与她的多年往来，完全是在妒妇与懦夫的监视跟踪之下，瞒天过海的。他与她的屡屡成功，几乎成为现今人类的一个奇迹。在那种令人不可思议的环境之下，他与她的情吻，有条不紊地进行；他与她的性交，一丝不苟地完成。那部由肖克凡撰写的迟迟未能付梓的《人类情恋秘史》一书，完全应当为他与她专设一章，为这场艰苦卓绝的情恋留下一个详尽的记载，让子孙后代知道他与她是怎样在顽石一般牢固的生活中创造了胜似顽石的业绩。

然而面对这种常人难以创造的成就，他与她似乎一无所知。公允地说这是一对毫无名利思想的男女。他与她只想在婚姻之外求得一种超越，从来不想创造什么奇迹名垂青史。

男子是民用电报局里的一名报务员。在很长一段时间里，由于他的发报技艺精湛而被广大同事称为“金手”。女子是火车站广播室的播音员。对声音的表达能力与理解能力，使她能够在一瞬之间将同类的语言复制如初。她的英语，正是在一味模仿的情况下，讲得滚瓜烂熟的。就单纯声音模仿而言，她认为英语与鸟叫没有什么区别。因此她被大家称为“人精”。

人们一直认为“金手”与“人精”经过既轰轰烈烈又扎扎实实的婚外恋，必定终成眷属。殊不知结婚对双方来说已经并不重要，重要的是多年以来他与她携手横穿情场、知难而进的精神。在那漫长且处处激流时时险滩的路上，他与她为了秘密接触，双双练就一身机警过人的本领。从通信联络的意义上讲，他与她的几项发明创造均可向世界申请专利。譬如说用于两地联络的“洪氏密码”；譬如说与象形文字有异曲同工之妙的“王氏符号”；譬如说实用意义极强且颇具推广价值的“人体动作暗示语义图解”；不胜枚举。他与她正是依靠这些先进的技术与方法，躲过监视跟踪，多次化险为夷，使他与她之间的情感纽带无法斩断。生活步入高科技时代，唯一令人感到遗憾的是，昔日他与她共同发明创造的那些极具应用价值的成果，却濒临后继乏人乃至失传的境地。

光阴残酷。那位妒妇因病死去。那位懦夫也在一次车祸中丧生。

其实大家都已经老了。

那个被人们称为“金手”的男人从电报局提前退休，成了一个闲士。可以说，他为爱情葬送了自己的一生。拄着手杖行走在大街上，谁都能够一眼看出他是一个鳏夫。那些对他当年的婚外恋情有所了解的人们，时常指着他的背影将那个艰苦卓绝的故事讲给后生听。鳏夫朝前走去，对身后的世界毫无兴趣。不知为什么，爱情这个词汇对他来说越来越显得遥远——仿佛那是一处十分陌生的景致。而他又似乎是一个遍踏世界的游客，对任何一处景致都感到无聊。渐入晚年自己为什么变成了这个样子，他不得而知，只得认为是曾经沧海难为水而已。他只知道自己这双令众人羡慕的大手，如今看上去令人想起枯树。那充满灵性的手指则成了干瘪的树枝，很难想象这曾是嘀嘀嗒嗒发出无数电文的金手。应当说鳏夫是一个智勇双全的老翁。早年的惊险生活，使他那心底的湖泊很难再现一石击起千重浪的情形。

休闲的生活使他成了一个酗酒无度的老翁。一年四季，最为亲密的伙伴就是那只硕大的酒瓶。白酒的魅力使他不再思考存在的意义。每当晚间独自一人躺在红与黑商务统计所的单人床上的时候，屋里的唯一音乐就是如雷的鼾声。

这种时候，人间没有消息。

严格说他算不上是一个鳏夫，他身边还有那位多年未散的老情人。但他从来就不认为自己是一个情圣。他只知道年轻力壮的时候，自己是个性欲旺盛的男子，一天必须性交三次才能心平气和。无论什么时候，历史在他心目之中都是一本曾经翻阅的书籍而已。酒至酣时，他也只是偶尔才想起年轻时候与“人精”的一次次幽会，于是恍如隔世的感觉才从心头掠过，荡起难以察觉的涟漪。他总想告诉别人，自己是一个盲人。因为凡是站在历史礁石上而看不到未来潮汐的人，都应当被称为盲人。“人精”恰恰是这个观点的激烈反对者。她认为他根本就没有失明。他与“人精”激烈争论的时候，总是郑重其事称呼她的大名：王雅芳。而这种永无休止的争吵，恰恰是他与她共同步入晚年之后才突然出现在生活之中的。虽说这一切都是始料不及的，但争吵毕竟成了他与她晚年餐桌上的味精。没有这种争吵，人生晚景将味同嚼蜡。

她只有在争吵的时候，才表现出那种流畅雄辩的语言天赋。争吵一俟结束，她就哑巴似的坐在椅子上，无声无息，使人觉得她晚年生活的唯一意义就是每天的那场争吵。或者说她恰恰是为了每天的那场争吵才活在世间的。她说她根本就不愿意回首往事。往事使人回到托儿所，重新开始吸吮乳汁并且不断尿床。往事如烟。

正是在这种时候，酗酒的老翁开始怀疑自己的履历了。

历史像一张潮湿的陈旧报纸，模模糊糊地印满了过去的故事。重读这种故事，不知为什么他感一阵阵难堪。他在心里反问自己，洪长根你为什么感到难堪呢？感到难堪的应当是生活本身。

那时候这座城市只有一株榕树，在街心公园南侧。树身有一处伤疤，看着很有性格。他就是在这株树下，第一次吻她的。他说天天都要在这里吻她。她不信。她知道这种处于重重包围之下的婚外恋，举步维艰。他说他能够做到这一点。

一只精巧的玻璃瓶子，看上去使人想起水晶。他拿起那颗红润光鲜的大樱桃，吻了吻，将它装进密封的瓶子里。他总是能够十分巧妙地将它放到那株榕树的疤洞里。记得自己的动作很像是将一颗宝石镶嵌到一尊王冠上去。她也总是能够甩掉身后的盯梢从树疤里取走他的吻，像是捧着一颗精神钻石。随着季节的变化，瓶里的吻也随之变化：草莓、金橘、青果、红枣、小杏……因此她吃遍了这座城市所有的果子。他也因此而成为购物专家。

他与她的鸿雁传书，从来就不通过邮局。他与她似乎都嫌弃邮局信筒的绿颜色。他与她的消息往来超越了人间格局。

她用自己独创的“王氏符号”写在每日必经的金手大街东侧第六根电线杆上。他用自己独创的“洪氏密码”则能顺利解读。她的书写，是世界上最为愉悦的书写；他的阅读，是世界上最具情调的阅读。那根久经书写的第六根电线杆，布满了世界上最为复杂的碑文。

在历史那张陈旧的报纸上，他看到自己正机警地奔走在大街小巷，背着一只情感包裹，气喘吁吁的样子。那时候我很年轻。那时候我性欲旺盛。那时候我似乎很懂爱情。那时候我能够做到理论联系实际。那时候我是不是活得很累？

那时候的那些事情真的是我做的吗？有什么证据能够证明那些事情是我做的呢？他拄着手杖拎着酒瓶站在屋里大声说，你们统统给我拿出证据来！我早就知道历史其实就是一种真实的幻觉。

由一对老年男女组成的无声无息的红与黑商务统计所的唯一兴趣大概就是，将这个世界撕破给外星人看。

8

心理医生并未使他那浮躁的情绪有所缓解。他觉得这个世界绝对不可思议。心理医生在与他交谈的时候，不厌其烦大谈一只童年的蜗牛。有时候拯救一个人恰恰是将其葬送；有时候葬送一个人恰恰是将其拯救。就手段与目的而言，看上去南辕北辙的事情，往往最终走到一起。面对这种喋喋不休，患者感到愤怒。他甚至怀疑那只蜗牛就是这位心理医生夭亡的儿子。人在清明时节总会想起那些已经进驻坟墓的亲人的。心理医生的唯一血亲就是那只蜗牛。

问诊的过程中几乎没有涉及什么具体内容。心理医生认为患者有着明显的俄狄浦斯情结，那位皮衣女子其实就是一个母性符号，而出售皮衣的地方则是患者心理情节的子宫。因此他提醒患者上街购物时不要在皮草行门前流连不返。最后心理医生要求患者在口服舒乐安定的同时，三天之后必须前来复诊。

他说，您能保证三天之后我还活在世上吗？

心理医生强作镇定，鼓励他牢固树立生活的信念，多读一些《金手诗集》上的优秀作品，让理想荡起双桨。

这时候他才想起《金手诗集》正是由自己所供职的金手文牍有限公司编撰，亚细亚出版社出版的旨在赚取少男少女的眼泪从而起到教化作用的一部歌谣总汇。它像哈雷彗星一样，天长地久转了一大圈儿，之后又从这里掠过。他对心理医生感到深深失望。

他告诉这位心理医生，自己经常被一份从天而降的午餐将胃口塞得满满，被动异常。而性却充满了饥饿。这种两极分化的状况长此以往，他担心自己将被折磨成一只填鸭。至于皮衣女子的形象，他早已移情安菲菲。只可惜安菲菲离开公司另谋职业去向不明。

心理医生安慰他一定要做到完全放松，要想象自己是一只升上天空的气球，达到一种忘我的飘逸状态。譬如说那只死去的蜗牛。

他知道面前这位心理医生的心理肯定出了毛病，好像人类只有进化成蜗牛才有出路。他起身向心理医生告辞，出门去为自己寻找新的出路了。他牢牢记住这位心理医生的名字：袁也方。他知道世界上曾经出现心理疾病患者杀死心理医生的案件，也知道蜗牛是不会杀人的。

只是他不知道午餐之前自己该不该赶回公司的写字楼。一个预感告诉他，方总经理今天中午在外面定有饭局。

那么，他又要替方总经理这个该死的家伙吃下那一份从家里带来的午餐。不知道这是不是最后一顿午餐。

路过红与黑商务统计所，他神差鬼使走了进去。

他不知道这间破旧门面究竟是做什么生意的。他只是觉得那位端坐椅上的老媪面相很像自己故去多年的母亲，那位靠在床角喝酒的老翁形体很像自己多年故去的父亲。

似有万般无奈涌上心头，他的泪水流了出来。

老媪说，哭吧，根据最新资料表明哭泣是有益健康的。

老翁说，笑则更好，资料表明笑的时候人体将驱使六十八块肌肉运动并且促进血液循环。

他看出面前亚父与亚母的争吵即将爆发，就做出不知所措的样子。屋里的空气渐渐缓解下来。

老媪哑巴似的看着他。老翁好似盲人，支起耳朵静静听着混杂在空气之中的人间信息——譬如说蜗牛传来的歌唱。

这一切都表明，红与黑商务统计所正耐心等待他的诉说。

他似乎感觉到这是自己人生的一次重大诉说，因此心乱如麻语无伦次。他开始说到皮衣女子，说到她是一个令自己性欲冲动的陌生女性。他甚至承认自己染有手淫的恶习，以及后来从皮衣女子移情安菲菲的原因是由于她俩之间有一个完全吻合的侧影。

他说春季以来自己已经完全丧失了午餐的自由，他的胃口随时都有可能被塞进一顿原本并不属于他的午餐。譬如说意大利面条或者日本吐司。

老媪突然说，这样吃下去你肯定就发胖的。

他怔了怔，这恰恰是一个他不曾想到的问题。老媪的插话打乱了他的思路。他不知该说些什么才能使叙述继续下去。

腰间的 BP 机蟋蟀一样叫了起来。从显示的号码来看，是公司总部发出的传呼。他必须立即复机。

红与黑商务统计所有一台黑色电话机。通过黑色电话机他拨通公司总部。黑色电话机像一只墨斗鱼，喷出一团黑乎乎的声音。

方总经理似乎就站在他的面前。

我这里有一份午餐。请你立即到公司来，像每次那样替我吃下这份淮扬炒饭。当然不要忘了写一篇“吃后感”。是的，我正在考虑给你提职加薪。今天你怎么没来上班呢？擅离职守这很不好嘛。

放下电话，他心中愤怒起来。我已经彻底失去午餐的自由。用股市的术语来说就是套牢。我是一只风筝，方总经理就是放风筝的人。无论我飞到什么地方，他都能收拢手中的线绳将我牵扯回去。然后让我替他吃那顿该死的午餐。

老翁喝了一口烈性白酒说，你的情况我们都已经知道了。

老媪低头望着立在门旁的那支手杖说，从现在开始调查，一般不出十天就会真相大白的。

他呆呆望着这两位老人，似乎并不知道这里是一家私人侦探所。

世界在我们眼中其实就是一块玻璃。你所苦恼的不就是一顿午餐吗？食色性也。这是一件非常显见的案子，很快我们就能将它侦破的。

老媪话语如流，使人觉得她当年是一个播音员。

他说，你们怎么不问一问我叫什么名字呢？

老翁自言自语说，三天之后你一定会再到这里来的。

三天之内，我想杀了我们公司的那个方总经理。你们说我选用什么凶器为好呢？说罢，他十分诚恳地望着两位老人。

老媪冷笑一声说，你给我们出了一个很大的难题。这已经远远超出红与黑商务统计所的营业范围。

老翁急了，对老媪大声喊喝。你不是说自己是一个哑巴吗？既然是哑巴你为什么还要侃侃而谈呢？你声称自己是个哑巴，却整天喋喋不休，而我对人间万物早已熟视无睹，你却不承认我是盲人。难道你我婚外偷情几十年，就是为了晚年这场互不相让的争吵吗？

因为你我觉得一切都没有什么价值，所以只能选择争争吵吵这种通俗的方式来打发余下的时光。有谁能够提供一个比争争吵吵更为有趣的游戏吗？老媪和颜悦色问着老翁。

常安显然无法适应这种日常的战争，就站在两位老人之间，做出一副和平使者的样子说，在两位同归于尽之前，你们能不能为我找到安菲菲的去向？

9

金手文牍有限公司传出一个爆炸性新闻：形似酒桶的内务主任修习中华五方功得道，天目大开，能够看穿时光，预测未来。

这时候那个名叫常安的男子正独自坐在方总经理办公室里捧着那份午餐。他并不知道“酒桶”已经得道的消息。面对午餐他眉头紧锁满脸苦相，看上去像是一个正要服毒自杀的懦夫。

今天方总经理给他增加了一个任务，吃罢午餐还要为这份午餐取名。听方总经理的口气，仿佛这份午餐是一个刚刚落生的婴儿。当然，不会是红烧猪蹄或者白焯牛舌。

这是一份看着很像鱼丸的菜肴。它口感滑润，味道清淡，属南派烹饪风格。不像北方鞑子烧出的菜，咸得能把卖盐的人吓死。

他将这鱼丸吞到口中，静静含了一会儿，然后使劲咀嚼起来，咽下。一种快感从他心中掠过，意味很是复杂。他一个又一个吃下这种鱼丸，感觉出自己牙齿的锋利。此时他并没有意识到这是人生路上一顿颇具发现的午餐。他渐渐推开了想象的大门，向里面窥视。

能够烧出这样一道好菜的，想必是一位玉手女子。方总经理的太太拥有这样一双玉手并且能够烧出如此美妙的佳肴，应当令天下男人冲动不已。他为自己能够产生这样一个新颖的想法而暗暗吃惊。于是就放任自己的思绪，浮想联翩。一切都从那双玉手开始。

绝对玉手。这时他闭目回味着。经牙齿与舌头鉴定，玉手烹制的这道尚未命名的菜肴，主料为鱼丸无疑。色香味好，绝对美味佳肴。美味出自玉手，这自然就令他想到美人。

一个显然可以被称为深刻思想的火花在他脑海之中倏地闪出耀眼的光亮。他为自己的这个发现激动得浑身战栗。他告诫自己保持冷静。快步走出方总理办公室，他回到自己的电脑跟前。打开电源双手颤抖不止，他就将手指放进嘴里，狠劲咬着，强迫自己镇定下来。

他将自己的这个令人欣喜的发现写进电脑。

我已经吃了方总经理的太太为丈夫烹制的午餐共七十四份（食谱内容详见每日“吃后感”）。既然这些午餐是方太太给自己的丈夫预备的，那么我在这七十四天里已经成了她的丈夫，至少在这七十四天里我已经成了她的替身丈夫。她不知不觉在这七十四顿午餐里伺候了我，成了我的饮食妻子。事实上，方总经理在这些天里霸占了我的胃口，而我在这些天里恰恰享用了他的太太。尤其是今天，方总经理不但要我吃下这份午餐而且还要我为其命名。说心里话这真是一道独特的菜肴。那我就当仁不让将这份清蒸鱼丸取名为“开斯蜜”。语义非常明显：吻你，太太。

他的手指飞快敲击着键盘，写完了这篇小文。他给文件加了密码，迅速关掉电脑。一种难以名状的感觉布满全身，灵魂仿佛刚刚从桑拿浴里拎出来，很湿但很舒服。他伸了一个懒腰，活像一位酣睡方醒的嫖客。一瞬之间他就转变了对生活的看法，认为形势大好。方总经理派下来的午餐真好啊。肯将自己的太太让给别人享用，这个男人一定能够成为商战英雄股海豪杰以及床笫雷锋。

今天是个阳光灿烂的日子。只有在阳光灿烂的日子里，才能萌发这种惊世骇俗的思想。由方总经理的午餐而引出一双玉手。由玉手烹制的七十四顿午餐而引出被他意淫了七十四日的方太太。乖乖你好。

他完全陶醉了。他认为生活实在美好。

方太太到底是一个什么样子的女人呢？就自己目前的内务助理的地位，赴方宅造访显然是不合规格的。那么怎样才能一睹芳容呢？此时，他已经进入一种情思状态，似乎是在为初恋补课。

他性急起来，恨不能立即得到一张方太太的玉照，一睹为快。

这时候，那位修习中华五方功并已经得道的形如酒桶的内务主任走了过来。由于他根本不知"酒桶"已经得道，就佯装闭目养神，不予理睬。得道之后的"酒桶"虚怀若谷，静静站在他面前，等待睁眼。

他紧闭双眼说，方总经理今天派下来的午餐我已经吃过了，总不会让我替他吃掉那份从家里带来的晚餐吧？

"酒桶"说，我觉得你有心事。你是不是想得到一张照片？我的观测能力在上午十点钟之前最准。你现在心里想的是一张照片。

他惊异地望着"酒桶"，不知是应该承认还是应该否认。

"酒桶"对自己的刚刚具有的这一点特异功能似乎并无多少把握，就摇了摇头，转身想要走开。他站起身伸手将"酒桶"拉住。

他压低声音说，我想请你测一测安菲菲究竟在什么地方。

"酒桶"咧嘴笑了笑，说有妇之夫不应当总想着别人的姑娘。

他对"酒桶"说，我只想考一考你是否真的具有遥测能力。

"酒桶"拉了一张椅子坐在他的面前，随手从桌上拿起一只打火机。

他以为"酒桶"又要吸烟，就朝"酒桶"连连摆手。

"酒桶"目光定定注视着手里的打火机，似乎它是一面能够看穿世界的镜子。他抬头注视着"酒桶"，看不懂这是什么法术。

"酒桶"开始喃喃自语，像一条小溪静静流淌着。

她走进一间大屋子。这间大屋子好像是一个超级市场。她买了几只蛇果。她身上的光线很亮。她穿了一件皮衣，棕色的皮衣。

他觉得"酒桶"的样子很是可爱，就打断"酒桶"这种孩子式的喃喃自语。

你说她穿了一件棕色皮衣，她是谁呀？

“酒桶”定定看着手里的打火机缓缓说，她是谁？她是安菲菲啊。

他笑了。他绝不相信“酒桶”的话。无论“酒桶”具有多大功力，他都不相信安菲菲身穿皮衣。他清楚记得安菲菲说过，今生今世也不穿皮衣。因为大街上的那些暗娼都是穿着皮衣出来拉客的。作为女人，安菲菲厌恶皮衣，认为它像是人体生出的一层厚茧。

“酒桶”似乎是认为他难以理喻，就摇了摇头说，安菲菲肯定穿着棕色皮衣走在一间大房子里。这是千真万确的事情。你为什么要反对这个事实呢？你不应当反对这个事实而应当接受这个事实。

“酒桶”走了，他陷入沉思。一团棕色在他眼前晃来晃去。

安菲菲。皮衣女子。难道安菲菲与皮衣女子合二为一，成了一个人物。这就是人生的重影？如果安菲菲与皮衣女子重影而成为同一个女人，那么今后将无法理解人间的基本逻辑。究竟是安菲菲最终穿上了皮衣，还是皮衣女子摇身一变成为安菲菲呢？

听不到任何令人信服的消息。

心理医生曾经告诉他说，一定要逐渐放弃心中的性偶，这样才能面对崭新的生活。但他认为心理医生说的都是废话。人，其实一生所面对的都是陈旧的生活。崭新的生活在这个世界上是永远不会存在的。譬如说一双新鞋，永远要穿到一双旧脚上。于是新鞋毫无意义。

办公室里一下子变得静悄悄的。方总经理迎面朝他走来。他立即站起身，做出对公司总裁的恭敬姿态。这时他心里渐渐得意起来，脸上却浮现出谦卑的微笑。

方总经理用追悼会上常见的口吻对他说，上证指数刚才已经跌破444点了。这可是一道心理防线啊。

他大声告诉方总经理，中午的那道菜肴他已经取了名字，当然这只是一个初稿。这个由鱼丸做成的菜肴，名叫开斯蜜。

方总经理心事重重地朝他点了点头，似乎认为这是一个很好的名字。之后，方总经理匆匆走进自己的办公室。

看着方总经理的背影，他自言自语说，我已经吃了你从家里带来的七十四顿午餐，从这个意义上说你我共同拥有一个太太。如果你并不介意的话，请转达我对她的问候。

这时突然从方总经理的办公室里传出一个男人的哭声。这哭声显得很是放纵，给人一种开闸泄洪的感觉。金手文牍有限公司的同人纷纷停下手中的工作，竖起耳朵悄悄听着这令人猝不及防的号啕。

望着方总经理办公室的那扇大门，他自言自语说，肆意霸占别人胃口的人，是不会有好下场的。被股市套牢了吧？

10

在这一段时间里，心理医生袁也方不断给常安家里打电话，询问患者的近况。他的声音听起来非常独特，很像故去的邱月峰。常安的妻子每每接电话都骇得心惊肉跳，有一种与阴间死者对话的感觉。

有时袁也方还在电话里给她讲上一段蜗牛的故事。这原本可以讲出童话味道的故事，却被这位心理医生讲叙得低沉冰冷，令她毛骨悚然。她不明白为什么非要在电话里屡次谈到一只丑陋的蜗牛。

她恳求邱月峰的这位转世灵童不要再往家里打电话了，因为她认为丈夫没病。当她坚称丈夫心理非常健康的时候，袁也方就表现得焦躁。他认为不但常安患有心理疾病，常安的妻子也患有心理疾病。医生的神圣天职使他寝食不安，恨不得一日之间就将这一对患者夫妻医治痊愈，永远生活在蓝天绿水阳光之中。

常安的妻子不懂什么叫作心理疾病，但她认为天下最大的神经病患者正是医生袁也方。这位从小就乐于助人的女子，颇有急他人之所急的美德，悄悄开始为袁也方寻找能够治愈神经病的民间偏方。关于她的这种助人为乐的义举，袁也方医生一无所知。他依然不断往常安家中打电话，这就进一步激发了常安的妻子寻找民间偏方的热情。她一改终日居家的习惯，整天穿大街走小巷，寻亲访友打听线索。后来她听说有一种能够普度众生的中华五方功，心中十分激动。尤其当她听说中华五方功的得道者不但本人身心康泰，而且还能为他人医病，就觉得自己一下子找到了信仰。

生活一夜之间增添了味精，鲜美而醇厚。

由于总在户外走动，他对街景有了较之以往更为透彻的理解。她惊讶自己面对五光十色的世界，居然能够做到一针见血，很像是一位哲学家的母亲。

街景就是那些身穿时装招摇过市的女人。

于是她就到皮草行买了一件皮衣。售货小姐问她要什么颜色的。她毫不犹豫就选择了棕色。她认为棕色是一种能够使人感到安全的颜色。别人有时候会将你误认为棕熊，自然就害怕而避走。别人避你而去，你自然就安全了。

她身穿棕色皮衣走进家门的时候，丈夫正坐在沙发上拨着电话。她从丈夫面前走过，站到镜前去欣赏自己。丈夫无意之中投来一瞥，惊得发出一声尖叫。她以为他的胃痛病又犯了，就转身看着丈夫。

丈夫扑上来，一把将她拖到床前紧紧抱在怀里，疯狂地吻着。

如此直奔主题，她蒙了。

丈夫两眼充满血丝，显出步入中年之后那种少有的疯狂相。她感到暴风骤雨到来之前的那种沉闷，就希望丈夫立即兴风作浪。

他却变得从容不迫，从地上拎起刚刚从她身上扒下来的棕色皮衣，很响地吻了一下。这时她觉得丈夫变得有些陌生。

她一丝不挂被他从床上拉起来，强行将那件棕色皮衣穿在身上。皮肤与皮衣接触的一霎间，她打了一个冷战。不知为什么她觉得自己像是一只被剥光的粽子。丈夫的这种鲜见的粗野令她感到异常。

赤身裸体却穿着一件棕色皮衣，她不知这究竟有何深意。丈夫仿佛是个勇猛的战士，伏下身来双手揉搓着棕色皮衣的大襟，开始与她性交。她见皮衣在丈夫手中被弄成这个样子，很是心疼。

电话铃响了。

她不知道应当怎么办。从前家里没有电话，做爱的时候如同躺在一只罐头盒里，昏暗而与世隔绝。如今有了电话，偏偏做爱的时候它铃铃响起，给人一种昭然若揭的感觉。

他抬头看了看墙上的挂钟，脸孔渐渐扭曲。

一定是方总经理要我立即赶到公司去，吃他从家里带来的那份午餐。我说过霸占别人胃口的人是不会有好下场的。

转念一想，自己明明也用胃口霸占着方太太。渐渐地，他心气平和下来，开始动手穿衣裳。

妻子嘤嘤哭了起来。他感到莫名其妙，不知这哭从何而来。

电话铃又响了。他越过床头，伸手抓起电话听筒。妻子动作敏捷按住他的手，说肯定是那个令人讨厌的心理医生打来的，不如不接。

电话机显得耐心十足，铃铃响着。他踌躇了。会不会是红与黑商务统计所打来的呢？记不得自己是否给他们留了自己住宅的电话号码。

从妻子的表情上看得出她在期待着什么。他只能装出一副不解风情的样子，伸手拿起电话。

对方是一个甜美的女声。先询问这里是不是常安先生住宅，又说三天之前预订的今日中午的这份高级鸳鸯套餐刚刚出炉。十分钟之后，黑与白餐饮有限公司的汽车将抵达贵府送餐。

甜美的女声最后说，常安先生还需要些什么吗？

他呆呆举着电话筒，如听天书。

妻子一边穿衣一边问他到底出了什么事情。

他不清楚到底是什么人潜伏暗中奉上这份高级鸳鸯套餐。世界在他眼里变得越来越神秘。不该发生的事情，往往发生。应该发生的事情，永远不会发生。木然坐在床前，踏在脚下的那件棕色皮衣再一次激发了他的冲动。他知道自己已经不可改变了。

门铃叮咚响了起来。他认为鸳鸯套餐已经到了门外。吃罢这份来历不明的套餐，就应当到红与黑商务统计所走一趟了。

妻子从地上拎起棕色皮衣告诉他，来历不明的东西是不能随便就吃的，许多侦探小说都说得明明白白。

你又没接电话，怎么知道有人送来午餐呢？

我只是有这样一种感觉。再说，任何午餐都会散发出它的味道的。

他不知道妻子已经开始修习中华五方功；他更不知道妻子在不久的将来就能嗅到那种与烹饪无关的异香。

11

得道之后的“酒桶”果然在众人心目之中判若两人。他给常安的突出印象就是变得乐善好施。譬如他已给残疾人联合会捐款人民币五百五十五元整。虽说这个数字听着很像一种进口香烟的牌子，但这毕竟属于义举。常安自己未能得道，但“酒桶”的表现已使大家对中华五方功更加心悦诚服。消极的末世情绪，因“酒桶”的得道而渐渐淡化。

“酒桶”更加善解人意。他告诉常安这几天他又看了看，感到安菲菲的气场并没有离开这座城市，有时甚至近在咫尺。听了“酒桶”的话，常安很受鼓舞。这时他才理解了“只在此山中，云深不知处”的意境。

生活似铁，他无法想象安菲菲在自己的心目之中真正占有多大的分量。安菲菲可能凝聚着他对人生的一种欲望，也可能只意味着一个女子的侧影而已。有时他觉得人是最不具备精神生活的一种动物。

黄昏时分他来到红与黑商务统计所门前。

只有来到这里，他才深切体会到什么是暮年黄昏。一个愿为爱情而献身的热血青年，一俟垂暮，极有可能视爱情如一包香烟。香烟的燃烧是一种热烈的情绪，但结局却是一撮灰烬。任何事物的结局都令人感到失望，这恰恰说明过程的意义。譬如说人生的结局就好比是一本使人不忍卒读的书籍，更大的结局就是将这本书带到坟墓里去。

这样一想，人间其实就是一座五星级的垃圾处理场。

红与黑商务统计所里，一个自称名叫洪长根的老翁接待了他。他告诉老翁这种自我介绍毫无必要，因为前天彼此已经见过面，可以认为是熟人了。自称名叫洪长根的老翁说，太阳每天都是新的，所以每个人的每天都应当从零点重新做起。

他知道老翁之所以这样说是为了逃避那种垂暮心态。大家每天都从零点做起，也就地不分南北、人不分老幼了。

他遵循这种逻辑，也做了自我介绍。尽管他觉得这很滑稽。

这时老媪走了进来，说真相已经大白了。说罢她迈着轻盈的步子走到电脑近前，打开了机器。这时候老媪的背影，看上去像一个少妇。

前几天来这里的时候，还没有这台电脑。而从老媪敲击键盘的娴熟指法来看，这台电脑似乎在她手里已经摆弄了一个世纪。于是红与黑商务统计所给人一种强烈的时空模糊感。案件便在这种模糊状态之中凹凸不平。只有将时间像鱼鳞一样从活鱼身上刮去的时候，世界才明明白白摆在桌上。在红烧鲤鱼与鲤鱼化石之间，无数朝代统统被忽略不计。

电脑的屏幕上显示出一系列数据，常安看不懂。名叫王雅芳的老媪开始向他介绍调查结果。这就使他想起童年在幼儿园听阿姨讲故事的情形。从前有座山，山里有座庙，庙里有个和尚讲故事。一股早已死去的温馨与亲切，又回到他的身旁。

老媪首先讲到关于午餐的情况。她认为这里并没有多么曲折复杂的故事。故事的起点是妻子，故事的终点是丈夫。也就是说妻子出于对丈夫的疼爱，每天清晨起床立即亲自下厨，为外出工作的丈夫做上一顿可口的午餐带在身上。当然，那一只不锈钢饭盒，则盛满了这种夫妻情感而被方总经理捎到公司办公室里。

听着老媪的讲叙，沉浸在大团圆故事模式里的常安被那一对恩爱夫妻的情义所感动。沿着故事的这个线索，那只不锈钢饭盒只是一个通俗爱情故事里的一件道具而已。生活因此更变得清澈见底而毫无神秘可言。

老翁走上来将老媪请到一旁，自己坐在电脑跟前。闪到一旁的老媪看上去像一个待业青年。老翁敲击着键盘输入一个新的指令，电脑立即成了叛徒，投到洪长根门下。

关于午餐的故事，电脑屏幕上显现出另一种模式。老翁说，生活之中充满了惊险与怪异，什么事情都有可能在一瞬之间发生并在一瞬之间完成。生命也有可能在这一瞬之间产生和消亡。

常安从童年的温馨之中走进现实，静心倾听老翁所描述的生活。

方总经理有两位太太。当然这是不符合婚姻法的规定的。方的大妻早已没了这般柔情蜜意。能够保持这种情调的是方的小妻。可以认为方的小妻处于地下状态，也就通常所说的外宅。

听到另一个男人拥有两房太太，常安就嫉妒起来。这时候他才想起自己在这个扑朔迷离的故事里也称得上一个重要角色，就向老翁询问细节。老翁关掉电脑，脸上颇有一番感慨。

如今的婚外恋已经成了一种毫无惊险意义的大众运动。任何事物一旦成为运动，就失去初始的魅力。那一只不锈钢饭盒，其实根本就不是什么秘密。因此装在里边的午餐也就没了独特的滋味。所谓独特的滋味就是那种担惊受怕的心理感受。老翁讲到这里，看了一眼老媪，似乎是在征得她的同意。老媪闭目养神，完全一副事不关己高高挂起的样子。老翁继续讲述，由感慨变成悲凉。

今日的男女隐情，已经成了和平年代的清汤，索然无味。当年的婚外偷情，双方根本无法坐在一起吃上一顿生日午餐。一楼之隔却难以相见，身陷重围之中。那时候的电话号码只有五位数字，譬如说2局5594。男方偷偷端着一碗面条溜出食堂，钻进那间落满尘土的库房，因为这里的一部电话。电话当然就顺利拨通了，女方按照约定早已坐在电话机前。女方也端着从食堂买来的面条。于是双方手里就都有了生日的喜面。男方在电话的那一端首先祝愿心上的女人生日快乐，然后就尽情倾诉着自己对她的无限思念。女方在电话的那一端听着，看上去正襟危坐其实内心激动不已。身边坐着的都是她的同事和领导。她拿出一份尚未播出的稿子摆在桌上，对着听筒嗯嗯呀呀做出核对稿件的样子，心儿却沉浸在男人那美好的情话里，双双沐浴爱河。当她听到他亲吻听筒的声音，一时冲动难捺几乎晕倒桌前。领导却以为她这是由于午休时间里坚持工作而劳累过度，当场对她的营养状况表示关心。就这样，婚外偷情的生日午餐在惊心动魄的状态之下，以得到领导的口头表扬而画上一个圆满的句号。至于那种发生在电话两端的生日接吻，则因其独特的距离感受而使这一对饮食男女情感粘连，没齿不忘。

这种忆苦思甜式的讲述令常安陶醉。他已经进戏，成了故事之中的人物，分享着艰辛岁月里偷情者那种难得的愉悦和惊险的感受。

老媪睁开双眼突然说，客户到这里不是来听我们那些无聊故事的，最为重要的是将调查结果交付客户并且实行三包。

这种尖锐的批评遏制了老翁对往事的回顾。常安也从陶醉之中清醒过来，想起自己的事情。

案情的最大疑点就是方总经理为什么经常霸占别人的胃口，还有那午餐之后的“吃后感”。

老媪的解释非常简单。

小妻对丈夫的占有欲往往是强于大妻的。小妻要全天候占有这个男人，必然挖空心思。她清晨下厨为他烹制午餐，本来就是一种娇姿。而丈夫每晚归家，必须对她的午餐发表一番评点，方可上床。这就是“吃后感”的由来。但丈夫终日忙于交际，小妻的午餐他根本无暇品味，就只能寻找替身并且凭借他人的“吃后感”来搪塞娇娘。

老翁说，目前还没有足够的证据让我们确信这个男人已经有了小妻。情妇与妾，在中国根本就不应当是同一个概念。

老媪说，在中国每个男人的心思之中都是妻妾成群的，其中就是没有爱人。所以说午餐也仅仅是午餐而已。

这时他觉得应当静下心来梳理一下自己的情绪。这是一个充满假设的世界。如果将老翁的推断与老媪的推断组合成一个实体，其结果都是令人乏味的。只不过是一个男人拥有两个妻子而已。常安总觉得能够做出如此佳肴的玉手，应当有着令人魂飞魄散的故事。

老翁与老媪在常安准备告辞的时候，又因为一件小事争吵起来。

常安突然有一个发现。这一对饱经战火洗礼的情人，进入暮年之后的不断争吵，其实正是他与她最后的相互咀嚼。这种情形很容易令人想起一个咀嚼甘蔗的孩子，使出最大的力量吸吮着残汁。

常安向往甘蔗。

12

那一份从天而降的鸳鸯套餐竟然没有引起夫妻之间的相互猜忌，这就使常安觉得自己的家庭的确坚如磐石。当黑与白餐饮公司的送餐小姐将那份套餐摆到桌子上的时候，他与妻子面面相觑，只能认为生活的本身就是一个巨大的谜语。

刚刚出炉的套餐散发着诱人的香味。他知道这是一种市俗的气息，与中华五方功无关。送餐小姐走后，他与她并肩站立桌前看着这份价格不俗的佳肴，默默无语像是两个守尸人。

当然没有什么食欲。这时常安又懂了一个道理。现代人的食欲是在安全得到基本保证的前提之下，一种要求进食的本能。

夫妻最后达成共识，将这份套餐用薄膜密封，放到冰箱的冷冻室里贮存。至于何时解冻，则是以后的事情了。

谜语被雪藏起来了，好比将魔鬼装进了瓶子。常安到金手文牍有限公司去上班，发现“酒桶”消失了，据说此公已另谋高就，月薪一万。

这对他是个不小的打击。他的第一个感觉就是眼前一片昏暗。“酒桶”是他能够看到安菲菲的唯一窗口。如今这窗口堵塞如墙，自己好似坐在一个洞里不见天日。

没有消息。

必须找到“酒桶”的下落。他四处打电话，忙了一个上午。后来他感到肚子饿了，看了看时钟才大吃一惊，已经下午两点了。

今天方总经理为什么没有叫我去吃午餐呢？难道“酒桶”的去职就中断了这条“生物链”？他走到内勤小姐的桌前询问，才知道方总经理到西藏去了，大约十天才能回来。

没了方总经理的午餐，他居然感到有些失落。于是就在心中想象着方太太们秀色可餐的仪容。想着想着他就饱了。精神与物质的互相转换，真是一对颠扑不灭的唯物主义哲学范畴。

还是得到街上去，到那间久违了的鸟食店里吃一顿过时的午餐。

街上的人们忙忙碌碌走着，一个又一个的面孔从他身边掠过，都是模糊不清的影像。他知道自己急于找寻的人其实就在人海之中，有时双双擦肩而过。穿过大街的时候，他呆住了。太残酷了，好端端一个小餐馆，几日不见竟然被改装成一座收费厕所。这足以称得上迅雷不及掩耳之势——吃入与排出的场所一瞬之间完全颠倒。人们必须在一夜之间改用肩膀走路，用脚掌写字。

皮衣女子。安菲菲。这里是他唯一得以怀旧的地方，却已人去物非。

“酒桶”是不是测出鸟食店的这种悲惨下场，才愤然从金手文牍有限公司离职而去的？如果真是这样的话，应当说“酒桶”是一个充满正义感的好人。那就更应当找到“酒桶”了。不能没有“酒桶”。

今天是中华五方功学习班的活动日，在那里是应当能够找到“酒桶”的。他放弃了午餐，坐在办公室混着光景，恨不得眨眼就到下班时间。

下午总共有三个电话从外边打进来。第一个是心理医生袁也方，询问他近几天的服药情况。他谎称按时服药效果显著，食欲增强睡眠安稳，夫妻双方关系明显改善，房事频频。电话里心理医生兴奋得连声尖叫，好像踩在一只小猫的尾巴上。

第二个电话有些可疑。他拿起听筒喂了一声，对方却沉默无音，就这样僵持着。最后对方只得不言不语挂断电话。他知道这个人不是上帝就是魔鬼，在暗中注视着自己。

第三个电话最令他激动。“酒桶”的声音宛若美酒从听筒里流淌而出。他的双手颤抖起来。“酒桶”说正在海口市的一家星级饭店里与人谈生意，大约十天就能回去。“酒桶”告诫他少安毋躁，一定要平平和和度过这个阶段。“酒桶”还告诉他安菲菲的气场仍然没有离开本市，但能感到她近来有些浮躁。说到这里，长途电话断了。

放下电话他沉思起来。只有在这种时候，他才悟出安菲菲在自己的生活之中其实并不重要。她只是他遐想之中的一个性偶而已。有时他甚至不能详尽记起安菲菲的清晰面容。人的盲目性，使人长久处于盲目状态之中。从这个意义上讲，很多很多的人士，都可以自称盲人。譬如说那位名叫洪长根的老翁。

鸳鸯套餐放在冰箱里成了一个冻结的谜语。可日复一日的生活却使常安感到度日如年。没了方总经理就没了每天那种必须写出“吃后感”的午餐。他这才意识到自己的胃口一旦获得自由，竟然变得无可依附。中午的时光成了一个无以排遣的罪过。他不愿进食，只是喝那种瓶装矿泉水来维持口唇的湿润。他怀念那些无论出自方氏大妻还是方氏小妻的美味佳肴，以及那梦中多次出现的午餐玉手。胃饥饿与性饥饿混杂一处，说不清道不明。

他很快就瘦了下来。

没有方总经理回来的消息，也没有“酒桶”回来的消息。他无法忍耐这种绵绵无期的日子。他成了金手文牍有限公司脾气最为暴躁的男人。他随时都敢在办公室投出一只玻璃杯，在墙上摔得粉碎。他的这种毫无节制的狂躁，使小道消息不胫而走。人们都在传说常安即将出任公司的副总经理，真是官大脾气长。

公司同人开始自觉听从他的指挥了。这令那位真正的李副总经理感到莫名其妙。面黄肌瘦的常安从李副总经理办公室门前走过，焦灼的情绪使他无法找到心理支点，就使劲跺脚大声咳嗽。李副总经理居然不敢怒不敢言，龟缩在屋里装聋作哑。

金手文牍有限公司一下子进入了乱世。最为安分守己的职员也敢于便后不冲厕具。洗手间里竟然出现奸情。

常安对这些事情一无所知。他觉得自己的胃口像一只空空的麻袋，不知用什么东西能够将它填满。打开电脑，却没有什么东西可写。他期待着方总经理或“酒桶”的归来。他知道自己已经无法坚持更长的时光了。他成了一个与世隔绝的男人。譬如说红与黑商务统计所，多次打来电话邀他前去，说是有要事面谈。他一概不予理睬。

其时他已进入一种迷乱状态。他也闹不清楚自己究竟为什么活在这个世界上。

方总经理终于出现在金手文牍有限公司的大楼里。这位五十八岁的男人容貌大变，看上去像是八十五岁的老翁。人们惊呆了，怀疑方总经理刚刚走出时间隧道。

常安走上前去紧紧拉住方总经理的手，目光死死盯住对方的眼睛。方总经理显出非常疲累的样子，似乎马上就能睡着。

方总经理伸手问他有没有阿司匹林。

他压低声音说，您今后还要我替您吃午餐吗？

13

常安要求红与黑商务统计所对那只暂时冻在冰箱里的来历不明的鸳鸯套餐进行调查。老媪告诉他“红与黑”只接受有关男女隐情的事情调查。鸳鸯套餐这种事件清澈见底，根本谈不上什么调查。

他不相信那份鸳鸯套餐竟是那个名叫袁也方的心理医生暗中奉送的。除非这套餐是一剂良药，否则不可思议。

迈出红与黑商务统计所的门槛，他停下了脚步。多日以来缠绕心头的那个疑问，不应该再闷在胸中了。转身走回去，他与老翁的目光形成对视。

不知为什么，他觉得这目光充满慈悲。从这目光里你会悟出许许多多事情，只是一时难以说清罢了。

他觉得与这种目光对视，就不应当再问什么事情了，就怔怔站着。

老媪说，有什么问题趁我们还活着你就问吧。将来我们都死了，你也就没处去问了。

听了这话，泪水就充满了常安的眼窝。他知道自己原本打算提出的那个问题其实很傻，但他觉得必须当一次傻子，活得才有滋有味。

你们能不能告诉我，你们为什么不结婚呢？

老媪听了这个提问，十分古怪地咧了咧嘴。他认为这就是她的笑容。于是他屏住呼吸，等待着她的回答。

你能不能告诉我们，我们为什么要结婚呢？

听了这话，常安的眼泪就流了下来。他转身走出红与黑商务统计所，心理渐渐坚实。这个世界的一切其实都是可以虚构和幻想的。活着就是面对多种可能性。生命的可悲就在于它只能选择一种可能性。

走进电梯他越发坚定了这种思想。这座写字楼总共十八层，你一次只能选择其中一层走出电梯。这样当你面临多种可能性的时候，其实只有一种选择。除非你放弃选择，才永远拥有多种可能性。

电梯停在第十三层的时候，他走出电梯。这一次他没有出错。走进金手文牍有限公司那明亮的办公室，呼吸一下子显得很沉。

空气里也有了含金量。他心里这样想着，估计今天是个不平凡的日子。走到自己办公桌前电话响了。老媪在电话里用近乎女巫的口吻告诉他，红与黑商务统计所很快就会交给他一件棕色皮衣的。

放下电话，他怀疑这是一句颇有内涵的暗语。

棕色皮衣不会是一件遗物吧？

大众餐馆已经改成了高档厕所。这个世界发生什么事情你都不要感到意外。一切都在意料之中。这时候他看到方总经理远远朝他招手。

久违了的午餐又出现在他的生活之中了。他迈开大步走向方总经理的办公室。好像足有一个世纪没到这间屋里来了。

方总经理仍然给人一种睡眠不足的印象。那只不锈钢饭盒还是摆在桌子上，这是永恒的格局。他遵循习惯走近桌子，将不锈钢饭盒拿在手中。饭盒凉森森的，显然它来自方宅家中的冰箱。

方总经理望着窗外，给了他一个背影。

他问方总经理是否还得写出一篇“吃后感”，一切照旧。方总经理并不回头却轻声对他说，这一次可以不写什么“吃后感”之类的文章。

省去了“吃后感”，从简之风自今日始。他捧着不锈钢饭盒走出方总经理办公室，这时候才发现今天的午餐来得太早了，此时只有十点四十分。走到办公桌前他的心情渐渐激动起来，轻轻打开饭盒，想看一看时隔多日那位玉手太太的烹饪杰作究竟有何变化。

打开饭盒的一刹那，他被里边的湖色山光所震撼。这是一份他所无法读懂的午餐。五颜六色的内容，香气扑面而来。有一点他敢断定，这是一份西餐。西餐那庞大的菜系浩若烟海，国人看不懂这番洋景。

不知为什么他想到了妻子。在此之前他是从来不会产生这种想法的：让妻子开一开眼界，尝一尝西餐大菜。

这时他觉得自己是一个良心未泯的丈夫。主意已定，他感到一阵轻松。坐在桌前他吸了一支香烟，这时手表走到了十一点整。他将那只不锈钢饭盒放入手提包里，稳稳拎着，走出办公室进了电梯。

电梯里他想起红与黑商务统计所的那一对老年情侣，心头一热。为了避免脆弱心理的阴影笼罩自己，他故意去想一些令人愉快的事情。譬如说工商银行有奖存单明天开始兑奖。譬如说中国羽毛球选手这一次汤尤杯上极有可能夺冠。譬如说今年的海蟹价格并未明显高于往年。就这样他走进自己家门的时候，心情很好。

妻子眨着小鹿一样的眼睛看着他，对他的突然归来很感意外。

他将那只不锈钢饭盒打开给妻子看，说这是专门给她买来的西餐，很贵的。她激动得抽泣起来。丈夫终于懂得爱她了。尽管这已经是姗姗来迟的爱情了。

他腰间的BP机响了。这是一台汉字机。他又从屏幕上看见了“酒桶”。“酒桶”要他立即赶到兴华别墅13区C座14号门。

他知道这一定是急事。妻子为不能与丈夫共进午餐感到遗憾。出门的时候，他吻了吻妻子。这个女人脸上现出满足的微笑。他对妻子说了一声祝你胃口好，匆匆出了家门。

打了一辆的士，他赶到了“酒桶”所说的地址。刚刚走到C座14号门前，他的汉字机又响了。

“酒桶”又告诉他，这里住着安菲菲。看了这条信息，他觉得一阵眩晕。“酒桶”果然是个得道之士，竟然在茫茫人海之中找到了这位小姐。这时他开始怀疑“酒桶”隐在暗处观赏着他的一举一动，就好比在观赏一幕话剧。安菲菲会是个什么样子呢？

按响门铃，前来开门的果然是安菲菲。足有半年多未见，但安菲菲似乎并没有多大变化，只是稍稍显出了夜生活式的黑眼圈儿。

你怎么知道我住在这里？安菲菲显得非常激动。

他告诉她，这是由于人的特异功能测出了方位。大海捞针呀。

安菲菲突然掩面哭泣起来。他犹豫再三，掏出一块手帕递给了她。

这时他看到安菲菲有着一双玉手。

他似乎想起了什么事情。安菲菲渐渐止住哭声说，方总经理是个人面兽心的家伙！就是这老东西毁了我的青春！我被他包养了半年才知道他有家室。我分明成了他的小老婆啊。

常安呆呆站着，活像一尊木头人。安菲菲跑到小花园前，拦了一辆出租车。她说请他到大将军饭店去吃午饭，这是最后一次机会了。

他不明白她的话是什么意思，十分被动地上了出租车。时间被遗忘了。他随她来到这大将军饭店门前。一街之隔，就是金手文牍有限公司所在的那座十八层写字楼。

他注意到安菲菲穿着一件棕色皮衣，心中一惊。今天好像是个黑色的日子，虽然说目前没有传来任何消息。

14

从那座十八层的写字楼里飞出一只黑色大鸟。据目击者说是从第十三层的一个窗口里飞出来的，发出一声尖叫然后扑向大地。这是本市第四十一个因炒股破产而自寻短见的大户。警察在现场一眼就认出死者姓方。

这样方总经理就结束了自己漫长的心灵与股票双重套牢的生涯。

安菲菲与常安坐在大将军饭店的顶楼旋转餐厅。这里是一个只有古典音乐而与世隔绝的高雅场合。来这里就餐的男女，尽是一些超然物外的人士。名利在他们眼里，抵不上一杯冰凉的咖啡。

常安第一次到这种地方来。他显得有些局促。局促之下就容易东张西望。他发现不远的那张桌子前坐着老翁洪长根与老媪王雅芳，就起身朝两位老人微微一躬。老媪朝他点头致谢，那表情似是在说，我果然给你送来了一件棕色皮衣吧？红与黑商务统计所竭诚为用户服务并全实行三包。

身穿棕色皮衣的安菲菲开始倾诉了。她说在这被人包养的半年时光里，每天都给那家伙做上一顿可口的午餐带上，可以说无微不至了。没想到竟然上了他的当，老家伙家中还有妻子儿女一大群人。天知道他每晚上床之前是那样不厌其烦搂着我，诉说他对午餐味道的种种体会，说得令我陶醉。可是我不能原谅他对我的婚姻欺骗。我今年才二十八岁，他却已经五十八了。说心里话，至今我仍然深深爱着他。所以我只能与他同归于尽啦！我在今天给他做的最后一顿午餐里下了毒药。那是一份色香味美的西餐。现在已经十二点三十分了。我敢断定他已经在办公室里中毒身亡。一会儿，我就去公安局自首。

说着，安菲菲镇定自若举起高脚酒杯对他说，常安，我们干杯！

这位名叫常安的男人站起身，将杯中的威士忌泼到安菲菲的脸上，然后大声说，干杯！

这时候，不知从哪里飘来一股令人振奋的异香。常安怔了怔，以为自己的中华五方功已然得道。他放下空空荡荡的酒杯，四处找寻着香气的来源。一位男侍托上来一只镀银的盘子，里面摆着两只烤得焦黄喷香的麻雀。男侍报出菜名的时候吐字清脆有力：爆烤鸳鸯。

不远处的那一对老情人目睹这个场面，心中很是悲凉。在老一代人的心目之中，今日的年轻人根本就不具备从事婚外恋的起码的素质。

老媪喝着一种名叫“爱鬼”的烈性酒，小声对老翁说，情况异常。案情一定是出现了意想不到的结局。否则常安这个吝啬鬼绝对舍不得用这么昂贵的洋酒给安菲菲洗脸。

老翁自言自语说，剩饭，剩饭，剩饭。

人　烟

汤姆李从天津英租界麦加利银行大厦走出来时，正是那个命中注定的黄昏。黄昏里这位来自西夷的烟草商人显得踌躇满志。不过令他颇费思忖的还是烟草公司的命名。他知道，在中国人观念里名字是非常重要的，它关乎一个人的命运。刘邦取名刘邦，就安邦定国得了天下。项羽呢只落了一身美丽的羽毛，自刎于乌江。给烟草公司起个什么名字才能得到中国烟民的认可呢？汤姆李拿不定主意。

他一路步行回到寓所。他的寓所在天津英租界的巴克斯道。应当说汤姆李是了解中国国情的。他深知中国历史悠久，悠久得就像一个拄着手杖咳嗽不止的老人。你面对这样一个老人，必须让他咳嗽，又不能让他咳嗽得太猛。这就是汤姆李的看法。这个落魄的约克郡平民，先是到达印度，之后不远万里来到中国，倾其全部家当置办机器招募生徒，期待卷烟公司早日开工。他看着仓库里金黄色烟丝，顿时想起远在家乡的恋人迪娜的美丽金发。

想起迪娜，汤姆李茅塞顿开。我为何不用迪娜的名字命名自己的烟草公司呢？是啊，应当让迪娜的名字在中国这块古老的土地上放射光彩。

机器里卷出第一支纸烟，他站在工厂账房里宣布自己这个决定。工人们并不知道汤姆李是个爱情至上主义者，只管记住自己端的是迪娜烟草公司饭碗就是了。

此时的中国烟民还都叼着翡翠烟嘴，吧嗒吧嗒吸着铜锅烟袋。中国人抽的旱烟，据说乃是吴三桂引清兵入关之时传给北方汉人的，后来又传到南方。但是汤姆李坚信“天下烟民无国界”这句名言，因此对中国这块土地充满信心。他是一个本分的烟草商人，只想赚钱，然后成为一个体面的富翁，与美丽的迪娜小姐举行婚礼。当然最后的理想是双双升入上帝的天堂。

在中国这个东方国家创办实业总会遇到一些意想不到的事情。当汤姆李看着迪娜烟草公司生产出来的第一批香烟装箱入库，如何劝导中国烟民放下祖传的铜锅烟袋进而接受他的洋式卷烟，就摆到议事日程上了。

中国烟民最有气节，泱泱大国千年古风，不会理睬外来的烟卷。

汤姆李急得上火，嘴上起了一层水泡。中国的病就要用中国的药方。他请了郎中喝了三服汤药，便将自己的嘴修理好了。可是如何让善良的中国人民接受新型烟卷，这仍是个天大的难题。汤姆李即便变成一根玻璃管，也被淤泥堵在这里了。

这天下午，汤姆李牵着那只英国小狗儿走在街上。身穿号坎的孔善用拉着洋车停在路旁，等候客人。他觉得租界里的空气中飘着浓浓的奶油味道，简直让中国人无法消受。这时候汤姆李的小狗儿跑了上来。

小狗儿本是洋种，洋种小狗儿见到孔善用，冲上来朝他汪汪吠着，好像对华界车夫充满宿怨。

中年汉子孔善用呆呆望着小狗儿，似乎从来没有见过这种动物。他不知怎样才能壮壮胆子，就下意识从怀里掏出烟袋，装上一锅烟叶，打亮火镰燃着火绒，点燃一袋旱烟。他足足吸了一大口烟气，然后运满气力朝狗脸上喷去。那只洋种小狗儿当即被罩在这团中国云雾里了。

殖民主义者汤姆李愤怒地走上前来。这时，小狗儿却发出一阵惬意的呜呜叫声。汤姆李感到非常意外。他知道自己的这条小狗儿只有在极度舒适的时候，才发出这种自我陶醉的声响。

这只英国名犬居然团缩着身子卧在车夫近前，耸动着鼻子尽情享受着烟雾，全然没了欧洲贵族气派。

孔善用看见这种情形，愈发使劲吧嗒吧嗒抽着烟袋。他吐出的烟雾，奇迹般笼罩在它的身上。英国小狗儿舒舒坦坦卧在中国天津土地上，好似喝成一摊烂泥的醉鬼。

汤姆李大步走上前去指着车夫的黄铜烟袋说，你吸的一定是上等烟叶吧？否则我的杰克不会陶醉成这个样子。请你马上告诉我，你吸的到底是什么地方出产的烟草？

孔善用收起烟袋嘿嘿一笑说，洋大人您要坐车啊？

汤姆李干脆抱起小狗儿坐在洋车上。孔善用出来快一天了，他妈的总算拉上了这么个座儿，还是个洋人。

这只名叫杰克的小狗儿竟然美滋滋睡着了，卧在它主人汤姆李的怀里。

孔善用脑后拖着一条大辫子，拉着洋车一路小跑，兜了一个大圈子，进了华界的一个地方。此时正是融融春日，大墙根儿下蹲着一长溜晒太阳的老头儿——只见人人手里举着一杆烟袋，争奇斗艳般吧嗒吧嗒吸着。这阵势令汤姆李想起了大不列颠皇家陆军的火枪队。

天津车夫孔善用架稳车把回头对汤姆李说，洋大人，你不是想找上等烟草吗？您看这些老先生们跟我一样，人人抽的都是金板。

汤姆李说，金板？难道是黄金做的板子？

孔善用告诉洋大人，金板是俗名。它的学名应当叫作北河晒烟。

迎着北河晒烟的阵阵烟雾，香气扑面而来。汤姆李从洋车上走下来，掏出自己工厂生产的烟卷，依次递给大墙根儿下那一排老烟袋们。老烟袋们依然吧嗒吧嗒抽着，无人抬头理睬这种来自夷邦的纸烟。

汤姆李用半生不熟的中国话大声说，烟袋不好，纸烟好！烟袋不好，纸烟好！

老烟袋们一个个好似铜豌豆儿，不约而同咳嗽起来。这种浩荡的国风使汤姆李朝后退了两步。他耸了耸肩，无奈地笑了。

他又坐到洋车上去，命令孔善用掉转车头，沿着原路返回。汤姆李坐在车上抚摸着那只英国小狗儿喃喃自语。杰克你说，究竟是中国人的烟袋好呢，还是我们英国生产的纸烟好？

小狗儿杰克态度暧昧地呜了一声，没有明显立场。

孔善用不言不语将洋车拉到迪娜烟草公司的大门口。

汤姆李坐在车上自言自语说，我怎样才能让那些中国烟袋变成英国卷烟呢？

孔善用暗暗笑了。他告诉汤姆李，那些烟袋都是祖祖辈辈传下来的，凡是祖祖辈辈传下来的东西，那是轻易改变不得的。

汤姆李从怀里掏出两块墨西哥鹰洋重复说，怎样才能让那些祖祖辈辈传下来的中国烟袋统统都变成英国卷烟呢？

孔善用低头想了想说，不出三天吧，我兴许能够找出个办法来。

汤姆李非常高兴，又给孔善用添了两块鹰洋，还是墨西哥的。

孔善用摆了摆手，并不去接墨西哥银圆。他把洋车拉到迪娜烟卷公司院子里，指着仓库大门向汤姆李索要两箱烟卷。在英国家乡以悭吝出名的汤姆李很是犹豫，最后还是咬紧牙关让账房先生搬出两箱烟卷交给这个天津车夫。据说，这是悭吝人汤姆李人生历史上最为慷慨的一次馈赠。

孔善用嘿嘿笑着，洋车上拉着两箱外国烟卷，走了。

黄头发白皮肤蓝眼珠的殖民主义者汤姆李，并不知道孔善用此举将会对英国迪娜烟草公司在中国的事业产生什么影响。他只知道黄皮肤黑眼珠脑后拖着大辫子的孔善用背影渐渐消逝在夕阳下了。

就这样，在天津这座开埠的沿海城市里，孔氏的故事其实已经开始了。

车夫孔善用扛着两箱烟卷走进家门，他那骨瘦如柴的妻子满脸惊讶迎上前来，满脸表情活像一只不谙世事的小母鸡。这只“小母鸡”的娘家姓孟，自从下嫁孔家，还从来没见过丈夫如此满载而归。清汤寡水的日子里猛然看见孔善用扛着两个箱子走进家门，妻子显然不知所措。他望着“小母鸡”那激动的表情，自己胃里就饱了。他不明白妻子激动时候，脸上为何非要升起紫色的云霭不可，看上去仿佛是染坊的内掌柜。

他放下两只箱子。妻子送来一碗茶水。孔善用喝着，心里渐渐清凉下来。那洋人想让天津烟袋们一律换成外国烟卷，我三天里能想出什么办法？兴许什么办法也想不出来。我孔善用只是头脑发热，一时信口开河而已。我们孔氏祖祖辈辈没跟洋人打过交道，我倒成了第一人。喝了一碗白水，他朝着那两箱烟卷发怔。

晚上睡觉，他告诉妻子白天拉车在大街上遇见个洋人。那洋人给了四块鹰洋他没要，偏偏要了这两箱烟卷。妻子听着连连摇头，坚决不相信这是真的，说天下哪儿有这等好事，四块鹰洋。孔善用使劲朝媳妇屁股上掐了一把，骨瘦如柴的妻子这才信以为真。她先是怔怔看着丈夫，然后将被子蒙到头上，低声哭泣起来。

孔善用以前并不知道妻子是个如此含蓄的女人，嘿嘿笑了。

半夜里醒来，黑暗之中他听到妻子自言自语，非礼勿视，非礼勿言，非礼勿取。可是咱也不能放着白花花的鹰洋不要啊。你放着白花花的鹰洋不要，你到底想要什么？之后妻子又低声哭泣起来。夜里听到这种声音，孔善用的心倏地一紧。

天亮的时候，瘦小枯干的妻子仍在自言自语。她的声音细小而执拗，缓缓在屋中散发着，空气变得很沉。

他赌气地说，反正那四块鹰洋飞了，你说咱们应该怎么办吧。

妻子无动于衷，变成纸人儿。孔善用急了，转念想到祖先圣训：唯女子与小人难养也。就无声地忍了。

孔善打开箱子看了看装在里面的烟卷。烟卷盒上印的都是洋文，让人看不明白这到底是什么牌子。只见上面印着一只小手，手上夹着一支青烟缭绕的纸烟。孔善用打开一盒，凑上去嗅了嗅，味道很香。

妻子躺在炕上像一只中了瘟的母鸡。孔善用将一箱烟卷抱到她面前，大声问她到底应当怎么办。妻子看了他一眼，有气无力地说，想办法让死物变成活物，用它把那四块鹰洋的损失找补回来。

妻子的心思还是缠绕在那四块鹰洋上。

这洋人的烟卷到底什么味道呢？这样想着，孔善用拿起一支叼在嘴上，吹亮火绒点燃纸烟，足足吸了一口。

妻子起身坐着，定定注视着他。

味道怎么样啊？她有气无力地问道。

他徐徐呼出一口长气，屋里散发出一股来自异国的烟雾。

味道到底怎么样啊？

孔善用闭目养神。片刻他才睁开双眼望着妻子说，这洋人的烟卷，有那么一股臭脚丫子的味道。

妻子从炕上溜下来，小脸儿笑成一朵菊花说，想起来啦！我娘家的街坊范先生是个混过几天洋务的人，他爱抽这种各色的烟卷。做个价，都卖给范先生，那四块鹰洋的损失不就找补回来啦？

她坐到镜子前面梳洗打扮，说马上回娘家去找范先生。

孔善用不得不承认，妻子是一个人精。

太阳当头时候，“人精”到了娘家。她进门就向娘家哥哥打听街坊范先生的行踪。她的娘家哥哥名叫孟一鸣，是个落魄文人。落魄文人告诉妹妹，范先生得了热病，昨天刚进了坟地。

“人精”急得拍着大腿说，他死了，我可怎么办呀？

见自己的妹妹眼泪汪汪，孟一鸣就以为老范生前与她存有私情。人死不能复生，他劝妹妹节哀。她哭泣着说，范先生殁了，我家两箱洋人的烟卷去卖给谁啊！

听了这话，孟一鸣耸了耸硕大的鼻子，嘿嘿笑了。

百年之后，孔善用的家族传到第四代，出现曾孙。早已归天的孔善用生前奔波劳碌，死后却依然被人们称为“烟狗”。即使死而复生，现实主义者孔善用也不会计较一世虚名的。他终于给人间留下一个烟狗的绰号以及一群烟狗血缘的继承者。一代传一代，拥有了家史。

烟狗这个词，起初其实专指跑街的孔善用。孔善用发迹了，有了继承祖业的子子孙孙，人们又将烟狗一词泛指孔氏一族。一只烟狗的成功，繁衍出来一群烟狗。孔善用泉下有知，也应当感到满足了。

这自然应当归功于洋人烟草的饲养。然而烟狗毕竟是一个含有贬义的称谓。往事如烟了。

孔昕就是孔善用留在人间的曾孙。

这个身材瘦小脸色苍白的小伙子，从来不知道天地之间还有烟狗这个名词。在“拜拜”替代再见、“OK”表示首肯、“XO”赶走高粱酒的时代里，古老的汉语随着“之乎者也”一起成了古董，住博物馆去了。

孔昕不知道自己的曾祖父当年被人称为烟狗。孔昕只知道自己是国营九河卷烟厂的护厂队员。护厂队员的主要任务就是确保工厂大门不失。其实护厂队的性质可以被称雇佣军。但是孔昕从来不这样认为。就在这种时候，为了顺应改革开放的大好形势，工厂当局毅然决定将护厂队更名为经济警察，简称经警。护厂队员孔昕也就随着时代变迁成了经警。烟厂的经警一天二十四小时的工作就是守卫烟厂的大门，有家贼抓家贼，没有家贼就抓外鬼。俗话说，没有家贼引不来外鬼。工人们则亲切地称烟厂经警为“警犬”。孔昕不知道这个称呼是对经警的褒扬还是贬低。总之他觉得警犬虽然属于狗的范畴，但它绝对不属于京巴之类的宠物。孔昕正是怀着这种心情，由护厂队员变成经济警察的。正是这个时候，孔昕察觉到自己拥有一只特殊性能的鼻子。

他到保卫处办公室领取经警制服。他双手接过这套蓝色制服，心头倏地一动。一瞬之间他已经嗅出这套制服上面散发出来人汗的气息。他随手将这套服装推了回去。

这套服装有人穿过吧？

咦，你怎么知道的？刚才吴胖子气喘吁吁跑来，光着脊梁试了试这套制服。吴胖子真胖啊。我给你另换一套吧。

孔昕领了一套真正全新又毫无异味的经警制服。走在路上他摸着自己的鼻子，感到另一种生活已经开始了。

更衣室里他照着镜子反复观察自己的鼻子。从外表看来，这是一只绝对正常的器官。

身穿经警制服的孔昕回到家里。看到儿子如此英武，孔大多激动起来。孔大多平时本是一个沉默寡言的人，说起家史却是一派演说家的样子。孔大多对孔昕痛说家史。家史使孔大多变得健谈。家史使孔大多从平淡的今日一步返回昔日的辉煌。孔大多激动地对自己的独子说起了烟狗。

烟狗？孔昕首次听到这个陌生的词汇，表情显得茫然。他慢慢在心头品咂着这个神形兼备的字眼，觉得这是一个很有意思的故事。

孔大多流畅地讲着，已经进入了忘我的叙述。孔昕被这种真正的叙述感动了，目不转睛欣赏着父亲的手势和语态。

父亲再次强调那是一个半殖民时代。半殖民时代孔善用到洋人开办的烟卷公司的卖货科当了一名职员，当然只是为了养家糊口。如今不是也有很多中国人在外商独资的企业里打工吗？这是相同的道理。

孔善用是您的祖父。您见过这位祖父吗？

孔大多说，我祖父去世的时候，我还是一个孩子。只记得那是一口很大的棺材，八个杠子抬起来仍然十分吃力。

您的祖父是不是有一颗很大的鼻子？

你问这话是什么意思？难道你的曾祖父必须有一颗很大的鼻子吗？

孔昕立即说，我只是出于好奇，随便问一问与鼻子有关的事情。

见儿子对家史怀有浓烈的兴趣，孔大多自然非常高兴，就继续着第二代烟狗的话题。

听着父亲痛说家史，孔昕恍然大悟。那是关于鼻子的恍然大悟。我为什么能够在烟厂众多的生产工序之中嗅出种种不同的味道，恰恰因为自己的曾祖父就是一个被称为烟狗的人物。曾祖父的遗传基因，在我身上得到了最为充分的显现。我终于为自己的习性找到了始祖。我日常所拥有的特殊嗅觉，其实正是人们通常所说的特异功能。

孔昕为自己这个意外发现感到惊喜。

在此之前他对自己的来历并不清晰。今天，终于被确定了。

身穿经警制服的孔昕站在工厂大门的岗位上。瘦小的身材使他看上去很像一个谎报年龄混入部队的大孩子。这样，他更成为工厂大门的一个风景。

一个身材高挑面容秀丽的青年女工朝着大门走来。孔昕轻轻一嗅就知道她是三车间的抽梗工。抽梗工序自有抽梗工序的味道。除此之外，这位青年女工身上还散发出一种极其微弱的气息，令孔昕感到一股腥臊。果然，她走出工厂大门进了旁边的“女人商店”，买了一袋高级卫生巾拿在手里，又走进工厂的大门。

经警孔昕腾地一下红了脸。他觉得自己暗中嗅到女人的月经气息，不啻是一种偷窥。

天生这样一只鼻子，真是没办法的事情。

超常的鼻子给孔善用的这位曾孙带来了无尽的生活内容。日复一日，他必须竭尽全力去遏制自己那本来就难以遏制的嗅觉。这嗅觉敏锐如犬，四身稍有微小气息流动，他就本能地做出反应。

于是，孔昕一分一秒都难得安生。

这是一个具有多重味道的世界。一重味道之中，又往往具有多重味道的层次。在一般愚众心目之中，味道的世界一言以蔽之，酸甜苦辣咸。在孔昕的味道世界，味道是无限可分的，永无极限。同样，人的味道也是具有无限可分的性质——不仅仅是男人与女人或者老人与小孩。面对这样一个世界，孔昕其实已经成了一个日理万机的人物。他时时接受着扑面而来的万般味道，一瞬之间又对那一种又一种的味道做出精确的判断。这样，他的鼻子便成了一座首都。无论是作为护厂队员还是作为经济警察，孔昕只要踏上烟厂门卫的位置，身心总是疲惫不堪。

一个工人从烟厂大门走出，孔昕闭着眼睛就能说出此人出自哪个车间甚至哪个工段。这种味道的游戏，他暗中屡试不爽。最为疲累的是工厂下班高峰时间，孔昕的鼻孔一下就成了高速公路。

下班的人流从大门奔涌而出，使人想起洪水。按照惯例，此时应当对可疑人物实施检查。烟厂的每个车间都有保卫处的眼线，发现偷拿烟卷的人，立即密报厂部。厂部自然要专门派员到大门截获作案者。往往是人赃俱获，一网打尽。

没有人知道孔昕拥有嗅觉特异功能。因此，工厂当局多年一贯制沿用“眼线报案，现场拿获”的传统方法捉贼。在改革开放的大好形势之下，这种经验主义的捉贼方法略显陈旧。

但一时又拿不出升级换代的新方法。

每逢下班人流达到高峰时间的高潮之时，孔昕就站在自己的岗位上，好像一台运算万次毫无差错的高级电脑。下班出厂的工人一个接一个仿佛是从孔昕心头走过，他们身上散发的信息一一被这只特殊的鼻子所过滤。望着涌出工厂大门的人流，孔昕的鼻孔翕张之间，风景便尽收眼底了。对他来说，这个世界毫无秘密可言。

因此他感到痛苦，总是在心底喃喃自语。

这卷烟厂的人群里，十人九贼啊。

渐渐地，他开始痛恨自己脸上这只特殊的鼻子。因为这只鼻子，他成了一只名副其实的烟狗。

这都是曾祖父遗传下来的罪过。

这时候，工厂召开全体经济警察大干六十天动员大会。坐在孔昕身旁的吴胖子嘿嘿一笑说，大干六十天就是在这两个月里天天都跟老婆做爱。听了吴胖子的话，孔昕立即嗅到一股扑面而来的臊气。

吴胖子说，孔昕，你也该结婚娶媳妇了吧？新婚姻法规定男十六岁女十四岁就能登记。你今年已经二十二岁了吧？

孔昕专心致志听着台上高保卫处长的讲话。

台上台下距离十几米，孔昕艺高人胆大，断定高保卫处长午餐吃的是羊肉饺子。

胃里装着半斤羊肉饺子的高保卫处长很能讲话。他先是给大家讲了讲厂里的经济形势。国营九河卷烟厂的经济形势与全市的经济形势一样，大好。但是，根据近期破获的几起案件分析，厂里的烟鼠太多啦！

烟鼠？孔昕听到这个新鲜名词，心头一动。他想起了赵忠祥解说的《动物世界》。是不是又发现了一个物种？

坐在台上的高保卫处长喝了一口浓茶。在烟厂高保卫处长喝浓茶是有些名气的。喝了浓茶的高保卫处长说，大量的烟鼠盗去了工厂的财富，使我们这一座全民企业遭受了巨大的损失！

孔昕这才听懂，烟鼠不是动物，烟鼠是偷盗工厂香烟的工人。

高保卫处长接着说，根据企业管理办公室提供的资料，烟鼠每年偷盗出厂外的成品香烟，是工厂总产量的百分之三十。这是一个惊人的数字啊！

会场气氛依旧。这个骇人听闻的数字似乎早在人们意料之中。保卫处长却怔了怔，他怀疑自己是坐在原始森林里讲话。

孔昕心里自言自语说，不止百分之三十，我敢断定已经达到了百分之五十。

高保卫处长竭尽全力说，今天召开动员大会就是要下定决心捕捉烟鼠。大家知道，烟鼠们主要是将烟卷藏到饭盒里带出工厂大门的。社会主义企业，我们又不能明目张胆开展搜身活动。这就使我们的工作面临很大难度。我们的口号是，重点防守，各个击破，全场紧逼，对位盯人。我们要捍卫经济效益，就要守住工厂的大门！

说着，这个午餐吃了半斤羊肉饺子的高保卫处长咕咚一声倒在台上。孔昕呆呆望着台上突发的事件。

事后得知高保卫处长死于脑血管破裂。孔昕为自己的鼻子做了一个小结。看来我的嗅觉只能面对健康旺盛的生命。对生命之灯燃尽之时所发出的那种焦煳味道，我毫无察觉。譬如说高保卫处长之死就是一个最好的例证。

继承高保卫处长的遗志，经济警察们开始对全厂烟鼠实施搜捕。

孔昕感冒了。伤风的鼻子淤积堵塞，毫无作用。丧失嗅觉的孔昕难以与外界沟通。世界的大门在他面前嘭的一声关闭了。

蓦地，他觉得生活变得平平静静。哦，这真是太好了。他被这种难得的宁静陶醉了。

吴胖子跑来告诉他，说刚刚继任的矮保卫处长新官上任三把火，给把守工厂大门的经警下达了指标，每人每月必须抓获三只烟鼠。超额者奖励，完不成指标者，扣除奖金。

孔昕突然咧了咧嘴，笑了。

落魄文人孟一呜听说妹妹家里放着两箱洋式烟卷，就掏出手巾揩了揩鼻子，觉得这是一件很有意思的事情。他虽然没有亲手触摸那种洋烟，但他知道妹妹思念那四块鹰洋纯属妇人之见。范先生死了，妹妹就不知道该去找谁了。两箱洋烟放在家里等着孵鸡。置身于这个礼崩乐坏的时代，孟一呜知道此时去读《论语》是没有丝毫用处的。之乎者也四个字，换不来一个芝麻烧饼。若是能说两句洋文，兴许就能换来一顿吃喝。

孟一呜马上去找孔善用，商量怎样处置那两箱洋烟。

走进孔家的屋子，孟一呜就被眼前的情形给吓了一跳。孔善用已经将那两箱烟卷全部开箱拆包，将那一支支白白细细的烟卷，摆了一炕。孟一呜以为孔善用贫困不堪要寻短见，进了门就拉住妹夫的手，不禁眼泪汪汪。孔善用觉得这位姻兄的呜咽来得实在突然，便以为落魄文人一定是欠着人家的账目到了最后期限。

孔善用沉了沉面孔说，这一阵子我的手头也不宽裕。

可是你手头毕竟还有这么多洋人的烟卷啊。

我可没打算拿洋人的卷烟去换钱花。

那你打算干什么呀?

孔善用笑了，说看一步走一步就是了。

落魄文人孟一呜对车夫孔善用的话，常常不以为然。孔善用将那些摆在炕上的烟卷，小心翼翼码放在一只竹篮里。然后他将竹篮挂在胸前，一条大辫子往脖子上一缠，对姻兄咧了咧嘴说，你跟我一起走吧，咱们去当一当慈善家!

孟一呜还是看不懂孔善用这样一身打扮上街，究竟是去做什么。胸前挎着篮子的孔善用大步走在前面，落魄文人孟一呜则好似一个小伙计，迈着小步追随着。

华界的大街上铺满了阳光。

此时坐在租界寓所里的汤姆李正在给远在英伦的迪娜写信，迫切希望她到中国来定居。汤姆李在信中表示了自己的苦恼，香烟销路前景黯淡云云。汤姆李并不知道，自己的迪娜已经委身他人。汤姆李更不知道，自己的迪娜公司正躺在孔善用的竹篮里大步朝着中国的生活腹地走去。

孔善用闻见远远飘来了酒香。他知道这诱人的酒香是从女掌柜小酒坊里飘出来的。女掌柜从十八岁守节，省吃俭用二十年，才开了这个小酒坊。孔善用挎着竹篮走进酒坊，女掌柜正双手沾满酒糟，大汗淋漓迎了上来。

孔善用说，老姐！从早到晚忙里忙外的，真是个苦命人啊。

女掌柜眨着一双眼睛看着这位车夫，问他是不是想喝两口儿。

他从竹篮里捏出两支烟卷，放在案子上说，你一天到晚两只手也不得空闲。这玩意儿比烟袋方便多了，叼在嘴上点着就抽。你先尝一尝，明天我还给你送来。

你是想积德行善呀？饱经沧桑的女掌柜满目狐疑看着案子上那两支陌生的烟卷，显然是提高了警惕。

孔善用笑了笑，领着孟一鸣走出小酒坊。

识文断字的孟一鸣已经明白了孔善用的心思。他从竹篮里抓起一把烟卷，沿途见了门面推门就进，朝人家桌上扔去几支洋式烟卷，也不多话。街边见到乞丐，孟一鸣也扔给一支，道一声辛苦。

孔善用见自己有了帮手，腿脚更是勤快。他并不大声吆喝，而是一路自言自语。这种姿态，很能让人接受。

尝一尝吧。不要钱。这玩意儿就是比烟袋方便。尝一尝吧，不要钱。这玩意儿就是比烟袋干净。

落魄文人孟一鸣学着车夫孔善用的样子，由大声吆喝改成自言自语：中学为体，西学为用。这玩意儿就是方便就是干净就是文明啊。尝一尝吧，不用花钱就长见识啊。

一竹篮子烟卷，姻兄与妹夫一鼓作气散发了三条大街。一大群孩子欢呼着跟在他俩身后，以为是来了变戏法的。

接连四天，孔善用和孟一鸣天天上大街发放烟卷。这事情传遍华界，成了人们的热门话题。几个正在喂奶的妇女吸着烟卷凑到一起，都说这种东西比烟袋安全，烫不着怀里的孩子。

洋烟首先赢得了家庭妇女们的首肯。沿着大街散发烟卷的两位男子，也就成了汗流浃背的慈善家。

下晚儿时分孔善用与孟一鸣进了茶社，沏了一壶香片。茶馆跑堂的点头哈腰说，街上都传遍了，说小报上登了您二位的新闻，积德行善眼看就要修成正果啦。

孔善用说，正果不正果倒是小事，只图一个造福乡梓啊。

落魄文人孟一鸣则不言不语，正襟危坐显得非常矜持。

丝竹之声响起，唱的鼓曲正是有名的《关黄对刀》。

这时候，香片的味道也就飘散开来。

孟一鸣一拍桌子大声说，小二，这绝不是今年的新茶。你以为我闻不出来味道啊？这是老茶，而且只窨了一道春花！

茶社掌柜亲自端上一壶新茶，低声对孟一鸣说，先生嗅觉如神。我这小门小户的铺子，还得托您关照。

孔善用这才发现，姻兄有着一只饱满周正的鼻子。

喝着上等香片，孔善用对姻兄说今后不想再拉那辆洋车了，要换一个样子活着。孟一鸣许久没喝这种上等香片了，心情好像沉浸在壶里。孔善用听不到孟一鸣的声音，就又说了一遍。

孟一鸣终于说了话。不拉车了，那你依靠什么吃饭呢？

孔善用指了指自己的脑袋，然后又指了指姻兄的鼻子。

孟一鸣摇了摇头说，前世如烟，来世也如烟啊。

这时，孔善用六岁的儿子小斗跑进茶社。小斗鼻孔下拖着两条黄龙奶声奶气说，爸！我娘叫你快快回家。有人找到咱家买烟卷来啦！

孔善用啪的一声将茶碗蹾在桌子上说，本来想当慈善家，没想到这么快就见了回头客。真是人叫人千声不语，货叫人一语百应。

孟一鸣颇有感慨地说，帮着外国人赚中国人的钱，这一下你孔善用算是找到饭碗啦！

今后我要是干大事情，还得重用你那只鼻子啊。说着，孔善用大大方方叫跑堂的结了茶账，朝家里走去。

路上，六岁的小斗气喘吁吁说，我娘不知道那烟卷的价钱，才来叫您的。爸，咱家做的这是什么生意呀？

孔善用说，大生意！

六岁的孔小斗乐了。爸，长大了我也做大生意。

多年之后，孔小斗不但成了一个烟草公司的职员，而且还成了孔昕的祖父。遗憾的是当孔昕出生的时候，孔小斗已经到阴间去做生意了。

进了院子，一个脏手脏脸的小伙子呆头呆脑对孔善用说，我东家叫我来买那种洋人烟卷。说这烟卷方便，叼在嘴上就抽，也不耽误干活计。嘿嘿。

孔善用认出小伙子是女掌柜小酒坊的小伙计。

妻子的脸已经笑成一朵菊花。她拎出竹篮对小伙计说，要是晚来一步就没货了。这烟卷是专门给你东家留的。你买多少？

小伙计怯怯生生说，两根。

这真是一笔大生意。孔善用笑了，从竹篮里拿出五支烟卷递给小伙计。小伙计举着一个铜子儿连声说只买两根。

孔善用说，告诉你家掌柜的，这是买二送三！花两根的钱，抽五根烟。

小伙计美滋滋走了。

孔氏家族历史上的第一笔烟草生意，就这样开张了。

妻子忧心忡忡问丈夫说，你这样能钓上大鱼吗？

六岁的孔小斗鼻下拖着两条黄龙大声说，能！能钓上大鱼来！

童子口中吐真言。

选了一个黄道吉日，孔善用拉着洋车来到英商迪娜烟草公司。他将洋车停在边道上，看见一只小狗迎着跑了上来。

他记得这只小狗的名字叫杰克。

汤姆李从迪娜烟草公司的大门里走了出来。

孔善用抱起小狗站在边道上，看着这位西洋资本家。他不知道汤姆李已经从华界报纸上读到了孔孟二人沿街发放烟卷的新闻。

汤姆李说，那两箱烟卷都让你自己给抽光啦？

孔善用说，我请了很多人帮着抽，不出三天就抽光啦。

抽光了就抽光了吧。你到这里来干什么？

我想进货，再要两箱烟卷。

汤姆李哈哈大笑说，你是想做生意吧？说罢说返身走进烟草公司的大门。小狗杰克也跟着跑了回去。

孔善用蒙了，不知道洋人演的是一出什么戏。

不一会儿，杰克叼着一张纸条跑了出来。孔善用斗大的汉字不认识半升。从狗嘴上接了纸条，他拉着洋车去找姻兄孟一鸣。

孟一鸣用吟诵古诗的腔韵为他读出纸条的内容。

我聘任你担当烟草公司卖货科的职员。

孔善用呆呆听着，然后咧了咧嘴，算是一笑。

孟一鸣耸了耸鼻子，在屋里踱着步子说，我已嗅到孔家桌上大鱼大肉的味道了。

孔善用缓声缓语说，既然饭菜都摆在桌子上了，咱们就动筷子吃吧，一会儿就凉啦。

三天之后，孔善用身穿迪娜烟草公司的制服，开始跑街。他胸前挎着一块托板，上面衬着白布，摆着迪娜公司的烟卷。根据香烟盒上的小手图案，孔善用给它取了一个符合中国国情的名字叫金手牌。这牌子叫起来朗朗上口，一下子就有了人缘。跑街就是面对同胞大众，孔善用抛送香烟，说是免费品尝。一路走来，人们都说他是天女散花。

茶社里人们抽着大烟袋问他，前几天散发烟卷积德行善是为自己的功德，如今散发香烟是不是为洋人尽忠啊？

孔善用说只是养家糊口而已。

正是在这种时候，孔善用正式被人们封为“烟狗”。得到这个绰号的第三个月，他独家筹资在大街上开了半间店铺，专卖洋式烟卷，兼换零钱。很快，人们就给这半间店铺起了一个名字，叫烟狗楼子。落魄文人孟一鸣坐在里面，算是正式下海了。

国人对洋式烟卷渐渐有了认识。迪娜烟草公司的金手牌烟卷，也从孔氏的烟狗楼子渐渐走向这座殖民城市的大街小巷。

由孔氏投资孟氏经营的烟狗楼子就这样镶嵌在烟民的心目之中。

落魄文人孟一鸣的鼻子终于有了用武之地。他坐在柜台里面，根据街上行人散发出来的味道，就能嗅出烟民吸的是什么牌子的烟卷。这种特异功能起到了市场调查的作用。可以说孟一鸣的鼻子对多年之后迪娜公司香烟销售策略的生成，起到了子宫的作用。

百年之后孔氏曾孙身上显现特异功能。孔昕误以为遗传基因来自曾祖，其实这种特殊嗅觉出自孟一鸣的基因遗传。

可以说这是一只孟氏鼻子。

为了完成每月最少捕获三只“烟鼠”的指标，经警们人人奋勇，却觉得度日如年。为了完成这个死硬的指标，最好的办法是在生产车间里买通眼线，暗中举报。当携带赃物的烟鼠出厂的时候，经警早已候个正着。于是烟鼠落网。依靠这种办法，经警们为完成每月的指标奋斗着。

孔昕从来没有在生产车间建立自己的眼线。他知道那些乐于为经警充当眼线的工人，大多本身就是烟鼠。他们充当眼线，只是为了自己盗烟的时候，头顶上能有一柄保护伞。

孔昕对甘当眼线的工人充满了蔑视。

全厂二十六名经警，只有孔昕不会吸烟。这很像他的祖父孔小斗。孔小斗与烟草打了五十年交道，如履薄冰，从未吸过一支香烟。弥留之际，孔小斗才提出吸烟的要求。当那支香烟递到唇边的时候，他已经咽气了。

孔昕并不知道祖父孔小斗一生与吸烟无缘。他只知道自己对吸烟缺少兴趣。是不是因为我没有吸烟的癖好，所以才拥有了超乎常人的嗅觉？孔昕有时这样认为。是啊，中国大地上不吸烟的男人真是难以寻找了。于是孔昕就显得形单影只。

这时候，吴胖子来找他了。

吴胖子的表情很是忸怩。孔昕以为吴胖子又来借钱，没想到吴胖子提出今天晚上请他出去吃饭。

他嗅出吴胖子上衣口袋里的味道：钞票和大门牌香烟。

大门牌香烟是国营九河卷烟厂的拳头产品。购买大门牌香烟的往往是工薪阶层之中的蓝领烟民。每逢大门牌香烟与万宝路或红塔山摆在一起的时候，又往往被人们嗤之以鼻。孔昕正是这种低档香烟的守卫者——他因此而自卑。

孔昕揉了揉自己的鼻子。吴胖子与他约定，下班之后在火锅城集合，一起去吃自助。孔昕答应了。这时候，下早班的工人已经开始出厂。

孔昕值副岗。值副岗就是站在门卫室的窗前，观察异常现象。

下早班的工人已经形成人流。五味混杂的气息排山倒海般扑入孔昕的鼻腔。这时他才感到自己那旷日已久的感冒已经痊愈，嗅觉又重新敏锐起来。世界，钻进他的鼻孔然后大踏步走进他的心头。他不得不面对这个突然的闯入者。

面对下班出厂的人流，他努力克制着自己的情绪——因为他随时都能从中抓出身上藏着香烟的工人。有时他觉得难以克制了，就伸手捏住自己的鼻子，享受心中那片刻的清凉。

人流的高峰渐渐过去了，变得稀稀落落。一个女工款款从孔昕面前走过。其实她已经走过去了，孔昕突然喊住这个女工。

请你留步。

事后，就连孔昕自己也不明白为什么要喊住这位女工。一定是出自一种本能。这种本能注定他成为烟狗的后代。

那女工十分迷惑看了看他，你是喊我吗？

此时的孔昕完全受着自己嗅觉的驱使。他在嗅觉的驱使下，下意识地伸手指了指警卫室，表情非常冷酷。那女工苦笑着，走进警卫室。

警卫室里空无一人。警卫室其实就是让烟鼠招供的地方。

他嗅出她是三车间抽梗工序的女工。他想对她说，请将挂在身上的那些卷烟交出来吧，然后去财务科去，上交罚款。

走进警卫室那女工就跪在他的脚下。她几乎没有时间哭泣，语速极快地向他叙说起来。

你放过我吧，我一生都会报答你的。你知道偷一支烟罚十块钱！我身上藏着两千支烟就要罚我两万块钱！那样我就彻底完啦，你饶了我吧！只要你放过我我怎样报答你都行，包括陪你睡觉！

说着这女工闪电般敞开衣襟，亮出两只跳动的乳房。他看到，她的腹部粘挂着一盒盒卷烟。

那两只丰满的乳房就这样在他的瞳孔里跳跃着。

孔昕下意识地伸手捏住自己的鼻子，然后挥了挥手。跪在地上的抽梗女工动作敏捷得像一只小白兔，闪身出了警卫室。之后她镇定下来，朝工厂门外走去，脸上挂着那种劫后余生的微笑。

孔昕走出警卫室。从他走进到他走出，其实总共不足三分钟。他心中暗暗惊讶那抽梗女工叙述的神速和解开纽扣的快捷。

值正岗的同伴笑着问他，抓错啦？

他苦笑着点了点头。

你可从来没抓错过人呀？玩鹰的今天让小鸟儿啄了眼。嘻嘻。

他自我解脱说，这个月的指标我已经完成了。

超额有奖啊。多抓一个奖励一百块钱哪！

那两只白亮的乳房还是在他眼前摇来晃去。觉得口干舌燥，他使劲捏了捏自己的鼻子。

鼻子似乎成了调节生存状态的一个开关。

晚上六点，孔昕来到火锅城。吴胖子早已等在这里，脸上透出一种迫切的心情。孔昕的情绪仍然沉浸在那个抽梗女工身上，神情显得恍惚。

他对吴胖子说，有什么事情就直说，今天晚上没有吃饭的心情。

吴胖子不知如何是好，端着盘子站在他面前，表情有些尴尬。这时孔昕蓦地在火锅城的空气之中嗅出那个抽梗女工的味道，他本能地四处张望着，想从人群之中找到那个令他冲动的身影。

火锅城的味道万般复杂，孔昕的嗅觉第一次失去精确的定位能力。到处都是咀嚼着的嘴巴和错动的牙齿，令人目眩。

吴胖子终于鼓起勇气，说出自己面临一个难处，那就是每月抓获三只烟鼠，对他来说是愈来愈感到吃力。他需要孔昕的帮助。

我有能力帮助你吗？

有。我已经看出来了，你每月完成任务易如反掌。我也不知道你有什么绝招，反正我知道你每月轻而易举捉到三只。经常是公鼠。其实公鼠是最难捉的。你帮一帮我吧。这个月我眼看就完不成任务了。

孔昕想了想，摸了摸鼻子对吴胖子说，好吧，我只帮你这一次。

吴胖子马上给他敬了一个礼。

从东边又飘来那个抽梗女工的味道。

会不会是我的嗅觉出了问题？即使优质的步枪，准星也是要定期校正的，何况我这只鼻子。

孔昕与吴胖子告辞，走出火锅城。他不知道，火锅城东侧的一个角落里坐着一个女子。

这女子独自一人涮着海鲜，并没有看到远处的孔昕和吴胖子。她看着酒精炉里闪动的火苗，举起一杯啤酒对自己说，干杯！

她在庆祝自己从国营九河卷烟厂辞职，从明天起就再也不受门卫盘查之辱了。

后来这个女子喝醉了，她喃喃自语着。

我在烟厂干了十五年，我偷了十五年香烟。尤其是这些年来，我必须依靠偷烟厂的香烟养家糊口。只要我在烟厂工作我就不能不偷香烟。所以我必须离开烟厂，到别处去闯荡一条生路。

孔昕的祖父是孔小斗。孔小斗六岁那年鼻下拖着两条黄龙立下宏愿：将来要做大生意。在以后几十年的烟狗生涯中，他的宏愿被证明为一句空话。孔小斗一生都为兑现自己的宏愿而付出心血。

孟一鸣是孔小斗的舅父。孔小斗的鼻子生得与舅父酷似如一。

正是这只鼻子毁了他的一生。

孔小斗的鼻子开化很晚。到八岁那年还拖着两条黄龙。那时候他的父亲孔善用已经成了高级卖货手，常年游走于三北地区。英商迪娜公司的金手牌香烟，随着孔善用的游走，在三北地区成了烟民手中的俏货。这时候孔小斗的鼻子仍然是一只普通的鼻子。

孔小斗鼻子的最终开发，始自他舅父孟一鸣之死。经营烟狗楼子多年的落魄文人孟一鸣的后半生郁郁寡欢，坐在柜台定定望着大街上的行人。孟一鸣经营香烟的诀窍是化整为零。他知道前来烟狗楼子买烟的烟民，大都属于贫困阶层。贫困阶层的烟民个个精于算计。孟一鸣就将几种不同牌号的香烟拆散，配成“杂拌儿”出售。五支一捆，丰俭由人。价格则四舍五不入，一下子就赢得了低层烟民的心。烟狗楼子成了人来人往的地方。孟一鸣开创的零散销售模式，一直沿用了五十年。光阴荏苒，经孟一鸣之手卖出的香烟，难以数计。而烟狗楼子的账目则自始至终掌握在他的妹妹手中。妹妹不知道哥哥有一只特殊的鼻子，每次前来送饭，总是咸菜清汤。从那两只玉米饼子散发出来的气味里，孟一鸣分明嗅出家里吃的是米饭炖肉，外加一个紫菜汤。孟一鸣从未说破此事，但心中充满悲凉。这个终生落魄的文人，从自己胞妹身上清清楚楚读出“唯女子与小人难养也”这句圣训是何等一针见血。孟一鸣对生活失去了信心。

他是伏在柜台前拨拉着算盘珠子时被乱民打死的。不知从哪里掀起一股抵制洋货的浪潮。乱民们先是烧了隔壁的洋布庄，顺手就冲进专卖洋烟的烟狗楼子，抢过算盘迎面打在孟一鸣头上。这是一股骤起骤落的乱民浪潮，只烧了洋布庄砸了烟狗楼子，乱民便一哄而散。孟一鸣死的时候，柜台上摆着胞妹送来的晚饭：两只玉米面饼子和一碗肉汤。他忙于算账，并未理会那顿颇有油腥的晚饭。孟一鸣肉味未尝就伏在柜台前死了。这一年孔小斗十六岁。

赶到死亡现场，孔小斗见到摆在柜台上的那碗肉汤，立即号啕大哭。舅父身后货架上的那一盒盒烟卷默默不语，等待易主。孟一鸣不及言说自己对金手牌香烟的理解与体会，就返归道山。孔小斗哭了很久。木匠则在他的哭声之中给死者做成了一副棺材。

突然之间孔小斗觉得鼻孔畅通，人间百般味道一起涌进心头。他甚至嗅见做成的棺材散发着森林之中的气味——这一定是今年伐倒的新树。他摸着鼻子停止哭泣，对这突如其来的特异功能无所适从。他当然不知道死去的舅父拥有一只特殊功能的鼻子，也就更不知道自己鼻子的突然得道，乃是舅父亡灵的附体。

能够如此清晰地嗅到人间百味，孔小斗感到惊恐。他惶惶不可终日，又不敢泄露天机。到舅父下葬那天，他已经成了一个沉默寡言而内心充满焦虑的人。孔小斗的母亲继承亡兄遗志，接手经营烟狗楼子。女人站柜卖货毕竟有失体统，她就趸来十几个狗脸儿面具，挑出一个大笨狗的面具戴在自己脸上。这样，她既能站柜卖烟卷，还引了不少孩子来这里买她的狗脸儿面具。烟狗楼子名气更大了，成了老少咸宜的地方。

第二年孔小斗进入迪娜烟草公司下属的卷烟厂，充当一名库房保管员。他的特殊嗅觉使他在库房的管理中显得处处得心应手。无论何时何地，他伸手就指出什么牌号的香烟存放在什么货位。

这样，孔小斗的一生就在同事们的嫉妒之中度过。随时都有谣言败坏他的声誉，随时都有上司检查他的账目，随时都有人认为他的存在对大家构成威胁。孔小斗没有知己的同事，也没有亲密的朋友。他早早就脱发谢顶，性功能减退。即使是在三伏天里，形容枯槁的他依然如履薄冰。为了避嫌他从不吸烟。于是，他成为迪娜烟草公司殖民地企业里唯一不会吸烟的雇员。

他知道这一切都是由于自己的特殊嗅觉造成的。他苦思冥想终于找出一个办法。这时候他已经人过中年了。

古董市场上买了一块璞玉，然后请玉匠琢成两只小巧玲珑的鼻塞。玉匠干了大半辈子也没见过这样的活计，觉得很有意思。鼻塞琢成了，看着很像两只小小的精灵。孔小斗神不知鬼不觉戴上这一对鼻塞，一下子就成了一个毫无嗅觉的男人。

身边立即成了一个清凉的太平世界。

一天清早，孔小斗拿出鼻塞打算清洗一下，这时候门户洞开的鼻孔突然嗅到了父亲的气息。半年以来，父亲音讯全无。

大家都以为孔善用外出推销迪娜公司的香烟去了。后来才觉得他外出的时间实在太长，可是又不知到哪里去寻找。

看来父亲就在本市。孔小斗沿着大街朝前走去。人间万象纷繁，足以涣散视听。朝前走去，父亲的气息时远时近，时浓时淡，似乎是在故意与儿子捉迷藏。父亲您在哪里呢？孔小斗一边走一边想，心目之中的父亲的形象居然有些陌生。在嗅觉的指引下孔小斗走进老城，发现前面就是有名的烟花柳巷。

难道父亲住在妓院里啦？他开始怀疑自己的鼻子。

越朝前走，父亲的气味越浓烈。他知道自己的鼻子没有出错，鼓起勇气径直走进一家名叫怡红院的地方。

他不理睬拉客的妓女和拦路的鸨母，径直走进那间幽暗的屋子。

一个枯瘦的男人躺在床上吸着鸦片。孔小斗看到床边扔着一只狗脸儿面具，就知道这个必定是自己的父亲了。那鸦片的烟雾飘进鼻腔，孔小斗受到了震撼。父亲已经生活在云里雾里了，宛若仙境。这时父亲睁开眼皮看了看，问他到这种地方来做什么。之后父亲向他解释说，我白天抽鸦片，夜里抽白面儿。就是不抽那种没滋没味的烟卷。

他对父亲说，咱们回家吧。

父亲摇了摇头告诉他，迪娜公司的金手牌烟卷与鸦片相比，这鸦片才是人间的享乐。鸦片跟白面儿相比呢？那白面儿才是天堂里的享乐。眨眼之间就成了神仙。之后，父亲大骂汤姆李是个英国来的乡巴佬，根本不懂得什么是男人真正的享受。父亲骂街的时候，就像一个正人君子在痛斥小人。

他知道父亲是不会回家的。父亲已经从烟狗的行列一步迈入烟鬼的群落。老人家迈出这一步是以生命为筹码的。纵观人生，孔善用可以认为自己已经修成正果。

孔善用大声说，抽一口白面儿就死，胜过抽着烟卷活一百年。

孔小斗给妓院鸨母留下一个住址，要她在父亲临死之前通知家人。鸨母要他留下跑路的钱，他就将半月的薪水给了她。

后来，孔善用不知所终。而他创下的那份家当包括烟狗楼子，则成了孔氏后人赖以生存的饭碗。

孔小斗一生拘谨，戴着那两只秘不示人的玉石鼻塞，成了第二代烟狗。他一生都在迪娜烟草公司充当库房保管员，不敢越雷池一步。如此这般，没滋没味活了许多年，死了。他的那两只玉石鼻塞放在一只首饰盒里，没人知道它的用途。这两只玉石鼻塞充满耐心，等待着继承者的到来。

已经无人知道烟狗的故事了——这样就到了孔昕时代。

孔昕接连三天都到三车间的抽梗工序去，从车间的这一端走到那一端，还是无法嗅到他所寻找的味道。他想自己在离开这家卷烟厂之前，应当见一见那个抽梗女工。

莫非那个女工已经不在这里工作啦？如今的生活就是流动的溪水，当你到山脚下寻找她的时候，她已经流入大海了。

向抽梗工序的带班长打听情况。带班长说这几天已经有好几名女工办了停薪留职的手续，不来上班了。听了这话，孔昕心中很是伤感，好像一位老朋友死了。他走在厂道上自言自语，我也要离开这里了。

孔昕决定离开国营九河卷烟厂并没有什么复杂的原因。自从那天看到那两只跳跃的乳房，他就决定不当这个经警了。他暗中决定辞职——将人们所说的那只镀金铁饭碗狠狠摔在地上，再踏上一只脚。

还有几件未了事宜。

一、见一见那个女工，告诉她必须结束这种生活。偷烟的最终结局是被人抓住——受到严酷的处罚。

二、帮吴胖子抓一只烟鼠。

三、偷一包烟，真正体验一下偷烟者的心理。

看来第一项未了事宜只能不了了之。茫茫人海各自沉浮，记住那两只跳动的乳房也就可以了。

该做的事情就是帮吴胖子抓一只烟鼠，完成当月的指标。

吴胖子值正岗，正在为尚未完成的那个指标而着急。他看到孔昕从厂里走出来，就双脚并拢敬了一个不伦不类的礼。

孔昕觉得非常可笑。

吴胖子说，一会儿下早班的高峰时间就到了，你一定要帮我捉一个呀！公鼠母鼠都行。

孔昕说，事物其实都有自身的规律。你举一反三就成了。比方说一个女工前几天还很正常，今天突然大了肚子。这个肚子就大得过于迅速了。十有八九那肚子是假的，里面藏的是烟卷。

吴胖子急了。你这些都是老生常谈。现在根本抓不着大肚子啦。水涨船高，敌情也发生了很大变化。如今烟鼠们也是高智商作案啦！你快说一说，你每月怎么轻而易举就完成了任务？你肯定有眼线！

孔昕不再说话了。他站在副岗的位置上，注视着下班出厂的工人。这时候他悟出一个道理：偷烟是世界上最为容易的事情，偷烟又是世界上最不容易的事情。关键就在于如何看待每天进出的那两扇大门。

没人能读懂那两扇大门。

不知道为什么，这个时候的孔昕心跳加快，仿佛一个初上战场的新兵，不能承受大战之前的死寂。他知道这是自己今生最后一次捕捉烟鼠了，心底不由得升起一股从未体验的感觉。说不清楚是冷是热，他似乎听到了自己的灵魂正在呼吸。

他猜想这就是人们通常所说的慈悲。

这慈悲的力量，究竟是使人变得软弱呢还是使人变得坚强？

眼前的景物变得朦朦胧胧的，宛若仙境。下班的人流滚滚而去，孔昕却像一尊雕像，定定矗立着。

吴胖子急了，跑过来小声对孔昕说，今天是三十一号，你再不下手捉烟鼠，明天可就五月份啦。我这个月奖金全剃！

孔昕缓缓说，你别大声喧哗。要抓烟鼠你就把我抓走吧，我今天在成品车间偷了一盒美河牌过滤嘴。

你开什么玩笑啊！吴胖子惊诧地看着他，以为遇到了怪物。

你要是不抓，我现在可就逃走了。从明天起，我永远也不会到九河卷烟厂来上班了。

就这样孔昕与吴胖子握了握手，说了声保重，转身走了。

经警吴胖子呆呆望着孔昕的背影。

作为烟狗孔善用的曾孙，孔昕从国营九河卷烟厂的花名册上消失了。孔氏自从协助汤姆李推销香烟发迹，四代皆以烟厂为生计。孔昕的离去，使孔氏四代人与烟草之间的关系画上了句号。

孔昕在家赋闲。父亲孔大多不知道儿子已经辞职，依然向他讲叙孔善用当年沿街散发香烟的故事。父亲的讲述并未使孔昕对家史产生丝毫兴趣，相反他觉得喋喋不休的父亲非常可笑。这个世界的逻辑其实就是一支香烟，悠悠点燃，吸着，最后完全成为灰烬。难道能说灰烬是香烟的祖先吗？灰烬就是灰烬。

孔大多看出儿子对家史不感兴趣，突然提高调门说，你与你祖父一模一样的地方就是不会吸烟。

我祖父名叫孔小斗吧？孔小斗一辈子都不吸烟吗？

孔大多说，直呼祖父大名是不礼貌的。虽然与他没见过面，但是你毕竟是他的孙子啊。那只黑皮匣子是你祖父的遗物。如若感兴趣，今天晚上你可以打开看一看。

为什么要在晚上打开呢？

父亲说，晚上使人感到安宁。

半夜里孔昕被一泡尿憋醒，才想起看一看那只黑皮匣子的。他将它抱在怀里，坐在被窝里享受安宁。他知道怀里抱的是一段历史。祖先都已经死在历史里了。他先去撒了尿，这样可能会使历史显得轻松一些。然后他着手打开黑皮匣子。里面空空荡荡好像一个黑洞。他从黑洞里嗅到祖父的味道，就摇了摇皮匣里的祖父，闭上眼睛想象着孔小斗先生东摇西晃的样子。这时两只玉石琢成的小精灵滚动出来，像一雌一雄两只小虫正在交尾。

孔昕拿起这一对玉石鼻塞，笑了。他似乎天生就认识这宗物件。或者说这两只玉石鼻塞几十年如一日，耐心等待着孔氏后代的到来。

他显出无师自通的天赋，熟练地将玉石鼻塞推入鼻腔之中。

世界一下子变了，变得离他很远。世界的百般滋味一起消失，只剩下一种味道，那就是他的呼吸。

我祖父当年就靠这一对鼻塞才将那个臭气烘烘的世界赶出十万八千里吧？祖父你好。

他戴着鼻塞继续上床睡觉。很快就睡着了。这一夜做了许多梦。醒来，什么也没记住。

殖民主义者汤姆李给中国烟民带来了英国卷烟，他却迷上了中国的白干老酒。一个失去心爱女人的男人与酒为友，在人间是常见的事情。但是一个喝威士忌长大的外国人，不远万里来到中国，似乎不应当如此迷恋这种谷物烧制的烈性白酒。汤姆李对白酒的热爱，远远超过中国酒徒。大不列颠素以绅士风度著称于世，汤姆李却被中国的土制烧酒打得一塌糊涂。每当端起酒杯，他就不认为自己是英国人了。

汤姆李专喝女掌柜小酒坊烧制的烈酒。他每天从早上十点钟开饮，喝到午后方觉微醺。这时候他总是要到存放烟叶的大棚去，坐在那里唱着英格兰情歌。没人知道远在英伦三岛的迪娜已经背弃了他而嫁给了一个种植场主。但是汤姆李痴情不改，他的情歌仍然是唱给遥远的迪娜听的。他的歌声含着酒气，载着失意载着伤感载着男人的气血，浸润着那一包包金黄色的烟叶。烟叶因此而拥有了性情。唱到落泪之处，他就拎起酒瓶子继续畅饮。大狗杰克，立在一旁舔着空空荡荡的酒瓶。这种至情至性的氛围，因酒而变得愈发浓烈。这浓烈长久笼罩着迪娜烟草公司的卷烟工场，使这里的金手牌香烟蕴含着酒殇的味道。

坐在烟狗楼子里零售香烟的落魄文人孟一鸣早就嗅出金手牌香烟所蕴含的人情世故。他点燃一支，慢悠悠吸着，果真品出其中的离人与伤逝。就品烟而言，应当说孟一鸣是汤姆李的知音。尽管他们至死也不曾有过交往。吸罢一支香烟孟一鸣随即断定汤姆李已经成了一个酒气熏天的废人。恰恰因为汤姆李的酒气熏天，他的产品才被烟民称为真正的香烟而处处畅销。

这就形成了一个古怪的圈子。汤姆李制作的香烟使大批国人成了烟民。而嗜酒成性的汤姆李的狂饮也使那家无名无号的女掌柜小酒作坊渐渐成名，扩成一个正规的酒厂，后来酒厂出品的白干老酒注册商标为东西牌。多年之后这个酒厂才在洋酒的包围之下宣告停产。酒厂遗址成了全市闻名的爱犬者协会。这是一个类似贵族俱乐部的组织。

汤姆李患胃癌死于英人开办的天合医院。他死的时候，金手牌香烟的销售在中国市场已经达到无以比拟的高峰。其实金手这个牌子只是一种中档香烟，难登大雅之堂。在远离大雅之堂的地方，金手公司独领风骚，成为香烟市场的王子。王子如此风光，国王却死了。

汤姆李先生治丧期间，作为一名蓝领职员孔小斗只能在外围干一些粗活。譬如说为了降温他就到冰窖去买冰。冰镇遗体的时候，孔小斗所能嗅到的只是一股酒气。这就使孔小斗时时产生一个幻觉：汤姆李先生早就不是汤姆李先生了，他已经成了一只巨大的酒瓶。

那时候孔小斗的鼻孔空空荡荡还没有佩戴那两只玉石鼻塞。汤姆李先生被送往郊外的万国墓地的时候，孔小斗仍然觉得躺在棺材里的是一只空空荡荡的酒瓶。不知为什么他非常羡慕汤姆李的这个结局。他认为这样很好。

前来哭灵的只有一个女人，那就是小酒坊的女掌柜。女掌柜早已走出贫困成了两只手戴着八枚戒指的富婆。她深知酒厂的致富与汤姆李先生的豪饮密切相关。因此她对死者的酒瘾感激涕零。汤姆李生前每次买酒都是派一辆马车去拉，堪称第一酒徒。而当年贫穷，女掌柜抽烟却只能五支十支零散地去买。睹物思人，万般往事涌上心头，女掌柜前来哭灵的时候，专门献上一坛上好的佳酿，权作酒殇。

女掌柜前来哭灵的路上，一边走一边吸着烟卷。她已经成了一个终日不离烟卷的女人。来到棺前，她伏地大哭，惊天动地。围观的百姓将她误认为未亡人。汤姆李先生终身未婚，死后灵前能有一个女性如此号哭，也不枉活一世了。

烟民们知道迪娜烟草公司创始人死了，都有一种预感。汤姆李一死，真正味道的金手牌香也就不复存在了。原因非常简单，那就是烟厂没了那种死去活来的熏天酒气。

汤姆李死后半年，一个五岁的白种男孩儿乘著名的“莎士比亚号”邮轮到达中国，之后辗转来到这座半封建半殖民地的城市。送这个男孩儿到中国来的是一个黑人保姆。保姆用英语告诉大家，这个男孩儿不是别人，正是汤姆李与迪娜在英国的非婚生子。殖民主义者汤姆李居然留下了后代，这很令嗜酒成性的人们感到惊异。

站在一旁的孔小斗耸了耸鼻子，似乎对面前的气味有所感触。

那时候，住在妓院里的孔善用已经对烟卷不屑一顾了。他开始吸食鸦片。吸食鸦片的孔善用百尺竿头更进一步，开始学习吸食毒品。他进步奇快，不日即成为名副其实的毒品依赖者。

后来，孔善用就有滋有味地死去了。

仿佛人生进入冬闲季节，孔昕待在家里能做的事情是阅读。他先是翻看《舰船知识》与《兵器》之类的杂志，日见童心。后来他开始热衷于读报。《城市晚报》第四版的右下角的广告专栏每天都有招聘启事。好像这个世界刚刚经历了一场战争，人口锐减造成劳力空前紧张，否则怎么会有那么多招聘启事呢？孔昕每天睡觉之前都要将当天的晚报彻底读完，从发在头版头条的新闻到登在中缝里的遗失大客车执照什么的，都看。他读报有些像当年日军的五一大扫荡，字里行间实行三光政策无一遗漏。

在读者来信一栏里，他读到一位老叟的建议，要求恢复老名牌产品金手牌香烟。老叟在信中回顾了当年金手香烟旺销市场的情景，称那种香烟味道绝佳。同时，他还对本市九河卷烟厂的产品长期难成名牌的被动状况表示痛心。最后老叟说，既然如此，为什么不重新打出当年老字号的名牌呢？

孔昕看罢这封读者来信，又去看第四版的招聘启事。

WM公司急聘保安人员两名。

我属于保安人员吧？从前我是护厂队员，后来又成为经警。我应当属于保安人员。看来我这一辈子只能这样了。这样想着，他很不甘心。难道这个世界上就没有其他职业了吗？临近就寝时间，他无意之中在晚报中缝读到一条悼告。

吴西占同志因公殉职永垂不朽。落款是九河卷烟厂全体经警。

吴西占不就是吴胖子吗？这小子怎么死啦！

孔昕跳下床来，抓起电话拨通烟厂警卫室的号码。一个悦耳的男中音对孔昕说：您拨叫的电话号码是空号。

烟厂警卫室的电话居然成了空号？

电话里的环形磁带执着地重复着：您拨叫的电话号码是空号。

放下电话，他觉得这一切都不可思议。真是见鬼了。难道说吴胖子死了，警卫室的电话也跟着殉葬啦？

吴胖子是不是没死？如今假烟假酒假药甚至假人到处泛滥，吴胖子也可能是假死。吴胖子为什么要假死呢？只能赚几个花圈而已。吴胖子肯定是真的死了。吴胖子年纪轻轻怎么会突然死去呢？

这时候孔昕才发现自己竟然落下了几滴眼泪。

物伤其类。他为自己的眼泪确定了性质。

后来的几天里，孔昕终于打听到吴胖子的死亡真相。十三日清晨六点半钟，是夜班工人下班出厂的高峰时间。天色朦朦胧胧的，吴胖子值副岗站在厂门内侧。对面就是高大的成品车间。谁都知道，那是一座四层结构的厂房。

据说吴胖子已经完成了当月的捕捉烟鼠指标。因此他显得漫不经心。下夜班出厂的工人鱼贯而行，给人一种马哈鱼群洄游大海的感觉。天色渐渐亮了，只听到吴胖子呜了一声，仿佛是中了什么法术，缓缓倒在了地上。

工人们目不斜视，很像是电影里演的那种低智能型机器人，继续朝厂外走去。这时候的吴胖子其实已经死了。半小时之后，天色大亮保卫处的破案专家赶到现场。死者是被一只旋转而来的金属飞盘击中头部的。就是从美国引进的那种健身游戏的飞盘。然而这不是一只塑料飞盘。给人的初步印象是，这只金属飞盘本身就是作为杀人武器才制造出来的。从它飞行的方向分析，这只金属飞盘来自成品车间某一窗口。飞盘这种运动在中国很不普及，水平亦低。这只飞盘抛掷得如此准确，使人怀疑它是否出自国人之手。

国营九河卷烟厂不是中外合资企业，一个洋人也没有。

肯定是炎黄子孙。

吴胖子倒地的时候，正值夜班下班、早班上班的边缘时间。这样，嫌疑者就双倍增加。破案，难度极大。

孔昕到现场凭吊吴胖子的时候，保卫处正在调查全厂职工之中谁曾经是杂技演员或者杂技爱好者。抛掷飞盘与耍弄杂技属于姊妹技艺，由此而顺藤摸瓜，或许能够找到线索。

孔昕戴上那两只祖传的鼻塞，外部世界的气息立即淡化。这就好比商店打烊，自然没有顾客走入。戴上鼻塞的孔昕走到烟厂大门口，觉得离开这里已有一个世纪了。他知道自己已经不是这里的人了，就十分客气地向值勤的经警打了一个招呼，问清了吴胖子遇难的地点，走到那里，定定注视着这块杀人的土地。

吴胖子，你就这样死啦？你真的就这样死了。其实咱们完全可以去做别的事情。你小子就这样死在烟鼠手里了。你一定是抓烟鼠抓得太狠了，逼得他们走上了非杀你不可的绝境。

这时候他才感觉到在这个世界上，自己只有吴胖子这么一个朋友。而这个朋友却死了。生活的残酷意义，恰恰如此。

矮保卫处长走了过来，满目狐疑地看着孔昕。

以前的那个保卫处长死在讲台上了。这是一个上任不久的新官。孔昕发现新官用如此古怪的目光审视自己，就朝他点了点头。

你是不是已经辞职离开这个厂子啦？

孔昕点头称是。

你对这一起凶杀案好像非常关心？你为什么这样关心呢？

孔昕觉得面前的这位矮保卫处长非常无聊，转身就走。

你站住。你要立即回答我的问题。

在你眼里，任何人都是杀害吴西占的凶手。让我告诉你谁是凶手吧。孔昕笑着对矮保卫处长说。

谁？矮保卫处长两眼放光，朝前迈了一步。

你。

说罢，孔昕一步三摇离开九河卷烟厂的大门，朝远处走去。

冲着他的背影，矮保卫处长咬牙切齿地说，你就是最大的嫌疑犯！吴西占今天死，明天你就辞职了。我发现你这个嫌疑犯实在是太晚了。走着瞧吧，我总会找到证据的。

孔昕不知道自己已经成了矮保卫处长眼里的重点嫌疑犯。他走在这座城市的大街上，关于吴胖子之死的哀情在心头渐渐淡化。

路过摆着一张桌子，挂着一张招聘启事。

爱犬者协会招人。

是不是写错了字，爱犬者协会应当招狗而不是招人啊。

招聘启事的内容里写着招收工作人员三名。

孔昕在桌子填了一张表格。坐在桌子后面的老头儿毫无表情地对他说，爱犬者协会下属的宝狗俱乐部是英国独资企业。

孔昕说，我知道英国。大不列颠及北爱尔兰联合王国简称英国。

老头摇摇头说，我只知道英国。

孔昕说，您知道爱尔兰共和军，还有去年成立的新芬党吗？

之后他掏出鼻塞，本能地嗅了嗅四周的气息。这个世界充满了似曾相识的味道。他立即将鼻塞置入鼻孔，离开大不列颠及北爱尔兰联合王国独资企业的招聘广告，朝前边走去。

吴胖子的身影又在他面前晃来晃去。

孔大多知道儿子从烟厂辞职的消息，捶胸顿足泪流满面。这位孔氏的第三代传人心里十分清楚，孔昕离开烟厂，实际上是给孔氏四代人与烟厂共存亡的历史画上了一个句号。孔大多退休之前是烟厂的技师。说是技师，究竟有没有技术只有他自己心里清楚。在烟厂工作了一辈子，相看两不厌。坐在家里静心细想，又觉得自己那几十年的历史似烟似雾，什么都是朦朦胧胧的。

他是从邮局送来的明信片上得知道孔昕离开烟厂的。明信片是爱犬者协会寄给孔昕的。孔大多接在手里，看到上面写着一行汉字：请于本月六日上午九时到宝狗俱乐部参加招工面试。

下面一行是英文。孔大多不认识英文。孔氏四代人，只有孔小斗粗通英语。粗通英语的孔小斗为英国的迪娜烟草公司看了一辈子库房，早就将英语带到棺材里去了。

如今英语又卷土重来了。孔氏子孙却没了懂英语的人。这种落后于时代的现状令孔大多倍加感伤，颇有愧对列祖列宗的味道。

矮保卫处长是踏着落叶走了孔家小院的。孔大多并不认识来者是谁。来者开门见山说是要了解一些关于孔昕的情况，之后就掏出国营九河卷烟厂的工作证。见到烟厂的人，孔大多倍感亲切，立即沏茶递烟。

矮保卫处长敏锐地看到，孔家待客用的是本厂出品的仙草牌香烟。这是去年烟厂为了重振雄风推出的一种中档混合型香烟。

矮保卫处长说只吸烤烟型的，就掏出自己的大门牌香烟。

孔大多则拿出一支硕大的烟袋，点燃一锅吧嗒吧嗒抽了起来。

见如此古董，矮保卫处长惊了。刚刚沏开的英国红茶，冒着亲切的热气。矮保卫处长要孔大多谈一谈孔昕近来的情况。他强调指出，一定要如实说出吴西占出事那天的清晨，也就是六点到七点这段时间里，孔昕究竟在什么地方。另外，他是不是经常要弄那种飞盘？

孔大多陷入沉思。

孔昕怀里抱着一摞塑料飞盘走了进来。

矮保卫处长呼地站起，定定注视着抱在孔昕怀里的那一摞飞盘。

这的确是一种从西方传入中国的健身游戏。就如同当年香烟是从西方传入中国一样。不同的是吸烟有害健康，飞盘增强体质。

好哇！你果然是个玩飞盘的高手。矮保卫处长大声说着，习惯性地摸了摸腰际，好像身上带着手枪。

孔昕呆呆望着矮保卫处长，等待他将手枪从腰里掏出来。矮保卫处长骑虎难下，只得从身上掏出一盒美河牌过滤嘴，抻出一支却找不到打火机。

孔大多充满警惕看着儿子。你是不是经常要弄这种飞盘？有一说一，有二说二，你一定要从实招来！

孔昕觉得父亲狐假虎威的样子非常滑稽，就笑着告诉父亲，要弄飞盘目前已经成为自己的本职工作了。要弄得好，就能加薪，要弄得不好，就得炒鱿鱼。所以说这飞盘是必要不可的。

孔大多以为儿子调到杂技团当了演员。矮保卫处长站起身告诉孔昕将刚才所说的情况写一个材料，明天上午八点准时交到保卫处。

孔昕终于明白了矮保卫处长的来意。他笑了笑朝对方说，我为什么要杀死吴西占呢？对方立即大声说，是啊，这正是我们要你写材料说清楚的关键所在。你是不是非常仇视烟厂？同时你是不是也非常仇视自己？你是一个非常值得研究的人。我会认真研究你的。

矮保卫处长走了。孔昕告诉父亲，自己目前正在英商独资的宝狗俱乐部试工。每天的主要工作是不停地抛掷飞盘，协助驯狗师训练那些洋种名犬的追逐能力。如果试工顺利，每月薪水一千八。

孔大多双唇颤抖着说，你放着体体面面的烟厂经警不当，怎么去给驯狗师当下手呢？人往高处走，水往低处流啊。

孔昕说，人活着其实并没有什么高低之分，干什么工作都是一样的。说完，他就到公园里的草坪上练习抛掷飞盘了。

他练习得非常投入。就在他满身大汗坐在草坪上休息的时候，突然察觉戴在鼻孔里的那两只祖传玉石鼻塞不知什么脱落了。鼻孔里失去防御，自己的世界立即被外部兵马攻破，人类的七情六欲浩浩荡荡开了进来。

他完全失去了平衡，伏在草坪上急切地寻找起来。

就这样一直到黄昏时分，他才在落日残阳的微光下找到一只。

我敢断定，那一只永远也找不到了。我知道迟早会出现这种情况的。祖上将这一对玉石鼻塞传下来，好像就是为了今天这个样子。好在我已经逃离了烟厂。离开烟厂我的命运应当能够改变吧？

他将那只寻找回来的鼻塞放在掌心里揉搓着，渐渐玉石也有了人的体温。这时孔昕觉出自己湿了眼角。

从今以后，我只面对这个铁打的世界了。除此之外，我还能做些什么呢？只能这样了。

摸了摸鼻子，仍然感到亲切。他告诫自己要时刻警惕排异情绪的出现。天黑了，他离开草坪，抱着一摞飞盘朝家的方向走去。

父亲孔大多站在门前的灯光下，等待着他。

孔昕觉得门前的灯光是那样的遥远，灯光里的父亲站在那里似乎已经百年。怀里抱着飞盘，他却想起童年戴过的那个狗脸儿面具。他不知道自己此时想起狗脸儿面具究竟意味着什么。多年赖以生存的玉石鼻塞突然丢了一只，自己立即变成一只鼻孔出气的人。这样，存在也就面临难处：要么摒弃凡俗世界的万般气息，与世隔绝；要么将自己彻底剥光陈放在人间烟火之中，熏染一番。如今这个样子分明是处于一种不伦不类的中间状态，使他疑虑重重。他感到自己浸泡在汪洋大海之中，渐渐融化。前景究竟是个什么样子，他一无所知。此时他只能怀里抱着一摞飞盘，朝父亲走去。

父亲迎着他问道，你真的死心塌地去要弄这些飞盘啦？

我现在心里很乱。走一步说一步吧。明天我就要到宝犬俱乐部上班去了。

父与子，不再说话。父亲在前，儿子在后，穿过灯光，走进庭院。这时候，他那只未戴鼻塞的鼻孔似乎对四周的气息有所感触——从父亲身上嗅到一种似曾相识的味道。有那么一个瞬间，他几乎被这种味道所感动。屏住呼吸，那个瞬间就从心头掠了过去。他知道自己挺住了。父亲。父亲的父亲。父亲的父亲的父亲。种种味道，不过如此。

试工一个月，孔昕才正式成为宝狗俱乐部雇员。领班对他抛掷飞盘的技艺表示满意。至于那些追逐飞盘的西洋名犬对他抛掷的飞盘是否满意，就不得而知了。人与狗之间，尚未开展对话。

孔昕除了终日抛掷飞盘，还在谋划为自己配制一只玉石鼻塞。休息日他到古董市场去了，看不到真正的璞玉，他感到绝望。

古董市场是一个自由的世界，人们忙着买与卖，使人觉得人类的历史恰恰是在这里创造出来的。令孔昕感到惊异的是，百年之间的烟灯、烟枪以及烟袋，也都作为颇有价值的古董摆到了这里，无言地向人们诉说着并不悠久的往事。他拎起一支水烟袋掂了掂，好沉。摊主立即说，这种水烟袋是专门卖给老先生们怀旧用的。听了摊主这话，孔昕以自己的一只鼻孔，果然从水烟袋上嗅出几分历史的铜锈味道。要是将这些铜锈打磨掉呢，历史是不是就不复存在了？他暗自问着自己。

来到一个专卖邮票火花赝品的摊位近前，他呆呆看着那些经人类之手制造出来的假货。那张龙票肯定是复制的赝品，否则世界邮市就乱了。五光十色的火花也不像真品，给人一种娼妇冒充闺秀的感觉。这时候他看到邮票旁边摆着十几张烟标，就伸手去翻。

摊主拦住了他，说这是艺术品，只能看不能摸。孔昕缩回手臂，定定看着。他觉得这些烟标看样子不是赝品。

摊主说，这些烟标的收藏史，短则几十年，长则近百年。尤其是那张金手牌烟标，出自当年的迪娜烟草公司，最为珍贵。说着，摊主拿起那张金手牌烟标，向孔昕炫耀着。

孔昕耸了耸鼻子，似乎对它的味道有所感悟。摊主见孔昕神色如此专注，以为遇到了主顾，就大肆宣传起来。他告诉孔昕，如今国内已经有四家烟厂都想恢复金手牌这个老字号，争夺非常激烈。据说迪娜烟草公司的创立者还是有后代的，因此国内厂家才没敢轻举妄动。

孔昕听着这些似是而非的宣传，一派无动于衷的样子。他摇了摇头，走了。

英商独资企业宝狗俱乐部坐落在东郊的一片人造森林里。由于独资企业享受优惠政策，这片人造森林得天独厚，长势异常良好。度过试工期的孔昕第一次穿过人造森林走进那座大木屋的时候，他仍然没能找到一块中意的璞玉。那是一座光线不足的欧式木屋。孔昕站在门外，似乎嗅到一种由来已久的味道。他看出这里是一个陈列艺术品的地方。由于读过一些书，走进门槛他就看出陈列在这里的东西大多可以归入前卫派艺术。领班要他到这座大木屋里寻找一摞飞盘。

一幅巨大的浮雕作品倚在墙上：一只玻璃酒瓶昂立着，身高两米上下。瓶颈细长，投下一道阳光。令人遐想那是一个透明的日子。孔昕凑近细看，酒瓶里空空荡荡，没有一滴酒。

孔昕呆呆看着，为艺术魅力所震慑。不知为什么，他产生了一个强烈的冲动，很想爬进瓶里去看一看。他猜想瓶里可能是一个很大的世界。这时，他终于看到这幅作品的标题：曾祖父。

曾祖父？难道这只空空荡荡的酒瓶的全部象征意义就是一个白胡子老爷爷？孔昕知道前卫艺术有些构思是很古怪的，凡人难以理解。很快他就察觉出自己的思维存在一个定式。看到《曾祖父》我就想到白胡子老爷爷，其实这是一个显见的误导。如果曾祖父英年早逝，那么就不应当是一个白胡子老爷爷的形象了。看起来，《曾祖父》的确是一幅具有多重语义的先锋作品。

另一面墙上挂着一幅摄影作品。黑白画面，一支燃烧的香烟，是那种不带过滤嘴的。画面上青烟缭绕，给人一种扑朔迷离的感觉。孔昕定睛看了看这幅作品的标题——历史。

看不懂这幅摄影作品有何深意。

墙角堆放着一摞飞盘，孔昕走过去，猫腰抱起。倏然之间，他感到这一摞飞盘的分量沉甸甸的，使人喘不上气来。

真是蹊跷。

那一起飞盘凶杀案是不是破了？回想起吴西占一身经警制服站在烟厂门口执勤的形象，孔昕总是觉得那是一尊雕像。如果将它摆到这座大木屋里，也堪称现代派艺术品。

抱着那一摞飞盘，他朝驯狗场走去。远远地，他就受到了洋狗们汪汪汪的热烈欢迎。尤其是那只名叫杰克的大狗，嗓音最亮。刚刚一个月光景就与这些牲畜成了朋友，孔昕对自己感到满意。走进栅栏，他开始抛掷飞盘。洋狗们飞身追逐着，不等落地就将飞盘叼了回来。领班站在一旁，阴沉着脸孔，给洋狗记录着成绩。孔昕快速抛掷着飞盘，看着活像一个机器人。

这时候，一辆小汽车驶到大木屋门前停了下来。从车里走下来一个黑头发黄皮肤的女人。她款款走进大木屋，像是前来参观前卫派艺术展览。

一节课的时间过去了，领班宣布今天的活动到此结束。孔昕拾掇飞盘，抱在怀里朝大木屋走去。他不明白驯狗的飞盘为什么要与那些前卫艺术品存放在一起。孔昕走近那辆小汽车，这时候他耸了耸鼻子，似乎嗅到了似曾相识的味道。

他看到小汽车的风挡玻璃上贴着一幅精美的招贴画。那内容是抽象派的，还配了一行洋文。孔昕既不懂抽象派也不懂洋文，当然不会知道这是一幅纪念金手牌香烟创牌一百周年的招贴画。站在车前，孔昕又耸了耸鼻子，目光倏地一亮。他将抱在怀里的一摞飞盘放在木屋门前的台阶上，顺手掏出戴在鼻孔里的那只鼻塞。围着那辆小汽车他转了一圈儿，突然无声地笑了。

这是一种熟悉的味道。久违了。他自言自语，试图唤醒深层记忆之中的往事。时光的流水哗哗淌来，然后又哗哗淌去。这种味道就在这哗哗流水声中渐渐清晰起来。

那两只白亮亮的乳房，又在他眼前跳动起来。一瞬之间他就感到一种本能的冲动充满全身，每一块肌肉都鼓胀起来，仿佛穿了一套古代武士的盔甲。他脸色苍白心跳加快，摇摇晃晃朝大木屋走去。

大木屋里，那位珠光宝气的女人站在那幅标题为《历史》的摄影作品前面，似乎沉浸在难以自拔的艺术欣赏状态之中。

她终于转过身来，远远看着孔昕，朝他淡淡一笑。

孔昕仿佛看到一支点燃的香烟，他所嗅到的却是一股发霉的味道。

他伸手摸了摸自己的鼻子。

这都是人间烟火啊。

白日虚拟

1

侯一繁是个男人。男人侯一繁大约是在四十二岁那年开始从事家务劳动的。譬如他学会了买菜和洗衣，然后就是将买来的菜烧熟，将洗净的衣裳晾干。用侯一繁的话来说，就是成了一个又男又女的人。男人的事情他要去做，女人的事情他也要去做。身兼两职。生活当然是很狼狈的，但侯一繁认为苦难对男人来说不是一件坏事。他觉得自己是个具有苦难意识的男人。他在日记里将这种意识命名为“咖啡情结”，就是说故意在杯里放上很多咖啡，绝不放糖，然后大口大口喝下去。这时候品味到的是苦涩的快感。

说起来，这些都是老生常谈了。

肩负家庭重担的侯一繁时时告诫自己要吃得饱睡得着。尤其令他感到满意的是自己的睡眠。他从来不在夜间醒来。或者说他根本就没有见过黑夜。当然，他也从不做梦。于是，他的黑夜就显得实实在在，像一块毋庸置疑的石头。

侯一繁很早就认为男人具有自我苦难意识是一件好事。当然这与拥有良好的睡眠并不矛盾。苦难意识对男人来讲首先是一种哲学，其次才是遭遇。侯一繁相信命运的塑造。男人是命运的产物。侯一繁的命运就是将家庭放进一个巨大的包裹里，背在肩上气喘吁吁朝前走去。这时他并不认为自己肤浅。

四十四岁生日那天，对侯一繁来说是个重要的日子——至少回忆起来那一天充满内容。那一天他通过阅读《编织》杂志，学会了织毛衣。

当然只是那种普通平针。侯一繁的生日是农历五月初四。从小他就按照农历来计算自己的生日。这个习惯似乎最能说明中国人都是农民的后代。他是农历五月初四上午学会织毛衣的，当时他居然神差鬼使想到了马王堆出土的金缕玉衣。中午时分，电话铃响了。当时他正要离开公司，回家去给妻子做饭。妻子是一个名叫吴默英的女人。名叫吴默英的女人患了一种不明病因的下肢软瘫症。先是感觉小腿疼痛、酸胀，随之发展为下肢无力而不能行走，整天躺在床上成了“半身西施”。这样，侯一繁不但没了男人的作业，而且还要在惯性的驱使下，去操持起全部家当。好在迟迟没有孩子，否则侯一繁肯定会改变对人生的态度。

没有孩子的家庭虽说断了香火，却是一个宁静的动物世界。

正是在这种情形下，他接到了丁媛的电话。

起初侯一繁并没有听出电话里传出的女声是谁。多年没有联系，声音毕竟生疏了。但是丁媛似乎仍然十分熟悉他的声音。他喂了一声，丁媛当头就说，您是侯一繁吧？

这时候的侯一繁根本不会想到自己的生活即将掺进新的内容。

丁媛是侯一繁的学生。那时候年轻的侯一繁还没有下海，而是在一所中学教高三的语文。丁媛当时是班里作文的尖子生，在市里作文竞赛拿过银牌。后来丁媛考上了本市一所大学的中文系。光阴似箭，丁媛大学毕业已经成了《市场卫生报》的记者。

他说我是侯一繁。对方立即换了一个称谓，叫他侯老师。这时候他意识到电话里的这位女子是自己的学生。凡是叫他侯老师的都是当年的学生。不知为什么，侯一繁不愿与当年的那些学生见面。尤其不愿让当年那些学生知道自己已经离开学校，来到金手广告公司当了一名高级策划。在学生面前，老师难捺清苦而下海，毕竟是一件舍仁取利的事情。侯一繁不愿让学生见到自己这个样子。

丁媛在电话里自报家门。侯一繁听到丁媛的名字就觉得一阵眩晕。在他的心底，丁媛是个令所有男性难以忘怀的女子。她的声音，她的侧影，以及她款款走过但留在你嗅觉里的那种女性味道，足以使所有男人怦然心动。这些年过去了，侯一繁忘掉了许许多多学生，唯独没有忘记丁媛。他甚至清清楚楚记得，丁媛比自己小八岁，父母都是医生。他还记得丁媛的左耳后侧的一颗很小的黑痣。那是一次期末，他监考。从教室后边朝前踱去的时候，无意之中他看到了伏案答卷的丁媛的那颗黑痣。那时候丁媛已经发育得是个大姑娘了，而他则是一个坚持晚婚的小伙子。

虽说年龄相差无几，但是师道尊严的传统使他觉得，偷看女生的黑痣是一种罪恶。

但他还是记住了那颗黑痣。

丁媛的声音好像是变了，听上去是个女中音。于是电话里的丁媛就有了一种立体声的效果。丁媛的话很少。这样，话筒两端就显得沉默。丁媛突然说，今天是农历五月初四，我祝您生日快乐。

侯一繁一下子就被感动了。

突然之间受到感动，他不知说些什么才好。他只能说谢谢。除了谢谢，这位前语文教师暂时还想不出合适的词汇。事后，侯一繁将此概括为自己的词穷现象。

他很少词穷。

丁媛说，今天打电话没有别的什么事情，因这活着是美好的，所以要对老师表达一下生日的祝贺。之后电话里传出了“祝你生日快乐”的电子音乐。侯一繁惊异极了。这真是一个经过精心策划的祝贺生日的电话。

已经下海的侯一繁渐渐怀疑丁媛别有用心。

电话里的丁媛精明得胜似妖精。她说，今天我的电话打得非常唐突，您肯定会认为我别有用心。不过我要告诉您，刚才的音乐是从我的电子手表里发出来的。这种手表最为常见的功能就是会唱生日祝福歌曲，很像一只电子时代的鹦鹉。

侯一繁渐渐消除了疑虑，说那就谢谢你的电子鹦鹉吧。

丁媛说如果可能的话，为了庆祝生日，她愿意与老师共进午餐。她在电话里加重语气说，与您认识多年，从来不敢邀请您走进餐馆。

侯一繁说，今天中午肯定不行。

丁媛就说改为晚餐吧。之后她定下了时间和地点。侯一繁嗯嗯应着。放下电话，他怔怔站在办公室里，像一个刚刚醒来的孩子。

回家路上他闯了红灯。站在岗台上的警察板着一副面孔，要求他背出《交通管理条例》中的第六章。他告诉警察自己根本不知道有这么一个条例。警察扣下他的自行车，不搭理他了。

走进家门的时候已经是一点钟了。他放下提包几乎是跑着来到床前的。看到吴默英眨着一双大眼睛躺在那里，侯一繁这才放了心。吴默英看到丈夫累成这个样子，不由得叹了一口气。

这时候的侯一繁已经走到厨房里去了。站在灶前，他咕咚咕咚喝下一大杯凉开水。刚才在路上，不知为什么就幻想出一个场面：当自己走进家门的时候，看到吴默英已经死在床上了。

我为什么会想到这么一个场面呢？

哦，有些推理小说经常写到这种场面：丈夫回家很晚，走进家门的时候，突然看到妻子倒在床上，已经死了。

想到这些，他就又喝了一大杯凉开水。

喝在胃里的凉开水给侯一繁带来了一种人生的涨满感。他重新回到卧室，问妻子午饭想吃些什么。

吴默英虽然卧床但依然有一双好看的大眼睛。看上去有时很像一条美人鱼。听到丈夫的问话，她感到有些惊讶。美人鱼惊讶的时候，往往令世界变得天真。

今天早上你不是问过了吗？我说我想吃牛肉炒河粉。你怎么给忘记啦？

是啊，牛肉炒河粉。我怎么给忘了呢？一定是我的自行车给警察扣了，打乱了我的整个安排。其实我并不是一个健忘的人。一般情况下我的记忆不会出现这种差错。侯一繁心里这样想着，对妻子笑了笑说，牛肉炒河粉只能改在明天了。我把午饭和晚饭一起给你做出来吧。今天晚上要请一个广告客户吃饭，我必须将这一笔业务揽到手里。

吴默英笑了笑说，不要紧，广告客户是怠慢不得的。你知道什么地方卖新鲜牛肉吗？就在红桥大街的南面。你知道红桥大街的南面吗？

侯一繁说知道。侯一繁到厨房里去做饭了。侯一繁在切菜的时候，划破了左手的小手指。侯一繁自己做了包扎。侯一繁的拿手好菜是黄焖牛肉。侯一繁并不知道，只有做菜的时候自己才会真正进入忘我境界。侯一繁有时候想要一个孩子。

伺候吴默英吃了午饭，侯一繁心里踏实了许多。将提前做好的晚餐摆在床头的小桌上，吴默英就与他握了握手。他觉得这种礼节很像是两个外交家在告别，其实夫妻之间是不用握手的。握手之后，吴默英狡黠地笑了笑。不等侯一繁品味这个笑容的味道，也就到了他下午上班的时间。

走出家门他才想起自己的自行车还扣在警察手里，只能步行了。天气已经渐渐热了，走在街上感到人心浮气躁。这时候他又想起了新鲜牛肉。

面前的生活，其实比新鲜牛肉还要新鲜。

2

吴默英双腿行走的时候，最大的恐惧就是自己随时都可能被腌成一具咸尸。这种恐惧与日俱增，使她觉得生活没了空间，也使她懂得了什么叫作惶惶不可终日。

因为她是一个常年夜间工作的女人。

长期的黑白颠倒，使她已经习惯于夜间吸烟，夜间喝水，夜间吃形形色色的零食，夜间胡思乱想。更使她习惯于天色大亮之时入睡，踏着浓浓的夜色去上班。她拥有月亮而失去太阳。她知道黑白颠倒是违背人类天性的。人类的天性是拥着黑夜睡去，迎着太阳出发。只有动物才昼伏夜出。

难道我成了一只动物？

她的工作其实非常简单，就是彻夜监视水质变化。她必须在夜间三次攀到池边采取水样。那是一个深不见底的巨大水池。月光之下，看上去令人想起遥远的死海或贝加尔湖。吴默英的工作就是使这个水池永远保持一定的咸度。如果咸度不够，就要开动机器向池中投放粒盐。白亮亮的粒盐像一面银色的瀑布，落入池中。池中就发出水怪似的巨鸣。此时她就想到地狱大门敞开时的隆隆轰响。

那景象很是骇人。对于这项工作的意义，吴默英多年以来不曾认真思索。因此她对自己存在的价值也从未产生任何怀疑。

平静的时候，她认为自己工作的地方很像是一个酱菜厂。

更多的时间里她处于惊悸之中，觉得自己身处一个险象环生的环境之下，生与死只有一步之遥，总是担心失足落水。她知道如果将自己的这种感受讲给别人，人家要么认为她是在讲笑话，要么就认为她的脑子出了毛病。她与这个世界，是很难达成共识的。

她就靠吸烟来镇定心神。尤其是当她独自坐在桌前一支接一支吸烟的时候，那种孤立无援的心情只有上帝能够看到。

白日里，她是从来不吸烟的。

其实原先根本用不着攀到池边去取水样。有一台电子取样仪，从池底自动抽取水样，吴默英只要化验一下，读出一个数据就可以了。但是电子取样仪出了毛病。吴默英立即报请修理。上司就将电子取样仪拿走，说是去修理了。

从此没了消息。

吴默英只好一夜三次攀到水池边缘去取水样。面对那黑得不见底细的一池大水，她心跳过速，死死抓住栏杆。

如果失足掉入水中，天亮之前是不会有人发觉的。人在这种盐水中腌泡四个小时，毫无疑问就会成为一具不坏的肉尸。

这种肉尸的最大优点是不腐。虽说如今已提倡火化。

我现在活得过于明白，几乎无所不知。其实我应当变得迟钝起来。敏感的人总是过早看到彼岸。过早看到彼岸并不是一件好事情。是不是由于常年的昼伏夜出生活，使我恢复了人类早年的那种敏锐，往往在一出大戏还没演完的时候就预先看到了结尾？

她搓着双手，不知如何是好。

她决定走现实主义的广阔道路，实实在在找到上司，催促他尽快修好电子取样仪。这时，电子取样仪其实已经成了一个化身。

上司哼哼哈哈的，不予理睬。

后来有人告诉她，那台电子取样仪很难修复了。因为上司一直在盼望这台电子取样仪出现故障。上司对这台电子取样仪充满了仇恨。吴默英听了这话，心里很不明白。

那只是一台无辜的仪器啊。上司为什么对它充满仇恨呢？

上司是一个精瘦的男人，说话娘娘腔。每次见到上司，吴默英都不知道该与他说些什么。上司的目光永远笼罩在一团雾气之中，看上去令人怀疑他的内心很不清澈。吴默英认为那一台电子取样仪拿去修理的时间实在太久了，就屡次向上司询问。上司的表情显出几分慌张，连声呜呜着，目光之中流露出来浓浓的氤氲。

吴默英弄不明白这究竟是怎么一回事。每当她攀到水池边上去取水样的时候，夜色之中面对深不可测的黑水，就认为这个世界是一面轰然倒塌的大墙。人类，在这面大墙下面小心翼翼蠕动着。

后来又有人告诉她，那台电子取样仪永远也不会修复了。那位说话娘娘腔的上司早就将它锁在铁柜里，根本就没有送去修理。上司是个心理极其阴暗的男人，对平静的生活总是持有一种天然的敌意。他盼望出现波澜，也盼望出现突发的事故。没了电子取样仪，化验员就要攀到池边去取水样。攀到池边取水样就面临着失足落水的危险。失足落入水中，平静的生活就会激起一阵波澜。

死人在这样的池水之中，必然会腌成一具不坏的咸尸。

人间居然还有上司这样的小人，吴默英感到非常震惊。

上司为什么对人类采取如此敌视的态度呢?

吴默英认为，上司的这种做法使自己在工作时处于危险的重围之中。设法重新获得安全感，成了吴默英心中的大事。

必须突围。

她开始在值班室的小黑板上留言。第一天她写下这样一个句子：有关领导，请您迅速将电子取样仪修好。只有修好电子取样仪，我们才能感到安全。

但是，第二天去上夜班，她就看到小黑板上的那个句子已经没了踪迹。吴默英懂得持之以恒这个道理，从此她天天都将这个句子写在小黑板上。久而久之，这就成了一场永不休止的拉锯战。

后来，她对电子取样仪的修复彻底丧失了信心。但每天小黑板上的那个句子还是必写不误的。当然，第二天必然只字皆无。有时出于好奇，她就闭上眼睛，猜想那是一只什么样的大手，擦掉小黑板上自己写下的这个句子。

那一定是一只毛茸茸的大手。

拉锯式的战争就这样延续下去。内容已经失去意义，只剩下了这种你擦我写的形式。生活竟然显得出奇的宁静。

居然从这种无聊的形式之中，体味到一丝快意。吴默英觉得生活就是在无聊之中得到发展的。快意消失之后，她渐渐感到愤怒。

她开始在心中练习说粗话。

他妈的。

狗娘养的。

你是一个浑蛋。

心中的粗话练得渐入佳境，她觉得有些自如了，就开始动笔。这时候她觉得作家写小说可能也是经历了这样一个阶段。

她开始将操练得比较流畅的粗话写在小黑板上。这时候她感到第三次世界大战已经爆发。

觉得很舒服。

第一天写在小黑板上的粗话是个不长不短的句子：我命令你这个混账东西立即将电子取样仪修好！妈的。

写罢，她心情非常紧张。

天色大亮，她匆匆下班走了。

在家，她整整一天都是在忐忑之中度过的。不知对方会做出什么举动来报复。肯定会将一句更为难听的粗话写在小黑板上。

譬如说婊子养的骚货。

譬如说不得好死的家伙。

吴默英是怀里揣着一只兔子走进夜班工作间的。她不敢去看小黑板。她知道对方如果还击，写在黑板上的脏话一定是让人难以承受的。她放下提包，打开箱子换上工作服。之后她又喝下一杯水。

鼓起勇气，她抬头去看那块挂在墙上的小黑板。

小黑板上空空如也。

她揉了揉双眼，走上前去。

小黑板上空空如也。

她一下子就瘫坐在地上。一种极深的失落感从心底升腾而起，笼罩了她的全身。

我在小黑板上写了粗话，但是对方根本不予理睬，而是将小黑板擦得干干净净，用沉默来表现对我的漠视。对方到底是谁呢？

白天上班的是一个沉默寡言的男化验员。这个男化验员对电子取样仪的迟迟不能修复同样感到愤慨。肯定不是那个男化验员。那么藏在暗处的那个对手到底是什么人呢？她想到那个说话娘娘腔的上司。上司是轻易不到这里来的。上司的办公室在一幢白色的小楼里。那白色小楼常常使人想到冥界。

用尽气力才从地上站起，走到小黑板近前她笑着说，无论你是谁吧。之后抄起粉笔，她又在黑板上写下一个短句：

丫的，你不要装洋蒜了。

她为自己能够写出这种脏话而感到震惊。

3

侯一繁不知道应该怎样打发余下的时光。他想到那辆自行车还扣在交通警察手里，就向策划部的经理请了假，去赎自己的坐骑。

阳光下，交通警察好像一具稻草人立在岗台上。

走到岗台前，他说是来领取自行车的。执勤的警察看了看他，说你的自行车已经送到中队仓库里去保管了。他知道自行车已经判了徒刑，就不再希冀。拐进南北大街，他漫无目的走了下去。

渐渐觉得这条大街的熟悉。从前在学校里教书的时候，有一个班的学生大多住在这一带。那时候似乎对生活充满信心，工作也积极肯干，经常深入学生家中，与家长谈心，探讨如何培养无产阶级革命事业接班人这一类重大问题。那时候这条大街远远比如今要干净得多。侯一繁觉得苍蝇像轰炸群一样迎面飞来，给人带来一种战争的恐怖。市场上卖的灭蝇药大多都是假货，因此苍蝇就更加猖狂起来。侯一繁觉得今年的苍蝇上市太早，比以往提前了一个月。

想起了丁媛。

这时候大街变成了一个农贸市场。侯一繁居住的这座城市，在北方算是一个大地方。这个城市与其他城市的最大不同就在于这里盛产刁民。这些刁民摆摊卖货的最大特点就是站在大街中央，即使消防车来了也决不躲闪。于是，市长领导对这些刁民也常感力不从心。平民进了这种农贸市场就好比是进了土匪窝子。侯一繁东躲西闪，朝前走着。此时他对自己居住的这座城市充满了厌恶。

他听到了一声动物的吼叫。

他心里想，动物是人类的朋友。

朝前走了几步，他看见大街边上倒着一头被缚的黄牛。

人们呼啦一声就围了上去，气氛立即热烈起来。他听见有人在说杀牛。人群变得浮躁起来，侯一繁被拥到了近前。

那是一头沉默无言的黄牛。手持屠刀的胖大汉子在柱子上挂出一块招牌：现场杀牛，保证新鲜。

不可思议。人在白天里居然胆大妄为。他不相信在这座大都市的大街上会出现当场杀牛卖肉的事情。人们真的是为了吃到新鲜的牛肉才这样做的吗？未必。

人群爆出一阵喝彩声，侯一繁被吓了一跳。定睛细看，那牛已经被杀死。那牛的目光，在凝固的一瞬间与侯一繁形成对视。他立即闭上眼睛。那鲜红的牛血流在地上，缓缓向脚下渗来。

那是一摊红得耀眼的鲜血。想起中午做饭时划伤了手，侯一繁明白了，人血与牛血，看上去是没有什么明显区别的。都是那种令人目眩的红色。

听见有人喊着要买牛肉。

侯一繁心里想，那牛肉一定非常新鲜。之后他想起了吴默英。

使劲挤出围观的人群，他感到有些疲劳。走出十几米远，他选了一块干净的边道牙子，坐下休息。

已经与吴默英说妥了，明天给她做牛肉炒河粉吃。这里的牛肉的确新鲜。如果割上二斤拎在手里，你一定会感到那牛肉还在喘气。整个都市就在这牛肉的喘息下渐渐睡去。究竟是谁想出都市杀牛这么一个主意呢？真是敢想敢干。侯一繁这样想着，身子却朝后退去。吴默英为什么想吃牛肉炒河粉呢？

人群渐渐散开了。一头牛的肉，这样卖光了。刽子手又在准备杀第二头牛。侯一繁起身离开这里。身后充满了血腥的味道。

都市生活，难得有这么浓烈的血腥味道。

丁媛约定的时间是五点半钟，在八仙斋饭庄门前会面。

不知丁媛如今已经变成了什么样子。

来到八仙斋门前刚刚五点钟，侯一繁不知怎样才能打发这半个小时的多余时光。八仙斋饭庄对面是一家小小的书店，他走进去站在书架之前浏览起来。

看到一册《都市骑牛》，翻了翻，是一本无名作者写的长篇小说。长篇小说的开宗名义第一句话就说：“这座都市在四百年前就已经绝了牛的踪迹，然而处处还都留存着骑牛的痕迹。走在街上你就会发现，这里的人们大多是罗圈腿。这正是骑牛的历史在无言地诉说。看着那一双双罗圈腿走来走去，使人觉得他们在心理骑牛。”侯一繁摇了摇头，不明白这句话究竟是什么意思。

又看到一册《都市养牛》。翻了翻，是一本讲述养牛技术的专业书籍。侯一繁心里很是不解。都市根本就不是养牛的地方，为什么偏要强调都市养牛呢？都市养牛是一项困难重重的事业。

这时他倏地想到：都市已经成了一个杀牛的地方了。应当写一本叫《都市杀牛》的书，肯定畅销。

是啊，都市正在杀牛。当侯一繁正在书店里喃喃自语的时候，一个名叫丁媛的女子款款来到八仙斋饭庄门前。过午的阳光从天上泻下来，将这个衣着时髦的女记者照得光彩夺目。

侯一繁神差鬼使买了一本《都市骑牛》，花了十三块八。他知道如今的书籍定价是很贵的。将十三块八夹在腋下，他走出书店。

一街之隔的八仙斋饭庄门前站着一个身穿大花衣服的女子。

那女子朝他招了招手。

他立即意识到这只大花蝴蝶就是丁媛。

心咚咚跳得快了起来。他跑过大街，抬起目光看了看丁媛。丁媛居然没有化妆。虽然几年没见，由于丁媛是原装本色，所以侯一繁一眼就看到了那个熟悉的面孔。

丁媛笑了。侯一繁立即想起那颗黑痣。想起那颗黑痣他的心情也就愈发紧张起来。

丁媛说侯老师并不见老。说罢他就随着她走进了八仙斋饭庄。

好像丁媛是预先订了位子的。他随她走进一个小雅间，服务员就满脸堆笑迎了上来。他偷偷看了一眼昔日的学生，发现她脸上毫无表情，透出一种拒人千里之外的贵族气派。侯一繁觉得自己非常渺小。他将《都市骑牛》放在桌子上，尽量将目光变得和蔼，朝丁媛干巴巴一笑。

你怎么知道我离开学校，到了金手广告公司呢？

我在大街上看到了您策划的一组广告。

哪一组广告？

《夫妻乐》健身营养液。

听到《夫妻乐》营养液，侯一繁觉得有些尴尬。那是一种刺激夫妻做爱高潮的性药。

他说《夫妻乐》健身营养液的那一组广告其实在策划上还是很有新意的，但后来在实施的时候上司强加了许多非常外行的修改意见，结果就弄成了这么一组不伦不类的广告。

丁媛说，您无论走到什么地方总也摆脱不了怀才不遇的处境。

这时，侯一繁感到自己在这场谈话之中处于被动境地。

我毕竟曾经是她的老师啊。他在心中给自己鼓了鼓劲，开始变被动为主动，询问起丁媛的情况。

丁媛告诉老师，自己在《市场卫生报》当记者的同时，暗中还办了一个公司，做一些文化方面的生意。这时丁媛请他点菜。他说外出吃饭这么多年，从来也没有学会点菜。丁媛就开始点菜了。

点了一个清蒸甲鱼。丁媛一边点菜一边介绍着自己的情况。当点到红烧鸳鸯时，她说，我目前依然是独身生活。

侯一繁慌了，立即问服务小姐什么叫红烧鸳鸯。服务小姐笑了笑说，根本就没有什么鸳鸯，就是红烧两只小雏鸭。

丁媛笑了笑说，每次来这里吃饭我都要点这个菜。

最后丁媛又点了一个黄焖牛肉。

听到牛肉，侯一繁心里一惊。这时丁媛要了白酒，五粮液。

学生问老师今天晚上还有没有别的应酬。老师说杂七杂八的事情还是很多的，但都已经做了安排。学生说那今天晚上就开怀畅饮吧。侯一繁声明自己并没有多大的酒量。

丁媛斩钉截铁说，侯老师今天是您的生日。

侯一繁受到了感动。这么多年了，你怎么会知道农历五月初四是我的生日呢？

丁媛说，这么多年过去了，您的生日究竟是哪一天，其实我早已忘记了。前天，清晨起床我照例从那只格子里拿出个纸片儿。纸片儿上写着今天要与朋友在一起祝贺生日，因此就有了今天这个晚餐。丁媛说罢举起酒杯又说，祝您生日快乐。

侯一繁不知道丁媛所说的格子是什么，他只知道她敬的这杯酒自己是万万不能推辞的，于是扬起脖子就干了杯。很久没喝五粮液了，味道显得生疏，仿佛一个多年难得一见的老朋友。丁媛居然也能喝一些白酒，看上去像个巾帼英雄。她的话不多，像一个天天见面的熟人。就这样，吃菜就成了饭桌上的主要内容。出于师道尊严，他又不能放开手脚大吃大喝，这样桌上就显出几分冷清。

丁媛慢悠悠喝着可口可乐，目光有些迷离。

他突然说，我妻子瘫痪在床已经两年了。

丁媛说这件事情两年前她就已经知道了。

他说，当记者是很辛苦的啊。

丁媛说当记者其实是一件非常美妙的差事。收入高，待遇也很好。如果偷偷搞个有偿新闻什么的，还会有丰厚的红包。

听了丁媛的这些话，侯一繁不知说些什么才好。丁媛的那种尖刻的自我批判意识，使他感到一股排山倒海的力量扑面而来。

沉默了一会儿，他就将亲眼看到的都市杀牛的事情告诉了丁媛。听了他的讲述，丁媛的表情有些惊讶。

您是不是因为我在《市场卫生报》当记者才将这件事情告诉我，要我写一篇文章干预此事？丁媛定定注视着他。

他使劲摇了摇头说，不是，绝对不是。我也不知道为什么要把这件事情讲给你听。都市大街上杀牛卖肉，这真是一件闻所未闻的事情。我只是受到了震动，才讲给你听的。无论你是不是记者，我都要讲给你听的。真有意思，光天化日，都市杀牛。

说罢他又喝干了杯中的五粮液。这时候他突然想起如果按生肖论，自己就是一头牛。丁媛小自己八岁，不会是牛。

我为什么要给你讲都市杀牛的故事呢？我是不是醉啦？

丁媛面无表情地看着自己当年的老师。醉了就醉了，这也不是什么了不起的事情。日子就是这样，过一天说一天。如果您觉得醉了，就不要喝了。如果您觉得没醉，就继续喝。您还能把五粮液喝成六粮液啊，您说是不是？

听了这话，他觉得丁媛是一个非常可爱的女子。

这位前语言教师的脑海里又迸出那个词汇：牛肉炒河粉。

丁媛看了看手表然后抬头对他说，您九点钟之前必须回家吗？

侯一繁此时突然觉得丁媛的样子很是陌生，就好像是一个不曾相识的人。他心头涌起一股凄清的情绪。

又觉得还是陌生好。陌生比熟悉更好。陌生才是人生的一种境遇。人间的许多事情，都是在陌生的状态下找到感觉的。

要想获得那种陌生效应，就必须忘却一切往事。往事如烟。

不知为什么他很想看看丁媛身上的那颗黑痣。

丁媛突然说，侯老师，你说到底是活着好呢还是死了好呢？

都一样。侯一繁斩钉截铁地答道。

4

吴默英开始阅读推理小说的时候，双腿尚能行走。当时她并不清楚自己为什么要阅读那些推理小说，只觉得都市在自己眼里成了水中倒映的风景。要想读懂这种风景，只能双脚朝天用双手走路。这是一种极端的恐惧心理。一个偶然的机会她开始阅读推理小说，期待着破译这个世界。她先是读西村寿行，然后又读大薮春彦。这时候她才知道在中国不仅仅是高级轿车，就连推理小说也必须从日本进口。

吴默英感到无奈。

生活并没有发生改变。夜间上班她仍须攀到池边，面对深不可测的水池，战战兢兢取上一瓶水样。有时水中映出天上的明月，给她带来一种落入深渊的恐怖感。想象力愈来愈丰富了。眼前时常出现失足落水被腌成咸尸的场面。心情总是处于一种战备状态。因此她从不间断在小黑板上写下锋芒犀利的句子。似乎这就是她唯一能做的事情，也是她唯一愿做的事情。

她知道自己已经从一个淑女变成一个天天在黑板上书写粗话乃至脏话的俗女了。这就是生活。

令她无法忍受的是写在小黑板上的那些句子从来就无人理睬。她觉得自己是个失败者。潜在暗中的那个对手根本就不把自己放在眼里。究竟是谁天天将我写的那些句子擦得干干净净呢？

她只能去阅读日本的推理小说，想从中得到启示。

长期的夜班工作破坏了她的健康，她患上了神经衰弱症。那台电子取样仪能否尽快修复已经并不重要。事实上她已经上了瘾，迷恋于那块小黑板。有时她在小黑板上写下那些就连自己也觉得莫名其妙的句子，当然还有粗话。

譬如，我是一个没有太阳的人。我的太阳是月亮。妈的。

譬如，一个大坏蛋的最大功绩，就是使别人也成了坏蛋。

譬如，你以为你能够有一个好下场吗？孙子。

日子就这样不声不响过去了。

她多么希望对方能够挺身还击啊。但是对方不声不响，除了将小黑板擦得干干净净，当她再来上夜班的时候，丝毫看不出有什么战争的迹象。她觉得自己是在与空气进行拳击。

可对方是谁呢？她无奈地笑了。她知道必须找到一个假想敌。

这座城市遭到龙卷风袭击的第二天，吴默英深深感到阅读推理小说已经不能满足自己的心理需要，她开始构思那种符合中国国情的推理小说。所谓推理，她认为就是为一件事情寻找几个不同的结果。这时她根本没有预见到自己即将卧床。世界在她的视野里常常变成静物——太阳和月亮同时出现在天上，给人一种黑夜与白天完全混淆的感觉。这幅图画令她激动万分。她的关于原始的推理，正是从这里开始的。

她构思的首篇推理小说名叫《白日的罪恶》。

主人公是一个没有生育史的女人，光阴似箭已经到了中年时期。她可以白天工作，也可以夜间工作。她更习惯于夜间工作，有时她干脆白天晚上都不工作。这样她的工作就显得既简单又轻松。而她的生活，既平稳又安详，风力最大一到二级。她所居住的那座城市却是乱哄哄的，好比一个牛马交易市场。

吴默英就是用这种方法将平静之中的女人与她所处的嘈杂环境构成一对矛盾，然后给她取名叫何兰。何兰的故事在吴默英心中只是一串零散的生活碎片，但事件的起因却充满爆发力，好比是一挂夜深人静之时猛然炸响的爆竹——那就是何兰已经死了。

何兰的死亡对吴默英是个极大的鼓舞。她决心动笔。这时吴默英终于明白，死亡对自己居然具有如此强烈的刺激作用。她深深感到，死亡的真正的意义在于它终于使人战胜了无聊。在此之前有谁能够战胜无聊呢？只有死亡。死亡真是一件好事情。正是在这种愉悦的心境之中，吴默英悄悄动笔了。

她在稿纸上写下小说的第一句话：“其实黑夜总是偷偷来临的，白天则显得大手大脚。”这时她切实感到写作是一种私人行为。《白日的罪恶》这篇小说的开篇是这样的：

> 子夜时分那瓶人头马已经喝得空空荡荡了。音乐渐渐变得轻柔，听着像是从很远的地方飘然而至。这就是深夜的感觉，一切都真切而朦胧。那灯光已经是真正的深夜灯光。只有深夜的灯光才会发出如此虚无的闪烁。此时吧台前渐渐没了客人。男侍似乎正在忙着拾掇东西。这个世界对着“牛郎织女酒吧”打了个哈欠，仿佛正在积蓄力量，然后挑起一个事端。
>
> 酒吧的名字叫“牛郎织女”。这很有诗意。如今已经很难找到诗意了。牛郎织女酒吧通常是要营业到凌晨四点钟的。对于那些拥有夜生活的人来说，凌晨四点钟正如话剧《日出》里的台词一样：太阳出来了，我们却要睡去了。
>
> 外边的夜色，轻柔得好似皮肤，裹在人的身上，亲密无间。这样，人与夜色就交融了。这种交融，在白日里绝对难以体会的。因此夜色才引发了人们对它的留恋。这种留恋，也包含着对白日的无奈。虽说已经凌晨三点一刻，何兰依然端坐在酒吧间靠窗的那个双人位子上。
>
> 说是双人位，其实只坐了她一个人，仿佛就是织女。她那端正的坐姿，使人觉得她曾经从事极其严谨的工作，譬如核弹研究或者国际跟踪。总之，看上去她是一位高雅的女人。
>
> 其实这时候高雅的女人已经死了。
>
> 酒吧领班此时并不知道何兰已经死了。酒吧领班只知道她是这里的常客。在酒吧领班的印象里，她从来没有独来独往的时候。每次出现，身边必然有一男子。当然那男子是从不固定的，每次都是新面孔。事后据酒吧领班回忆，她带来的男子就像是一件件衬衣，日日都要更换。但这些衬衣未必都是“鳄鱼”那样的名牌。

负责侦破此案的张警督是在凌晨四点钟赶到酒吧间的。当时街上正下着小雨。他听了酒吧领班关于衬衣的比喻，觉得非常生动，就要求胖若木桶的酒吧领班给他举出一个关于衬衣的例子。譬如说哪一个男人属于鳄鱼牌的，哪一个男人不属于鳄鱼牌的，包括高矮胖瘦。

酒吧领班属于那种观察能力极强而表达能力很弱的人，根本无法回答这个问题。张警督很是失望。

死者名叫何兰。何兰遗留在座位上一本书，警察拿起来看了看，是长篇小说《都市骑牛》。他将这本书放入提袋，朝酒吧领班耸了耸肩膀说，他妈的什么叫都市骑牛啊?

法医是一位如花似玉的姑娘，她轻声告诉张警督，死亡时间应确定在凌晨三点前后。至于自杀还是他杀，则一时很难确定，有待进一步侦查。

何兰的尸体被送去冷藏了。如今的保鲜技术使很多很多难以保存的东西永远鲜美如初。

张警督是在第二天下午开列出嫌疑者名单的，总共有三百六十五个男人。一天换一个男人，于是这三百六十五个男人就成为一本厚厚的日历。张警督走在雨中的大街上，心情也是湿漉漉的。

刚才他遭到上司的一顿臭骂。上司看到他开出的三百六十五人的嫌疑者名单，立即大发雷霆。

张警督告诉上司，一年三百六十五天，这是一个非常罕见的案子。说罢他转身走出门去，来到了雨中。

雨水，打湿了张警督那颗干涸的心。朦胧之中他似乎懂了，那三百六十五个男人在那个死去的女人生活中究竟意味着什么。

这三百六十五个男人大概就意味着那个女人一年的时光。

可是恰恰在她死去的那一天，身边没有男人。

这极有可能意味着女人在死亡面前，是可以独立完成任何事情的。男人在这种时刻往往成为多余的景物。

张警督自言自语说，去寻找那三百六十五个男人吧。

推理小说刚刚写出这个开头，吴默英就患上那种病因不明的下肢瘫软症。她只能长期卧床。这样，她也就长期告别了夜班。她的白天与黑夜，一下子都摆在病榻上了。

她不知所措。

白日里，她觉得自己是个多余的人。

很长一段时间里，她找不到生存的感觉。一下子失去黑夜，她才知道黑夜对自己来说究竟意味着什么。过去，她夜里吸烟，夜里吃那些形形色色的零食，夜里大量喝水。如今，她白日里不吸烟，白日里不吃那些形形色色的零食，白日里甚至不喝水。由昼伏夜出变为昼夜卧床，吴默英感觉迷失了。

看来我必须改变生活习性才行。此时，她忘记了中途辍笔的《白日的罪恶》。为了寻找新的生活习性她专心致志躺在床上，好似一只巨大的标本。

后来她终于明白，自己要想在白日里生存，必须依靠推理才能活在世上。唯有推理能够给她带来一点点乐趣，唯有推理能够使她对生活嘻嘻一笑，唯有推理能够使她对这个颠倒错位的世界表示认同。她成了推理的情妇。

就这样，她找出中途辍笔的《白日的罪恶》，重新读了读。那种失足落水的恐惧，时时还在她的小说里渗透出来。她知道自己已经不可改变了。

她非常关注小说里的何兰。不知为什么，她时时觉得何兰这个女人已经走出字里行间，在人间四处走动。

5

侯一繁走出那幢高层公寓来到街上，颇有一种灵魂出窍的感觉。几十年了，自己好像从来没有子夜时分走在街上。面前真是一个生疏的时刻。走在边道上他本能地左顾右盼，目光透出机敏。

大街上空空荡荡。

是的，大街真的空空荡荡。

蓦然觉得自己的可笑。左顾右盼前瞻后瞧，走在空无一人的大街上，自己的这种警惕显得毫无意义。没人，你去警惕谁呢？没人知道你刚刚从谁的寓所里走出来，没人对你的私生活感兴趣。白天的逻辑，在夜间立即显得难以成立。也只有在这种时刻，侯一繁才深刻意识到自己为什么不当老师离开学校而投身商海。

我只不过是从这个格子爬到那一个格子去了，仅此而已。

好在都市既有白天也有黑夜。白天被装进一个大格子，黑夜被装进另一个大格子，于是喧嚣的都市才拥有了二十四小时的平衡。

丁媛的寓所，其实也是一个格子。世界就是由许许多多这样格子组成的。从这个格子爬到那个格子，是男人经常想做而难以做到的事情。

一切都出乎意料。侯一繁似乎懂了，人活着就是一个出乎意料的过程。只有死亡才是意料之中的事情。

譬如说丁媛。

一种说不清道不明的心绪笼罩着侯一繁。这种心绪渐渐演成一种颠覆自我的力量。他感到恐惧。此时他已经明白，多年以来自己所体会到的那种苦难意识，其实是一种假货。

真正的苦难，竟然从今夜才刚刚开始。他真真切切看到了丁媛那颗黑痣并且亲吻了它。黑痣已经不是秘密了。黑痣只是一颗黑痣。走在沉睡的大街上，侯一繁感到此时的一切都遵循着黑夜的逻辑。黑夜与白日相比，的确是两个不同的世界。因此，他觉得黑夜是生疏的。

好像这些年来他不曾拥有黑夜似的。这些年的夜间我都做了些什么呢？睡觉。枕夜而眠原本是天经地义的事情，但是侯一繁却开始抱怨自己这些年对黑夜的一无所知。

丁媛的出现，才给我带来了黑夜的深刻体验。人间如果没有黑夜，可就真的成了悲惨世界了。莫非丁媛就是黑夜？这么说女人就是黑夜。

他猛然想起那本新买的长篇小说《都市骑牛》忘在丁媛居室里了。那可能是一本很好的小说。站住脚步，他不知该不该返回那间温馨的小屋牵回那头丢失的黄牛。

觉得没劲。白天买的时候觉得可读，如今是黑夜，白天的规则就一文不值了。《都市骑牛》可能是一本不值一读的小说。

就沿着夜间的长街，朝回家的方向走去。

放开喉咙大声唱了起来。冲口而出的是一首连自己也叫不上名字的歌曲。这歌在童年时代就会唱。如今忘了词，他就大声哼着旋律。迎面走过来两个人，见他唱得如此无形，远远就躲开了。

是啊，都市人称不夜城。此时侯一繁终于明白不夜城只是一种比喻而已。无论灯火多么辉煌，不夜城毕竟是被笼罩在夜幕之下。不夜城尽管不夜，它却必须遵循黑夜的方式。

走过时代广场，他看见远处矗着的那张足有六层楼高的广告牌子。牌子上是一幅油漆画，画着一对中年夫妻，相依相傍目光里饱含欣喜。下面是十二个宋体大字：夫妻乐营养液，伴你日日夜夜。

这幅广告是我策划的。

自言自语朝着那对中年夫妻走去。越走越近，越看越清楚，蓦然之间他觉得这一男一女乃是自己多年不见的熟人。

一时又想不起究竟是谁。他就非常仔细地看着这两位熟人。夜风徐徐吹来，他的目光与那女人紧紧对视。

似乎是出自一种逃避心理，他朝左边走了几步。抬头再看，那女人的目光仍然跟踪上来，与他的目光再度对视。

她那微笑的表情无论从哪个角度看，都显得那样饱满。中年女人所特有的成熟的魅力，扑面而来。只是她的裙边有一块蓝色油漆早早剥落，给美好的秋季埋下衰败的伏笔。

女人并不知道严冬的脚步已经走来，依然朝黑夜微笑着。

这幅广告矗在这里只有一个月光景，怎么就剥蚀成这个样子呢？大自然真是过于残酷了，令人类速朽。他这样想着，又去看那个男人。男人同样朝他微笑着，但是他觉得这种表情有些虚假。似乎这个男人并不喜欢这个世界，只不过虚与委蛇罢了。

他一下子看懂了，这个男人对这个世界实行的是一种切实可行的二字方针：敷衍。

夜幕之下，他细细品味着敷衍二字的意味，感到有些哲学的味道。朝后退去几步，他不由得吃了一惊。天啊！敢情那个朝着世界微笑的男人原来正是自己。

这是幻觉。这一定是幻觉。他使劲揉了揉双眼，定睛审视。

不是幻觉。尤其是那细长眉毛，弯曲的嘴角，都是不会错的。站在广告牌子里的那个男人确是侯一繁无疑。此时，他只能怀疑眼前的广告牌是一面巨大的镜子。镜里镜外的侯一繁本是同一个人。

可是天下哪有这么大的镜子呀。就觉得恐惧起来，他朝后退着。再度将目光投向那个女人，他大声惊叫着。

那个女人竟是吴默英。

毫不掺假的吴默英，一模一样。

跑出十几米，他喘着粗气站在一只邮筒近前。这一定是我的眼睛出了毛病。抬头再看，仍是庐山真面目。

他彻底相信了面前的现实。

这个世界的确是不可知的。那六层楼高的广告牌里站着一对中年夫妻。这对中年夫妻不是别人，正是我和我的妻子。是啊，看上去那是一对多么般配和谐的夫妻啊。相依相傍笑看人生，目光一起投向美好的远方。那么，究竟是谁把我和妻子当成模特，画到这广告牌子上来呢？人间能有这种神不知鬼不觉的事情？

他喘了口气，坐在边道牙子上，定定望着那一对狗男女。妈的，六层楼高的广告牌子镶着我与吴默英的合影，就成了一只巨大的镜框。这个镜框立在这里，整天向人们展示的是一种什么样的生活呢？

夫妻乐营养液。

对，夫妻乐营养液。

他就这样坐在边道牙子上，身如顽石。有时他抬头看一眼远处那镶在镜框里的一男一女，再叹上一口气。

夜风迈动着无数只小脚走了上来，捅一捅他的腰，摸一摸他的肩，抚一抚他的头发。他似乎受到了感动，就伸手擦了擦眼角。

他就这样定定不动，坐着。

不知不觉之中，夜色开始衰退。白天的脚步从远方噔噔走来，使足了劲头。侯一繁一动不动坐在边道牙子上，像一个远道而来的黑夜朝觐者。

一辆巡夜的警车停了下来。车上走下两个身穿制服的小伙子。

你是干什么的？

侯一繁好像陷入了沉思，不做回答。

你深更半夜坐在这里，到底是干什么的？

他似乎从沉思之中醒来，抬头看了看警察，然后指了指远处的那个广告牌子。

那广告是我做的。你们看吧，那广告是不是我做的？

这两个身穿制服的小伙子就顺着他的手势，看了看远处那六层楼高的写着夫妻乐营养乐的广告牌子。

一男一女的广告。没劲。

巡夜的警车开走了。

侯一繁也站起身，朝家的方向走去。走出很远了，他回过头来望着那块广告牌子里的男人说，你是什么时候变成我的？你怎么也不打个招呼就一下子变成我啦？告诉你，我还是我……

他一边走一边说着，东摇西晃像个醉鬼。

这时，夜色团缩着身子，渐渐变小。

6

侯一繁不知道妻子到底是怎样患上了这种无名的软瘫症。在此之前丝毫没有任何预感。发病之后，他一直觉得不可思议。天下怎么会有这种怪病呢？说瘫，就瘫了。

妻子的生活极有规律：白日在家睡觉，夜间出去工作。虽说是黑白颠倒，但毕竟多年如一日，已经形成习惯。对那种怪病的到来，侯一繁感到措手不及。

他认为自己是一个夜间睡眠极好的男人。所谓睡眠极好，主要是多年不受梦境的困扰。一个多年无梦的男人，睡得当然踏实。

所以说这些年来，夜间究竟发生了多少事情，他一概不知。

他甚至不知道夜间应当发生许多事情。

因此，吴默英一直认为丈夫只是半个男人。没有黑夜的男人只是半个男人。而丧失白日的女人，也只是半个女人。

吴默英知道自己不曾拥有白日。白日对她来说，乃是一派空白。久而久之，她就愈发想在黑夜里多做些文章。

一夜之间应当取三次水样。三点连成一线。三条腿的凳子最稳。三人同行必有我师。三个臭皮匠顶个诸葛亮。三人成虎。三山半落青天外。三三见九。以三来描绘这个世界的时候太多了。这个世界足以用“三”来概括。譬如说第三者，如今比比皆是。

当务之急是夜间要取三次水样。

记得是春夏之交的一个夜晚，第一次取水样的时候，望着那一派居心叵测的大水，恐惧的心情使她觉得自己好似一只吊在空中的瓶子，东摇西晃随时都会落水。这时她悟出：一个夜间工作的女人，她的本身就是一个清醒的梦境。这个梦境在阳光之下是永远无法兑现的。所以说白日是无梦的。

第二次去取水样的时候，正是子夜时分。天上出现了月亮。每当天上出现月亮的时候，水中必然要出现一个赝品。吴默英天生对假货充满敌意。取样的时候，她狠狠盯着水中的月亮，觉得它实在是个多余的东西。

她立在池边，静静看着池水。心中的恐惧，渐渐流遍全身。水波不兴，月亮静静浸在水里，看着很是清净。她渐渐受到了月亮的感染，蓦然悟到，这些年来所度过的许许多多夜晚，自己从来不曾仔仔细细看一看月亮。月亮成了一个盲点。在月亮面前，自己是一个粗枝大叶的女人。这时她才懂得，自己这些年来恰恰是在恐惧的环境里成长起来的。有人靠愉悦活着，有人靠希冀活着，有人靠冒险活着，而自己则是靠恐惧活着。她知道自己恐惧的是死亡。她知道自己是靠恐惧饲养起来的动物。一旦没了恐惧，她必须付出极大的代价才能找到新的支撑。想到这里，她的心情平静如水。

手里捧着水样，她认认真真看着月亮。这时候她觉得自己懂得了月亮。水中的月亮的魅力就在于它拥有一种失足落水感，因此它比天上的月亮更为感人。月亮是从天上跌落水中的，仅此就足以唤起她的同情。月亮是深夜水中的受难者。

她终于受到了感动。她想到黑夜与白日原来竟是如此隔绝的两个世界，心中一派苍凉。要黑夜与白日互相融合真是一件十分愚蠢的事情。黑夜就是黑夜，白日就是白日。就如同黑夜能给人带来恐怖一样，白日给人带来的安适未必不是一种堕落。

我能不能穿透白天呢？假若我要在白日里去做那些习惯于夜里做的事情，会是怎样一个结果呢？譬如说我要破译那块小黑板的秘密。譬如说我要看一看那位说话娘娘腔的上司白日里究竟是个什么模样。譬如说我很想知道，黑夜之中发出的声音，究竟是怎样遭到白日的拒绝。

她决定留在白天。这时候，她并不知道自己即将丧失行走的能力，她也不知道黑夜与白日将在病榻上轰然对接。她用粉笔在小黑板上写下四个大字：梦在哪里？搬来一张椅子，她坐在小黑板近前，定定注视着。

梦在哪里？谁来回答这个问题，谁将受到尊重。光阴如水，我在这块小黑板上写了不知多少句子，从来无人给予理睬。那我就坐在这里，等待回答。

别人会不会认为我很傻？

我是很傻。

晨曦爬上窗子，像一位身怀轻功的武林高手，跃了进来。

她知道，白天终于到来了。

她不知道自己即将付出极大的代价。譬如说腿。

白天终于走进了屋子，她的心情一下子浮躁起来，看了看手表，距离那位男化验员上班的时间，还差一个小时。

这一切都出自那位说话娘娘腔的上司的安排。她下班的时间与白天那位男化验员上班的时间，中间有一个小时的间隔。也就是说这一个小时所造成的空白，使夜班的她与白班的他，永远难以相见。用以联络的就是那块小黑板，譬如说留言。这块小黑板就成了唯一的窗口。但不知是谁，抡起锤子将这个窗口钉满木板。所有写在上边的文字统统被一只大手擦得一干二净。时光被隔绝了。吴默英坐在小黑板近前，就是为了在光天化日之下，看一看究竟是哪只大手伸向这里将上面的文字擦得一干二净的。

白天的光线照得她眯起双眼。这时她觉得黑夜才是一双明媚的眼睛。就这样静静坐着，她等待着。

那块小黑板挂在墙上。写在小黑板上的四个粉笔大字“梦在哪里”似乎有些朦胧。她使劲眨了眨眼睛，还是觉得有些朦胧。就以为是眼睛不能适应白日的强光，朦胧就朦胧吧。

已经到了那位男化验员上班的时间了，可是迟迟不见他的踪影。吴默英上夜班是从来不迟到的，也不早退。在她的心目之中迟到与早退都是一种爽约。来这里上班，其实就是一个约定。来这里上班，其实就是为了战胜那个约定。而战胜那个约定的最好方法就是服从这个约定。

她为自己能够拥有这种深刻的思想而感到震惊。

门被推开了。她以为是那位男化验员走了进来。尽管长期处于隔绝状态，但她还是觉得这是一位很好的同事。她站起身，却看到那位说话娘娘腔的上司走了进来。

上司满脸惊异的表情，似乎白天在化验室里见到吴默英是一件非常令人感到意外的事情。

她心里说，我在白日里是一个多余的风景吧？

上司用娘娘腔说，你怎么还在这里呀？

她淡淡一笑说，我为什么不在这里呢？我已经在这里工作了二十五年。

上司显然意识到自己的语病。不，我是说下了夜班你怎么还不走哇？咱们好像很久没见面了吧？

是的。我已经很久很久没有见到你了。白天的阳光，真亮。

听了这话，上司迟疑地看了看她。今天的阳光并不亮。今天是个阴转多云的日子。你为什么要说今天的阳光很好呢？你是不是对这里有什么意见？有什么意见你尽管提出来，别用阳光来打比喻嘛。

她淡淡一笑说，在我眼里，今天的阳光已经非常强烈了。我从来就不用阳光来打比喻，因为我不了解阳光。

说话娘娘腔的上司满面疑惑的神色。他觉得吴默英今天的言谈举止有些反常。他试图看穿她，却又担心反而被她看穿。

上司忧心忡忡地走了。

望着上司的背影，她一时竟想不起他的脸相。只有那说起话来的娘娘腔，声声在耳。这么快就能将一个人彻底忘掉，时间真是一个伟大的魔鬼。你好魔鬼。

静下心来，她又抬头去看那四个大字。这时候她惊得啊了一声，目光呆呆望着小黑板。

写在黑板上的“梦在哪里”四个大字，正在渐渐模糊。原本非常清晰的字迹，似乎由于不能承受白天的光照而褪尽了。她站起身来走上前去，目不转睛地盯那四个乘鹤而去的大字：梦在哪里。

字迹愈褪愈淡，最后褪得只剩下一块黑板而字迹全无。

她弄不明白这是怎么一回事，伸手摸了摸小黑板，那表情活像一个无助的孩子。天啊，这个世界已经褪得没了颜色。

这是一块极其善于褪色的黑板，还是一块习惯于夜色而无法承受白日光照的黑板？

无论它是一块什么样的黑板，这些年她每次写在上面的文字，都是这样被它尽褪无余的。想到这里她就觉得这是一个阴谋。不管这个阴谋的主使是谁，这些年来她都被隔绝了。她那些写在黑板上的正义的呼吁、愤怒的咒骂以及那些粗鲁的宣泄，都成了不曾存在的语句。如果说这块黑板是一个窗口，那么通过这个窗口她得到的只是两个字：没有。

她气极了，将手中的水杯投向黑板。水泼在上面，渐渐蒸发着。黑板不言不语，一会儿将她的愤怒淡化为虚无。

她也不知道自己为什么走上前去从墙上摘下了黑板。将黑板抱在怀里的时候，她恨不能立即就与它同归于尽。这时她心情根本无法平静。她感到双腿乏力，脚下的大地正在下陷。

怀里抱着这块黑板，像是抱着通往地狱的窗口，她快步走了出去。迎面遇到那位说话娘娘腔的上司，她就怒视对方。

上司惊诧地看着她走过去，不知到底出了什么事情。她已经走出很远了，操着娘娘腔的上司大声喊道，吴默英你真的需要那块黑板吗？记住，损坏公物要赔偿。

她心里默默地说，我一定要将这块诡秘的黑板抱回家去。我要看一看我写在上面的大好时光是怎样流失的。

其实，这时候她的双腿已经无法行走了。她开始怀疑黑板对人类具有杀伤力。

她是挣扎着走到马路边的。双腿几乎成了两棵死去的小树，毫无知觉。她招手叫了一辆的士。

怀里抱着那块黑板她对司机说，我觉得自己已经瘫了，请你开到森林路十九号，我会付给你车费的。这小黑板真是神奇的东西。这么一块小小的黑板竟然能够将活人隔绝起来啊。

醒来的时候她看到自己躺在家门口的青石台阶上。怀里空空荡荡，小黑板没了踪影。

多少年了，她从来没有这样顶着太阳躺在自家门前。这种环境很是生疏，这种生疏的心情令她感到生活的空虚。空虚之中她更加挂念那块小黑板。她想了想，断定是那个的士司机听了她说的那些话，以为小黑板是个宝物，就见财起意，开车掠去了。

如果小黑板真的能将人与时光隔绝起来，那么它确实是个宝物。占有这种宝物的人，最终在黑夜与白日的边缘上，被时光炸得血肉模糊。这样想着，她挣扎着站起，试了试，双腿软得如同面条。她心里清楚，自己已经完了。她从来不做力所不及的事情。一个人为什么要去做力所不及的事情呢？

只能顺其自然了，她闭目养神躺在台阶上，等待着。

她也不知道自己究竟是在等待什么。反正白天显得生疏。她在这种生疏的环境里，等待着一个生疏的结局或者生疏的开端。

侯一繁的自行车驶到近前。见她这个样子，丈夫很是惊奇。

她对丈夫说，我的两条腿不知怎么搞的，瘫了。这一定是报应吧？我怎么会变成这个样子了。白天的阳光太强了，刺得我根本就睁不开眼睛。

丈夫将她抱进屋去。她对丈夫说那块小黑板被的士司机掠去了。丈夫不睬，拨通了出诊医生的电话。

丈夫放下电话对她说，你是怎么搞的？

她笑了，说这样一来我可彻底摆脱了被腌成咸肉的危险了。

你都病成这种样子了，怎么还胡思乱想呢？

她又说，想起了小时候的一首歌谣。

丈夫表情木然。

她独自哼唱起来：

> 一间屋子里啊，黑煞煞，
> 你不认识我我不认识他！

侯一繁慌了手脚。这种病因不明的下肢软瘫症，极有可能会让一个人在床上度过漫长的一生。此时他才切实感到多年来的光阴虚度。他坐在床边对妻子说，你一定要抓紧治病，等你治好了病，咱们好好谈一谈吧。吴默英躺在床上轻声说，我恨不能马上就把那块黑板找回来。

他说，什么黑板？你就安心养病吧！

7

那个朦朦胧胧的夜晚已经过去好几天了，总以为丁媛会打来电话。几天又过去了，丁媛还是没有打来。丁媛就像是一阵清风，来也就来了，去也就去了。

丁媛到底是一个什么样的女人呢？回忆起来，丁媛的面孔竟然陌生起来，仿佛多年不见的一个影像。侯一繁越发觉得心里发虚，可又不敢贸然前往丁媛的寓所。时光就这样过去了。对侯一繁来说，白天是漫长的，有一种煎熬的感觉。白天是慢车。夜晚则短暂。夜晚无梦，躺在床上一下子就到了明天。夜晚是特快专列。

但那天晚上侯一繁还是失眠了。失眠对他来说实属罕见。

躺在自家床上，他细细回味着丁媛，细细回味着丁媛身上那股特殊的味道。

留兰香型。这是一种十分古老的香型了。童年时代就从香皂上嗅到这种香味。丁媛应当属于留兰香型。对侯一繁来说留兰香意味着古典主义。侯一繁可能是一个古典主义者。失眠使他尝到了黑夜的滋味。他终于领教了失眠的痛苦。这时他听到了黑夜里传来的种种声音。这就是夜声。他感到有些新奇。侧耳细听，似乎是一阵撕纸的声音从另一间屋里传出来。他悄悄从床上溜下来。

从来也没有起夜的习惯，他的脚步显得鬼鬼祟祟。妻子住在另一间屋子里。患病之后她就独居一室，像一个秘密修行的人。

屋里亮着一盏床头灯。他透过门缝儿看到妻子正靠在床上，书写着什么。她依然很难改变夜间工作的习惯。

妻子好像是在写一篇小说。

重新躺到床上，他很快就睡着了。从来没有梦境的他，在这个看似寻常的夜晚竟然做了一个梦。梦见上司派下来一个任务，要他为一家文具公司策划一组广告。

他奉命去那家文具公司接洽广告事宜，出面接待的居然是丁媛。他喜出望外。丁媛却像个陌生人，对他不冷不热不卑不亢。

这令他非常失望。

丁媛告诉他，三天之内必须拿出这一组广告的策划书。丁媛说罢将一册商品说明书递给他。这时候他就醒了。

天色已经大亮，他呆呆躺在床上，回味着梦境里的情景。

梦里那些情景究竟说明什么呢？只是说明了一种人际关系，一种互需的人际关系。互需。她需要你给她策划一组广告，就找你了。你能够给她策划一组广告，就承接了。仅此而已。

看来这个梦境无凶无吉。起床之后，先去另一个房间看了看妻子。妻子很好，闭目躺在床上。看不出她是睡着还是醒着，但他看到床头放着几页稿纸，就拿在手里读了起来：

> 一年三百六十五天。何兰当然知道每天要有每天的内容。人活的就是一个内容。没有内容的生活，其实是不存在的。转念一想，她又觉得没有内容的生活其实广泛存在。所以，她必须为自己的生活设计内容。步行走到文具店，买回纸片和刀剪。她等待白天过去，等待白天过去就意味着等待夜晚的到来。她在夜晚工作，热情高干劲大才华横溢。她决定在夜间做一做手工营生。
>
> 她要做出一个巨大的格子，里面含有三百六十五个小格子。然后用彩纸糊在格子上。这种样式看上去很像童年时代糖摊上的那种博彩：交给摊主一分钱，然后伸出手指，噗的一声捅破那层彩纸，格子里的彩物就露了出来。可能是一粒糖豆儿，也可能是一张画片儿，还可能什么都没有。
>
> 何兰知道如果自己做出那个彩纸糊成的格子，一年的光景就算是有了内容。每天清晨，她都可能伸出手指噗的一声捅破一个格子。格子里的纸片儿会告诉她今天的生活内容是什么。

侯一繁读不懂。他只知道小说里的那个女子用纸糊了三百六十五个格子来安排一年的光景。另外，他还能猜出那个女子是个悠闲的富婆。时光对富婆来说，是一个累赘。

放下稿纸，他不知道这就是妻子写的小说《白日的罪恶》。他更不知道小说的主人公即将死亡。

走出家门去上班，他回头看了看躺在床上的妻子。他吃了一惊，妻子正目光定定看着他。

妻子说，其实我并不很想吃牛肉炒河粉。

他立即用手拍着前额说，我又给忘了，我又给忘了。

妻子执着地说，其实我并不很想吃牛肉炒河粉。

他解释说，主要问题是很难买到新鲜的牛肉。

妻子说，是啊，我要是能够外出就好了。

他说，过几天我不太忙了，就用轮椅推着你出去看一看市容。当然，人们绝对不会误认为你是张海迪的。

妻子说，是啊，这几天我也很忙。等过几天我不太忙的时候，咱们一起到街上转一转。

走到大街上，他又想起那辆扣在交通大队仓库里的自行车。

他已经决定放弃那辆自行车了。近来他的一大进步是懂得了放弃。一个不善于放弃的男人，永远也不会得到什么。譬如说放弃牛肉炒河粉，却赢得了一个向妻子表示歉意的机会。为了表现负疚心理，他宁可永远放弃新鲜牛肉。

我为什么要在妻子面前故意表示那种歉疚的心理呢？

他把自己问住了。他回答不了这个问题。有时候他的确不能解释自己的所作所为。

人活着，有时候他的许多行为都是无意义的。譬如说打嗝。

走进金手广告公司，文案小杨告诉他总经理给他下达了一个紧急任务：为一家文具公司策划一组广告。

他暗暗吃惊，夜里的梦境竟然在白天得到了印证。

这家文具公司的商务代表不会就是梦中的丁媛吧？如果真是丁媛，那么梦境与现实就是一个相通的世界了。侯一繁认为必须在这两个世界之间装上一扇窗子。梦境在窗的这边，现实在窗的那边。没有窗，这个世界必然大乱。

走进办公室，广告素材已经摆在桌上。他迫不及待看了起来。

这家文具公司迫切需要宣传的主导产品是黑白牌黑板。侯一繁并不以为然，漫不经心看着产品说明书。

这是一种虽然用粉笔书写，但字迹留存时间完全由人来掌握的高科技新型黑板。与传统黑板不同的是它后面有一个定时器。定时器有五个档位：十分钟、三十分钟、一小时、五小时、十二小时。假如使用者选定十分钟这个档位，那么写在黑板上的字迹只保留十分钟。十分钟之后黑板字迹完全消失。其他档位，同理可证。

读到这里，侯一繁懵懂起来。他似乎没能理解这种高科技黑板的重要意义，就低下头来，再次阅读产品说明书。文案小杨走过来告诉他，上司对黑白牌高科技黑板很感兴趣，要求立即完成广告的策划方案。

侯一繁读罢产品说明书，抬头对小杨说，这种黑板根本就没有什么实用价值。黑板就是黑板，为什么还要定时呢？难道大学教授讲课的时候，写在黑板上的文字必须按时消失？这明明是人为制造隔绝，故意把一块普通的黑板弄成一个黑洞。你知道黑洞吗？

文案小杨说，时光如流水。人类呢，总是要在水里挣扎。黑板好比黑洞，什么东西都被它弄得空空荡荡。这好像用不着大惊小怪。

听罢小杨的话，侯一繁还是不能改变对高科技黑板的不良印象。小杨说，您总不能以自己的好恶来决定对工作的取舍吧？生活就是这样不合逻辑。胖子与减肥茶是一对符合逻辑的兄弟，但往往是一个阴谋的两个组成部分。对胖子来说，减肥茶是福音。对减肥茶来说，胖子是衣食父母。

听了小杨的话，侯一繁觉得呼吸到了新鲜空气。

于是他开始构思“一句话”广告词。

该怎样来描述黑白牌高科技黑板呢？

这时他再次出现“词穷”现象。这时他又想起丁媛。这时他又想起牛肉炒河粉。这时他终于懂得白日梦对自己来说究竟意味着什么。蓦地，脑海时迸出一句广告词：

黑白黑板，只争朝夕。

不行，这太俗气了。他迅速否定了自己。

之后，他端起热水瓶冲了一杯极苦的咖啡。当咖啡变凉的时候，他拿起电话拨通了丁媛寓所的号码。那是一台录音电话：

主人外出，请您留言。主人外出，请您留言。

他犹豫着，最后还是放下电话。丁媛在他记忆之中倏地变得更加陌生。他感到一阵迷幻。那个夜晚我真的上了丁媛的床吗？

喝下那杯冰凉的咖啡，他感到自己已经丧失了判断能力。记得丁媛住在十三层楼，可是又不能清晰记起丁媛居室的情景。难道真的是一个梦境？侯一繁对自己产生了彻底的怀疑。

走到洗手间，他用凉水冲了冲头，懵懵懂懂还是分不清纪实与虚构。一种难以克制的愤怒涌上心头，回到办公室他不停地踱步，使劲将那只咖啡杯摔在地上。

之后他吼着说，虚虚实实！真真假假！

文案小杨跑上来说，这就是你构思的广告词吧？

侯一繁怔住了。

文案小杨兴奋地拍着双手。虚虚实实，真真假假，这八个字用在高科技黑板上真是太贴切啦！这又是一个成功的创意。

侯一繁呆呆望着文案小杨说，虚不虚，实不实？真不真，假不假？

文案小杨跳起来大声说，这一句更精彩！真是伟大的策划啊。

他平静地对文案小杨说，你给我住口。

8

三天前寄给晚报的寻物启事，今天果然刊登出来。邮差总是将报插在门缝儿里，然后，由小白将报纸叼到床前。

小白是一只小巴狗的名字。

寻物启事很是简单：本月六日乘的士丢失黑白牌小黑板一块。知情者请打电话25689084，必有重谢。

吴默英看了看床头的电话机说，我能不能找回那块小黑板呢？之后她将稿纸在胸前展开，继续写作那篇中途辍笔的小说。她必须在白天里不停地写作。只有这样才能使她度过白天的时光。虽然已经不用夜间攀到池边去取水样，多年形成的那种恐惧感却依然与她的生命胶着在一起，不可分离。因此，吴默英在《白日的罪恶》里，极其详尽地描写了主人公何兰对世界的看法。

《白日的罪恶》里何兰已经看透了黑夜。何兰认为一切努力最终都是徒劳的。天，终究要亮；天，也终究要黑。人生最为本质的困惑就是对时光的难以追随。吴默英写小说的时候，这样想到。

《白日的罪恶》里还描写了何兰的居室生活：

有时候她根本就忘记了自己的名字。同时她还忘记了时光的流淌。她静静躺在公寓里，一待就是几天。这样，空间也就凝固了。

她喜欢凝固。凝固之中，所有的流动全都丧失了意义。只有在这种时候，何兰才会搬出那个被她叫作“一年的内容”的格子，放在地毯上。她像个小姑娘，伸出一只手指，踌躇着。

很像一只巨大的蜂窝。你伸出手指捅破一个格子，就能赢得一个纸片儿。纸片儿上写着一个指令。你按照那个指令去做，今天的生活就有了内容。明天的生活内容是什么？你再伸出手指去捅破格子上的彩纸——立即拥有明天。何兰觉得这种博彩式的生活能够使人生变得愈发扑朔迷离。

她喜欢扑朔迷离。

她伸出右手的食指，噗的一声捅破了一个格子。格子里有一个纸片儿。她拿出来读了。

纸片儿上写着：早餐吃忆苦饭。中餐节食。晚餐与故交旧友共进。是夜，与何人同床，自便。

何兰读罢纸片儿咯咯咯笑了起来。

这张纸片儿活像一个无微不至的老者，一丝不苟安排着她的生活。有这样一位纸片老者为自己操持时光，何兰感到房间里有了些人情味儿。躺在地毯上，她尽情享用着由纸片儿散发出来的人情味儿。只有在这种时候，时光才能够凝固。

何兰仿佛是个小学生，又将那纸片儿上的文字念了一遍。

早餐吃忆苦饭。中餐节食。晚餐与故交旧友共进。是夜，与何人同床，自便。

读罢，她又咯咯咯笑了起来。

那我究竟与何人同床呢？这个世界上能让我想起的男人实

在是太少了。

我要预先看一看后天的生活内容是什么。于是她又伸手捅破一个格子。糊在格子上的彩纸破裂的时候，发出一种不祥的声响。从格子里拿出纸片儿。上面写着四个字：同归于尽。

何兰咯咯笑了几声，就哑了口。她的神色一下子沉重起来。

同归于尽？让我跟谁去同归于尽呢？跟空气同归于尽还是跟时光同归于尽？空气与时光是永远也不可穷尽的。那么到底让我跟谁去同归于尽呢？

她想再捅破一个格子，寻找一个能够实现的答案。伸出手指，却迟迟不敢去捅，她恐惧那个答案。推开格子，她退到房间角落里，喃喃自语着。这时候，她泪流满面。

我真的非常害怕，我真的非常害怕。

何兰终于想起牛郎织女酒吧。那里似乎是个好去处。她决定今晚去牛郎织女酒吧。

电话铃响了起来。

吴默英放下手中的笔和纸，拿起床头的电话机。听筒里先是传出悦耳的音乐，之后是一个甜甜的女声。

请问，您是25689084吗？

吴默英说是。

甜甜的女声说，今天您在晚报上刊登的寻物启事我们读到了。我们立即就能为您解决黑板问题。

吴默英激动地说，你们找到那块小黑板啦？

您不要激动。我们并没有找到那块小黑板。在商品社会里，遗失的物品是很难找到的。我们是天地文具公司。您遗失的那种黑白牌高科技黑板正是我们公司荣誉出品。这种黑板分五个档位：十分钟、三十分钟、一小时、五小时、十二小时。您就不用寻找了，花钱买一块新黑板吧。我们负责送货实行三包。无论您住在什么地方，我们保证给您抬到楼上送到家。

吴默英打断对方，大声说，我就想找到原来那块黑板！我就想找到原来那块黑板!

对方啪的一声挂断了电话。

天啊，原来人间不只仅有一块那样的黑板呀?这家公司正在大量生产。吴默英觉得这种黑板的出现，不啻是个灾难。

从床头的药瓶里倒出一片镇静剂，她服了下去。

觉得不可思议，又觉得必须相信刚才那个电话。也就是说世界上正在大量出售那种足以隔绝时光的黑板。

既然如此，小说之中的何兰也就只能自杀了。吴默英这样想着，拿起稿纸。这时她无意之中一眼瞥见晚报上的一篇短小文章。

她拿起来，读了读。

文章说，近年来出现的一种无名软瘫症的病因已经查明。系患者误食一种名叫多纳多尼的盐类所致。这种名叫多纳多尼的盐类，在生活中广泛存在。卫生防疫界的有关专家提醒各界重视此事。

她放下报纸，突然无声地笑了。多钠多尼是盐?胡说。多纳多尼是意大利 AC 米兰队的球星。难道我会将一个满场跑动的球星吃到肚子里去?这个世界真的出了毛病。

放下那张晚报，她抄起钢笔，一口气就将何兰坐在牛郎织女酒吧间里服毒自杀的那一段写完。当然，在这部小说里关于何兰的自杀，完全是出自张警督的推理。譬如说何兰是用一杯 XO 送服下那十粒毒药的。根据中国国情，服毒自杀者，大多是用白水送服毒药的。所以吴默英在小说中通过张警督之口大发感慨说，这真是当今中国的一次十分豪华的服毒自杀。

吴默英在小说中刻画了张警督。张警督在小说中教吴默英学会了推理。面对这个世界，吴默英心明如镜。

写完这一段，心明如镜的吴默英笑了，她第一次体味到那种看透世事的喜悦。譬如说，她也看透了侯一繁。

放下稿纸，她又陷入一种难以自拔的沉思。

如果自己的无名软瘫症真的是那种名叫多纳多尼的盐类所致，那么肯定会出现对症下药的疗法。那么自己的软瘫症很快就会被治愈的。那么自己很快就会重返工作岗位——走进黑夜，面对那深不可测的池子，去取水样。然后在黑板上写下一句句粗话。

她曾经属于黑夜，而如今又离开了黑夜。她觉得自己已经成了一只既不属于黑夜也不属于白天的动物。或者说在黑夜与白日交接的边缘，她存活着。她不知道自己究竟应当怎样才好。

从床头抓起那张晚报，她一声尖叫，使劲将这张给她带来困惑的晚报撕成碎片。她的喘息变得急促，目光之中流露出浓浓的绝望。

望着那已经爬到窗上的暮色，她觉得无枝可依。

我到底应当怎么办呢？我到底应当怎么办呢？

丈夫是在天黑之后才走进家门的。她看出他脸上心事重重的表情。他也看出了她脸上心事重重的表情。

他俯身吻了吻妻子的额头。

她听见丈夫静声说，等天气好了，我用轮椅推你出去看一看。不知是哪个广告画家，把咱俩画进夫妻乐营养液的广告牌子里去了。那牌子立在路口上，足有六层楼房那么高。

她笑了笑说，明天就是好天气。

丈夫立即说，明天我要忙着策划一组广告，黑白牌黑板。

她十分冷静地对丈夫说，真品没了，那些都是伪劣产品。

9

黑白牌高科技黑板的广告创意很快就得到生产厂家的认可。侯一繁的工作受到上司的好评。上司给他加了薪水，每月工资由六百六上升到八百八。都是吉祥数字。

侯一繁撰写的一句话广告词是：黑白人间，用黑白牌黑板。

尽管得到好评，他还是忧心忡忡的样子。

他想见一见丁媛。

每次都是那部录音电话在那里饶舌：主人外出，请您留言。

晴转多云的那天上午，他又拨通过丁媛家的电话，终于听到了丁媛的声音。他情绪大振，像一个与组织失散多年的人重新回到党的怀抱。他告诉丁媛，连续多日打电话，听到的总是录音电话的声音。

丁媛不冷不热地说，那你为什么不留言呢？

是啊，我为什么不留言呢？

丁媛说，你好吗？

侯一繁不知该怎样回答才好。丁媛似乎察觉了他的心思，说有什么为难的事情你就尽管讲吧，反正时间已经不多了。

我想跟你当面谈一谈。

丁媛在电话里笑了起来。您终于敢主动邀请我了。不过非常抱歉，你要是五分钟之前打来电话就好了。我刚刚确定了今天的生活内容，噗的一下子就确定了。

侯一繁不明白“噗的一下子就确定了”这句话是什么意思。他只觉得这是在表明一个动作。噗！好像是捅破了一个纸糊的格子，然后从格子里看到了一个内容。

丁媛在电话里沉默着。他想了想，决定在电话里与丁媛谈一谈。丁媛说不能超过二十分钟。二十分钟之后她有重要事情。

他说只用两分钟就行。丁媛笑了。

他说近来经常出现迷幻状态，自己几乎无法证明自己。

丁媛说，这是当今人们一种十分常见的迷失现象。

他说，对有些刻骨铭心的事情，我也往往回忆不起来。

丁媛说，其实人生路上并没有多令人刻骨铭心的事情。所以有些人往往一走了之。

他鼓了鼓勇气说，丁媛，你能不能告诉我，有那么一个夜晚，咱们是不是在一起度过的？我还将那本名叫《都市骑牛》的长篇小说忘在了你的床上。

电话里沉默了一会儿，丁媛说，你问这话是什么意思？

侯一繁慌忙说，事过境迁，我只想确认一下。因为单凭我自己的记忆，我几乎不敢相信我会有如此巨大的能力。

丁媛说，你可以确认自己了。你与我的确在一起度过一个美好的夜晚。准确地说只是半个夜晚，你是凌晨两点告辞的。是不是出了什么事情？如果需要我去保释你，我会做到的。虽说我的时间不多了，但我还是愿意最后为你做一件事。

他连忙说目前太平无事。

丁媛说太平无事就好。之后丁媛说，如果过几天你再给我打电话，可能就会令你大吃一惊的。

侯一繁问为什么。丁媛啪的一声挂断电话。

他觉得有些意外。丁媛在电话里给人一种心浮气躁的感觉。丁媛为什么这样匆忙就挂断了电话呢？他寻思着。

侯一繁喝了一杯茶，心里反而清澈了。只是那本长篇小说《都市骑牛》忘在丁媛的寓所里，十三块八买的，觉得有些可惜。

文案小杨又来向他传达上司的旨意，要他到大街上去转一转，物色可供开发的广告园地。

他也觉得自己该到街上走一走了。

阳光很好。侯一繁走在路上，目不斜视。路过副食店的时候，他进去买了一袋味精。这几年他已经养成随时购物的习惯。这时想起了那个六层楼高的广告牌子，他觉得应当前去看一看。

那天夜里从丁媛寓所里出来，路上正是那个广告牌子使他懂得了什么叫作夜晚。广告牌子里站着的那一对中年夫妇，别来无恙？

路过一条农贸市场街，他走了进去。猛然嗅到一股血腥之气，他这才想起这正是都市杀牛的地方。

传来一声动物的吼叫。

听到有人在吆喝新鲜牛肉现杀现卖。

从小他就希望在都市的繁华中心，栽下一株株小树，多年之后成了一座都市森林。如今没见到都市森林，却迎来了都市屠场。都市杀牛这一创举，将令所有肉类保鲜技术专家大跌眼镜。

杀牛的现场已经被围得里三层外三层，水泄不通。侯一繁站在人墙外环，发呆。

身边来了一个男人，十分兴奋地喃喃自语着。嘿嘿，都市杀牛，都市杀牛。这真是太有意思啦。

侯一繁听到这个男人说话声音是一副娘娘腔。从这娘娘腔里，他感觉出这个男人的兴奋。这个男人一定是看到都市杀牛才兴奋不已的。都市的白日平淡无奇，人们就四处寻求刺激。

人墙深处传出一阵欢呼声。又一头牛被杀死了。

他对那说话娘娘腔的男人说，为什么要在都市杀牛呢？

娘娘腔男人怔了怔，然后小声说，老弱病残的牛，就是要拉到都市里杀掉的。譬如对那种下肢瘫痪不能行走的，更不能手软。反正我远道赶来是要买上二十斤新鲜牛肉的。说罢，这个娘娘腔的男人就兴奋地搓着双手。

侯一繁不知道下面该说什么话了。他更不知道这个说话娘娘腔的心理变态男人到底是个什么人物。

这时一群苍蝇远程赶来，飞到宰牛的地方去了。侯一繁离开市场，叫了一辆的士，朝前边开去。

到了离那块广告牌子不远的地方，他叫司机停了车。他知道从这里望去，效果最佳。的士开走了，他站到边道牙子上。

他呆住了，就大步朝前跑去。

怪事。那天夜间看到的那一对中年夫妇，明明是我与吴默英。今天怎么搞的，变成了另一对陌生男女。侯一繁跑到广告牌子近前，没有发现重新油漆的痕迹，仍然是那幅夫妻乐营养液的广告。

的确，广告牌子里画的真是一对陌生的男女。

莫非，那天夜里我的视觉出了毛病？

那么，我也从未上过丁媛的床啦？

他也说不清楚。坐在边道牙子上发呆。都市却永远是躁动的，车来车往，从他面前驶来驶去。而静止不动的只有那块六层楼高的广告牌子，以及站在牌子里的那一对中年男女。

一辆警车鸣叫着从马路上开了过去。

哦，一定是夜晚与白天有着不同的逻辑，所以对于景观，白天的目光与夜晚的目光，也必然不会得出相同的结论。其中必定有一个是虚拟的，于是人们才懂得了什么是生活什么是理想。

侯一繁起身朝远处走去。这时他成了一个彻头彻尾的现实主义者。他心里说，我凭什么将一辆自行车白白送给交通队？我现在就去取车。那辆自行车至少还能卖一百块钱吧？一百不止。这样想着，他抬起腕子看了看手表。妈的，表已经停了。觉得时间一下子就死了。死亡的时间里，他盲目地朝前走去。

走出很远了，侯一繁又回头看了看那块广告牌子上的一男一女。

太远了，根本看不出眉眼。

迎面，吴默英摇着轮椅驶了过来。一街之隔，车流滚滚。他看见一个身穿警服的男子送吴默英横过马路。

他走上前去迎接轮椅。

吴默英将那位身穿警服的男子介绍给他。

这位就是张警督。

张警督？侯一繁觉得好像在妻子的小说稿纸上见过这位警察，就与这位张警督草草握了握手。张警督的手，冰凉。这么冷凉的手，不是来自天堂就是来自地狱。

张警督怀里的BP机响了。他看了看上面显示的汉字然后抬起头笑了笑说，又出了一起自杀案，死者是一个独身女子。分局催我立即赶到现场。妈的，一年三百六十五天，天天靠捅破纸格子来确定生活内容。这样活着是不是非常无聊啊？当然只能自杀啦。

吴默英说，真是人命关天。如今独身女子多，独身女子自杀的也多。有人白天自杀，也有人选择夜晚。我看白天夜晚都一样，自杀是一种纯粹的个人行为。真是没有办法啊。

张警督伸出冰凉的手拦了一辆面的，匆匆走了。

侯一繁心不在焉望着张警督背影，推着轮椅朝前走去。横过马路的时候，他猛然打了一个激灵，不由脱口说道，那个自杀的独身女子不会是丁媛吧？

妻子似乎没有听见丈夫的话，于是就默默朝前走了一段路。

此时，侯一繁认定那位自杀身亡的独身女子就是丁媛。想到这里，他的心头蓦地一颤。

坐在轮椅上的吴默英竟然变成一个絮絮叨叨的女人。自言自语说个不停。

我这是第一次白天自己上街，其实我是能够自己上街的。刚才我买了一块新鲜牛肉。在这座城市买到新鲜牛肉真是太不容易了。我终于买到了新鲜牛肉。可是，我丢失的那块黑板还是没有找到。

侯一繁懵懵懂懂推着轮椅，活像一个喝醉的汉子，走得东摇西晃。过路的人们以为这是在拍电视剧。

妻子还在絮叨。告诉你吧，写来写去，我才决定让那个名叫何兰的女子自杀。何兰果然自杀了。如今的社会自杀率越来越高。我这样写小说，完全是有生活依据的。我还忘了，有人寄给你一部长篇小说《都市骑牛》。昨天邮差送来的。这本书一定是人家还给你的吧？你这个人就是丢三落四的。嘻嘻。你快看呀，天上出现了两个太阳。

听到这种危言耸听的言语，侯一繁暗暗笑了。他知道不但时间可以虚拟，就连空间也是可以虚拟的。他抬头朝天上看了看。

天上挂着个白太阳。

他对吴默英说，天上只有一个太阳，你看到的是重影。

你为谁守身如玉

1. 有奶的牛就是奶牛

紫玉睡眼惺忪走出“白房子”奔向牛栏，心思还留在梦里。梦里她到了“小人国”。小人国真小。她白天喂牛的一株株青草，竟然成了梦里的一棵棵绿树。小草地也变为大森林。小人国的大森林里这位养牛姑娘流连忘返，还是被闹钟叫了回来。

她奔向牛栏取了镰刀。牛栏里卧着两头荷兰良种奶牛，黑白花。紫玉给它们取名，姐姐叫“一万二”，妹妹叫“小额贷款”。

清晨的风儿裹挟着阵阵青草气息，扑面而来。二十四岁的紫玉多次在俄国作家的小说里读到青草，那味道散发在字里行间。妈妈当年插队落户去了呼伦贝尔大草原，是老知青。她曾经向妈妈请教青草的味道。妈妈说青草的味道只能意会难以言传。如今紫玉成了城市郊区的养牛姑娘。养牛姑娘写了一首诗：

> 我站在牛栏前面/是的　前面是牛栏/我看见奶牛吃草/离我很近很近/我嗅到了青草气息/离我很远很远

取了镰刀，紫玉离开牛栏跑向远处去割草了。远处有一片野生草地。如今野生的东西很少了。走进这片野生草地她往往产生幻觉，以为这里就是遥远的呼伦贝尔大草原，自己则是插队落户“小知青”。这种超越时空的幻觉使得紫玉兴奋不已，以为体验了妈妈的青春时光。

妈妈患了糖尿病，被迫提前退休。退休之前妈妈是小学教员，退休之后妈妈跟爸爸协议离婚。这样一来，这个家庭分裂成为三个各自独立生活的人：妈妈还住在“筒子楼”里；爸爸搬走，外出租房居住；紫玉辍学，谎称在一家外资企业打工，其实开始饲养奶牛了。当她申请“小额贷款”买进第二头“黑白花斑”小奶牛，终于向妈妈实话实说。妈妈听说女儿竟然成了郊区养牛姑娘，惊诧极了。这时已经拥有两头荷斯坦奶牛的紫玉兴高采烈地向妈妈说起幻觉世界里的“呼伦贝尔大草原”以及自己的“小知青”的感受。

妈妈听罢斟了一杯白开水，服了六粒速效救心丸。紫玉一下子明白了，回忆往事那是有毒副作用的，必须吃药。

你一个城市长大的女孩儿怎么能够饲养奶牛呢？妈妈服下速效救心丸，满脸漫不经心的表情。紫玉知道妈妈非常关心女儿如何饲养奶牛，只是佯作冷漠罢了。女儿习惯了母亲的冷漠。

这是天赋呀，我有饲养奶牛的天赋。紫玉只字不提妈妈当年在呼伦贝尔大草原饲养奶牛的经历，她知道那样妈妈又要服用六粒速效救心丸了。她含蓄地告诉妈妈，土奶牛早就没了市场，如今首选良种荷斯坦奶牛，抗病力强、饲料报酬高而且不易退化，买头胎犊子就要一万多块钱。

妈妈听罢，苦笑了。

此时紫玉挥动镰刀割草，青草齐膝。一株株小草儿顶着一颗颗露珠儿，满头大汗的样子。紫玉想起梦里小人国，笑了。身材瘦小的紫玉穿着一套肥大的迷彩服，很像一个女孩儿偷偷穿了父亲的军装。她气喘吁吁地割了一捆青草，汗珠儿亮亮地挂在圆圆的脸蛋儿上，宛若一颗颗晶莹剔透的珍珠，闪烁着一瞬之间的光芒。突然，肥大的迷彩服呼的一声灌满晨风，她几乎成了一只色彩斑斓的风筝，飘飘欲飞。立即猫腰抱起这一捆带着露水的青草，她吃力地朝着牛栏奔去。她若是说自己的牛栏坐落在郊区一幢小别墅里，妈妈绝不相信。

这里是一座废弃多年的建筑工地。当年只建起两幢小别墅便遇到巨大的房地产泡沫，半途而废一派萧条景象。这两幢小别墅仿佛两座令人伤心流泪的失败者纪念碑，无人凭吊。一幢用于建材仓库，另一幢则成为紫玉的牛栏。她将这幢小楼粉刷成白色，人称“白房子”。前几年她被评为“全市中学生家庭藏书状元”，从市长手中接过荣誉证书，一度成为媒体热炒的人物。因此邻村农民认为紫玉具有几分背景，轻易不敢欺负她。

尽管紫玉认为获得“全市中学生家庭藏书状元”已经成为历史，但内心对那五千六百二十八册图书还是深怀眷恋的。无论生活使得紫玉沦落何处，她尚显稚嫩的文笔在日记里发出这样的呼喊：“是的，就是那五千六百二十八册藏书向我敞开两扇大门，吸引我走进无比广阔的世界。知识的海洋啊令我久久激动不已，人类的智慧啊令我时时惊喜万分，书籍，成为我进步的阶梯，书籍，放飞我希望的白鸽。我翻开一页页大纸，那里有我的情窦初开，那里有我的生命之源。我徜徉其间流连忘返——找到了理想归宿。”

命运多舛，那五千六百二十八册为紫玉赢得莫大荣誉的书籍，如今只得存放在低档住宅区的一间地下室里，窗外飘散着烤羊肉串儿和油炸臭豆腐的味道，引诱着人们的食欲。父母的突然婚变导致家庭解体，备受大众传媒瞩目的藏书状元一下沦为默默无闻的郊区养牛姑娘。紫玉认为，这正是精神向物质的转化。

青草加人工饲料，这是花斑奶牛的早餐。花斑奶牛跟人一样，也是要吃早餐的。人与牛相比，少了两条腿而多了两只胳膊。这话是妈妈对紫玉说的。妈妈得知女儿在郊区饲养奶牛以后，惊讶之余几次叮嘱说，好奶牛首先乳房要细致，那形状就跟小浴盆似的，前乳房附着紧凑，后乳房高挺，一定不能有硬结。四个乳头分布均匀，不要有副乳头，更不要有瞎乳头。

妈妈记忆力超群，她在呼伦贝尔大草原放牧那是三十多年前的事情了，如今说起挑选奶牛 ABC，仍然如数家珍。妈妈这样的人才，不是生不逢时就是怀才不遇，可惜了。

喂过牛草，也该去做生意了。她牵着两头黑白花斑奶牛走出牛栏，“一万二”在前，“小额贷款”在后，一主二仆沿着公路朝前走去。前面不远便是卫星住宅小区，那里居住着从市区搬迁出来的人们。城市平房改造使得他们无力还迁原址，只得选择城郊接合部的“边缘地区”定居，成为这里的“边缘人”。边缘人只对“新鲜牛奶主义”抱着强烈兴趣。

每天清晨都是这样——紫玉牵着两头奶牛走向卫星住宅小区，其时那十几个信奉“新鲜牛奶主义”的坚定分子已经拎着玻璃瓶子翘首以待了。紫玉记得她的五千六百二十八册藏书里有《健康饮食300问》一书，说饮用牛奶必须经过消毒，所谓散装新鲜牛奶往往是不卫生的。紫玉当然知道自己出售的正是这种并不卫生的散装新鲜牛奶，可这两头黑白花斑奶牛偏偏受到卫星住宅小区的热烈欢迎。紫玉的名字也因此成为无形品牌并且受到充分信赖。

等待购买紫玉新鲜牛奶的，多为白发苍苍的老年人。他们固守着青年时代便认定的真理，绝不轻易改变。他们认为只有当场挤出的牛奶才是真正的新鲜牛奶，其他都是谎言。有时紫玉觉得这是一群被时尚生活放逐的人。他们被时尚生活放逐的同时也放逐了时尚生活。

紫玉心情很矛盾。她知道他们关于新鲜牛奶的观念是错误的，但永远也不会改正。她的心情日复一日矛盾着，日复一日出售她认为并不完全符合卫生要求的新鲜牛奶。

紫玉走到卫星小区大门前，并不知道离婚的父亲就住在这里。她伸手将奶牛拴在一株小树上，立即引来人们兴奋的目光。她身穿迷彩服，这形象酷似女兵。女兵开始挤奶了。老人们围拢上来注视着牛奶从奶牛乳房里流淌而出，表情很是激动。这乳白色液体啊，正是人们无比信赖的“紫玉牌新鲜牛奶”。

紫玉哟，青草喂牛，这新鲜牛奶就是好，你怎么只养两头奶牛呢?

紫玉呀，你扩大饲养规模吧，提高产量，多产多销。我们喝你的牛奶最放心。

人们纷纷鼓动着这位含有几分羞涩的养牛姑娘。年轻的紫玉苦笑了，这苦笑一下增加了她的年龄。

紫玉开始出售牛奶了。她挤出的新鲜牛奶，一斤一块六毛钱。这是一个供不应求的底层市民价格。

有奶的牛，就是奶牛。

2. 女人与蛇

中年男子龙印祥目不斜视走出卫星住宅小区。一股新鲜牛奶的气味飘散在空气里，他浑然不知。手里拎着一只属于二十世纪八十年代初期的黑色提包，脸色苍白体形消瘦的他远远望着公路边的 869 路公交车站。从这里乘坐中巴前往城市心脏地带，票价人民币三元。他拎着这种老式黑色手提包，很容易使人回忆起二十年前的乡镇企业推销员。因此龙印祥乘坐三元钱的中巴进入市中心，那是很恰当的。

他的手提包里装着一部洋洋四十八万字的书稿。这部沉甸甸的书稿的分量足以抵得龙印祥半条性命。他写作这部书稿过程中更换了四副眼镜。他的镜片儿与时俱进地加深了。

拎着黑色手提包龙印祥站在 869 公交站前，一看就是现实生活的落伍者。这形象充分说明龙印祥自觉自愿地将自己定格于二十世纪八十年代的“旧人类”。旧人类面对新生活，很有可能成为一块路边顽石。生活中举凡顽石往往容易绊脚。此时站在公路边等候公交汽车的龙印祥，似乎正在扮演绊脚石角色。当然，一个人有时候自己绊了自己脚。

一辆辆载重卡车疾驶而来卷起一股冲天的烟尘，仿佛来了《西游记》里的妖魔。站在这里等候公交车的人们吞食着尘土，不约而同地咒骂起来，内容极其恶毒。龙印祥听着这一声声恶毒咒骂，轻轻叹了一口气。如今人人成了火药桶，随时随地都会发出一声轰天巨响。

他没有咒骂。即使处于社会底层他还是能够严格要求自己的。身为一般老百姓却不愿意将自己混同于一般老百姓。这就是已知天命的龙印祥。

一个染黄头发的小伙子背负着一只天蓝色尼龙布袋子气喘吁吁走到公交站牌前，表情懒散地加入候车者行列。

大约过了十几分钟，一辆 869 摇摇晃晃驶来了，那样子活像一条即将产卵的大鱼。龙印祥伸长脖子望过去，终于看到这辆中巴已经塞满了乘客，仿佛一盒沙丁鱼罐头。

龙印祥决定放弃登车，等下一辆。身旁那位染黄头发的小伙子拎起那只天蓝色尼龙布袋子准备上车，一看驶来一盒沙丁鱼罐头，嘴里吐出一句有关人类祖先的脏话，也放弃了。散发着人肉味道的中巴嘟嘟嘟开了过去。

很快，又一辆 869 疾驶而来。龙印祥意外地看到这辆中巴居然还有两成空座儿。想起前面的沙丁鱼罐头，他笑了，分明看到了人生哲学的现实读本。这时，那位染黄头发的小伙子拎着尼龙布袋子捷足先登，抢到一个靠窗座位给屁股找了一个舒服的归宿。龙印祥是不会参加这种争抢的。他不慌不忙地登车投币，随便选了一个靠近司机的位置坐了。贫贱不能移——这是龙印祥的做人原则。

这辆中巴是一女司机。她说了一声我去打奶，手里举着一只玻璃瓶子推开车门跳下去，向卫星住宅小区大门快步跑去。依照规定公交汽车中途不允许驾驶员随意停靠，可女司机好像哺乳期的母亲，说打奶就打奶去了。

车里乘客多为郊区居民，贫穷而且表情木讷，很像一群被押往集中营的战俘。女司机终于跑回来了，双手捧着那只牛奶瓶子。龙印祥紧紧将黑色手提包抱在怀里，唯恐有失。他表情严肃地坐在车里，好像具有某种特殊身份，譬如失业医生或者业余律师什么的。这时女司机坐在驾驶员位置回头看了龙印祥一眼，捧着瓶子喝了一口新鲜牛奶。龙印祥平时不善于跟别人对视，立即扭脸回避着女司机的目光，低头看着染黄头发的小伙子的天蓝色尼龙布袋子。

一条花蛇从天蓝色尼龙布袋子里伸出脑袋，很友善地注视着龙印祥。他天生怕蛇，啊的一声大叫扬起双手抬起双脚，这身姿好像失重腾空的宇航员。满车乘客们一下受到惊吓，纷纷起身观看。女司机回头瞥了一眼天蓝色尼龙布袋子，极其严厉地喊叫起来。这是谁的蛇？这是谁的蛇？

那条花蛇怕了，一扭身爬到座椅下面去了。停车！停车！乘客们尖叫着躲闪着，仿佛发现了“汽车炸弹”。869 路女司机顺应民意，缓缓将中巴停在路旁。

开门！开门！乘客们拥到车门口大声喊着。女司机打开车门，呼啦一声人们逃生了。车里只剩下两位乘客，蛇的主人和四肢离地的宇航员龙印祥。

染黄头发的小伙子已经将那条花蛇捉在手里，塞进了天蓝色尼龙布袋子。险情解除了，龙印祥垂下双手撂下双脚，从太空回到地球。

小伙子，你一共有多少条蛇啊？女司机关闭了车门，大声问道。

你又不是警察，问这么详细干吗？染黄头的小伙子油腔滑调说着，并不买账。女司机突然笑了，说你要想拜访警察现在我就送你去公安局。说着便行驶起来。染黄头发的小伙子慌了，起身质问女司机。

869路中巴再次停在路旁。女司机微笑着说，你现在有两条路，一是我拉你去公安局投案，按倒卖野生动物论处。二是你交我五十块钱罚款，然后滚蛋。

五十块钱罚款，交给你？染黄头发的小伙子疑惑地反问。

废话，你把我的乘客都吓跑了，还耽误了我的营运时间。你知道晚点要罚我多少钱吗？五十！

龙印祥知道司机无权收缴乘客罚款，一旁观察着事态发展。

你他妈的到底交不交罚款？女司机突然说了粗话，起身离开驾驶员座位端着牛奶瓶子走向对方。

女司机挥手哗地将瓶里剩余的牛奶泼向对方。你以为你是谁？老娘我今天就是要把你送到公安局去！

染黄头发的小伙子被女司机震住了，伸手抹着满脸牛奶乖乖掏出一张五十元人民币扔在座椅上，猫腰拎起天蓝色尼龙布袋子，气哼哼走下车去。他快步朝前走出十几步，突然转身破口大骂起来。

女司机坐在驾驶员位置，猛地发动机器朝前冲去。龙印祥吓得大叫一声，紧紧抱着怀里的黑色手提包。

染黄头发的小伙子万万没想到女司机竟然朝他撞来，吓得扔下蓝色尼龙布袋子窜下公路，兔子似的跑进田野里。女司机刹车，咯咯咯笑了。

女司机笑得十分开心，回头看了看龙印祥问了一句你没事儿吧，便开着中巴沿着公路朝前驶去了。

喂，请你把那五十块钱递给我。女司机突然发了令。龙印祥不假思索离开座位捡起那张钞票，递给她。她一边开车一边转身接了钞票，娴熟地驾驶着这辆中巴。

你这样做不对。龙印祥不急不躁说，一是你不应该向乘客罚款；二是你不应该开车冲向乘客；三是你不应该随意停车去买牛奶；四是你不应该……

四是我下岗之后不应该来开这种人见人骂的公交车，对吧？性格泼辣的女司机大声打断他的话语，反问着。

听到“下岗”二字，龙印祥不说话了，因为他知道自己遇到了同类动物。既然不说话了，869中巴也恢复了正常行驶，女司机逢站便停车，车里渐渐坐满了乘客。

她回头问龙印祥哪站下车。他回答终点站。女司机继续开车说，我知道你以前是全市有名的劳模，对吧？

龙印祥非常意外，“劳模”对他来说已经成为历史身份，棉纺九厂已经夷为平地，香港房地产商投资开发“龙都花园”。龙印祥彻底成了生活的“局外人”。皮之不存，毛将焉附。因此他尴尬地问女司机，你是怎么知道我的？

女司机笑了笑，不做回答。龙印祥愈发尴尬起来。劳模这称谓对他来说很遥远了。一遥远，便生疏了。一生疏，便不太习惯。不太习惯便恍如隔世了。

你姓龙还怕蛇呀？女司机嘻嘻笑着说，分明对龙印祥的身世有着深入细致的了解。

噢，她还知道我姓龙呢。但是绞尽脑汁龙印祥也想不起这位女司机究竟是谁。于是他只得向女司机解释说，咱们地球上其实没有龙这种动物，龙的原形是蛇，蛇在神话里就成了龙。

敢情龙也是假的？哎呀现在都是假的。那你宁愿当一条真蛇也别做一条假龙呀。女司机急切地说。

龙印祥自我解脱地说，谁是假龙啊，我只不过姓龙罢了。

他一言，她一语，两人聊得还挺投缘。这时869中巴驶进市区终点站，他起身准备下车。一个站员跑上前来大声指责女司机说，周淑芬！你晚了六分钟，罚本月奖金五十元。

女司机小声对龙印祥抱怨说，你都看见了吧？人民币五十元！这869公交线路已经被一私人老板承包了。

走出869路市区终点站，他心里空空落落的。无论荣耀还是耻辱，随着时光流逝必然被人们渐渐遗忘。只有这位女司机还记得棉纺九厂以及劳动模范龙印祥。他终于受到感动。

女司机名叫周淑芬，可她究竟是谁呢？龙印祥走到马路旁边一座IC卡电话亭前，极其熟练地抄起电话筒、插入电话卡，拨了一串数字的电话号码：669988。这是全市公交汽车总公司的投诉电话。

他并不顺利地拨通了电话，声称投诉869路公交汽车女司机周淑芬。一、中途违章停车购买新鲜牛奶，司机脱岗不符合公交汽车营运规则；二、擅自收缴乘客罚款五十元，司机侵犯了消费者合法权益。三、驾车冲撞乘客以发泄愤怒，幸好没有造成严重后果……

即使深深受到那位名叫周淑芬的女司机的感动，他还是投诉了。这就是龙印祥对女人的基本态度——无动于衷甚至毫不宽容。因为他曾经是纺织男工。

3. 药

其实每天清早只有那么十几位老人购买紫玉的新鲜牛奶，既无大起也无大落，队伍基本稳定。收市了，紫玉牵着两头黑白花斑奶牛离开卫星住宅小区大门，沿着公路向牛栏走去。远远看见“白房子”，紫玉小声哼唱着《青青河边草》这首歌曲，心里盼望着牛栏附近的青草越多越好。如今绝大多数圈养奶牛很难吃到青草，体内严重缺乏维生素 A，牛奶里的抗生素却广泛超标。

走近牛栏，紫玉忍不住笑了。她看见一个男生昂首挺胸站在青草堆上，宛若行将就义的革命志士。这个男生表情郑重地注视着前方村落，似乎以此显示胸怀远大理想。紫玉牵着两头花斑奶牛走近牛栏，觉得这位身材单薄脸色苍白的男生不但不像革命志士反而更像一具农田里的稻草人儿。这时稻草人看见紫玉回来了，一纵身跳下青草堆，大步跑到她面前说，龙紫玉！今天我独家采访你，今天你必须接受我的独家采访。

这男生就是《北方青年报》见习记者庄小茧，他每月都要跑来两三趟，口口声声采访龙紫玉。紫玉姓龙，全名龙紫玉。龙紫玉暗暗给庄小茧起了外号“小屁孩儿”。一个小屁孩儿似的记者跑来采访，紫玉总觉得就跟小时候“过家家”一样，特别好笑。

好像大姐姐打量着小弟弟，紫玉注视着小屁孩儿。小屁孩儿慌忙将目光投向花斑奶牛说，我知道你以前是全市藏书状元现在是郊区养牛姑娘，这就是最大的新闻看点！

由于曾经获得“全市中学生藏书大赛状元”而被媒体追捧一时，紫玉颇有接受记者采访的经验。她牵牛入栏，然后跑到水缸前洗手洗脸，突然转身对那位初出茅庐的小记者庄小茧说，你要想采访我，就替我看管着牛栏，两小时之内我保证回来！

说着，身穿一身迷彩服的紫玉拎着一只绿色军用挎包跑了。庄小茧好像一个被丢弃的俘虏，双手抱头大声申诉着说，哇塞！你两小时才能回来呀？那时候我就退休啦。

那你就退休好啦。紫玉朝着公路跑去，身影愈来愈小。

庄小茧只得躺在青草堆上，替紫玉守护牛栏。他嘴里叼着一株狗尾巴草儿，伸手从腰间拔出一小册子，小学究似的读了起来。这是一位北京知识青年创作的短诗：

> 你为谁守身如玉/守　就是坚守阵地/身　就是你自己/如　就是好像的意思/玉呢　玉就是稀有的石头/只要有人欣赏你/否则　只是石头而已

庄小茧大声朗读着这首无名氏的作品，就好像朗读唐诗宋词一样。对这位小记者来说，三十多年前的诗歌跟一千多年前诗歌相比，那距离是同样的遥远，都属于古典文学。

这时候，紫玉站在公路旁频频招手，终于乘坐一辆出租汽车赶往万谊大厦参加“健康你我他”活动。出租汽车司机看紫玉身着迷彩服还拎着一只绿色挎包，认为她是参加军训的大学生，于是一边开车一边发表感慨，说如今下岗职工的孩子根本读不起大学，又说如今出租汽车司机还不如过去的骆驼祥子。

我看您比骆驼祥子强多啦。紫玉一贯坚持自己的观点。出租汽车司机无奈地说，你们这一群小毛孩子懂什么？骆驼祥子喝酒，我喝汽油！

您一定是老知青吧？紫玉笑眯眯问道。

没错！我在内蒙古大草原放羊十年。回城进厂当工人又遇到下岗，我们是多余人！司机大声说着，那表情很是悲愤。

紫玉心里说，你放羊十年有什么了不起？我妈妈在内蒙古呼伦贝尔大草原放羊十三年，还当了两年民办教师，如今照样依靠“低保”维持生活。人跟人不能比富，人跟人更不能比穷。

可到底人跟人比什么呢？紫玉思忖着，心情迷茫起来。她心情迷茫的时候，圆圆的脸蛋儿上往往挂着一丝苦笑。

四十八层的万谊大厦好似珠穆朗玛峰高耸入云。一只巨型气球懒洋洋浮在这座摩天大厦的腰际，拖下一条长长的标语："真情大赠送，新药 WMJ 彻底战胜糖尿病！"

下了出租汽车，紫玉跑进万谊大厦。一口气找到九楼国际会议厅，门口有工作人员要求来宾登记。她接过一张表格依次填写起来。曾子英，女，56 岁，餐前血糖 8.3，餐后血糖 12.8。填写到职业一栏，紫玉写了退休二字。

你已经退休啦？工作人员惊讶地注视着紫玉，那表情分明是发现了珍稀动物。紫玉认为对方弱智，就笑了笑。这时一位西服革履的中年男士走过来拿起表格看了看，然后抬头打量着身穿迷彩服的紫玉。

曾子英……曾子英是你什么人？这位中年男士小声询问着，显出极强的求知欲。

曾子英是我母亲啊。紫玉说罢走进九楼国际会议厅"健康你我他"会场。这时主席台上一专家正在讲解治疗糖尿病新药 WMJ，说研制该药的美国戴维斯博士极有可能获得今年的诺贝尔医学奖。

同病相怜的人们很快排起长队。紫玉加入进去，她匆匆赶来就是给母亲购买 WMJ 的。大屏幕打出销售口号：买三赠一、买九赠四、买十八赠五。紫玉紧紧握住手里钞票，默默计算着。

她落户郊区饲养奶牛，一是为了挣钱养活自己，二是为了挣钱给妈妈治病。妈妈说如今糖尿病人很多，大有全民皆"加号"的趋势，这表明人的生活方式出了大问题。妈妈说话的表情不卑不亢不急不躁不温不火，女政治家似的。女政治家得病也要吃药啊，紫玉决定选择"买九赠四"的方案。

一位礼仪小姐满脸堆笑将紫玉从队伍里请出来，引导她朝着大厅门口走去。这时有人递来一个大礼盒，悄悄说这是我们韩董事长免费赠送的三个疗程 WMJ。

韩董事长？紫玉接过大礼盒，东瞅西瞧寻找着。

远处，那位西服革履的中年男士向着紫玉招了招手，其形象好似电视新闻里彬彬有礼的外交官。原来他是韩董事长啊。

礼仪小姐笑吟吟地说，WMJ 新药，一天两次，一次两片，饭前服用，温开水送下。低糖少盐，戒烟忌酒，避免心情抑郁和心态焦虑，保持良好生活习惯。

请问，你们韩董事长他叫韩什么啊？紫玉压低声音问礼仪小姐。

很抱歉，我是以一小时二百元价格临时雇来的时装模特。我光知道WMJ是治疗Ⅱ型糖尿病的新药。当然你要是没病就不必吃药了。

紫玉又苦笑了。我当然没病，可我妈妈有病。我妈妈有病就跟我有病一样。

一想到妈妈，紫玉便远远望着会场里的韩董事长。这位西服革履的中年男士为什么将WMJ赠给一个名叫曾子英的女士呢？这样寻思着紫玉拎着大礼盒出了国际会议厅。走进电梯之后她恍然大悟。一定另有一个名叫曾子英的中年女士。同名同姓同年龄，于是事情就这样弄错了。

一定是这样弄错了。紫玉坚决认为妈妈绝对不会拥有韩董事长这样的初恋情人，韩董事长也绝对不会暗恋妈妈那样的毫无女人味道的铁娘子。妈妈太优秀了，优秀得只有一身清高一腔孤愤一肚子学问一口纯正普通话一手漂亮钢笔字，还有Ⅱ型糖尿病。

4. 我是青衣

前劳动模范龙印祥同志坐在现书商赖卫国先生的客厅里，紧紧将黑色手提包抱在怀里。女用人端来一杯热茶，说了一声请稍候。话音未落，表情谦和的主人走进客厅，主动与来访者握手。

赖卫国认识龙印祥，那是“非典”期间。人们说，特殊时期酿造了特殊事件，特殊事件催生了特殊人物。龙印祥就是特殊时期特殊事件催生的特殊人物。一场突如其来的“非典”从天而降，这座城市里一家家餐馆纷纷停业，一辆辆公交汽车空空如也，一座座游戏厅悄悄关闭，一对对恋人停止接吻。戴口罩戴手套，喝板蓝根冲剂，抢购“八四”消毒液。人人谈SARS色变，赌徒吓得戒了赌，酒鬼吓得忌了酒，烟民吓得禁了烟，婚外恋吓得分了手。

这座城市走了形，只有龙印祥没有发生丝毫变化。他坚守多年不变的生活立场，照常去坐公交汽车，照常去图书馆查资料，照常去超市买东西，照常去“大太阳”餐馆吃饭。总而言之，龙印祥照常用力呼吸。

大太阳餐厅也未停业，但没有食客。尽管大门外挂着“天天消毒，实行分餐制”的牌子，大堂里还是空空荡荡。只有龙印祥一人吃饭，孤胆英雄似的。女服务员端来一盘素烧茄子一碗米饭一钵酸辣汤，转身匆匆就走，唯恐食客从外面带来 SARS 病毒，殃及自身。龙印祥则一派从容不迫的样子，夹菜、扒饭、喝汤，细嚼慢咽，好像一个刀枪不入的机器人。

一连几天，只要午餐时间龙印祥便准时走进大太阳餐厅，一菜一饭一汤，一派以不变应万变的表情。他吃一顿饭大约耗时四十分钟，然后并不急于离去，从手提包里拿出一本书，仔细翻阅着。这时候，餐厅服务员们注视着这位胆大包天的食客，一致认为他智力存在严重缺陷。

有人给电视台打电话提供这条新闻线索，主要是反映“非典”时期有人吃完饭赖着不走。然而电视台记者独具慧眼，认为发现了重大新闻人物。于是“现场直击”栏目记者火速赶到大太阳餐厅。当时，龙印祥正在喝汤，那姿势稳重而优雅。“现场直击”记者当场激动起来。

记者随即采访了这位仍在喝汤的特殊人物。电视新闻转播车直播了“现场直击”节目。大太阳餐馆大堂里，龙印祥慢条斯理回答记者提问说，大街不堵车了，小巷不吐痰了，乘车不抢位子了，小贩不沿街叫卖了，歌厅不放噪音了。我本人对今天这样的生活环境感到满意。尤其大太阳餐厅的素烧茄子和酸辣汤味道好极了，它重新焕发了我对生活的乐趣，还增加了饭量。

电视台的新闻热线电话几乎被打爆了。这座城市里饱受 SARS 病毒惊吓的市民们对龙印祥新颖独特的观点赞不绝口，纷纷表示对战胜“非典”充满信心。著名书商赖卫国先生坐在家里看罢电视新闻，对龙印祥的生活立场更是击节叫好。他当即驾驶黑色本田轿车赶往大太阳餐厅。

大太阳餐厅窗外聚了一群人，远远观看着传奇英雄龙印祥进餐。二十年过去了，龙印祥再次成为新闻媒体的关注焦点，却没人认出这就是当年纺织工业战线的劳动模范。赖卫国看到，龙印祥正在独自吃饭，照常是一盘素烧茄子一碗大米饭一钵酸辣汤。

受到英雄人物的强烈感召，赖卫国走进餐厅一屁股坐在龙印祥桌前，也叫了一盘素烧茄子一碗大米饭一钵酸辣汤。龙印祥无动于衷，夹一块素烧茄子，吃一口大米饭，喝一口酸辣汤。赖卫国也夹一块素烧茄子，也吃一口大米饭，也喝一口酸辣汤。龙印祥还是无动于衷。

赖卫国好奇地问道，龙先生您在电视里说的，这是号召市民们走出家门恢复正常生活吧？

龙印祥呜了一声，埋头喝汤。

您号召市民们走出家门，勇敢地走进商场购物走进餐馆吃饭走进剧院看戏，是吧？

我号召什么？龙印祥闷闷不乐反驳说，人们要是都从家里跑出来，这世界不又变成原来的样子啦？我的好日子也就结束啦。

说得好。赖卫国眨动着一双小眼睛，伸手递去名片说，我想请您写一本书，书名暂定《就一个人》，您有兴趣吗？

“非典”使得龙印祥认识了这位著名书商。几天之后，龙印祥打电话给赖卫国说，自己用五年时间写出了《一个劳动模范的自白》初稿，四十二万字，自传体。

就这样，龙印祥拎着那只黑色手提包首次走进著名书商的豪宅。这一天是他与前妻曾子英离婚三周年，颇有纪念意义。初次造访，风度儒雅的主人亲手给他沏了一杯咖啡。二十五年前出席全市劳动模范联欢会，龙印祥在市委贵客厅喝过这种咖啡。二十五年时光在这两杯内涵迥异的咖啡里，溶解得无影无踪了。

第一次见面，赖卫国主动介绍了自己的出版事业，连续三年跻身中国“十大书商”行列。去年雇用国内知名专家学者成功编辑了《康有为全集》，今年着手出版《梁启超遗稿》和《郑孝胥诗存》。龙印祥听罢心里说，无论好人坏人，如今都出书了。

为了做到知己知彼，龙印祥也介绍了自己的情况。他说自己当年是全市闻名的“纺织男工”，创造了每分钟完成六十七个接头儿的全国织布挡车工纪录。这个纪录至今无人打破。当然，那种织布机早已经淘汰了。

你现在做什么工作呢？赖卫国接过厚厚书稿，随手翻阅着问道。

龙印祥不卑不亢说，红旗棉纺厂改为白帆自行车厂，白帆自行车厂改为绿地奶品厂，绿地奶品厂倒闭了，香港商人改购了工厂土地，开发了蓝水别墅。我历经红旗棉纺白帆自行车绿地奶品，终于成了蓝水物业公司的员工。最后我还是被解雇了，蓝水经理说我弱智。我现在在郊区卫星住宅小区租了一间房子，全心全意修改这部书稿。

赖卫国先生收下这部书稿。阅读之后，这位著名书商几次提出修改意见，其主导思想是精益求精更上一层楼。为了出书，作者龙印祥本着有则改之无则加勉的原则，一遍遍修改着。于是耗费一年时光，他将这部原本四十二万字的书稿改成了四十八万字。小树长粗了。

《一个劳动模范的自白》的第一章“我是纺织男工”写得真实感人。男主人公走进纺织厂竟然去做挡车工，从此陷入女性海洋。车间里的男厕所很小，因为只有他和两个保全工是男的。然而他是男人，必须从事女性劳动。中国究竟有多少纺织男工，他不知道。他只知道自己的手脚比她们粗大，自己的身躯比她们笨重，自己的嗓音比她们浑厚，他还知道自己的最大优势是没有月经。月经月经，每月必经。每月女工们必然经历一次生理低潮，尤其是痛经。女工周抗美就月月痛经，月月死去活来。一痛经就歇病假，一歇病假就完不成任务。一完不成任务就当不上先进生产者。周抗美为此痛不欲生——既因为痛经更因为得不到先进生产者称号。

纺织男工龙印祥暗暗庆幸自己不痛经，同时暗暗认定劳动光荣这个真理。可是男工不痛经却没有痛经的女工精巧，这是先天劣势。先天劣势只能后天弥补。为了彻底克服毛躁心理和鲁莽性格，年轻力壮的龙印祥特意在家里向表姐学习“女红”。他不光是缝缝补补，还利用工余时间编织了一件件毛衣，总共七种针法。后来又偷偷学会绣花，以此磨砺“纺织男工”的细心和耐力。冬去春来，他觉得自己的腰肢渐渐柔软，自己的手指渐渐纤细，自己的脚步渐渐轻盈，自己的嗓音渐渐温和……终于，从先进生产者到操作能手，从操作能手到技术标兵，从技术标兵到劳动模范。龙印祥用一双男人大手创造了全国纺织战线同类挡车工的接头纪录，一举成名，人人都知道了他这个“纺织男工”。从此，他成了一个特殊的男性。

今天，前劳动模范龙印祥同志又一次走进著名书商赖卫国先生的客厅，全面听取改稿意见。心宽体胖的赖卫国又给他添了一杯咖啡，笑容满面。

我认为必须更改书名，你洋洋四十八万字的著作，怎么能叫《一个劳动模范的自白》呢？这太直白了。改，必须改，必须改为《我是青衣》。

我是青衣？龙印祥满脸迷惑地注视着赖卫国说，我可不是男扮女装的京剧演员啊。

我认为你就是我国纺织工业战线男扮女装的大青衣。赖卫国兴奋地说，今年的诺贝尔文学奖授给了奥地利女作家耶利内克。她写外国钢琴教师出了名，你写中国纺织男工更应当是传世之作啊！你有信心去瑞典皇家学院领奖吗?

龙印祥突然古怪地笑了。

5. 看上去很特别

曾子英蜗居斗室，十多平方米的房间，终日不见阳光。她的主要任务是养病，她的主要活动是阅读和洗脚。她的阅读首先是读报，其次是读书。读报就是读世界。每天她从阅读《城市早报》开始，然后是本埠日报，最后是当地晚报。她的阅读范围极大，大到给长城贴瓷砖，小到给蚊子戴口罩，几乎无所不包。她读报是从头版新闻开始，结束于报纸中缝的支票作废声明，无一遗漏。无论是由于亢奋还是由于无聊，这样的阅读无疑是她对汉字的蚕食——将一张报纸读成一张白纸。至于女儿寄存在外的五千六百二十八册书籍，她则不闻不问。

无论早报午报还是晚报，这几天都刊登了万谊大厦举办“健康你我他”WMJ新药上市大型义诊活动的消息，并且宣称该药的问世吹响了人类彻底战胜糖尿病的号角。

这是痴人说梦。我们人类目前只能做到有效控制糖尿病，彻底战胜谈何容易。曾子英自言自语着。她每天读报总能遇到虚假消息，因此保持着强烈的批判现实主义立场。昨天本埠日报说上海金茂大厦的澳大利亚跳伞者脑死亡，今天当地晚报却说已经脱离危险。一生一死，南辕北辙。

黄昏时分，养牛姑娘紫玉走进筒子楼，拎着一只大礼盒前来探视母亲。曾子英倚在床前审视着身穿迷彩服的女儿，莫名其妙地笑了。紫玉进屋嗅到一股子干草味道，使人联想多多。

紫玉啊，我能猜出来你交了男朋友，我还能猜出来你的男朋友正在一个地方等你，我说得对吧?

紫玉窘窘地一笑，并不回答母亲的提问。妈妈，这是三个疗程

WMJ，据说这种新药已经拉开了人类彻底战胜糖尿病的帷幕。

彻底战胜糖尿病？曾子英站起身来，做出辩论的架势。她身材挺拔，几乎高出女儿一头。当年在呼伦贝尔牧区，牧民们暗暗叫她扎根草原的一棵树。后来这棵树不声不响离开大草原，移栽大都市了。

这真是笑话。WMJ？它只不过是二甲双胍的换代产品。紫玉啊，你既然走向社会就不要人云亦云，WMJ 战胜糖尿病？你自己怎么一点儿主见都没有。轻信谎言。人没有主见好比轮船没有航向，只能在茫茫大海里随波逐流。

紫玉静静听着，从心里佩服妈妈的口才。这位中年女士平时不爱说话，一旦说起话来，雄辩有力，抑扬顿挫，叙述精细，说理清楚，一气呵成而充满金刚钻儿似的魅力。

女儿仰视着母亲说道，您说 WMJ 不能战胜糖尿病，可它毕竟能够控制血糖吧？一天两次，一次两片，饭前服用，温开水送下。既然它是二甲双胍的换代产品，您就实践一下嘛。

曾子英坚持原则，连连摆手表示继续服用二甲双胍决不动摇。你把这药拿去退了吧，年纪轻轻一定不要随便浪费人民币。人民是不应当浪费人民币的。

紫玉扑哧一声笑了，觉得妈妈说话实在咄咄逼人，好像端着枪找你拼刺刀似的。妈妈，我跟您实话实说吧，这药不是我花钱买的，是有人专门送给您的。

谁啊？曾子英坐在床边说。

我也不认识那位中年男士，反正人们叫他韩董事长。紫玉郑重其事地说，您一定认识一个姓韩的男士吧？譬如说小学同学中学同学什么的。

我好像认识好几位姓韩的男士，一时也说不清楚。曾子英皱眉思索着，仿佛纵身潜入记忆的海洋采摘珍珠去了。

您试着说出几位姓韩的男士，我帮您分析一下，看看究竟是谁。紫玉认为走进母亲内心世界的机会来了，表情随之虔诚起来。

哦，姓韩的……那你得让我想一想，首先是韩非，然后是韩信、韩愈、韩世忠、韩兰根、韩美林、韩乔生还有韩琪什么的。

紫玉意识到母亲的思路偏离了轨道，必须立即刹车。妈妈，请您回忆一下过去认识的姓韩的男士，一起大串联的战友或者一起上山下乡的伙伴，总而言之必须是您认识的，用不着说那么多以前的人。

然而，曾子英的思维列车一旦行驶起来便难以停止。她开始讲解了，一字一句绝对诲人不倦。

韩非是韩非子，春秋战国时期遗有著作《五蠹》。韩信是萧何月下追回来的那员大将，一直从齐王、楚王贬为淮阴侯，最终被吕后杀死在未央宫。韩愈是唐朝大文学家，师者所以传道授业解惑也，是他的名言。韩世忠是宋朝名将，他夫人梁红玉擂鼓助战打退金兵。韩兰根是赵丹周旋时代的电影明星，瘦子。韩美林爱画小狗儿，大画家。韩乔生解说星期天拳击比赛比解说意甲足球强多了。还有《秦香莲》里杀庙的韩琪和上海少年作家韩寒。

一口气说出这么多人物，各行各业，有古有今。滔滔不绝的曾子英喘了一口气，端起玻璃杯喝了一口水，准备继续说下去。

天啊，您怎么知道这么多事儿，您累不累啊。紫玉迷惘地注视着面容憔悴的母亲，内心感慨颇多。略显神经质的妈妈一口气说出一连串的名字，其实统统跟她毫不相干。天知道她竟然能够记住这一大堆东西，脱口而出，如数家珍。

一个人的记忆仓库是有限的。一旦存满黄金，便是无比的精神财富。一旦装入废品，便朝着垃圾站发展了。紫玉认为母亲的记忆仓库里，黄金垃圾参半。她轻轻叹了一口气，很为记忆力超群又生不逢时的妈妈感到惋惜。别说啦您休息吧，无论您认识不认识，反正那位西服革履的中年男士挺帅气的。这三个疗程的药品就是他专门送给您的。

韩？我还是想不起来。其实啊这一大堆名字都是我无意之间记住的，无论姓寒还是姓热，我对他们都没兴趣。曾子英坐在床边伸手抚着前额说，哦，我想起来了，《三国演义》里有东吴大将韩当，还有北京歌手韩红。

紫玉蓦然觉得此时妈妈更像一个可爱而固执的大男孩儿。内心有了这个发现，她吃惊地注视着母亲，一时哑了口。大男孩儿长大之后就是男人啊。我怎么觉得她不像女人呢？难道她身上雌性因素衰退雄性因素增加，阴柔气质朝着阳刚品格转化……怪不得爸妈离婚呢。敢情爸爸不像爸爸，妈妈不像妈妈。爸爸只能生活在过去的日子里，一纺织男工。

妈妈也只能生活在过去的日子里，一牧区铁姑娘。分手，只能各自为战了。

就这样寻思着，紫玉突然湿了眼窝儿，心里好像坠了一块小石头。为了调整情绪，她主动换了一个话题。妈妈，我一进门您怎么就断定我新交了男朋友呢？您又不是女巫。

这时候曾子英端起水杯服了两枚白色药片儿说，直觉啊。曾子英眨着一双绵羊般的眼睛告诉女儿，女人的直觉往往是准确的。我跟你爸共同生活了二十多年，最终还是凭直觉跟他离了婚。

您凭什么直觉跟爸爸离婚的？紫玉今天终于发问了，而且急于得到答案。

这么多年了，我固守着自己，他也固守着自己，我身上的大草原牧民味道，他身上的棉纺厂挡车工味道，互相冲撞。这就像无名血液病一样谁也医治不了谁。我凭直觉认为我们应当离婚了。离婚之后我恍然大悟，我不是固守当年的生活，而是不能自拔啊。你爸爸同样不能自拔，他一辈子也摆脱不掉纺织男工的阴影，那里是女儿国啊。

紫玉听不懂这一番深奥艰涩的话语。她起身对妈妈说得回去喂牛啦。曾子英突然对女儿说，紫玉呀，如今时兴喝羊奶了，你怎么还养奶牛呢？

前藏书状元现养牛姑娘，一时哭笑不得。妈妈经常出语突兀，令人难以应对。有一次妈妈对她说，如今流行吊带装你为什么不穿呢？你不要跟我一样没有一点儿女人味儿。你可以买一件黑色吊带装，配白色裤子，千万不要穿高跟鞋。

我养牛穿一件黑色吊带装？那是拍广告啊。紫玉觉得妈妈思维怪异，应当是一外星人。

紫玉说了一声再见，告别了妈妈的十平方米小屋。楼道里，她听见妈妈追出房间大声说，紫玉啊，明天我家里要来一个小保姆。

您请了保姆？紫玉转身望着阴影里的母亲。您不是说容不得第二个人跟您一起生活吗？您不是说茫茫大草原只您一个人吗？这怎么又冒出来一小保姆呢？

曾子英满脸枯萎地笑了笑。有一个社团非要给我提供一个小保姆不可，还有一家出版社非要我写一本草原青春自传，从插队落户第一天开始，一定要写出铁姑娘的心理以及独自一人骑马放牧的真实生活，最后还要写到心理扭曲的微妙历程，书名就叫《我是小生》。

你是小生？妈妈您要去学唱京剧呀。紫玉当然不懂这小生的特殊含义，不由朝前走了几步。母亲避开女儿目光说，这书名是他们事先确定的。我也不同意《我是小生》。我怎么是小生呢？我他妈的早就是老生啦。恃才傲物的曾子英突然激动起来，张口说了粗话。

老生？紫玉觉得站在面前的这位中年女士非常陌生，比外星人还陌生。

6. 过于孤独的喧嚣

青年记者庄小茧虽然被紫玉称为“小屁孩儿”，他还是开来了一辆杏黄色小轿车，说要拉着养牛姑娘去兜风。紫玉坐在车里怎么看它怎么像一辆玩具车。一问，人民币二十八万呢。她伸了伸舌头，表示惊讶。应邀坐在这辆车里，她却不买账，说庄小茧你爸爸肯花二十八万给你买了件大玩具，一准是亿万富翁吧。庄小茧点头承认，说我爸爸受贿今年春天就被枪毙了。

枪毙了？坐在后排的紫玉看着庄小茧的后脑勺儿说。

庄小茧立即减速，缓缓将车停在路边。不知为什么，青年记者表情猛然郑重起来。龙紫玉，其实你已经接受了我的采访。我的人物专访应当这样开篇：养牛姑娘龙紫玉谈吐幽默。这幽默出自智慧。书籍是人类智慧的宝库。因此她的幽默无疑来源于她的五千六百二十八册藏书。抱着极大兴趣，记者采访了这位当年全市中学生藏书状元。

喂喂，新闻强调真实，记者不要瞎编哟。你知道我把五千六百二十八册书籍保存在什么地方啦？

我不知道。我只听说那是一间地下室。其实住在地下室是最容易进水的。就好像《三国演义》里的水淹七军。我建议你换一个地方。我们这座城市有那么多高楼大厦，你为什么不把书籍存放在高海拔的地方呢？比方说我就有一套十六楼的房子，九十九平方米欢迎无偿使用。庄小茧一口气说完，启动汽车朝前驶去。

沉默了一会儿，紫玉终于说出了庄小茧期待多日的藏书地址。那间地下室坐落在万隆路六区第一组团五号楼一单元二号。

哇塞！你可招供啦。杏黄色轿车径直驶上河边立交桥。青年记者立即加速，表情很是兴奋。

你爸真是一贪官啊？

我爸绝对是一贪官，可他没被枪毙。他为什么没被枪毙呢？因为我没有揭发。我要是揭发了，那肯定大义灭亲啦。

你爸是什么级别？紫玉心不在焉问着，打了一个哈欠。

别问，这是重要机密。庄小茧义正词严说着。这时候轮到紫玉笑了。她很久没有发出这种咯咯的笑声了。

万隆路很远。紫玉心情很好，蜷在车里睡着了。庄小茧从反光镜里看身穿迷彩服的紫玉，说，龙紫玉，我现在要是把你卖给人贩子，你肯定还做美梦呢。

紫玉猛然醒来揉了揉眼睛说，我真做了一个梦呢。

梦里紫玉看见一群纺织女工簇拥着一个人，鲜花铺路，欢歌满天，好像正在庆祝什么。嗡的一声人群散去，只留下那个被簇拥的人。紫玉一看原来是爸爸。他身着挡车女工的服装。紫玉上前叫了一声爸爸。他表情窘迫而严肃，转身就跑，故意回避着女儿。紫玉紧紧追去，来到一条河边，河边界碑上刻着两个大字。河床干涸，乱石丛生，枯草摇曳，充满冷硬气息。爸爸消失了。这时有人骑马从对岸跑来，面孔黝黑目光冷峻，一派威风凛凛的样子。紫玉定睛细看，这位手持马鞭身背猎枪的草原骑士，竟然就是妈妈。

梦里没有什么复杂情节，两个主要人物也是一闪而过，却给紫玉留下刻骨铭心的印象。她的心情因此而沉重起来。她觉得梦里爸爸的形象有些滑稽，看上去非常别扭。妈妈的形象则有些扭曲，令人难以接受。难道当年的爸爸当年的妈妈就是这种形象吗？这真是太难受了。

庄小茧看出紫玉心情不好，伸手开收音机。一位扎根边疆至今未归的老知青侃侃而谈，那声音很像母亲的腔调。紫玉立即要求调台，庄小茧调到生活频道，一位作家正在大谈写作与生活的关系。不知为什么紫玉感到一阵窒息，啊地叫了一声。庄小茧马上关了收音机，说万隆路到了。

紫玉仿佛害了一场大病，坐在车内面色苍白。庄小茧停稳车子，回头看着她，说你现在改变主意还来得及。紫玉轻轻叹了一口气，振作精神说，自从养了奶牛，我好久没去看望我的书啦，那间地下室就是我的藏宝洞。

藏宝洞？那就芝麻开门吧。庄小茧得意地笑了。

万隆路处于城郊接合部，道路两侧灯光暧昧，一排排低矮的店铺死气沉沉。这里似乎更适合毒贩接头和色情交易。庄小茧停车之后连连摇头，认为进入了不良地区。龙紫玉啊，你把宝贝存放在这种地方真是受委屈了。我看还不如你的牛栏呢。你的牛栏是一幢别墅，尽管烂尾毕竟是别墅啊。

庄小茧絮絮叨叨跟随紫玉走进灯光昏暗的楼道，寻找着地下室入口。楼道里散发着鸡屎味道，伴奏的是一阵狗叫。紫玉惊异地环着四周，连声说这里怎么变成难民营啦。一个黑脸汉子走出水房恶狠狠地说，你是皇亲国戚就别把宝贝存在难民营里，我还没听说世界上有喂养奶牛的贵族小姐呢。

紫玉腾地红了脸，叫了一声大叔。庄小茧挺身解释说，当年希姆莱企图东山再起，就回老家去养鸡了。紫玉连忙摆手制止说，你拿我跟盖世太保相比，这太不恰当了。

被紫玉尊为大叔的黑脸汉子带领她找到地下室入口。庄小茧好像一眼看到了地狱之门。黑脸大叔气哼哼地说，我告诉你吧龙紫玉，前几天居委会主任领着收废品的来了，非要把你的书全部收走，作价四毛钱一斤。幸亏我给拦下了，我说这都是人类知识宝藏啊。你猜收废品的说什么？说我傻×！

紫玉不说话，快步沿着台阶走向地下室。黑暗里她掏出钥匙开锁，小声说灯泡怎么不亮呢？庄小茧不声不响打亮了手电筒。紫玉颇为感激地看了他一眼。庄小茧笑了笑说阿里巴巴来了。

走进地下室，一股霉味扑面而来。紫玉按亮电灯，一下惊呆了。迎面墙上挂着一幅“三点式”健美女郎的宣传画，仙女下凡似的。地下室里摆满了健身器械，有跑步机有健身机有塑身机有举重机有摇摆机，还有一架架叫不出名字的运动器材，分明就是一座规模宏大的健身房。我的书，我的书呢？紫玉尖声喊叫着，脸色好似白纸。

紫玉，一定是房东把这间地下室租给了别人。庄小茧大声揣测着，以示镇定。

我的书，我的书都跑到哪儿去啦？她呼吸急促神情恍惚，一把抓住庄小茧的胳膊，就跟丢了魂儿似的。

他挽着她朝着地下室深处走去，低声说原来你是悲观主义者啊我还以为你乐天派呢。这时他突然看到角落里还有一扇门，就笑了。紫玉全身发软有气无力地说，我的日记也丢啦，红绒封面硬壳精装，总共二十八册。开头四册是妈妈替我用蘸水笔写的，显得很古典。接下去三册是铅笔，那是小紫玉的幼稚笔迹，渐渐长大她便改用钢笔写日记六册，后面十五册是小楷，写日记的同时她还练了毛笔字。这二十八册日记跟《十万个为什么》《查泰莱夫人的情人》还有《奇婚记》同时装进一只纸箱，编号六十七。

是的，从女儿降生妈妈代笔为她写日记，七岁生日那天紫玉亲手动笔，就这样一直写到二十四岁生日戛然而止。其间十五年时光从无中断，只是铅笔换成钢笔，钢笔换成毛笔。随着幼稚的笔体逐渐成长并且成熟，《紫玉日记》全面记载着她的童年少年时代和青春期，日日夜夜酸酸甜甜曲曲折折风风雨雨哭哭笑笑犹犹豫豫规规矩矩随随便便慌慌忙忙真真假假虚虚实实洋洋洒洒林林总总，不似《追忆逝水年华》胜似《追忆逝水年华》，甚至可以称作“龙紫玉的心灵史”。

紫玉急得哭了起来。倘若这二十八册心灵史丢失了，她无疑成了一只没有来历的断线风筝，随风飘去，不知坠落何方。

说了一声芝麻开门，庄小茧伸手推开这扇门。拧亮手电筒他随即哇了一声，很兴奋的样子。紫玉沿着手电筒的光柱望去，朦朦胧胧看见这间小屋里堆满了裸露的书籍。她见到书籍如同见到亲人，哇的一声扑上去大哭起来，书啊书啊，我可见到你们啦，我可见到你们啦。

庄小茧伸手摸到电门。小小地下室一下明亮起来。紫玉的泪珠儿在电灯照耀下，晶莹而动人。

有的纸箱已经破损。紫玉擦去泪水寻找着六十七号纸箱，小声说一本都不能少。终于在散乱不堪的角落里发现了《查泰莱夫人的情人》，却不见日记踪影，她束手无策，无助地注视着庄小茧。此时的庄小茧已经不是小屁孩儿了，他在紫玉心里顿时升格为男子汉。

好吧，我必须找一个安全可靠的地方把你的宝贝转移了，然后仔细核对究竟丢了多少本书。庄小茧当机立断，掏出手机拨打着。地下室没有网络，他跑了出去。这时，阴冷的地下室里只剩下紫玉一个人。心儿咚咚乱跳，她终于承认自己的胆怯。至于独自昼夜守护牛栏，完全是模仿当年妈妈草原独自放牧而已，属于一种变态的勇敢。变态可不是好事情。一个正常的女孩儿往往需要别人保护，就连河滨公园的少女雕像也需要公众道德加以维护。这样想着，紫玉心头温暖起来。

庄小茧气喘吁吁跑回来说，大卡车一会儿就到，还配了两个装卸工呢。紫玉激动万分扑上去紧紧拥抱庄小茧。你一眨眼工夫就调来了汽车和装卸工，你爸爸真是省委副书记啊？

庄小茧满头大汗从紫玉的拥抱里挣脱出来，好像一个急于换气的潜水员。省委副书记也没有搬家公司方便啊，他们二十四小时服务打个电话就来啦。

等到子夜时分，搬家公司的大卡车终于来了，还跟着两个满脸稚气的装卸工。满脸稚气果然不识事理，指着一堆书籍说为什么不直接送到废品收购站啊。紫玉听了气得眼泪汪汪。她蓦然发现自己变成了一个爱哭的女孩儿，眼泪儿泉水似的。庄小茧忙着指挥两个装卸工搬书，一会儿就把自己也变成装卸工了。他跑上跑下亲手装车，身材单薄干劲十足。这场面令紫玉非常惊诧——这位青年记者一下变得陌生了。喂，你要把我的书存到什么地方去啊？由于感觉陌生，紫玉小声询问起来。庄小茧不以为然地说，暂时存到我家啊。

你家……你家在什么地方？紫玉竟然产生了几分怀疑。

乐园大道天堂小区十八号楼四幢一零一。庄小茧擦了一把汗水，猫腰搬起一只纸箱。这时一册厚似砖头的书籍从纸箱里滑出，嘭的一声落地，沉甸甸溅起一团尘土。紫玉连忙捡起，一看是《金瓶梅》。

嘻嘻，我还没看过这本书呢。庄小茧扛起纸箱噔噔走了。

紫玉手里捧着西门庆和他的几个女人，小声说我也没看过这本书啊。

空空如也的地下室里一片静寂。这可怕的静寂使得紫玉听到自己的呼吸。这呼吸，对她来说竟然也是陌生的。

7. 活着：无缘无故

紫玉接到妈妈打来的电话，只说了两句话手机就没电了。紫玉跑去换了一块电池，这时候“一万二”不声不响卧在牛栏里，“小额贷款”哞地叫了一声，显得挺无聊的。

换了电池，她等待妈妈再次打来电话。就这样等了半个小时，手机还是不响。此间她很想给庄小茧打电话，恐怕占线妈妈打不进来，就等着。妈妈家里没有电话，一有事情就到外面去打IC卡电话。紫玉不明白妈妈为什么如此保守，多年就是不装家庭电话。妈妈的固执在全球通时代显得无比凄美——好像一片枯叶夹在《康熙字典》里，成为永远的书签。

有时紫玉这样想，妈妈这种似乎顽石的固执或许正是她的价值。倘若有朝一日妈妈不固执了，可能恰恰丧失了她的存在意义。既然固执具有价值和意义，那就让妈妈固执下去吧。据说二十二世纪人类极有可能举办“性格奥运会”，那时候甭说“固执竞赛”，就连“缄默竞赛”“狂怒竞赛”“冷漠竞赛”“狂妄竞赛”“犹豫竞赛”以及“忧愁竞赛”统统成为比赛项目。到时候“性格奥运会”的尖端项目一定是“心跳竞赛”——谁心脏跳得快，谁就是冠军。

胡思乱想了一会儿，紫玉忍不住扑哧一声笑了。她觉得这种胡思乱想无聊至极。这时手机终于响了。她马上看了看来电号码，原来是庄小茧露头了。

电话里庄小茧的声音显得亢奋，小公鸡打鸣似的。他说有一老板主动提出赞助紫玉两头荷兰纯种奶牛。这样的话紫玉就拥有四头奶牛了，小小牛栏有望达到小小牧场的规模。紫玉觉得意外，就将手机从左手换到右手说，那位老板为什么主动赞助我两头奶牛呢？世界上没有无缘无故的剥夺，也没有无缘无故的赠予，莫非他是《西游记》里的牛魔王啊。

庄小茧在电话里回答，世界上当然有无缘无故的剥夺，更有无缘无故的赠予。可是，有时一个生命就无缘无故被剥夺了，飘飘进入天堂，有时一个生命就无缘无故被赠予了，呱呱降临人间。总而言之，这本来就是一个无缘无故的世界，可人们非得找出一个有缘有故的理由，何苦呢？

听了庄小茧一番话语，二十四岁的紫玉受到极大震动。这位青年记者如此新颖的说法，在此之前她闻所未闻。这进一步引起紫玉的追问——莫非我就是无缘无故来到这个世界的，然后“一万二”和“小额贷款”也就无缘无故成了我的奶牛？

电话里约定了时间，今晚九点紫玉通过手机短信与那位老板洽谈无偿赠予两头奶牛事宜。其实最好约定QQ，可紫玉没有笔记本电脑，只好改为手机短信。

于是，紫玉给手机卡充了值，一百块钱可以发一千条短信。她估计够用了。就这样等待晚间九点钟的到来。

等到晚间八点五十分，紫玉的手机响了。她从电话里听到妈妈说话，水银泻地似的。妈妈告诉女儿，小保姆已经来了，二十四岁的姑娘，汉族，高中肄业，皮肤黑黑的。紫玉听着这档案似的介绍，觉得电话里来了一位人事干部。她连声说好好好，盼望妈妈尽快结束通话。平时母女通话总是很简洁的，几句话就完了。不知什么原因今晚妈妈变得多言多语，好似那发源于雪山的小溪，汩汩不断。

我告诉你吧紫玉，我读高一的时候就能背诵三百多首唐诗一百多首宋词，还有外国小说的重点章节，譬如《牛虻》里蒙泰尼里神父的内心独白，《斯巴达克斯》里男主人公和范莱丽娅的对话，还有《安娜·卡列尼娜》舞会出场的描写。后来我去了呼伦贝尔大草原，就把唐诗啊宋词啊还有外国小说都给忘啦。今天我教保姆背诵《蜀道难》，怎么也想不起开头一句“噫吁欷，危乎高哉”啦。紫玉你知道吗？当年我悄悄参加了第一届高考，没复习就去考试，结果被吉林大学中文系录取了，可我不去报到仍然在大草原上放牧。人家问我既然参加高考又被录取了为什么不去上大学呢？我说我只是为了检验一下自己的真正实力。我记得那年高考的作文题目是《宏伟的目标鼓舞着我》，我下笔一挥而就。记得语文填空题有《齐民要术》和《天工开物》的作者是谁，特别简单。可如今我怎么连唐诗宋词都忘了呢？

为了及时中止这场电话交谈，紫玉立即提示母亲说，妈妈您所说的忘记，无论唐诗宋词还是外国小说，就跟如今电脑的覆盖功能一样，一个文件覆盖了另一个文件，没了。

电话交谈并未及时结束，紫玉听到妈妈极不甘心地说，紫玉啊依你这么说无论唐诗宋词还是外国小说，我永远也找不回了。覆盖？我从前能够背诵的东西就这样没了，这不行！电脑太不讲道理了，说覆盖就覆盖？我根本不同意。

您不能埋怨人家电脑，这是您自己覆盖的。我建议您买一台电脑，二手货也行，您使用几天就会明白，覆盖的责任不在别人，在您自己。紫玉说着，听到手机里几次传来提示音，表示已有短信进入。她跟妈妈说了声再见，就撂断电话，喘了一口气。

嘻嘻，妈妈今天絮絮叨叨的，还教保姆背诵唐诗。既然覆盖了就失去了，无处寻找，抱怨也没有用。不是青春无悔嘛，今天妈妈这是怎么啦？紫玉一边寻思一边打开手机菜单，查看短信。

果然来了三条短信，内容相同，都说："我想跟你谈谈赞助奶牛的事儿，可以吗？"落款"艾新"。

一连发了三条，看来这位叫艾新的老板已等得不耐烦了。紫玉立即回复一条短信问对方为什么赞助奶牛。

艾新：因为你买不起奶牛，所以我就决定无偿赞助。

紫玉：天下买不起奶牛的人很多，您为什么偏偏赞助我呢？

艾新：是啊，所以我才从一点一滴做起。

紫玉：天下之大，这一点这一滴怎么就落到我身上呢？我认为这不是巧合，其中必有原因。

艾新：原因……难道一定要有原因吗？

紫玉：是的，一切事物都有原因。譬如奶牛吃饱了，就产奶。这不是原因。前几天我去参加药品推销展示会，一位姓韩的男士无偿送给我母亲三个疗程 WMJ，我认为其中必有原因，只不过真相尚未大白而已。

艾新：我想，那位姓韩的男士当年可能是你母亲的崇拜者。这种崇拜心理往往伴随终生。请问，你有崇拜者吗？

紫玉：我？有哇。

艾新：谁？

紫玉：不知道……可能是"一万二"和"小额贷款"吧。

拇指交谈远远比不上 QQ，一问一答一来一往，中间等待，比较耗时。紫玉跟艾新谈到十点多钟，话题竟然游离了赞助奶牛，进入无主题漫谈。谈着谈着，紫玉猛然察觉这个艾新似曾相识，可一时又想不起相识于何处。

她发给对方一条短信：艾新先生，不知为什么我觉得您挺熟悉的。我们从前打过交道吧？

艾新立即回复，只要活着，我们一定会打交道的，而且很有可能打一辈子交道。

无缘无故打一辈子交道？双方互道晚安之后，短信对话中止。紫玉放下手机自言自语说，艾新这人是谁呀？我真觉得跟他打过交道。

躺在床上睡不着，手机响了。庄小茧颇为关切地询问洽谈结果。紫玉苦笑说，动弹了一晚上拇指，倒把两头奶牛的事情撂一边啦。

庄小茧在电话里焦急地说，龙紫玉啊龙紫玉，你怎么把大事给耽误啦？这真是太可惜了。

你转告艾新先生吧，说我谢谢他，紫玉突然斩钉截铁地说，我不要别人赞助我什么奶牛。

然而，庄小茧立即发来这样一条短信："你习惯向左走，我习惯向右走。有一天你偶然向右走，于是我们相遇。四目交汇，我耳热心跳，你激动不已。众目睽睽我突然向你单膝下跪大声说，小姐，您擦皮鞋吗？两块钱。"

紫玉咯咯笑了一会儿，然后把手机扔在枕旁，睡着了。

8. 红字

退休金领取者兼糖尿病患者曾子英女士，每晚就寝之前必须热水洗脚，称为濯足。这"濯足"一词是她从鲁迅日记里看到的，就学会了。从少年时代她便开始大量读书，生活之中只要遇到汉字就读，包括商店门前的"油漆未干"。随着大量阅读，她拥有了自己的内心世界，包括唐诗宋词以及外国小说什么的。上山下乡插队落户，她成为呼伦贝尔草原新牧民，手持牧鞭面对"天苍苍，野茫茫，风吹草低见牛羊"的大草原，她激动得热泪盈眶。随着获得牧区"铁姑娘"称号，她渐渐忘却了唐风宋韵，却有了冻死迎风站、饿死不弯腰的豪气。她只身放牧草原的感人事迹，一时传为佳话。天道酬勤。几次选调工农兵学员去北京上海读大学，她都推让了。为了表明自己扎根祖国边疆不动摇的决心，她在两条小腿上刻了字，左小腿迎面刻“扎根边疆”，右小腿迎面刻“献身草原”，还染成了朱砂色。她只要骑在马上挽起裤腿儿，人们便能看到这红色誓言。她雄赳赳的形象令人想起花木兰之类的人物。有时候连她也忘记了自己是女性。

小保姆是晚间八点多钟来的，风尘仆仆的样子。这位豆芽儿似的姑娘皮肤黢黑表情腼腆，却有着一双骨节突出的大手，使人想起袖珍挖掘机。曾子英从她身上嗅出一股青草味道，就拉着手问她名字。保姆说叫小草儿。小草儿？曾子英高兴极了，认为她就是一块未经雕琢的璞玉。她问小草儿家乡哪里。小草儿说奈曼旗。曾子英哦了一声，告诉她厨房里有吃的。这块璞玉果然空着肚子呢，就到厨房去了。

一眨眼工夫小草儿就跑了回来，说厨房里有个大胡子男人手里拿着两个馒头。曾子英笑了，告诉她这筒子楼是三家共用一间厨房，那大胡子是住在隔壁的羽毛球厂下岗工人。小草儿皱着眉头，终于鼓足勇气再次去了厨房。

趁着小草儿在厨房吃面条，曾子英披衣下楼，找了一间昼夜电话亭，插上 IC 卡拨打女儿手机。她告诉紫玉保姆来了，然后哇啦哇啦说了起来。深秋的夜晚她竟然不觉寒凉，谈兴大发。

说了一大堆话转回家里，她看见小草儿手持拖把擦地板，心里挺满意。她告诉小草儿自己上床之前必须热水洗脚。小草儿便去厨房烧水了。

拿起本埠晚报，曾子英读着头版新闻……她的阅读量极大，挪动目光快速蚕食着报纸，一会儿就把一版汉字统统吃光，报纸便成了一张白纸。这时小草儿将热气腾腾的水盆摆在她面前，说阿姨我给您洗脚吧。曾子英连连摆手说水太热了。小草儿遵命朝盆里兑了一杯凉水。

光着两只脚丫子曾子英突然问道，小草儿到底是谁派你来的？

小草儿伸手试了试热水说，谁派我来的？社区家政服务员培训中心啊。这一批总共培训了三百多人，只有一百二十多人考试合格，陆陆续续派了出来。我是第一批派出来的三星级家政服务员，还有五星级的呢。

不，我是问家政服务员培训中心是受什么人委托把你派到我这里来的。

这我就不知道啦。小草儿将曾子英两只脚丫子按在水盆里说，这事儿您自己应当清楚啊。说着她动手给曾子英洗脚了。

这事儿我自己不清楚，所以才问你。曾子英觉得小草儿挺勤快，也就接受她洗脚了。

搅了搅水认为温度适合，小草儿随手撩起曾子英的裤腿儿，顺势向上捋去。这时候她看见曾子英小腿上的红字，吓得双手一抖。

这是我上山下乡时刻的，跟现在年轻人文身可大不一样啊。曾子英语重心长地说。

小草儿脸色苍白，匆匆给她洗了脚，端起水盆起身去了厕所。她听到哗哗的倒水声。过了一会儿，小草儿回来了。

小草儿你好像有什么心事？她注视着小保姆。小草儿强笑着说，阿姨您腿上刻的什么字啊？

左腿上刻的是扎根边疆，右腿上刻的是献身草原。染成红色用的是朱砂。很疼啊。可不像今天的新新人类，染绿头发，穿露脐装，标新立异啊。

阿姨，您当年往小腿上刻红字，那也是标新立异啊。小草儿古怪地笑了笑说，一个大城市的女学生非要扎根边疆献身草原，难道这不是标新立异吗？

哦……曾子英显然被小草儿问住了，一时语塞。她只得敷衍说，洗洗睡吧小草儿。

于是，保姆小草儿打开折叠床铺好被褥，洗洗睡了。

清晨，小草儿起床了，不声不响收拾东西，显得很勤快。曾子英起床之后去了厕所。她多年便秘。出了厕所走进房间，不见了小草儿。她唤了几声没人回应。去看小草儿的手提包，没了。小草儿确实走了，好似一股青烟散去了。曾子英慌了，一时不知如何是好。她看见墙上贴了一张字条儿，扬着脖子读了起来。

曾阿姨：

昨晚看到您的红字，我便决定离去。其实我已经二十八岁了。进城打工必须伪造年龄，而且越小越好。我妈妈也是当年插队落户嫁给我爸爸的。我爸爸是当地农民，我妈妈是大城市知青。妈妈一结婚就出名了，多次在万人大会上发言，成为全省上山下乡的模范标兵。我妈妈跟您一样当年两条腿都刻了字，以示扎根农村永不变色。她刻在腿上的红字确实没有变色，红极了。可我妈妈最终还是返城了，而且永远没了音讯。从小我就无法忍受红字的刺激，所以我不能给您当保姆了。

最后我要告诉您，当年您在腿上刻字同样是标新立异。你们知识青年都返城了，只留下大草原和我这样的孩子。记得当年我妈妈说，我是她留在草原上的一棵小草儿。现在就连我这样的小草儿也移栽到大城市来了，打工呗。可是，我永远也不能接受红字。曾阿姨，您不是记忆力极强吗？就请您记住我说的话吧。我走了。

曾子英两腿发软，竭力支撑着身体，好似草原上一棵枯树。这时记忆深处的城墙突然坍塌，残砖破瓦铺天盖地，发出轰隆巨响。等尘埃落定，废墟里竟然露出了几分事物真相，包括那几个红字。

9. 谁的初恋

龙印祥并没有表示接受《我是青衣》这个书名。赖卫国先生也没有当场拍板，只说这事儿再议吧。拎着沉甸甸的书稿走出著名书商的豪宅，他向着公共汽车总站走去。是啊，原路返回必须乘坐 869 路公交车。这时候他想起那个染黄头发的小伙子，还有蛇。

他对自己要求很严格，横过马路坚持走人行横道线，而且不抢红灯。如此这般人们纷纷抢到前面去了，他独自落后下来。

公共汽车总站混乱不堪。一看 869 来了，乘客们你推我搡，为了争夺座位表现出奋不顾身的精神。龙印祥当然不屑参与这种贴身肉搏，躲到旁边等候战争结束。战争很快结束了——这辆中巴已经挤成了一盒人肉罐头。龙印祥以最后一名乘客的身份踏上车去，脊背紧紧靠着车门。869 行驶起来，理直气壮朝着郊区上路开去。司机一边开车一边骂街，说周淑芬遭人举报已经停职了，他妈的。

龙云祥听而不闻，紧紧靠着车门心里却思考着大事情——我是青衣？是啊，纺织女工一个个都是旦角，那么纺织男工就属于男性旦角演员，譬如梅兰芳和程砚秋就是大青衣。况且我还保持着织布挡车工的全国接头儿纪录，至今无人打破。《我是青衣》这书名看来还是有一点道理的，而且中国如今没了纺织男工——这也是物种灭绝。

到站了，龙印祥下车，稳步朝着卫星住宅小区大门走来。一个小伙子正将一张海报贴在宣传栏里。龙印祥无意之间瞥见海报标题：新鲜牛奶并不卫生，提醒居民慎重饮用。

自幼断乳以来，龙印祥什么奶也不喝，包括牛奶。他坚决认为喝奶是小孩子的事情，只有小孩子才喝奶。于是拎着手提包径直进了小区，他朝着家的方向走去。那一室一厅的“家”也是租来的，一室一厅。真正的无产者，一无所有。

路过便利店，龙印祥怀着给汽车加油的心情给自己买了一箱百姓牌方便面。日常生活的油盐柴米酱醋茶，他统统不用名牌，因此没喝过龙井茶和山西醋，也没吃过香米和橄榄油。他认为普通人使用普通品牌就是普通生活，只有普通生活才有可能产生不同寻常的意义。譬如写书。

他一连在家里坐了三天，修改着书稿。他增加一个章节，重点描写初次走进棉纺厂的感觉。无论纱场还是布场，女儿国里的男厕所狭小而昏暗，令人想起囚笼。他多次听到身旁纺织女工们说女厕所清洁宽敞明亮，宛若天堂一般。女厕所里有着许许多多引人入胜的故事。

龙印祥决定在书中大胆写出纺织男工的心理活动，那就是对车间男厕所的不满。男主人公甚至很想趁女厕所无人之际溜进去，亲眼看一看纺织女工的天堂究竟什么样子。然而他最终没有得到这样的机会。一个纺织男工长年生活在女性世界里，要么其雄性得以张扬，要么其雄性得以消陨。龙印祥不知道自己应当归属何方，只知道抱怨男厕所的狭小，狭小得就像一块黄色腐乳。尤其几个粗鲁的维修工蹲在里面抽烟，龙印祥更是难以忍受。他愈来愈像一个纺织女工了。

就这样修改着书稿，心情激动不已。一旦想起当年的挡车工生涯，他的心情仿佛打翻百味箱，说不清道不明，只有一种深深的失落。他决定写出自己特殊的心路历程，毫不隐瞒。

竟然写得大汗淋漓，这在晚秋的天气里委实少见。他认为这是吉兆。当年纺织女工们经常说，女人出汗比养汗（汉）光荣。这话说得多生动啊。龙印祥埋头疾书——回忆的泉水潺潺流出心田。

笃、笃、笃，好像有人叩门。这时龙印祥恰巧写到纺织男工苦练接头儿技术，只得啊地应了一声。

门外果然响起一个女人声音，大声说开门啊我是卖木梳的。卖木梳的？龙印祥放下钢笔离开书桌，啊啊着前去开门。

门外站着一女士，似曾相识的模样。龙印祥寻思着说，找谁啊你。

你不认识我啦？你不是劳动模范龙印祥嘛。你还记得周抗美吗？她也是挡车工跟你同在一个班组。我叫周淑芬，周抗美是我姐姐。

周抗美？噢，怪不得你知道我叫龙印祥呢。你姐姐周抗美她好吗？

她很好啊，她死了九年啦。周淑芬快人快语，好像死亡是一件大好事。龙印祥我告诉你吧，我被公交车队除名了，重新成了下岗女工。

这时候，龙印祥并不认为这位不速之客的除名跟自己的电话举报有关。周淑芬也不知道龙印祥的举报电话葬送了自己饭碗。

你找我有什么事情吗？龙印祥心里惦记着正在修改的书稿，并没有请她进门。面对这种冷淡周淑芬毫不介意，挺着胸脯走了进来。

这些年我经常想起你，可不知道去哪里找你。大海捞针，我还以为这辈子见不到你啦。当年你当劳动模范，我姐姐一回家就念叨你。从小你就是我崇拜的偶像。哎，你现在还当劳模吗？

龙印祥告诉她劳动模范已经是历史了，如今自己正在写书。周淑芬立即笑了，说敢情你还能文能武啊。

人的一生是由一个个阶段组成的。有的阶段习文，有的阶段练武。龙印祥做出语重心长的样子。周淑芬打断他的话语然后咯咯笑着说，我告诉你吧龙印祥，你就是我的初恋情人！当年我情窦初开患了单相思，就是因为你啊。

不不不。龙印祥连连摆手，向后退了半步。周淑芬笑得愈发响亮了，说看把你吓成这样儿我是说当年单相思，现在没得可思啦。

龙印祥终于镇定了，却不知说什么好。周淑芬表情渐渐郑重起来说道，当年你是我的初恋情人。我完全被你登在光荣榜上的大照片迷住了，那才叫真爱呀，绝对痴迷。我幻想着跟你在一起，携手并肩，共同创造中国纺织战线新纪录。

听了她的一番话，他愈发不知如何是好，只得搓弄着一双大手。周淑芬似乎有几分失望，这失望里又包含着几分悲悯。龙印祥啊这几年我寻找你就是为了跟你说这几句话。我说了，你听了，也就完了。明天我还要去劳务市场，哪里需要司机我就到哪里去。

是啊，我认为劳务市场非常需要司机。如今汽车行业大发展，驾驶员还是能够找到工作的。龙印祥终于找到话题，诚恳地说。

周淑芬告辞的时候说，你知道我为什么当司机吗？我是受了你的影响。当年我姐姐下班回家就说厂里出了一个纺织男工龙印祥，一分钟六十七个接头儿保持着全国纺织战线接头儿纪录。男人能干女人的工作，女人就能干男人的工作，我当时暗下决心去当驾驶员，多拉快跑让全国运输战线的男司机谁也追不上我。后来我真的进了运输场当了司机。其实这还是单相思的结果。

送周淑芬走出家门，龙印祥依然找不到话题，只得哑着。这时候他才发现周淑芬穿了一件油渍斑斑的工作服，就说了句还是劳动光荣啊。周淑芬颇有含义地看了他一眼，无奈地笑了。

你姐姐她是怎么死的？很年轻嘛。龙印祥突然想起那位已被淡忘的女挡车工，这样问道。

你终于想起打听周抗美啦。她后来精神出了毛病，每天下班回家都念念叨叨，说一定要打破龙印祥保持的织布挡车工的全国接头儿纪录。她入了迷发了痴钻了牛角尖儿，就连睡觉说梦话都是如何超过龙印祥。我姐姐就这样一步步走向毁灭。她调到另外一座纺织厂，还是念念叨叨赶超龙印祥。后来只得住进了精神病院，第二年就自杀了。据说她在病房里经常大声喊叫，说超过龙印祥啦超过龙印祥啦。

什么？龙印祥瞪大眼睛注视着周淑芬，好像在听一个外星球的故事。你姐姐真的这样死的？

我姐姐死了以后，我妈妈经常哭着说抗美啊抗美啊你做个普普通通的挡车工就是了，为什么非要赶超人家龙印祥呢？挡车工接头儿，一快一慢只在几秒之间，抗美你却葬送了自己一生。周淑芬脸色凝重继续说，我母亲非常悲伤，她老人家坚决认为你龙印祥是一把刀，杀死了我姐姐。我倒不这样认为。我认为我姐姐把你当成一把刀，杀死她自己。

我真是一把刀吗？龙印祥好像反问自己。

幸亏我没有把你当成一把刀，青春期里杀了我自己。周淑芬叹了一口气说，这是谁的初恋？说完，她朝龙印祥挥了挥手，笑着走了。

望着失业女司机远去的背影，龙印祥站了很久很久——好像一棵秋风里的树。

10. 对话

你是艾新，对不对？哼，你冒名艾新给我发短信，还说要赞助两头奶牛。你为什么要冒充艾新呢？我是从你手机号码里发现的这个秘密。庄小茧啊庄小茧，你招供吧！

我干吗冒充呀，我本来就是艾新。艾新是爱心的谐音，我为了贡献爱心才化名艾新跟你进行短信交流。没错，我确实打算赞助你两头奶牛。因为我知道你喜欢奶牛。

我不喜欢奶牛，但我喜欢牛奶。因为只有奶牛能够产出牛奶，所以我间接喜欢奶牛了。只有间接喜欢奶牛才能直接得到牛奶。

今天你说话绕来绕去怎么像一个哲学家啊？

那一定是受我妈妈的影响呗。可惜我妈妈当不成哲学家了。既然当不成哲学家，我妈妈只能成为糖尿病患者。人活着总要有一个身份吧？糖尿病患者就是我妈妈的身份。

这种身份可不太好，天天还得吃药什么的，特别麻烦。

不过，医院和制药厂一定欢迎这种身份的人，而且愈多愈好。

那就是只能选择吃药了。我认为人生有多种多样的选择，吃药就是其中之一。当然也可以选择不吃药。

咱们还是换个话题吧。哎，你既然是艾新，那你什么时候赞助我奶牛啊。

对不起，我赞助不成了。因为我爸爸已经被捕了。被捕之前他是市农委主任。他受贿人民币三百六十二万、美元十五万、日元二百万、欧元十万，还有十二万新台币。

天啊，人民币美元日元欧元还有新台币，就差英镑和马克啦，他老人家一定是集币爱好者？

不，他曾经集邮，但当官之后就开始集币了。这一集币，就集进去了。没了这位农委主任，我去哪里弄奶牛啊。因此我郑重向你宣布，艾新赞助龙紫玉奶牛活动，彻底泡汤。

你别跟我讲故事，你爸爸真的进了监狱啊？

不，他现在在看守所，他要想住进监狱必须等到判刑之后。这种事情可急不得。不过我的那辆黄色小轿车倒是封存了，赃物。

庄小茧，这么说你真是农委主任的家属啊？

没错，养牛小姑娘遇到了大公子，一个青衣一个小生。这在京剧舞台上屡见不鲜啊。

不，是养牛大姑娘遇到小屁孩儿。

我小屁孩儿喜欢你大姑娘。你不要以为你养了两头奶牛就了不起啦，你只不过是一小块儿玉而已。

无论大块儿小块儿，反正我是紫色玉。你懂得紫色吗？

赤橙黄绿青蓝紫。紫色排列在最末一位。如今实行末位淘汰制，你知道吗？上月我们报社评稿儿，我就排在最末一位。

你被淘汰了吗？

即使我被淘汰你也不会被淘汰。因为赤橙黄绿青蓝紫只要缺少其中一种颜色就不成为世界了。你说呢龙紫玉？

这么说是紫色很重要呢还是养牛很重要？

你要是饲养两头紫色奶牛，那无论紫色还是奶牛就都很重要了。这叫表里如一。嘻嘻。

11. 两个镜头

龙印祥趴在书桌前写着，就连午餐也忘了。他真正进入了写作状态，兴奋异常。在此之前他根本不懂什么叫呕心沥血。一部洋洋四十八万字的书稿，无论叫《我是青衣》还是叫《一个劳动模范的自白》，周抗美的故事都必须写进去，而且必须浓墨重彩。那天他听周淑芬简单介绍了周抗美的命运，当夜失眠了。尽管随着时光流逝有关周抗美的记忆早已变得模糊不清，然而这位纺织女工的身影却在他房间里走动着，挥之不去。

周抗美为了打破我保持多年的织布挡车工接头儿纪录竟然走火入魔，最后精神失常默默死去。她是一个不应被遗忘的人物。我必须为周抗美专设一章“一个纺织女工的死亡纪录”。生活的真相往往掩盖在人迹罕至的地方。可一旦掀开杂草，那真相就摆在那里——可能是一块石头。不过龙印祥还是希望这个世界的真相是一块石头。因为石头是坚不可破的。他喜欢石头。

然而，他写到周抗美的悲惨结局，还是潸然泪下了。于是他好像变成一块流泪的石头。他不知道这泪水是流给周抗美还是流给周淑芬的，总而言之他流泪了，湿漉漉的样子。

就在龙印祥先生从一块干石头变成一块湿石头的时候，他的前妻曾子英女士正站在街心公园的IC卡电话亭前，任劳任怨拨打着电话。

“老知青协会”的电话终于拨通了。曾子英自我介绍一番，说自己是哲里木盟牧区知青，然后询问对方是不是为她派了小保姆。接电话的人感到费解，说老知青协会根本没有这项服务。曾子英只得改嘴说，老知青里有一位乐善好施的韩姓企业家，男士。接电话的人立即拿出老知青协会的注册名单，极其流利地报出一连串名字：韩绍文、韩一木、韩水竣、韩火、韩土生、韩宝英、韩静华……曾子英及时打断对方，说了声谢谢。

挂上电话，曾子英开始反思。这时候她的表情基本接近罗丹雕塑《思想者》。

她重新摘下IC卡电话拨打114查到了社区家政服务员培训中心的号码，随手就拨通了。她自报家门，说打听一个小保姆的下落。电话里对方很有耐心，请曾子英报出小草儿的正式学名。譬如张小草还是李小草。曾子英被问住了，一时不知如何回答。电话里对方说，有名无姓在电脑里是无法查找的，而小保姆们往往习惯使用家乡乳名。

那就请您往电脑里输入金小草试一试吧。曾子英怯生生说。

然后屏住呼吸等待着，好像等待判决。电话里终于说，有金小草这个人，但她取消了注册，走了。

站在街心公园里，曾子英感觉自己被秋风浸透了，骨骼冰凉。她朝着回家的方向走去，成为一尊移动的“思想者”。

我为什么非要寻找那位赠药给我的韩姓男士呢？我为什么非要寻找保姆小草儿呢？在此之前我不善于寻找，在此之前我只是一个被别人寻找的人啊。

回到家里她给自己斟了一杯白开水，喝了药。这药就是WMJ。这是她首次服用。感觉累了，躺到床上她继续充当着“思想者”。这时候她终于明白了，寻找韩姓男士也好寻找保姆小草儿也好，反正我已经开始寻找了。莫非我对生活有了一点点兴趣？

有了这样的感悟她蓦然想起一句唐诗：一道残阳铺水中，半江瑟瑟半江红。

是啊，江边还是要有小草儿的。

12. 有一天

第一个赶来的果然是父亲。他接到女儿通知说有几百册书籍散失，立即奔向藏书现场。这是他首次“打的”，颇有大姑娘坐轿的感觉。在此之前他属于“公交族”，在此之后他仍然属于“公交族”。他认为现在添了两个新成员，一个是股市的“套牢族”，一个是拥挤不堪的“公交族”。龙印祥不是股民因此不是“套牢族”，但必须站在路旁耐心候车。

坐在出租车里他觉得空间过于狭窄，远远不比巴士宽敞，当然也远远不比公交巴士拥挤。一路上惦记着失散的藏书，他慌忙下了的士，依照地址寻找“乐园大道天堂小区十八号楼四幢一零一”，那表情好像救火队员。一张报纸卷成长筒握在手里，酷似消防水枪。这是一套两室一厅的单元。为他开门的是一个豆芽菜体形的小伙子。龙印祥如入无人之境，大步走了进去。

身穿迷彩服的紫玉跑上前来，朝气蓬勃地叫了一声爸爸。龙印祥表情突然慈祥起来，眯起眼睛注视着女儿，似乎欣赏一尊雕像。这时豆芽菜小伙子大声说，龙先生您好，我是《北方青年报》的记者庄小茧。

扭脸看看豆芽菜记者，又扭脸看看养牛姑娘紫玉，龙印祥好像被感动了。这两个孩子多好哇，一个青衣一个小生，原原本本自自然然实实在在的一对青春角色。无论被生活折腾成什么样子，青衣就是青衣，小生就是小生。什么反串？青衣就是女的，小生就是男的。

空气一下温暖起来。龙印祥主动跟庄小茧握了握手，也弄不清究竟谁接见谁。在此之前龙印祥很久没跟别人握手了。不是没有手而是没有握手的机会。青年记者庄小茧思忖着说，龙先生我好像在什么地方见过您。

那一定是“非典”时期吧？龙印祥主动提供了线索。庄小茧表示记不清了。

我的书呢？龙印祥终于将注意力转向藏书，伸出目光四处寻找着。你到底失散了多少本书啊？我的那套《人生百科全书》没丢吧？紫玉我告诉你，你手里总共有我一千八百三十六册书籍，一本都也不能少。

那您就赶紧去查查吧。

我专程赶来就是为了这件事情。说着，龙印祥小孩儿似的跑进朝阳的房间里找书去了。

这里面真有你爸爸一千八百三十六册藏书？庄小茧迷惑不解地问道。

紫玉点点头，承认了。

有人轻轻叩门。紫玉知道妈妈来了，就去开门。身穿黑色风衣的曾子英宛若一阵清风飘了进来。庄小茧以为来了一位女法官，即将开庭似的。曾子英看了庄小茧一眼。紫玉立即将这位《北方青年报》的记者介绍给母亲。妈妈板着面孔说，哼，我就知道你交了男朋友，紫玉我没说错吧？

紫玉抿了抿嘴角说，大概您也有说错的时候。您说我这里有您多少本书？

二千四百九十二本！曾子英就像“幸运五十二”抢答，答案冲口而出。说着，她脱下黑色风衣走进不朝阳的房间里，核查书籍去了。

庄小茧恍然大悟说，哦，原来你这个全市中学生藏书状元是依靠父母赞助啊！

紫玉满面绯红却不急于解释。是啊，今天终于真相大白啦。

庄小茧自言自语，计算起来。你爸爸一千八百三十六册，你妈妈二千四百九十二册，你父亲母亲的书籍加起来一共四千三百二十八册。你获得全市中学生藏书状元的总成绩是五千六百二十八册。这五千六百二十八册减去四千三百二十八册，等于一千三百册。这么说你本人只有一千三百册藏书，是吗？

不，不，在这一千三百册里面还有三百册是我临时从废品站买来的，论斤。一千三减去三百，其实只有一千册是我本人的藏书，这一千册里还包括我从初中到高中的课本。紫玉小声说着，今天我把爸爸妈妈请来，就是让他们当着你的面揭开我的隐私，这样我就解脱啦。

你爸你妈为了让你参加全市中学生家庭藏书大赛，同时都把自己多年珍藏的书籍捐给了你，这说明他们很爱你，爸是好爸，妈是好妈。

这时龙印祥从朝阳的房间里走出来，手里仍然握着卷成长筒的报纸，那样子极像一个失败的爆破手。紫玉，我的一千八百三十六册藏书一本也没丢哇，风风火火把我叫来你是怎么搞的？

曾子英从不朝阳的房间里走出，好像女法官结案了。她看了龙印祥一眼，不言不语。龙印祥看了她一眼，也不言不语。这是一种极其熟悉的陌生，又是一种极其陌生的熟悉。于是此时无声胜有声了。

龙印祥啊，你饱经风霜怎么也中了女儿的诡计呢？我一接电话听她说有几百册藏书在搬运途中失散了，就知道我们的紫玉也开始说谎了，而且属于初级阶段。

既然您识破了我的诡计，怎么还跑来呢？紫玉反问母亲。

你这个没良心的丫头，我跑来看你也错了吗？曾子英在厅里踱了几步，转脸注视着庄小茧。我告诉你吧这位记者，我女儿从来不说谎，她使用诡计叫我们跑来，那一定是有道理的。

是的，龙紫玉就是想当着父亲母亲的面揭去自己美丽的面纱。庄小茧激动地说。

什么美丽的面纱？龙印祥手里捧着一册精装《金瓶梅》，不解地问道。紫玉提高嗓音说，你们知道，我这个全市中学生藏书状元是假的。因为我自己并没有那么多书。

龙印祥终于嘿嘿笑了。这笑声好似春雪融化汩汩流淌。

你要是这么说，那么我告诉你吧那五千六百二十八册藏书里只有一套书是你自己的，就是手写本《紫玉日记》。曾子英说着伸手向女儿做了一个喝水的手势。紫玉连忙给妈妈斟了一杯水。曾子英掏出药瓶，温水服下两颗 WMJ。

龙印祥很是意外，随即将目光投向前妻说，你怎么吃药啦？以前你是不吃药的。你从来都是相信病而不相信药的。

我现在既不相信病也不相信药，我只相信自己。

您相信自己什么呢？青年记者庄小茧突然发问。

是啊，我相信自己什么呢？曾子英苦笑说，我相信自己能够找到那一株小草儿。

小草儿？紫玉不明白妈妈的心思，换了一个话题说，爸爸妈妈既然你们已经当面揭穿了我的藏书状元身份，我就满足啦。为了表示感谢我送给你们一个礼物吧。这礼物其实是一个创意。爸爸您不是正在写《我是青衣》吗？妈妈您好像也准备写《我是小生》。我认为你们都写不好，因为你们站错了地方。我的创意是你们互相换位，写对方。爸爸你写妈妈，书名就叫《娶了一个铁姑娘当老婆》；妈妈你写爸爸，书名就叫《嫁了一个纺织男工做丈夫》。嘻嘻，这肯定是两本值得一读的好书，不求公正客观只求真情实感。另外，这两本书角度各异却拥有相同主题。

什么主题啊？庄小茧好奇地问道。

龙印祥看着曾子英，曾子英看着龙印祥，谁也没说话。紫玉似乎认为这个主题属于高度机密，又换了一个话题说，我已经不养奶牛啦。这时曾子英惊讶起来。紫玉你变来变去到底要做什么呀？我当年在呼伦贝尔放牧，一放就是十几年啊，你爸爸做挡车工，一挡也是十几年啊。

龙印祥及时打断前妻，说请你不要拿我打比方，我做挡车工的时代一去不复返了。

紫玉对爸爸妈妈解释说，我拿两头奶牛换了三十头奶羊，又买了三十头奶羊总共六十头，租了二亩地建了一个大羊圈，使用干草添加复合饲料，很快就出产羊奶啦。

你刚刚积累了那么一点点饲养奶牛的经验，怎么又养起了奶羊呢？

你这叫见异思迁！曾子英指责女儿。

咦，妈妈您有没有搞错啊？这是您告诉我喝牛奶落伍了，开始流行喝羊奶的新理念。我是受到您的启发才改养奶羊的，您也太健忘啦。

曾子英竟然感动了，脸上添了几分血色。紫玉啊，你真是受到妈妈启发才改养奶羊的？

是啊，其实我非常留意您说的每一句话，所以改成饲养奶羊了。您说得没错，羊奶销路很好，有一家公司想全部收购。您虽然离开大草原多年，看来仍然是畜牧行家啊。

龙印祥突然插话，紫玉你改养奶羊哪儿来的资金啊？

满天红出版社买了《紫玉日记》出版权，付给我六万块稿费。听说那书已经进了印刷厂，改名《我不告诉你》。

听到这里，龙印祥瞪大眼睛注视着女儿，一句话也说不出来。

曾子英笑了。她穿上黑色风衣走到门口说，既然这样，我们真的就不要写书啦。是啊，今天真是不虚此行，居然听到一句箴言——我不告诉你。这话说得多好啊。我不告诉你——看来我们真应该闭嘴了。

曾子英就这样走了，脚步还是那么从容而轻盈。她告诉女儿一旦出产羊奶就给她送去一桶。她说她很多年没喝羊奶了。

龙印祥也走了，手里依然拿着那张报纸。他跟庄小茧握手道别说，这张报纸上说，本市一高官因受贿被捕，举报者竟然是这位高官的儿子。这太好啦。你们《北方青年报》应当不惜版面大力宣传。如今大义灭亲主要体现在儿子杀老子这类案件上。儿子举报老子，这太难得啦，还主动交出一辆小轿车。你们说这是不是假新闻呢？

紫玉指着庄小茧说，他是记者，我让记者回答您的问题。

庄小茧认真思索着说，这不会是假新闻吧。

走出楼门，龙印祥看见前面停着一辆红色夏利出租车，哇地响了一声喇叭。周淑芬从车里伸出胳膊召唤他。

哎呀是你呀，你什么时候开上出租车啦？龙印祥惊讶不止。

妈的，你来的时候打的就是我这辆车，迷迷糊糊没感觉啊？你忘了给钱就下车走了。我在这儿等你要车钱呢。好啦好啦，你快上来吧。

龙印祥乖乖坐进这辆出租车里。我来的时候真的打了你的车？我怎么没留意呢。

你只留意自己的书。喂你现在去哪儿啊？周淑芬发动汽车，口气很是生硬。

是啊，我现在去哪儿呢？龙印祥没了主意，一味摆弄着那张报纸。

要不我送你去动物园，看看大猩猩？女出租汽车司机这样建议。

好吧，那就去动物园。哎，动物园有奶羊吗？

旱地寓言

1

故事开始的时候，通往尔雅镇的大道上尘土飞扬。传言之中的柏油公路与甜水机井，依然滞留在传言之中。于是柏油与甜水，自然成了人们精神王国的美味，饭后茶余被反复咀嚼着。虽说不见柏油公路，往来的车辆还是越来越多，运输成为一种疯狂。尔雅镇离疯狂的公路不足三里，孩子们远远看着奔驰在公路上的甲壳虫们，嘴唇还是干裂着。缺水。缺水的感觉使人们更加坚信几千年前这里本是晾制木乃伊的地方。干燥使人们失去想象力。故事呢，也在讲述之中渐渐风化，最终成为一堆生活的碎片。这时候人们看到了风尘仆仆的邢伏生。

这时候的邢伏生一路上已经被恶劣的天气塑造成一个刚刚出土的秦俑。当代秦俑自然知道，这里的春风一刮就是六十天，然后才渐渐息止。乡间知识分子邢伏生正是在这种风沙浩荡的日子里从县城回到尔雅镇的。一路上他思思想想，走走停停，看上去很像一只疑心重重的名种猎犬。远远望见尔雅镇，风沙天气里它成了一座混混沌沌的小山。这种天气之下，一切都显得非常暧昧，包括人的呼吸。一百里旱路邢伏生终于感到，人活着其实是有痛苦的，尤其是真相大白的时候。

走进镇子邢伏生立即感到体力不支。这时他心头突然冒出许多毫不相干的词汇，搅拌在一起，活像一口糖炒栗子的大锅。绿化。扫黄。信息茶。三陪。世乒赛。人工流产。希望工程。期货。三维动画。腐败。菜篮子。面的拒载。环境保护。假药。纳妾。老干部。大预言。减肥。鸡。纳税人。他知道，这就叫信息爆炸。

他感到口渴。在旱地，喝水已经成了人类第一欲望。但此时的邢伏生并不认为喝水有多么重要。走进镇口最为重要的事情就是先去摸一摸立在路边的那个物件。这是一个古老的习俗，多少年来，谁也不大留意那物件究竟是什么东西。但出镇进镇的，必须去摸一摸。如今邢伏生大体能够猜出这宗物件的年龄了。他在县城住了四个月，参加《百年环境资料汇编》的校对工作。字里行间，朦胧之中他似乎看到了一条流动的河。他问身旁的同事是否知道那条大河。身旁的同事漫不经心嗯嗯应着，使人觉得那条大河是一个入土多年的无名死者。夜里邢伏生就做了一个梦。梦见自己在水里挣扎，面临灭顶之灾。醒来的时候他出了一身冷汗，却觉得自己成了一具失水风干的木乃伊。这个噩梦给他留下一个晕水的后遗症。只要见到大水，立即天旋地转。他知道人生路上，水成了自己的一个顽症。好在家乡乃是旱地，无水可晕。

邢伏生并不知道那个落水的梦境对他来说究竟意味着什么。

走近镇口他抚摸着那尊桅杆，心头蓦地一热。他不知道自己为什么动情，心里感到异样。他抬头看了看昏黄的太阳。

我们怎么变成今天这个样子啦？

朝镇心走去。大街上空空荡荡不见人影儿。一种不祥的感觉涌上心头，这里似乎刚刚闹过一场瘟疫。生物死绝。

这样想着，邢伏生不由得双腿发软，仿佛走在沙滩上。

朝前走去，还是不见人迹。人口六千的尔雅镇，竟然没了活力。街筒子空空如也，仿佛是一只巨大的水泥管道。邢伏生觉得自己好像一只爬行在水泥管道里的虫子。人很渺小。他使劲咳了一声。

居然传来空山幽谷般的回响。邢伏生紧张得透不过气来。他站在大街当央，不敢贸然朝前走去。难道这里真的成了一座死镇？他懵懵懂懂望了望街南，又懵懵懂懂望了望街北。尔雅镇是以这条大街为界而划分街南与街北两个社区的。街南与街北一街之隔。街南永远是街南，街北永远是街北，人们过着各不相干的生活。大街仿佛是一条大河。人们隔河相望，没有爱，也没有恨，只有那日复一日的不可割舍的市俗生活。除了缺水，人们并不觉得有什么重大缺憾。譬如说大海离这里愈来愈远。

邢伏生的家住在街北的一座院子里。院子里应当坐着一个干干巴巴的女人和那一群走动的母鸡。此时，就连鸡犬之声也听不到了。全镇一派聋哑。

这里肯定出了事情。邢伏生朝前走去，嗅觉倏地变得灵敏，嗅到风中含有一股古怪的味道。空气干燥，他却闻出一阵阵发霉的潮湿。整个镇子似乎都在霉变。真是不可思议。路过木匠的门前，他看到院子里停着三口白茬子棺材。他惊得屏住呼吸。

一口气跑到院子门前，他惊慌地拍打着自家大门。大门好像一道铁墙。他摸了摸门环，知道没走错门。离家只有四个月，家乡居然如此生疏。不知道是谁在院门上挂了一道黄带子，很像是那种驱赶妖邪的黄符。

撞开大门进了院子，他使劲喊了一声苇云。空空荡荡的院子里无声无息。邢伏生有些绝望，转身又冲出院门。

难道真的到了末日，尔雅镇成了一个没有生命的地方？邢伏生朝镇中的十字街口跑去。这时候他想起了镇口那尊桅杆。

从前我们都是水族啊。

之后，他又想起芦花。只有在这种时候，他才真正感到自己的生活中已经不能没有芦花这个女子了。芦花命大。芦花轻易是不会死去的。

走进十字街口，视野一下子变得开阔。抬眼望去，邢伏生惊呆了，木木地站着。

街北的那个空场，满是黑压压的人群。人们还都活着。他们席地而坐，表情呆滞，无声无息，像是一群大型泥塑。泥塑们见到邢伏生，缓缓抬起头来，目光更显得凝固。风沙的天气里，邢伏生再次嗅到发霉的味道。这是瘟疫。

他愈发认定这是一场空前的灾难，竟不敢向人群走去。朝后退了几步，他转身快跑，又奔回自家的院子门前。

这时候，街北广场上的泥塑们蠕动起来，缓缓朝邢伏生走来。这很像风沙天气之下的一条河流，流动着也渐渐干涸着。患有晕水症的邢伏生呆呆望着这条人的河流，心中充满恐惧。他终于渐渐看清那些熟悉的面孔。他们步姿僵硬表情呆板，仿佛已经走了很远的路，对前途完全丧失了信心。邢伏生一眼看见自己的妻子。他大声叫着苇云。妻子苇云似乎刚刚被丈夫的叫声唤醒，哇的一声哭了起来。他看到清晰的泪珠从苇云脸上落下。

这肯定是一场瘟疫。他走上去前去拉住妻子的手。苇云就抽泣起来。这闹的是什么瘟疫？他急声问着妻子。妻子干瘦的身子像一株枯树，不住地颤抖着。

人流涌到近前，渐渐凝固。苇云哭泣着对丈夫说，二十八万啊！

邢伏生望着人群里的全旺。壮汉全旺站出来大声说，不是瘟疫。咱们街北的家家户户集资二十八万，要建立一个香核加工厂。可是这钱汇到省城的金手贸易公司，就迟迟没了音讯。后来才知道这个金手公司是一个专门吃钱的骗子。伏生，你听说过这个金手公司吧？

这时候邢伏生看到全旺伸手抹了一把眼泪。他知道全旺是一个出名的硬汉。硬汉落泪，事情一定是闹大了。二十八万对这个穷镇来说，是一个天文数字。

这二十八万块钱，真的就讨不回来啦？

全旺说，这真好比是一场瘟疫。省城的金手公司就是一个黑洞。投到这个黑洞里的东西，根本听不到响声就沉了底，永远也打捞不起。这个金手公司是一只水陆两栖允文允武的庞然大物，目前它还保持着不败纪录。它坑了全省，又去坑全国。苍天在上啊。

邢伏生蒙了，连忙问停在木匠院子里的那三口棺材到底是怎么回事。

全旺说，东友大叔本来就半身不遂，被坑了五千块钱，急死了。大瓜与二瓜是亲哥俩，被坑了八千块钱，兄弟彼此指责，头脑一热二瓜失手打死了大瓜，然后二瓜服毒自杀。你看，金手公司坑了咱们的钱，又害了咱们好几条人命啊！

面对鲜血淋淋的惨象，邢伏生惊得说不出话来。

全旺继续说，咱们街北被骗去二十八万，街南更多，三十二万。也是要购买香核加工设备。街南的事情咱们管不着，咱们只管自己这二十八万。今天是第六次召开群众大会研究对策。前五次都没想出主意，失败了。若是再拿不出个办法来，我看咱这二十八万块钱只能是打了水漂儿。

听到水漂儿这个词，邢伏生立即兴趣骤增。他对着人群大声说，刚才全旺说到了水漂儿，咱们这里明明是旱地，可是平时说话又总是爱用一些与水有关的词句。大家说这到底是什么原因呢？

人们呆呆望着邢伏生，无人说话。人们无论如何也弄不明白，在这种时刻邢伏生居然扯出这么一个毫不相干的话题。

邢伏生兴奋地望着大家，等待着回答。

全旺表情很是困惑。大家正在研究火烧眉毛的大事，邢伏生你怎么扯起那些不咸不淡的闲白呢？你在县上住了四个月，是不是脑子出了毛病？你知道这四个月的时光，大家是怎样度过的吗？

邢伏生这才觉出几分尴尬。他说，是啊，我在县上住了四个月，添了一个头晕的毛病，所以我就回来了。不过这四个月里我通读了《百年环境资料汇编》，明白了许多事情，所以我才问你们水漂儿这个词句的由来。你们干吗都这样看着我呀？是啊，我知道这二十八万是个很大的数字。

人们不言不语望着邢伏生。面对无言的泥塑，他感到惶恐，朝后退了两步。不知为什么，他仍然认为这里正经历一场史无前例的瘟疫。干燥的空气里一阵阵发霉的味道扑面而来。他并不认为自己的嗅觉出了毛病。

小白脸丁宝泉站在人群里大声说，伏生你是个有见识的人，既然回来了，就站出来起一起作用吧！

邢伏生嗯嗯着，仍然认为面前是一场瘟疫。当他关上大门与妻子站在院子里时，还是不能回到现实世界来。苇云靠在丈夫怀里咬牙切齿地说，你总算回来啦！我整整旱了四个月。你看，旱得我脸上起了一层疙瘩。

这时候邢伏生浑身好似着了火，感到一阵难挨的口渴。

女人是井啊。

他一步迈到水缸近前，伸手掀开水缸的盖子。尔雅镇里，家家户户都有这样一只巨大的水缸。他探出身子朝水缸深处望去。

水底，那条鲤鱼没死，摆起尾巴游动着。人与鱼分别了四个月，又见面了。只要有水，这鱼就不会饿死。邢伏生扒着缸沿，连声说着喝水。

苇云笑了。她当然知道在本地的俚语里，男人口渴是另有深意的。水，诱发了男人的强烈欲望。

他目光迷离望着妻子，告诉你吧，从前这里有一条大河。

苇云动手去解丈夫衣裳的纽扣。

邢伏生感到一阵眩晕。

2

街南女子芦花突然感到一阵燥热。这燥热发自心底，倏地就传遍周身，令她坐卧不安。这个不曾出嫁的老姑娘知道这种突发的燥热意味着什么。一定是邢伏生回来了。

她仿佛与邢伏生通着经络。每每邢伏生与苇云行房，她身上就会出现这种感应。这种感应所产生的燥热，立即就使芦花觉得自己成了一块龟裂的土地。这种龟裂是她生来就无法忍受的。

芦花是个水灵灵白嫩嫩的女子。在旱地，她这样的女子实属罕见。她使人想到鱼米之乡。尤其她那我行我素的性格，更使她成了本地名人。没有人知道，街南的芦花居然喜欢街北的邢伏生。她与他好比是一条小溪和一块石头。

她朝街北走去，那身姿如风摆荷叶，让人怦然心动。路上遇到几个街北男人，目光黏黏凝凝的，尾随着这座流动的风景。芦花知道这些干渴的目光好似刀子，恨不得剥光了女人的衣裳。于是她更加得逞，挺着高高的胸脯扭动着腰肢，那心情就如同电视里的时装模特。一路上，尾随在身后的男人们被芦花的身姿戏弄着，备受折磨。芦花偷偷笑着。

当她大大咧咧走进邢伏生院子的时候，先是看到苇云在喂那只呆头呆脑的母鸡。苇云本人婚后不生养，偏偏又养了一只从不下蛋的母鸡。芦花觉得苇云是一个没有本事的女人。

从不生养的女人将从不下蛋的母鸡关进鸡笼，然后朝着芦花淡淡一笑。芦花就叫了一声云姐。

见芦花嘴甜，苇云也就叫了一声花妹。两个女人站在院子里，不知道再说些什么才好。其实，这是两个关系十分特殊的女人，就仿佛一条船上的两只桨。而邢伏生就是那条野渡无人的小船。

苇云感到空气非常干燥，就问芦花喝不喝水。周身燥热的芦花知道苇云刚刚云雨了一番，心里正滋润着，当然不渴。

邢伏生回来了吧？芦花问苇云。

苇云点了点头，说回来了。

芦花脚步噔噔朝屋里走去。苇云连忙说，屋里没有女人的事情。芦花腿快，已经进了屋子。

水缸里的那条鲤鱼哗地一跃，翻起一朵浪花，吓了人们一跳。那溢出来的水溅到地上，立即就被吮干了。

其实邢伏生坐在屋里已经听到芦花在院子里说话。芦花的话语，像是天上噼里啪啦掉下来一阵子铜钱大的雨点儿，打得旱地冒烟儿。每逢这种时候，他就觉得芦花是一滴永不干涸的水珠儿。

满屋子全是旱烟的味道，七八个大男人围坐炕前，好像正在开展抽烟比赛。芦花一步走进屋来，这些大男人就都抬头怔怔看着她。

邢伏生从炕上跳下来，连声叫着芦花。屋子里响起一阵哄笑。

芦花说，知道你从县上回来了，我来看一看你。

邢伏生说，是啊，我不知道镇上出这么大的事情。钱被骗去了，还接连出了人命。我们正聚在一起，研究怎样才能将那笔款子追回来。

芦花说，你这是船到码头自然忙啊，刚进家门就要日理万机。这次就看你们街北的本事啦。有能人，那钱就能要回来。没能人，那钱就算是打了水漂儿。

听到水漂儿这个词，邢伏生眼睛一亮说，又说起水漂儿了。你知道咱们这里明明是旱地，可为什么有时候还常用与水有关的词句呢？

屋子里的汉子们面面相觑。

芦花摇了摇头说，我只是来看一看你，没有什么其他的事情。你们开会吧，我走了。说罢芦花扭摆着腰肢走出屋子。

邢伏生紧紧跟出来说，芦花你是不是有什么事情？

苇云抢先说，知道你回来了，芦花就来看一看你，未必非得有什么事情啊。

芦花也笑了笑，说邢伏生你胖了。

邢伏生尴尬地搓了搓手说，这一次回来，一进镇子心就骇了，以为咱们这里又闹了瘟疫。

苇云又抢先说，被金手公司骗去了那么多钱，还不是跟闹瘟疫一个样子啊？我看这人祸比天灾更邪乎！

见苇云总是抢着说话，芦花知趣地笑了笑，走出院门上了街。

邢伏生还想跟上去送客，被苇云悄悄扯住了衣角，动弹不得。邢伏生无奈，只得回屋去了。

重新蹲在炕上，邢伏生咳了咳，脸色郑重起来。咱们接着研究吧，看能不能拿出一个切实可行的办法，追回那二十八万块钱来。我看是不是先成立一个追款小组？

屋里静下来，人们又都变得愁眉苦脸。

邢伏生咕咚咕咚喝下一碗凉水。屋里还是没有说话。

全旺终于说了话。他说这四个月期间，其实已经去了四拨人马找金手公司交涉。要么退款，要么就按照订货单上写的，交付那三台设备。可是金手公司根本不予理睬。

邢伏生说，为什么不请律师打官司呢？

屋里又响起一阵哄笑。人们七嘴八舌说了起来。邢伏生终于听懂了。金手公司是一家以打官司为赚钱手段的皮包公司，拆东墙补西墙借张家的钱还李家的账则是它的惯用伎俩。一旦起诉，那钱就更要不回来了。前车之鉴，已经有许多不明内情的人吃了这个亏。

邢伏生听罢，又咕咚咕咚喝下一碗凉水。

这么说咱们就一点儿办法也没有啦？人家街南是咱们这个样子吗？

全旺说，不要与人家街南攀衡。我总觉得，咱们街北的人与街南的人相比，大不相同。

邢伏生立即说，你看到底是哪里不同呢？

壮汉全旺想了想，摇了摇头说不知道。

蹲在炕上的小伙子名叫丁宝泉。丁宝泉是尔雅镇唯一在县办刊物《老湾》上发表过散文的业余作者。因此丁宝泉在这里也就算是一个人物。丁宝泉撇着蛤蟆大嘴接过话题说，我只觉得街北与街南就是不同。咱说女人吧。街南的那个芦花整天在大街上走来走去，天不怕地不怕的样子。咱街北的女人就不一样。我看这是风水不同。

再者呢，皮肤也不一样，街南的白净，你们看芦花好像一个瓷人儿。

邢伏生正了颜色说，这里说的是正经事，你怎么厚脸厚皮地说起了女人！丁宝泉你也给大家构思构思，咱们到底怎样才能讨回那二十八万块钱来？我真想去见识见识这个金手公司！

全旺沉吟片刻说，既然如此，那就再下一趟省城吧。

丁宝泉说，又不是没去过省城。去了三次了，也没追回一分钱啊。我打算以这件事情为原型，写成一部中篇小说，投给全国著名的《大说》月刊，兴许就能给发表出来呢！

苇云尖叫着跑进来大声说，天啊！全旺你媳妇上吊啦！

全旺怔了怔，跳下炕来连声说，肯定是因为那一万块钱！肯定是因为那一万块钱！

丁宝泉也跳着脚说，眼看着就出了人命，我那部中篇小说是必写无疑啦！源于生活高于生活，这就叫重大题材啊。

人们一起朝全旺家跑去。全旺家的院子里乱成了一团。

全旺的媳妇吊在房梁上，已经死了。全旺呆呆站在自己女人的尸体前面，像一尊石雕。为了那一万块钱，这个辛苦半生的女人寻了短见。

这又是一条人命。

木匠赶来了，操持着棺材的事情。几个白事婆子忙着给全旺媳妇穿上寿衣。人们忙碌着，却无声无息。看着很像是一部无声电影里的场面。全旺终于苏醒了，起身喊叫起来。

金手公司我×你祖宗！

你坑了我家的钱，又坑了我家的性命，我这辈子与你不共戴天！

这疯狂的吼声给丧事现场增添了几分生气。

邢伏生咬紧牙关说，尔雅镇如今都成了什么样子啦！我一定要去省城讨债，追回那笔款子，以此告慰全旺嫂嫂的亡灵！

邢伏生的豪言壮语一出口，街北就沸腾了。仿佛是英雄出世，尔雅镇即将进入一个崭新的时代。

十字街口，卖水的二木听到这个消息，无声地笑了。

3

古历初一，正是住在街南的人们每月进水的日子。所谓进水，就是出动水车，一一将每家每户的水缸灌满。这个月的事情就算完了。再进水，要等到下月的初一。这就是旱地的生活。因此，进水日成了尔雅镇每月的节日。孩子们仿佛一群水鼠，围着水车叫唤。拉车的往往是一头黄牛。

街北的进水日不是初一，而是十五。这样，尔雅镇的孩子一个月里就能看到两个节日。但是孩子们从来不知每月这两个进水日的来历。尔雅镇的许多事情都是没有来历的。譬如说十字街口有一个古怪的地名：大肚儿桥。旱地明明无水。无水更无桥，却有这样一个以桥命名的地方，应当说是一件蹊跷的事情。

可是谁也不去寻思这种事情。大肚儿桥就大着肚子到了今日。

今天是初一。今天是街南的节日。

芦花站在大肚儿桥的小书摊前边，悠闲地嗑着瓜子。

芦花的父亲卢桂发，指挥着水车轰轰隆隆走了过去。街南的每家每户，纷纷敲着铜盆，发出阵阵欢呼声。

挑水的汉子往往是单身的二木。二木早先是个杀猪的，后来他放下屠刀，没有立地成佛却成了一个无所事事的闲人。他既不住在街北也不住在街南，而是住在镇口的一间大屋子里。不南不北成了一个难以归类的人物。

二木的两只水筲从水车上接满了水，挂在扁担上颤颤悠悠挑进人家的屋里。尔雅镇的水缸，地位很是高贵。家家户户都将它摆在正房，享受曾祖父的待遇。

二木挑着水筲穿堂入室走近水缸，仄身将水筲掀起，那水就一滴不漏倾入缸里。往往就在筲水倾尽的一霎间，二木发出一声长长的呻吟，气出丹田。

在尔雅镇看二木挑水，是人们的一大享受。女人们更是爱听他发出的那一声雄性味道十足的长长呻吟。就这样，挑水的二木也就成了尔雅镇的又一景致。

初春的天气里，芦花嗑着瓜子站在十字街口那个名叫大肚儿桥的地方，远远看着挑水的二木。她知道每月除了初一和十五这两天挑水，平日里的二木蹲在街上摆摊卖水。二木卖的水，比别人的甜。似乎二木的水是从天上王母娘娘的银河里挑来的。于是二木的样子就显得更傻。

瘦脸汉子卢桂发站在水车上沿途发出通知，说进水之后街南的人们都到大树底下去开会，研究怎样讨回被金手公司骗去的那三十二万块钱。卢桂发说话的时候身姿很是英武，使人幻想他若是早生两千年，肯定是一名驾驶战车的武士。

可惜您晚生了两千年。芦花心里这样想着。而两千年前，尔雅镇这地方曾经是个什么样子，就无人知晓了。

到了下午，街南的家家户户都进了水。敲铜盆声音渐渐低落，又回到平日的死寂之中了。

芦花已经嗑光了二斤瓜子。没了瓜子芦花觉得寂寞，朝街北走去。除了芦花，街南的女人是绝少到街北来的。芦花走着，想起流行歌曲里唱的“外面的世界很精彩”。是啊，被外面的精彩世界骗去六十万元人民币的尔雅镇的确很是无奈。无论街南还是街北，看上去都是死气沉沉的，全无生气。

无论怎样，这一切都与芦花无关。她只要自己活得精彩，这个世界也就精彩了。

走进街北地带，拐进横街，芦花便觉出情况异常。横街是一条居民街，没有商家。芦花惊异地看到，这里家家门上都挂着一块黄布，看着很像那种用以驱邪的黄符。黄布上大都写着汉字。看着这新添的风景，芦花边走边读，觉得很好玩。

我家集资四千。

集资五千，全部家当。

我家一万，损失巨大。

我家六千。

芦花终于懂了，家家门前挂的不是驱邪的黄符，而是一笔笔的账目。这账目，无言诉说着自家上当受骗的金额。金手公司的罪行历历在目了。

芦花笑了，她不明白街北地带的人们为什么这样做。自己的钱被人家坑了，说明你弱智。已经弱智了，门前又挂了一块张张扬扬的黄布，真是以弱智为荣了。这时候芦花看到邢伏生的院门上也挂了一块黄布，上面写着两个大字：七千。

芦花又笑了。她知道这一定是苇云亲手所写，挂在门上表示自家的无辜和不幸。朝前走去，整个街北地带都沉浸在一种治丧的气氛里。

不知不觉走到了镇口，芦花眼睛一亮，猛地发现前面那座破败的院子没挂黄布。斑驳的院门上只剩下一只生锈的门环。

仿佛天兵天将，拥上来一群街北的女人。多年以来，街北的女人从不与街南的女人来往。大街真的就像是一条大河。芦花总是觉得街北的女人生得粗糙，一个个高音大嗓的，总像是在吆喝买卖。与街北的女人走在一起，你总以为是站在码头上，等待着小火轮的到来。

芦花闪到一旁，听着街北女人们的议论。

全镇的人都被坑了，只有二木毫毛无损。哼！

我就不信这个二木是个火眼金睛。兴许跟那个金手公司有勾连！

我看他事先早就知道这是个骗局，自己先逃了。

眼睁睁看着大家上当受骗，二木他就是不言不语。

不是不言不语，为什么全镇人都受了骗只有二木他一人逃了？这里面肯定有隐情！

鸡一嘴鸭一嘴，攻击的目标都是二木。芦花已经明白，这座唯一没挂黄布的破烂院子，正是二木的家。

跑上来一个小伙子，扬手就朝二木的院门上泼去一盆黄汤，臊臭的气味立即扑散开去。二木的院子当时就变成了厕所。

几个小毛孩子隔墙往二木院子里投去石块。咣的一声，好像是砸碎了玻璃，小毛孩子们一溜烟就跑光了。

门前的人越聚越多，群情激愤，似乎是想抄了二木的家。芦花觉得街北的人们不通情理。明明仇家是金手公司，却没人能去省城讨债，一窝蜂围在人家二木门前，莫名其妙发泄着心中的积怨。

她分开人群走到前面说，二木到底做了什么错事，引得你们这样咒他骂他？

街北的一个老太婆看了看芦花，狠狠地说，骚气！你这个妖精不要掺和我们街北的事情。快离我们远远的吧！

人们都向芦花投来愤怒的目光。芦花笑了笑，往十字街口走去。这时她又感到周身燥热难当。她知道此时邢伏生正在家里干着什么事情。她心里咒骂着邢伏生。

芦花朝大肚儿桥跑去，寻找着二木。

果然，大街边上芦花看到了卖水的二木。他蹲在那里，身前摆着一张地桌，桌子上摆着一只陶罐和三只粗瓷大碗。

陶罐里盛着一只昏黄的太阳。太阳荡漾着，那水就更显得金贵。

芦花气喘吁吁走上去，看着趴在陶罐水底的昏黄太阳说，二木，街北的一群人围在你家门外骂街，还往门上泼屎泼尿呢！

二木听了这话立即傻傻地笑了。他的目光很是清澈，看不出男人常见的那种腥荤。每逢这种时候，蹲在街边的二木就愈发像是一块拥有呼吸的石头。

我知道，镇上的人们迟早要对我下手的。集资的时候，我手头正没钱，所以全镇只逃出我一个。没参加集资是因为我穷。这怎么能怪我呢？尔雅镇怎么变成这个样子啦？无路可走，当年我爷爷就闯过关东。

听了这话，芦花哧哧笑着说，人们就是这样，惹不起金手，就嫉恨你这个泥脚。你要是有真本领，就替大家把那六十万块钱给追回来。二木你去过省城吗？

二木摇了摇头说，芦花你喝水吗？你喝水我是不要钱的。

这时候一辆吉普车停在二木的摊前，从车里走下来一对老年夫妇。从穿装打扮上看，这两位白发苍苍的老人显然来自大都市。

芦花站在一旁静静看着这一对老年夫妇。

老先生走到二木的摊前，万分感慨地说，天啊，尔雅镇已经变成这个样子啦！我真怀疑咱们找错了地方。

老夫人掏出一块白色手帕擦了擦眼角，嘴唇颤抖说不出话来。

不知为什么，芦花受到了感动，走上前去她对老夫人说，尔雅镇就是这样，无论您流出多少眼泪，也湿润不了这块地方。您就不要难过了。

老夫人定定望着芦花说，姑娘，我怎么看着你有些面熟呢？今年你二十几岁啦？

芦花说二十六。

老夫人屈指算了算，抬头望着老先生说，这姑娘是一九六九年出生的。那一年春天咱们刚刚被下放到这里。

老先生说，是啊，咱们落实政策离开这里的时候是一九七九年，她才十岁。

芦花说，你们二位说的这些话，我怎么一句也听不懂呢？

老先生连连摇头叹气说，人类是地球上最为健忘的动物。历史已经成了一堆发霉的故纸啊！只能到废品收购站去寻找了。

这时候，蹲在摊前的二木才慢声慢气说，您二位喝水吧？

老先生狠狠挥了挥手，走到摊前咕咚咕咚就喝下一大碗尔雅镇的凉水。放下大碗他对老夫人说，你也喝一碗吧！千里来寻故地，不喝上一碗尔雅镇的凉水，真是白来一趟啊。

老夫人也很激动，双手颤抖着端起大碗，泪水溅在碗里。喝罢，她从怀里掏出了蛇皮钱包。

二木说，两块钱一碗，两碗四块钱。

老先生说，两块钱一碗，比大都市的矿泉水还要贵。可见此处真是一个缺水的地方啊。

那辆吉普车开走了。白发苍苍的老夫妻朝十字街口走去。老先生对老夫人说，故地重游，前面就是大肚儿桥，你还记得吧？老夫人连连点头，激动得泪光闪闪。

芦花看见那对老年夫妻走进了镇上的春雨旅馆。

二木你快回家看一看吧！兴许大门都让人家给打烂啦。

好像没听见芦花的话，二木定定望着远处的春雨旅馆说，芦花，你说刚才那两位老人到尔雅镇是来干什么的？

芦花说不知道。

二木说，这两位老人兴许是有来历的。

芦花笑嘻嘻说，人人都有来历。

一阵黄风刮来，尔雅镇再度成为一个天昏地暗的地方。

二木收了摊子朝家里走去，影影绰绰看到自家门前成了一个破烂摊子。起哄的人们早就跑得没了踪影。大门被砸得成了栅栏，脚下屎尿横流。

河有河的道理，井有井的道理。不去找金手公司讨回公道，万众一心拿我这个穷汉出气，这就毫无道理了。二木这样想着，找来铁锹扫帚，清理着门前的秽物。

尔雅镇从前是个什么样子呢？不会是今天这个样子吧？

这时候二木抬头看到大街亮亮堂堂的，成了一条大河。一条金色的鲤鱼跃出河面，嗵的一声激起一团水花。二木惊了，扔下铁锹揉了揉双眼，再看大街混混沌沌迷迷蒙蒙的，好像一条死去的河床。

二木好生蹊跷，使劲揉着双眼，想看清这个世界的真面目。

大街又是大街了。

那条金色的鲤鱼游到哪里去啦？二木不由自主朝前跑了几步。

4

那一对白发苍苍的老年夫妇住进了尔雅镇唯一的招待所。这个招待所起了一个湿润的名字：春雨旅馆。住进春雨旅馆的当天晚上，老先生夜不能寐，便在屋中踱步。

尔雅镇的人们从来没有夜晚踱步的习惯，老先生的步伐便成了孤旅。临窗远眺，他构思着自己最后一部著作《河史》的后记，心情很不平静。

《河史》是当年下放尔雅镇的时候，偷偷动笔的。这部洋洋六十万字的大书脱稿之际，老先生便重返故地，要在当年动笔的地方完成《河史》的后记。

《河史》的写作，使他青春重现，成了一个朝气勃勃的人。朝气勃勃的人，过着朝气勃勃的生活。老先生与老夫人共涉爱河，双双高擎生命之灯，重新粉刷着那一段黯淡无光的岁月。

《河史》的写作就是逆流而上，正本清源。于是，写作就成为一个沿着老河去寻找幼河的过程。老河粗壮，幼河纤细，《河史》有粗有细。朝上游走去，老先生终于看到，滔滔河流的始祖原来只是一滴丰盈的水珠。这滴水珠充满了人类的七情六欲，时时都在凝视着这个世界。老先生蓦地跨越时空，重新成了一个欲火熊熊的青年。站在河之源，他看到自己的老夫人成为情窦初开的少女，站在繁华的码头上，手里拎着一条鲜亮的鲤鱼。她的笑容充满羞涩。他激动万分，大步冲了上去。时光倒转，他与她在大河的源头再度结成一体。

独立春雨旅馆的窗前，老先生定定注视着夜幕之下尔雅镇市俗的生活。旅馆坐落的这个地方名叫大肚儿桥。老先生作为一名河流史专家，当然知道这个地名的来历。远处，一座院落灯火通明，阵阵佛乐传来，似乎正做着法事。

老先生见夫人已经睡下，就轻手轻脚走出旅馆，来到大街上。夜晚的大街显得比白日更为平坦。他想起了一句哲学名言：一个人不能两次跳入同一条河中。这样想着，就觉得如今的尔雅镇与当年的尔雅镇相比，完全是两个毫不相干的地方。地点依旧，时间哗哗淌去，将万物淘洗得面目全非。这时，老先生感到阵阵悲凉。一部《河史》里所记载的水旱万物，只不过是当年的一段流水而已。

老先生不由得老泪纵横。

终于走近那个灯火通明的院落。门前挂着一只纸幡，纸牛纸马立在两旁。院子里显然正在办理丧事。一阵阵诵经声从院里传到街上。站在院子门口，老先生看到院里停着一口白茬棺材，几个人正忙着往棺材上涂刷黑色油漆。

灯光掩映之中，老先生又觉得星月逆转时光倒流。就在这座熟悉的小院里，一个偷偷撰写《河史》的中年男人与他的妻儿一起过着清贫的生活。他的十岁的男孩儿天生就是一个豁嘴儿。豁嘴儿的男孩儿在院子里跑来跑去，暴露着一排歪扭的牙齿——像一座年久失修的泄洪闸。男孩儿渐渐长大，依然豁嘴。干燥的气候使男孩的皮肤变得粗糙，令人想起龟裂的土地。偷偷撰写《河史》的父亲悄悄对儿子说，将来我们离开这个地方到下游去，一切都会变得湿润起来的。下游是湿润的。你知道下游在哪里吗？

下游是湿润的？豁嘴儿的男孩儿听了父亲的话，笑了。

到下游去。这个声音响彻这个男孩儿幼小的心灵。下游，成了他心目之中最大的码头。于是，男孩儿与《河史》一同成长起来了。

佛乐大作。六个和尚的诵经进入高潮。老先生渐渐回到现时之中。一个戴孝帽子的男孩儿跑了出来，蹲在地上焚烧着纸钱。那火光映得男孩儿红彤彤的，好似一位来自天堂的童男。

老先生走上前去，摸了摸他的头发。男孩儿抬起头来看着老先生说，您是打哪里来的？

他不知道怎样回答男孩儿这个朴素的提问，一时语塞。

男孩儿又问了一遍，表现出一种尔雅镇式的固执。

我是打从前来的。他终于回答了男孩儿的提问。

男孩儿当然不懂这句话的含义，就低头继续焚烧纸钱。

你今年几岁啦？

五岁。

谁死了？

我娘。

你娘是怎么死的？

因为那一万块钱，上吊啦。

你娘是谁？

人们都管我娘叫全旺媳妇。

暮年与童年的一问一答，很像是一条大河里的哗哗流水，虽说同源却不同时光，上游与下游便相去甚远了。因此，孩子根本不知道自己与老人同属一条河流。

戴孝帽的男孩儿焚尽了纸钱，起身跑回院子里去了。

一个身穿黑裤黑袄的汉子走了出来。老先生认出这就是白天在街上卖水的二木。二木朝他点了点头说，老先生您有什么事情吗？

我想问一问，这里是工农二街吗？

工农二街？您说的这是过去的地名。过去的地名我不知道。我只知道现在这里叫黄金大街。

老先生摇了摇头说，其实刚刚过去三十年，真是弹指一挥间啊。

二木说，今年我二十六岁。兴许我爹能知道这些事情。

老先生连连摇头说，如今人们连三十年前的事情也不记得啦。我写那部上下几千年的《河史》又有什么用处呢？

二木困惑地说，您在写《河史》啊？我们这里是旱地。您写的《河史》跟我们没有什么关系啊？

这里是旱地？哈哈！这条大街其实就是当年的河道。河南叫朱家码头，住的都是船家，现在成了街南。河北叫邢家码头，曾经布满客栈商号，现在成了街北。河南与河北是仇家。河上就是这座大肚儿桥。那时候这里是鱼米之乡。顺流而下，三天就能到达省城的太古码头。白浪滔滔啊白浪滔滔。你们都不知道这些事情吧？老先生哈哈大笑，转身朝大肚儿桥走去。

二木呆呆望着老先生的背影说，这条大街原先是条大河？怪不得我看见跳起一条金色鲤鱼呢。可是，水都跑到哪里去了？我们又是怎么变成今天这个样子的呢？

老先生朝下榻的春雨旅馆走去。一股腥气扑面而来，使人觉得身旁是水沼。时光似水，他的眼前竟然模糊起来：水旱码头，沧海良田，车来船往，人声嘈杂。

不知今夕何夕。春雨旅馆一派漆黑，只有一个房间亮着灯火。老夫人站在窗前，穿着一件素白的睡袍，灯光将她映成一个若明若暗的剪影，使人想起一朵浪花。老先生被这朵浪花感动了。多少年了，他这才看到自己的妻子竟是一朵浪花的化身。

他就定定立在窗外，激动不已。这时候他看到老夫人正在做着一种手工营生。一缕缕黄色丝线，在她手指之间缠绕着，渐渐编织成一条金色的鲤鱼。那鲤鱼看上去很是鲜活。老夫人的表情则像一个孩子。那条正在编织的鲤鱼在她手中跳动着，仿佛一跃就会投入万顷碧波之中。老先生惊讶极了，眯起眼睛，忘情地注视着这个奇异生命的诞生。

这条鲤鱼是从那部《河史》里游来的，它又会游往何方？这里究竟是不是我当年下放的地方呢？如果这里不是真正的尔雅镇，那么真正的尔雅镇又会在什么地方呢？

老先生站在窗外自言自语，成了一个热爱猜谜的大孩子。

5

尔雅镇的街南，另有一番景象。

以往，街上相遇，往往互相询问“吃了吗”。如今，生活之中有了远比吃饭重要百倍的事情。尔雅镇的人们也就改了口风。

你家被骗去多少？

三千。

不多不多。我家五千。

回见。

这一问一答，简洁明快，生活真的因为金手公司的赖账而有了新鲜滋味。

人们期待着。

街南的为首者是芦花的父亲卢桂发。这个瘦脸男子有着一双鱼鹰一样的眼睛。卢桂发眼睛里的街南，完全是一派受害者的样子。三十二万块钱不是一个小数目。街南虽然没出人命，但是很多人都已经对生活失去了信心，卧床不起。这里无人知道《河史》。在那部尚未问世的大书里，尔雅镇当年的繁华胜似今日的省城。但是卢桂发对历史与未来都不感兴趣，他是一个现时主义者。

为了那三十二万块钱，卢桂发三下省城。走在繁华的大街上他吃惊地看到省城原来是一个有河的城市。横穿省城的那条亘河，给卢桂发留下了深刻印象。

站在河边，他总是觉得这条名叫亘河的河流似曾相识。于是，卢桂发改变了以往对世界的看法。他认为人人都是有前世的，从而也就有了来世。当你觉得面前的景致似曾相识的时候，极有可能是前世记忆光斑的残留。卢桂发相信自己的前世曾经与一条大河里的一张渔网有关。时光如水，河里的鲤鱼不知不觉已经三朝元老。卢桂发认为此时的省城正是当年尔雅镇的标本。今日的尔雅镇正是省城明天的写照。

卢桂发为自己能够拥有这样的内心感受而激动不已。他甚至将这三十二万元人民币看成是一笔充满趣味的债务。就这样，他渐渐乐观起来。这一切都因为他见到了那条千年的大河。

他登门索债，每次见到的都是金手公司接待部的部长。部长言简意赅，告诉他那三十二万块钱迟早是要归还的，必须耐心等待。如果起诉，这三十二万块钱也就彻底没了归还的希望。金手公司目前在国内的欠账已达三千六百万。饭要一口一口吃，债要一户一户还。客户如果性急，金手公司热烈欢迎各界朋友到法院前去起诉。

卢桂发知道省城之行遇到了新时代的青皮，刀枪不入。三次接触，对方都是一派温文尔雅，言谈话语之中却流露出不惧天诛不怕地灭的痞气。每次告辞，对方总是真诚地对卢桂发说欢迎再来。卢桂发觉得这个世界正在重新排列，分不清到底谁欠谁的钱。

第三次去省城讨账，横过大桥的时候，他被一辆疾驶而来的红色摩托车撞得小腿骨折。那辆好似一团烈火的摩托车手，说了一句人生不要过于固执，就一溜烟开车跑了。

卢桂发住院养伤。一有空闲他摇着轮椅，去看望那条河流。坐在河边卢桂发心想，诸多自杀方法之中，投河自尽可能是最为鲜灵的归宿——死亡的同时还洗了个澡。他知道斗不过金手公司，就在心中开导自己。尔雅镇是爷爷，省城是孙子。爷爷被自己的孙子所骗，应当说是极其正常的事情。孙子不骗爷爷的钱还能去骗谁的钱呢？爷爷与孙子迟早都要流到一个海里去。如今爷爷干涸了，孙子迟早也要干涸的。一切都需要时间。坐在河边，卢桂发完全能够预测出省城的末日。这地方十年之间必将干涸。这样一想，心中也就无恨无爱了。

他暗暗吃惊自己竟然变得如此平和。旱地长大的男人绝少拥有这种平和的心境。他为自己找到一个哲学依据。这三十二万块钱一定是来自前世的一笔债务，时光流淌使它成了今世的一场纠纷。于是，人也就超越了时空，在百年的光阴里走来走去。

回到尔雅镇，卢桂发觉得这个世界在处处都有骗子的同时，又处处充满情趣。他领导着街南的民众开展了大生产运动。他没有告诉大家那三十二万块钱打了水漂儿。他知道那样肯定会引起混乱。他在民众大会上讲话，说尔雅镇要先练兵，然后进入城市赚城市人的钱。

卢桂发的讲话使大家明白了目前的主要任务是生产自救。大会之后，街南轰轰烈烈办起了三个脱贫致富学习班。

首先是医药学习班。医药学习班的课堂设在街公所。专程派人去邻县请来了著名游医吴黑子。每人收费二百零五元。芦花觉得好玩，就报名参加了这个冠冕堂皇的医药学习班。

吴黑子是个看上去眉清目秀的中年男子。见到课堂上出现了芦花这个女学员，他就笑了，拍手说好，然后就开门见山，道出开场白。他说，我知道你们被人家骗去三十二万块钱。哪里跌倒就在哪里爬起来嘛。他骗你，你也去骗他。

这就叫几千年的文明史。你们到省城去出售这些所谓医治阳痿的药品，是目前国内投资最少见效最快的致富捷径。正因为省城的医疗条件比农村好得多，才使我们的麻雀战能够战而胜之。大都市里阳痿多，大都市是纸老虎。大都市的人们都是咱们的孙子。

吴黑子在黑板上写出了授课提纲。

绪论讲都市阳痿男人的几种典型心态；第一章讲怎样配制专治阳痿的药粉；第二章讲怎样在都市大街小巷推销这种成本只有三毛钱但必须号称祖传秘方的药粉，其中重点讲解欲擒故纵法和顺手牵羊法；第三章讲怎样去接近那种时时担心丈夫阳痿而杞人忧天的女人，并使她们认定这种药粉的功能是有病祛病，没病强身；第四章讲怎样躲避都市联防队的追捕以及关键时刻的三种装死方法。

吴黑子的开场白，引起一阵热烈的掌声。

芦花哧哧笑着，觉得吴黑子讲得非常有趣。听他讲解绪论，总让人觉得这是一个闯江湖的艺人正在卖狗皮膏药。芦花觉得滑稽，就悄悄退场，到名犬繁殖技术培训班去看一看。大都市的狗价飞涨，繁殖名犬成了一桩赚钱的买卖。

名犬繁殖学习班课堂设在镇委计划生育办公室的院子里。这个节制人口增长的地方，却在大讲狗的繁殖技术，芦花笑了场。

讲课的老头儿态度十分严肃，正在讲解母狗发情期的几种表现。人们也都听得非常认真，不时往本子上做着记录。从如何医治人类的阳痿一步就迈到怎样识别母狗发情，芦花一时很难适应这个飞跃，就跑到街上，笑得直不起腰来。后来笑得累了，她才自行止住。

这时候她看到，整个街南地区都沉浸在一派紧张活泼的学习气氛之中。芦花再次体会到“书山有路勤为径，学海无涯苦作舟”的道理。她走进街南图书馆，知道这里如今是看相算命学习班的课堂。图书馆里早就没了书籍，分成麻将室、台球室和舞厅。看相算命学习班设在茶室里，听课的人们坐在茶室里，完全是听评书的格局。与前两个学习班相比，这里只有十几个人，显得冷清。芦花知道看相算命是一项深奥的营生，来这里听课的人都是尔雅镇街南的精英。

讲课的人居然是卢桂发。

芦花心里想，爸爸什么时候学会了看相算命呢？真是怪事。

见芦花冒冒失失走了进来，卢桂发怔了怔，不知该说些什么才好。芦花找了一个角落，听了起来。

卢桂发对听课的人们说，三十年河东，三十年河西，如今风水又轮到了咱们头上。大家认真听我讲课，掌握了看相算命的本领，就出门去跑码头，咱也给省城的人们算一算命，看他们还有多大的气数！听课的人们纷纷鼓掌，颇有人心大快的气氛。

之后卢桂发开始讲解金木水火土的关系。相生相克。相生为吉，相克为凶。听到相生相克这句话，芦花蓦地想起自己所喜欢的男人。

我与邢伏生，是相生呢还是相克呢？

卢桂发在黑板上写下相生规律：金生水，水生木，木生火，火生土，土生金。

听到金生水，芦花就认为是有钱可以生出水来的意思。转念一想，如今有钱的人家已经不算少了，可尔雅镇仍然缺水。

父亲又在黑板上画了一个八卦的图形，讲起乾、坤、震、巽、坎、离、艮、兑。这时候，卢桂发脸上的表情异常神圣。

听到这里，芦花就烦了。她觉得依靠这八个费解的字眼到城里是很难赚到钱的。据说如今大都市流行电脑算命，这种土里土气的八卦，没用。芦花起身离开课堂。这个二十六岁的大姑娘走在尔雅镇大街上，蓦然之间产生了一个古怪的念头。

她希望自己的前世是一条活泼的大鱼，自在逍遥。之后她又希望自己今世也是一条大鱼，愿意游到哪里就游到哪里。想入非非了，她在心里问候着自己。大鱼你好。

于是，这条大鱼就朝大肚桥方向游去了。路过平时二木摆摊卖水的地方，没见二木的身影。

二木呢？这时候，芦花才感到二木在尔雅镇是一个与众不同的人物。来无踪，去无影，平平淡淡就像是一只装满凉水的陶罐。

远处的春雨旅馆窗前，聚了一群人。

老先生站在窗前，正在挥手演讲。人在室内，他的声音却远远传遍尔雅镇四面八方。芦花只在外国影片里见过这种场景，一下子就兴奋起来，不由自主走到窗前。

老先生的演讲虽然慷慨激昂，却引不起听众的共鸣。这是一块远离水域的土地。它已经习惯于干涸，虽说干涸并不是它的历史。

老先生愈发慷慨激昂起来。三百年前的一天，大河渐渐萎缩，瘦成一条涓涓细流。后来，这一带成了旱地。大河呢，退到远方去了。住在河南的渔民，有的去了远处有水的地方，继续打鱼。有的就留在原地，成了旱地的居民。于是大河成了大街，河南就成了街南，河北也就成了街北。

听到这里，人们哄堂大笑。那笑声给老先生以极大的嘲讽。嘲讽他千里迢迢跑到这里来讲的却是一段神话故事。

老先生受到哄堂大笑的打击，显得束手无策 。他绝望地挥着手说，早先这里是有航船通往省城的。省城的水，当年都是从这里流过去的。真的，省城的水当年都是从这里流过去的！

站在人群之中的业余作者丁宝泉大声说，是啊，我们的钱也都哗哗流到省城金手公司的黑洞里去了。罄竹难书！

人们再次掀起哄堂大笑。老先生双唇颤抖，无话可说，呆呆站在窗前。这情景，使年逾花甲的老者看上去像是一个失败的传教士。

这时候芦花挤到窗前。

老先生，既然您前知五百年，后知五百年，那您就看一看我，当年究竟是河南的呢还是河北的呢？

老先生听了这话，觉得眼前掀起的是一朵白亮的浪花。空气也倏地湿润起来，颇有在水一方的感觉。

老夫人说，姑娘，你想知道自己是河南的还是河北的？

芦花点了点头说，我生来这里就是旱地，从来没见过河流。但我还是想让您看一看，我是河南的还是河北的？

老先生定定看着芦花，仿佛是见到一件遗失多年的宝物。

芦花哧哧笑着。

河南的后人皮肤就是滋润。当年我下放到尔雅镇，在街北住过，也在街南住过。一条大街分南北啊。我们这一次来这里，就是要找到当年的故居，拍下照片做个纪念。可是，我们怎么也搞不清楚当年的故居在哪里了。好在镇口的那尊桅杆还在，否则我们真的不敢确认这里就是尔雅镇。老先生滔滔不绝说着。

芦花说，我是要您看一看，我是河南的还是河北的，您怎么说起别的事情来啦？

老先生话锋一转，斩钉截铁地说，你不是河南的，也不是河北的。你无南无北，你总是游走在大河的中央。

听了这话，芦花的心儿咚咚跳了起来。水啊就是我的祖先。望着窗内老夫人手中编织的那条鲤鱼，芦花无声地说，要是将我的魂灵附在它的身上，这条鲤鱼眨眼之间就活蹦乱跳了！

旱地的人们哄的一声都走散了。在尔雅镇的人们看来，这位老先生的演讲与梦中呓语没有什么两样。

窗外只剩下芦花。她对窗里的老先生说，我想跟你们一起走，到那座有河的城市去看一看。

6

邢伏生吃罢晚饭就开始拾掇，把出门该用的东西装进那只旅行包里。明天一早上路，到省城去找金手公司讨账，做最后一搏。不知道什么原因，吃罢晚饭他的心情就渐渐紧张起来，开始惧怕那座有河的城市。省城是个什么样子呢？总觉得那里是一派浓绿的水洼。浓绿的水洼就是一口氤氲的陷阱。邢伏生自幼怕水，逢水就想起芦花。他知道芦花一会儿就该露面了。芦花是一个天不怕地不怕的女子。用苇云的话来说，就是脸皮太厚。芦花是苇云的天敌。苇云常常处于守势。

芦花果然脚步噔噔进了院子。街南的人们，不知道出于什么原因，祖祖辈辈不与街北的人们交往。唯独出了这么一个芦花，整天往街北跑。目前还没人能够管住这个樊梨花。

尔雅镇若是没了芦花，真的就成了一块石头。

芦花跟苇云在院子里说话。听芦花说话，干脆爽快，的确是一种享受。空气也显得湿润起来。听到芦花的声音邢伏生就坐不住了，感到一只湿漉漉的小手攫住了自己的命脉。他担心芦花张口朝苇云说出那种令他尴尬的话语，就起身迎了出来。

苇云站在院子里冷冷地对芦花说，吃啦？

芦花对苇云的冰凉并不在意，大大咧咧说，搁下饭碗我就来了。伏生在县上一住就是四个月，怎么明天又要扯帆呀？

扯帆就是上路的意思。不知芦花是从哪里投生来的，她口中的词语，总是与水有关，仿佛来自前世。因此她的语言在尔雅镇的方言里显得卓尔不群。

苇云显然是在故意挑剔芦花的毛病。你说话我怎么听不懂呢！咱们这里旱天旱地的，什么叫扯帆啊？

芦花瞥了一眼邢伏生说，什么叫扯帆啊？扯帆就是竖起桅杆吧？说罢，她忍不住哧哧笑了。

邢伏生觉得难堪，就低头看着鞋尖儿。苇云虽然不明白什么是桅杆，但她还是觉得自己受到了戏弄，就气哼哼进了屋子。

芦花说，镇上来了一对老夫妻，住在春雨旅馆。听说那位老先生是一个研究河史的专家。当年他全家都下放到咱们镇上劳动。你还记得当年他家的情形吗？

邢伏生说，不记得了。只听说他有一个豁嘴的男孩儿。其实这种豁嘴的毛病如今是可以手术整容的。你的眉毛是不是也描啦？

芦花压低声音说，你明天扯帆，我今天下午偏偏湿了舱底！真是倒霉啊，只能让你渴着上路啦。

邢伏生咧嘴笑了笑，脸上显出几分羞涩。他换了一个话题说，我在县上校对《百年环境资料汇编》四个月，多多少少明白了一些事情。从前咱们这里有很多的水，后来又成了没水的地方。许多人都不知道这个来历。你知道这是怎么回事吗？

芦花朝邢伏生飞了一个眼风，开步就朝院子外走去。邢伏生有些犹豫，但还是跟了出去。

她领着他朝黑暗的地方走去。这时候他听到芦花低声低语说，怎么不知道？干涸了。早就干涸了。大河干涸了才淤成这条大街啊。我经常做梦，梦见自己是一条大鱼，在水里游来游去的。你明天去省城啊？我知道那里有一条大河。

我也随你去吧！我要在那条大河里游一游呢。告诉你吧，我能够想象出那个金手公司的头头儿是个什么东西。他是一只尖嘴河鳖！

这时候，芦花伸手就去触摸邢伏生的身子。邢伏生一下就冲动起来。芦花说，见了我你就竖起桅杆。你已经离不开我这码头啦！

拥到角落里，邢伏生紧紧搂住芦花，喘着粗气好像是开来了一只小火轮。芦花呻吟起来。邢伏生小声说，千万不要让苇云听到啊。

芦花大声说，没事！谁说一块船板一颗钉。我就要一块船板两颗钉！我去跟苇云说一说，两个女子为什么就不能共用一个男人？都是两支木桨配在一条船上嘛。

芦花的话语，与本地的方言完全不同。她常用那些与水有关的词汇，生动活泼而富有极强的感染力，给人一种深远的背景感。邢伏生觉得芦花前来投胎的时候，一定是错过了洗脑的工序。因此可以认为，芦花一身载着前世和来世，有着三百年的阅历。

黑暗角落里，邢伏生紧紧搂着芦花，狂热地亲吻着。这时候邢伏生的目光，就如同燃烧的火苗儿。这正是水与火的奇观。芦花喜欢这种奇观。她与他偷情的这个地方，正是当年河北的一个码头。如今已经无人知道这些掌故了。这个码头在《河史》的地图上标注出的名字叫姑娘湾。当年那些轻生的姑娘，都是从这里投入水中的。乡勇们打捞一具尸体，得铜钱二十文。

苇云躲在暗中看到了这个热烈亲吻的场景。她惊异地发现自己的丈夫紧紧搂在怀里的那个骚货，远远看着很像是一条站立的大鱼。苇云的心儿乱跳，不敢朝前走去。她想起《聊斋》。她知道自己的丈夫已经被一个水里的妖精给迷住了。苇云吓得跑回家去。

脚步匆匆跑进正房，苇云一眼看见那口盛水的大缸。走上前去她伸手掀开缸盖，黑幽幽看不到那条鲤鱼。到柜子里找出手电筒，朝水缸深处照射着，那条鲤鱼受到强光的刺激，绕着缸底飞快游动着。苇云冷冷笑着说，芦花那妖精就是你变的吧？芦花那妖精就是你变的啊！

说着她伸手到缸里去抓那鲤鱼。它好似一个精灵，在水里窜来窜去，苇云手忙脚乱，溅了一身凉水。这时候，苇云想起司马光砸缸的故事。砸了缸，就能捉住那条鲤鱼了。捉了那条鲤鱼，就烧火煮汤喝。

找到一块石头举在手里，苇云又踌躇了。

黑暗之中芦花倚在邢伏生怀里，似乎是因为生命受到威胁而身体猛地一颤。邢伏生以为这正是芦花的冲动。他感到芦花咂动着湿润的双唇，似乎是想将这个世界统统吮下。邢伏生知道此时搂在怀中的这个女子是一个奇异的生命。她能够使男人的生命得以滋润，也能够使男人的灵魂龟裂万顷。她说明着前缘，也昭示着来世。邢伏生不知不觉就将芦花抱了起来，盲目地朝前方走去。

只觉得自己被一块巨大的石头绊翻了，怀中的芦花哧哧笑着。两人一起摔在地上。邢伏生一下子冷静下来，爬起来朝左右看了看。妈的，所谓巨大的石头原来就是蹲在路边的二木。

二木站起身说，人们经常把我当成石头。伏生你明天就去省城，省城是不是离咱们这里很远？

邢伏生点了点头，伸手将芦花拉起来。二木又说，省城已经黑了心，怕是追不回那一笔款子吧？

摸着石头过河，走一步说一步啊。邢伏生显得潇洒大度。

二木说，听说省城有一条大河。伏生哥你摸着石头过河一定要小心啊。要不要我明天随着你去？兴许我还能做些事情。

邢伏生觉得不可思议，连声说不行。

二木的表情显得非常失望。伏生哥，明明是应当还给咱们的钱，金手公司为什么这样不讲道理呢？我真是弄不明白，金手公司的那些人到底都是什么东西投生的！

邢伏生笑了。金手公司那些人的祖先可能不是从猿猴进化来的。

二木呆头呆脑说，不是猿猴，那是什么呢？

芦花笑着说，一定是从河鳖进化来的。

邢伏生深沉地说，其实人类的祖先是一种水生猿。

二木说，依你这么说，咱们的祖先都是从水里来的了？

听了这话，芦花突然不笑了。她定定注视着二木，表情严肃起来。这时候的芦花，看上去活像一个女警。

二木说，既然都是从水里来的，上岸之后怎么有的变成了好人，有的变成了坏人呢？

乡村知识分子邢伏生竟然无法回答二木这个朴素的问题。

见邢伏生哑口无言，二木失望地走了。

黑暗之中，二木的背影看上去很像一块漂浮在夜海里的船板。芦花猛然想起来，二木的院子已经被愤怒的人们砸得不成样子。这个少言寡语的光棍汉子不再卖水，成了一个行踪不定的影子。

她追了几步大声说，二木！这样下去你靠什么活着呀？

二木停下脚步想了想，转身望着芦花说，我去磨刀。

芦花知道，二木若是重持旧业，一定是个出色的屠户。

邢伏生若有所思说，在中国屠户是一门最为古老的行当。

7

邢伏生上路的时候，并不认为自己成了当代的堂·吉诃德。他只知道必须到省城走一走，这是命中注定的事情。从春雨旅馆门前走过，他看到那对白发苍苍的夫妻正立在窗前观赏着街景。这个情景很令邢伏生感动。人到老年，总是乐于在记忆的沙滩上来找寻当年的脚印。从而一次次确认人生的价值。邢伏生朝这两只爱情老鸟挥了挥手，表示敬意。

街北的男女老少都跑到镇口给他送行。全旺领着戴孝的孩子，也来为他助威。作为三赴省城讨账的失败者，全旺无言无语与邢伏生握了握手，双眼含着泪光。

苇云站在人群里，无言地看着即将上路的丈夫。自从那个夜晚她暗中看到邢伏生与芦花热烈亲吻，就认定丈夫已被妖精附体。苇云随时都能从他身上嗅到芦花的味道——芦花已经融入邢伏生的血液里去了。因此，苇云只能无言无语为丈夫送别。

这时候，镇口传来一阵霍霍磨刀声，邢伏生怔了怔，知道这是二木重作冯妇又在操持本行。这霍霍磨刀之声在尔雅镇人们的耳际早已生疏，恍若隔世之音。

立在镇口，他照例摸了摸那尊桅杆，一股寒气从掌中传到心间。他知道这就是历史。然而历史未必人人清楚。这尊桅杆遗留在镇口不知多少年了，知道它来历的其实没有几个人。从这个意义上说，历史是属于少数人的。

街北的人们呼喊着，为他助威壮行。

问住金手公司，讨一个公道回来！

告诉金手公司，不要欺负穷人！穷人的钱，是血汗换来的！

金手公司是不是人生父母养的？要他们答复！

就在这种呼喊声里，邢伏生走了出去。一辆拖拉机开了过来，他攀了上去。再望镇口，送行的人群里还是不见芦花的身影。心中一阵失落，感到口渴。心情也一下子悲壮起来。干燥的风儿迎面吹来，这时候邢伏生觉得尔雅镇仍然处在一场无形的瘟疫之中——这就是人们丧失了对时空的感知。因此尔雅镇成了一个谜团，而省城也就成了更大的一个谜团。繁华的省城与偏远的尔雅镇之间，似乎成为一种宿命。

我们是怎么变成今天这个样子的呢？

一路上，他不止一次这样问着自己。

到达县城，邢伏生乘上火车去往省城。当他坐在见站就磕头的慢车车厢里昏昏欲睡的时候，耳边响起一阵哧哧的笑声。

他闭着双眼笑了。真是如影随形，芦花竟然跟到了火车上。

睁开眼睛，身穿淡蓝色风衣的芦花坐在面前，正朝他挤眉弄眼。她有一双能够将男人融化的大眼睛。

他激动地说，我走到哪儿，你跟到哪儿，我已经被你附了体！

她故意憋粗声音说，我是驻在你心里的妖精。

这时，一阵难挨的口渴使邢伏生觉得自己立即就要被晾成人干儿。芦花递过来一瓶矿泉水。他接在手里，心头立即湿润了。

芦花说，这辆慢车到达省城的时候，正是夜里两点钟。出了车站，迎面就是那条亘河。

邢伏生非常惊异。你怎么知道得这样清楚？你从前是不是到过省城？

芦花脸色郑重起来。这真是一件怪事，只要闭上眼睛，省城的景物就都能出现在眼前。我想，前世我一定是到过省城的。

邢伏生故作恐惧的样子颤颤抖抖说，我害怕。

芦花笑得流出了眼泪。

邢伏生受到她的传染，也风驰电掣地大笑起来。他指着芦花说，你不是说过金手公司的头头儿是一只尖嘴河鳖吗？到时候，你可要给我引荐引荐啊。

火车上的人们，都以为这一男一女是从安定医院里跑出来的患者。看着芦花那谈笑风生如入无人之境的样子，邢伏生心里想，芦花这女子无论身在何处，最终是要找到归处的。这个归处在哪里，大概就连芦花自己也说不清楚。

火车驶近省城车站，邢伏生心头一阵紧张。芦花抓住他的手说，你知道坑骗尔雅镇六十万块钱的那个公司为什么叫金手公司吗？

邢伏生使劲摇了摇头。

芦花大声说，你知道阴阳五行吧？阴阳五行里头有一条相生规律，那就是金生水。金生水你明白吗？

邢伏生说不知道。芦花哧哧笑了起来。

他定定注视着芦花，仿佛是在注视着一个陌生的女子。不知为什么，一进省城地界芦花就好像长了精，坐在位子上兴奋不已，浑身上下充满无穷无尽的朝气，就连说话的声音也变得清脆明亮。难道说这省城就是芦花的真正归处？

邢伏生似乎已经看到此次省城之行的前景。

8

银梦广场给邢伏生留下了极其恶劣的印象，那就是拥挤得令人窒息。世界上不可能再有比银梦广场更为拥挤的地方了——谁都会认为这里是一听午餐肉罐头。如此拥挤的场合，双脚走路的动物是根本无法走脱的。邢伏生与芦花手拉手挤在一起，一瞬之间她就没了踪影。事后，邢伏生坚决认为芦花是变成一条大鱼游离而去的。否则一切都无法解释。风尘仆仆来到省城，芦花却倏地变为一条大鱼没了踪影。邢伏生知道省城这地方充满了当代生活的诡谲。省城是一个由浪头形成的大都会。

远处矗立着被称为“亚洲第一屏”的巨型广告显示屏幕，上面正播出四条重要辟谣。屏幕上显示出来的字体是鲜红，类似人血。

邢伏生蒙了，不敢相信人间居然会有如此危言耸听的谣言。

这就是初露峥嵘的省城。

邢伏生足足用了三个半小时才挤出银梦广场的。之后他觉得体力消耗太大，花一元钱在路过的电子秤上称了称体重。电子秤告诉他瘦了三公斤。他这才坚信自己刚刚经历了一场肉搏。

没了芦花，他只得独自一人朝金手公司方向走去。金手公司在河福大厦十三层。河福大厦矗立在亘河河畔。

亘河已经是一条死河了。它虽然与渤海相通，却被闸死多年，完全成了一条静止不动的废河。河畔被修成一座座小型公园。小型公园里最宏伟的建筑是收费厕所。

收费厕所门前围着一群闲人。邢伏生挤进去朝里边看着，不由得大吃一惊。只听见那位妇女正在央求算卦先生，请给指一条明路。算卦先生说，你的后半辈子笼罩在一团黑气里。怕是好事难成啊。

邢伏生听出这是家乡的口音，定睛细看又是大吃一惊。原来这位算卦的先生是尔雅镇街南文化站的干部。他什么时候成了相士跑到省城来摆卦摊啦？这个世界真是乱了套。邢伏生一下子倒了胃口，沿着河畔公园朝金手公司的方向走去。

路过一座座收费厕所，必然能看到一群人围着一个个算卦看相的地摊。挤上去看，地上蹲着的那位算命先生必然是来自尔雅镇街南的熟悉面孔。邢伏生惊了，想象不出这究竟意味着什么，只觉得堂堂省城大有沦陷的预兆。

再看路上的电线杆，贴满“尔雅南街秘方，专治男科重症”的海报。走上来几个清洁工人，正在骂骂咧咧用蘸水的毛刷清洗电线杆上“阳痿”二字。

邢伏生呆呆站在路旁，满脑子都是糨糊。他咬了咬嘴唇，疼。用心想一想，还能记起自己的名字叫邢伏生。世界没出毛病。尽管如此，他还是怀疑自己此时并未置身省城，而是站在尔雅镇的大街上。前后左右，到处都是来自尔雅镇的景致。地上蹲着尔雅镇的算卦先生，墙上贴着治疗阳痿的广告，远处的喇叭里传来一个操着尔雅镇韵味的声音，说是专治宠物的疑难病症，尤其是专治处于发情期宠物的疑难病症。邢伏生怀着将信将疑的心情，机械地朝前走去。

亘河里嗵地腾起一朵浪花。一条鲤鱼高高跃起，画了一个优美的曲线，又落入大河之中了。邢伏生凝视着大河，认为那是芦花跟自己开的一个小小的玩笑。

一辆治安收容车呜呜呜着警笛，从大街上慢慢悠悠开了过去。邢伏生看到几个尔雅镇南街的算卦先生笑嘻嘻坐在车内，都是满不在乎的样子。

刚刚走上法罗尔大铁桥，迎面一个男子直直朝着邢伏生走上来，分明是故意要与他撞在一起。邢伏生急忙闪开，那男子嘿嘿笑了。

是卢桂发。

定了定心神，邢伏生问卢桂发跑到省城来做什么。卢桂发这个平时不苟言笑的人眨着鱼鹰一样的眼睛说，这里也是咱们的家啊。这里为什么不是咱们的家呢？

邢伏生想了想然后对卢桂发说，您这就是禅啊。

卢桂发笑了，大声吆喝着朝前面走去。

祖传相学，预知来世！阴阳八卦，占卜前缘！

他目送卢桂发远去。

前边不远就是那座高三十六层的河福大厦了。金手公司在十三层。这时他开始思念失踪的芦花。

他根本不知道有一个男子一直跟踪在身后。这个男子就是二木。

走进大厦之前，邢伏生在路边报摊买了一份叫《人间消息》的报纸。这是那种专门登载离奇故事的小报。第四版上登了一篇小说《码头是河流的弃妇》，作者竟然是丁宝泉。邢伏生很是惊讶，想停下脚步读一读，可是已经到了河福大厦门前。他只好将这张小报放进提包，走进大厅。

身穿保安制服的小伙子要求他填定一份会客单。他说是来找金手公司讨账的。保安不怀好意地笑了笑，为他要了电梯。二木跟了上来，远远看着邢伏生的背影，然后隐在暗处。

一瞬之间电梯就升到十三楼。

那种干燥的感觉迎面袭来，邢伏生惊了。只有在尔雅镇，才能时时感受到这种干燥的折磨。走出电梯，那种干燥的感觉愈发强烈了，如同站在尔雅镇的大街上。

这里就是金手公司？天啊，金手公司原来拥有与尔雅镇完全相同的天候。这个发现令邢伏生非常意外。在此之前他认为金手公司应当是一个潮湿的地方。不是说金生水吗？水呢？

邢伏生似乎有所感悟。

带着这种感悟，他推开了金手公司的大门。这里有许多房间，他一间接一间走着，没人。今天是旧历初七，人日。人日怎么没人呢？他推开最后一个房间的门。里边有人说，请进。他就走了进去。

这里是金手公司吗？我是从尔雅镇来这里讨账的。我说的是那二十八万人民币。

沙发上坐着一个西服革履的男子，看上去仪表堂堂。他笑了笑请邢伏生落座。落座之后，邢伏生再次说明了此行的来意。

西服革履的男子说，咱们从前见过面吗？

邢伏生摇摇头说，今生今世咱们好像是第一次见面。

是啊，如果我没记错的话，在你之前，曾经三次来人到金手公司追款。看来这笔账是很难拖到来世再还了。那钱呢，我想迟早是要还的。可能早些时候，也可能晚些时候。可能多还一点，也可能少还一点。您以前来过省城吗？

邢伏生说，能不能告诉我，您在金手公司里怎么称呼？

西服革履的男子抿了抿嘴角说，我就是欠你们二十八万元人民币的债务人。无论您有什么要求都可以向我提出来，千万不要去找别人。我就是金手，金手就是我。哎，我怎么觉得您有些面熟呢？从前你我一定是在什么地方见过面。您是不是对植物很有研究？

听对方这样一说，邢伏生受到感染，渐渐也觉得面前的这位男子颇有几分面熟。定睛细看，发现对方的上唇有着一道并不明显的疤痕。这上唇的疤痕引起了邢伏生的注意，好像是在一处人人熟知的旅游区里发现了一个新的景点。

对方递来一瓶矿泉水。邢伏生接在手里，想起尔雅镇大街上卖水的二木。这时他并不知道二木正在河福大厦大厅的沙发里坐着歇脚。他摇了摇矿泉水瓶子说，您应当告诉我这次欠账不还的理由究竟是什么，这样也算金手公司对我们尔雅镇北街有了一个交代。

对方竟然显出几分难堪的神色。其实也没有什么理由。不过我可以给您透露一个信息。就在您进门之前，来过一位身穿淡蓝色风衣的女士。真是来也匆匆去也匆匆。她说，金手公司欠尔雅镇南街的三十二万人民币，以及欠全镇的那六十万人民币，不必归还了。那位身穿淡蓝色风衣的女子还说，这本来就是一笔纠缠不清的账目。今世纠缠不清，拖到来世再算不迟。

什么？邢伏生惊得瞪大眼睛，死死盯着对方上唇的那道疤痕。不知为什么，他认为这道疤痕乃是时光在对方唇上投下的一道阴影。这道阴影又成为今世与来世的分界。

邢伏生知道那位身穿淡蓝色风衣的女士就是芦花。于是他起身告诉对方，尔雅镇从来就没有身穿淡蓝色风衣的女子。

西服革履的男子抿了抿上唇说，依您这样说，我刚才见到的只是一个人的影子？其实人的服装是随时可以更换的。不过，我们决不会因为那位身穿淡蓝色风衣的女子的一句话，就将尔雅镇那六十万人民币一笔勾销。钱，我们还是要归还的。可能早些时候，也可能晚些时候。总之我们还有很多时间。

邢伏生说，是啊，总之我们还有很多时间。告辞了，明天我会再来的。

对方居然恋恋不舍地说，真是一见如故。如果不是今晚我在音乐厅有个约会，真想与您继续交谈下去。

一阵更加强烈的干燥气息扑面而来。

西服革履的男子说，您从前真的没到省城来过？

邢伏生说，当年尔雅镇已经是水旱大码头了，省城还是一个小小的渔村吧？

您说得对。可是，如今的情况恰恰相反。这就是时光。

邢伏生伸出手与对方握了握说，相见恨早。

走出河福大厦的时候，邢伏生没有发现坐在一楼大厅角落里的二木。二木面无表情地看了看邢伏生的背影，然后摇了摇头。看样子二木是在等待另一个人。这位年轻的屠户坐在大厅的沙发上自言自语说，坑去人家六十万块钱赖着不还，整天西服革履的比谁都理直气壮。这种道理谁能想得通呢？

走出大厦邢伏生径直来到河边，随意找了一张长椅坐了下来。令邢伏生感到意外的是，面对大河他并没有感到自己是个晕水症患者。也就是说他已经不再晕水了。因此，他更加认定省城是一个陷阱。

亘河的河水静止不流，给人一种世界凝固的感觉。彩灯初上，一条条仿古游船好似昼伏夜出的动物，纷纷游了出来。邢伏生倚在岸边的栏杆上，呆呆望着河里的景致。

游船遵循着自己的时代逻辑行事。一个个身穿古代衣饰的女子，裙裾摇摆，燕语莺声，手持灯笼立于两侧船舷，仿佛是从画中走来的娇娥。丝竹之声此起彼伏，在河面上荡漾。明清风情扑面而来，一派王朝光景。河水活了，时光哗哗流淌，邢伏生一步就迈入前世。

他终于看见自己站在船上。头戴着方巾，身穿一件海蓝青，手里摇着一柄檀扇，正从丫鬟的托盘里接过一杯香茗。

丫鬟转身离去，却被身边一位麻脸相公一把揽在怀里，亲吻起来。那丫鬟身穿蓝裙，一派半推半就的样子。邢伏生再看，那丫鬟原来竟是芦花。这真是古典三陪。他顿时大怒。这时河里嗵的一声泛起一朵浪花。芦花蓝光一闪没了踪影。

游船驶向远方了。浪波不兴，邢伏生蓦地回到了今世。这一来一往，竟然跨越百年。看着现世的景象，他心里清楚地知道，面前的这条亘河，不出十年就要干涸的。那时候，这座大名鼎鼎的城市又添一景，那就是干涸的河谷。

找了一张临近路灯的长椅，他坐下来开始阅读那张《人间消息》小报。丁宝泉的那篇小说《码头是河流的弃妇》整整占了一个版面，右下角还配了一幅模模糊糊的插图。这篇小说的故事其实非常简单。

一个镇子集资建厂，苦苦集了六十万元人民币却被省城的一家买空卖空的公司给骗去了，打了水漂儿。镇上多次派人前去讨账，全无效果。人们绝望了，开始互相攻击，对生活失去了信心。就在这个时候，一个平日里不言不语的屠户汉子悄悄上路，往省城去了。

读到这里，传来一阵呻吟声。邢伏生眯起眼睛朝黑暗之处望去，看到两个身影正在一张长椅上疯狂蠕动着。听这种响动，他猜出那一男一女正在性交。他觉得自己此时分明正置身于《动物世界》那轰轰烈烈的发情期之中。

收起小说，邢伏生起身离开了长椅，投宿去了。

9

省城新落成的音乐厅是一座外形奇异的建筑——远远看去好像一只巨大的河龟。在这只巨大河龟的统领之下，省城就成了一个巨大的水族馆。黄昏时分，水水灵灵的芦花兴高采烈游走在水族馆的大街上，朝远处那只巨大的河龟咻咻笑着。不知道为什么，来到省城她心里油然而生出一种回到祖母身边的奇特感觉，很是亲切很是放松很是得意。芦花甚至认为，世界上的城市成千上万，但只有在省城这里她才可以浑不讲理、胡吃海塞、东蹿西跳、横行竖走。省城真是一个好地方。一个女子与一座城市，相见恨晚。

大街上，芦花看到很多地方都贴着“尔雅南街秘方，专治男科重症”的海报。沿途她又看到几个街南汉子摆地摊算命，就知道父亲率领队伍已经开进省城。她笑了，体验到那种祖宗八辈济济一堂欢聚省城过大年的感觉。这时她想起儿时的歌谣，就哼唱起来。

> 叮叮当当，老虎箱箱，到——家了吗？
> 没——有！

她哼唱着这首其实已经非常古老的童谣，开心地朝前方走去。此时芦花并不知道二木已经进入临战状态。她只知道金手公司那位西服革履的男子对自己一见钟情，约了今晚在音乐厅门前见面。芦花虽然是个乡镇女子，但不知道为什么她丝毫也未觉得省城的陌生。她与省城，见面自来熟。到达省城刚刚二十四小时，她就觉得这里本是自己的出生地。

音乐厅建在三十八级台阶的小高地上，显得气势宏大。身穿淡蓝色风衣的芦花远远望见一个西服革履的男子站在三十八级台阶上，就大步朝前走去。那男子朝她挥着手。

这时候芦花才明白，自己是一个速溶型的人，省城是一座速溶型的城。自己只不过是出于好奇，才抢在邢伏生之前走进金手公司。她其实只在总经理办公室里坐了五分钟，与西服革履的男子聊了聊，竟然一见面就熟了。对方好像显得很激动，请她去听音乐会。她觉得好玩，毫不犹豫就应允了。

想不到音乐厅坐落在小高地上。

芦花走上三十八级台阶，空气一下子变得潮湿，身上也觉得汗津津的。她就随手脱了那件淡蓝色风衣。脱去风衣的芦花，看上去像一条亭亭玉立的美人鱼。

西服革履的男子笑了笑说，你怎么还穿着这件风衣呀？

芦花说，我要是不穿这件风衣来赴约会，你肯定就认不出我了。因为毕竟你我只在办公室里见过一面啊。

不。无论你身穿什么样子什么颜色的衣服，我都能一眼就认出你来。我总觉得咱们已经认识很久了。

芦花笑了。她知道男人都会将事情说得似是而非。譬如明明是生在新社会，长在红旗下，偏偏要说早在七七事变那年就已相识，并且还在桥上私定了终身。男人大都愿意将今生的事情说成前世已定。

此时的芦花令西服革履的男子感到惊讶。上午见面时，她还有家乡口音，刚刚过去十个小时，她就已经能讲一口纯正的省城话了。真是神奇的变幻，宛若精灵。他满心欢喜，挽起芦花的胳膊走进音乐厅。

这时候二木从广告牌子后面走出来，径直到售票窗口去买入场券。他知道此时已经进入一触即发的时刻，必须紧紧跟随那个西服革履的男子到剧场里去，一切都要在今晚的音乐厅里解决。

二木觉得浑身奇痒难耐。来到省城他就患了湿疹——他认为是水土不服。省城在二木眼里，绝不是人类生存的地方。他恨不能立即离去，只因为该办的事情还没有办完，他才坚持着住在省城。他懂得了什么叫作度日如年。昨天二木去那条著名的亘河边上走了走，更是灰心。他虽然来自旱地，却一眼看出这条大河十年之内必将干涸。他站在河畔分明看到风沙的大脚正从遥远的地方朝这里缓缓走来。到那时候，我就该到这里来卖水了，就好比在尔雅镇一样。

音乐厅的售票窗口前面，二木怔住了。他完全没有想到票价竟然如此昂贵。最高票价一千元。最低的也要三百五十元。二木清楚记得自己兜里只有三百四十九元。他攀住窗口问售票小姐，有没有更便宜的票价。售票小姐撇了撇嘴。

看来是无法走进剧场了。拎着提包，二木站在大街一侧的果皮箱旁边，不住地搔痒。一元钱，将一个男人阻隔在战场之外。二木自言自语说，我只能在这里等到散场了。之后，二木摸了摸掖在怀里的家伙。

剧场里面静悄悄的。人们等待着音乐会的开始。

今晚的主题音乐会《河之源》，第一组作品标题为《水母》。西服革履的男子揽着芦花的纤腰走向贵宾席，轻声给她介绍着音乐会的内容。就在落座的一瞬间，她看到他的上唇有着一道疤痕。

他不自然地抿了抿嘴角说，从第一眼看到你，我就觉得咱们已经认识很多年了。当时在办公室虽然只谈了五分钟，但我感到与你在一起非常舒服。其实我有生以来就没有体验过这种舒服的感觉。这种感觉真是用语言无法形容的。我觉得我已经离不开你了，所以我请你来听这场音乐会。

我是从旱地乡镇来的女子，听不懂这种音乐。

你听得懂水声吗？

芦花点点头。

今晚的音乐会上都是水的声音。我们从前都是从水上来的，你知道吗？

知道。可是这里的水很快也要没了，你知道吗？

他伸手摸了摸唇上的疤痕，嗯了一声。

你为什么说，我欠尔雅镇的那六十万元人民币不用还了？

芦花咔咔笑着说，我觉得这样说很好玩，就这样说了。你要是觉得这样很好玩，你就这样做吧。

尔雅镇那地方，如今是个什么样子？

什么样子？其实都是一个样子。

听了这话，西服革履的男子笑了笑说，难道好人与坏人也都是一个样子？

好人也得死，坏人也得死，难道不是一个样子吗？

告诉你吧，这场音乐会是我出资赞助的，二十万元人民币。你说我是好人呢还是坏人呢？

这时候一声巨大的轰鸣，音乐会开始了。芦花一下就听懂了，那巨大的轰鸣就是大水从天而降发出的声响。她觉得睫毛都被溅湿了。

身边的男子紧紧抓住她的手——那力量，仿佛失足落水者抓住救生圈。她一下就明白了，身边这个男人是一个处于绝望边缘的两栖动物。

人啊，真是可怜。芦花知道从今以后全凭自己了——使劲朝前游走，心里装着跃过龙门的美梦。尽管心里知道人间根本就没有龙门。

开始演奏的是第一组作品《水母》。渐渐地，整个剧场深深沉浸在一派清凉的大水之中。

芦花似乎看到一群小鱼游了过来，调皮地亲吻着自己的脸颊。

这音乐果然能够听懂啊。一切都历历在目：水草。浮萍。一圈圈涟漪。水的景观，一瞬之间就在眼前显现出来。这时候游来一条大鱼。大鱼游动着，吞下一条小鱼。芦花又看到一条小鱼吞下一只小虾。一群小虾游过来，啄食着一团团淤泥。

水底世界一下子变得浑浊不堪，模糊了人的视觉。

《河之源》音乐会继续演奏着。关于水的感觉也越来越强烈。观众随着浪头的节拍，摇晃着身子——好像一排排水畔的芦苇。

芦花不觉泪落胸前。她渐渐体验到一种平生绝无二次的安全感，似乎重新浸泡在羊水之中，受到母体的呵护。

与此同时，投宿在一家低档旅馆的邢伏生躺在床上，继续读那篇《码头是河流的弃妇》。邢伏生万万没有想到丁宝泉几乎对生活原型未加任何变动就写成这篇小说。同时，他也万万没有想到，小说作者选择暴力作为故事的结局。那个平日里不言不语的屠户汉子来到省城身藏利刃等候多时，终于将那个骗了全镇六十万元人民币的西服革履的男子逼到墙角，挥刀插进他的胸膛。之后，年轻的屠户并不急于逃走，而是站在原地欣赏着那具汩汩淌血的尸体。他无意之中发现，死者是做过上唇整容手术的。整容手术之前，这家伙的童年肯定是一个豁嘴男孩儿。

《码头是河流的弃妇》的最后一个句子是：杀人的刀，泛着寒光，死者的血，小溪一样流向远方——然后等待干涸。

扔下小说，邢伏生猛地从床上坐起，只觉得毛骨悚然。

他似乎听到大街上开过一辆警车。警笛声声，敲击着省城的柏油马路。

这时候，音乐会正在演奏第三组作品《生死河流》。

已经有人提前退场了，说内容太水了，根本就听不懂。

非常行动

1

我家搬进光荣胡同九号院居住，一通拾掇，几番归置，总算安顿妥帖，天色已晚。院子里飘散着五户人家的饭菜味道，嗅着气息各不相同。

我妈手脚麻利点燃煤油炉，快速煮了锅玉米面粥，然后切了碟咸菜，大大方方淋了几滴香油。我妈小眼睛小鼻子小嘴巴，身材匀称动作灵巧，好像随时振翅起飞的白鸽。她说纺织女工都要这样的身材，太高太胖好像大座钟，做挡车工不行。

这顿晚饭简单明了，完全符合备战备荒的精神。晚上喝粥不会打嗝，等于灌了个水饱。我爸照例拿了根扫帚苗儿剔牙，就跟刚吃过酱牛肉似的。我妈不，即使过年吃了肉馅饺子也不剔牙，积攒在牙缝里回味。

这时候听见邻家孩子在屋外招呼我，说是来搞好团结的。

爸爸哼声表示同意我出去。炼钢工人不爱说话，凡事点头即可，当然打我的时候他要用手的。

我妈积极配合我爸，说你要跟新邻居搞好团结，但是不要形成小山头主义。我知道棉纺厂纺纱车间考核单台产量，我妈不习惯集团作战，应当克服个人英雄主义思想苗头。

我家屋外院子里站着两个半大小子。我观察这两人的表情，没有不怀好意也没有不怀歹意，但是肯定有来意。经过自我介绍，我知道瘦高的叫马坡，瘦矮的叫白磊，这都是正规学名不是梁山绰号。

马坡头发微黄双眼皮大眼睛，嘴里叼着根火柴棍儿。这不能说明他热爱伐木。马坡当头问我家庭出身，我说工人。白磊问我本人成分，我说学生。马坡说好得很，咱仨都是革命小将。

我说我是东方红中学的，冬天全年级集体升进中学，一锅端。白磊说他们同样全年级一锅端，大冷天升进长征中学。马坡说教育革命废除考试，小升初全部一锅端。

白磊很容易就感慨了，说这要多么大的锅，八个巨人端不动。

你真是大脑一根筋，这只是个比喻！马坡毫不留情开展批评与自我批评，却表现为对白磊的蔑视。

白磊小眼睛大鼻子厚嘴唇，五官不成比例，反而显得厚道，这长相就容易被人欺负。马坡容貌不错，面孔白净瓜子脸，能说会道，怎么看都是个城市少年。

你家是新住户，我们是来跟你搞好团结的。马坡语调流畅继续说，现在全国人民提高警惕保卫祖国随时准备打仗。我们小将不能落后，要提高警惕保卫光荣胡同随时准备逮坏人。

光荣胡同有坏人？我觉得这条小巷只有五个门牌，涌现坏人的百分比不会很大。

马坡当即批评我警惕性不高，随即朗声说道，革命小将坚决执行光荣使命。白磊马上张嘴配合说，红色少年果断采取非常行动。

我听了觉得他俩是副对联，只是缺少横批而已，顺口说了句“准备战斗”。

马坡从批评转为表扬说，你说得好！今晚我们战斗小组宣告成立。

我问为何今晚宣告成立。马坡咬文嚼字说，难道你不知道珍宝岛战斗？中国人民解放军击毙了苏联军队的瘸子上尉。

我点头说知道，孙玉国还把苏联坦克打得沉到乌苏里江底了。

所以嘛，亲人解放军保卫祖国边疆，我们战斗小组保卫自己家乡。马坡说着扬脸甩了甩头发。我估计这动作是学习革命先烈的风格，表示视死如归。

白磊果然挺厚道的，推举马坡担任战斗小组组长，表示战斗小组精兵简政不设副组长。

我们战斗小组怎么能不设副组长呢？你就是！马坡伸手指着白磊鼻

尖，发布首道任命。

我当场表态说，加强纪律性，革命无不胜。请组长和副组长放心，我初来乍到要当好组员的。

一个又高又瘦的妇女从小院里走过，声音急促地说，白磊快回家拣扣钉去！说罢匆匆走出大门，好像上街去了。

白磊跟组长请假说，我妈催我回家干活儿呢。马坡沉吟几秒钟说，今晚活动结束，各回各家，各找各妈。

我记住白磊的妈妈又高又瘦，一派容易被大风刮走的样子。马坡的妈妈我还没有见到，不会是又矮又胖大风刮不动的样子吧。

马坡告诉我，白磊全家每月人均生活费只有八块五，仅仅比城市生活困难户多出五毛钱，街委会给他家分拣扣钉的活计，增加收入。

这活计是我妈给他家争取来的！马坡颇为自豪地说，我妈是居委会积极分子，也是咱们向阳院主任。

我听明白了，我们九号院坐落背阴方向，仍然获得“向阳院”称号，马坡妈妈功不可没。

春天里大清早，我猛地惊醒了。小院里有人响声高嗓说话，接近广播喇叭的音量。

九号院居民同志们！备战备荒为人民，近期全市夜晚防空演习，一旦拉响警报，马上熄灭灯火，关门闭户，不许外出。各家各户提早准备蜡烛，涉及有关街道要做好长时间断电准备！

我揉着眼睛走出屋去，这个妇女宣讲完毕，伸手指着马坡说，大家注意啦，我儿子还有重要补充！

我终于认识马坡妈妈了，果然是又矮又胖大风刮不动的体形。

马坡好像接通电源的小喇叭，放开音量喊道，九号院居民们请注意！防空警报期间胡同里黑灯瞎火，大家要严防坏人流窜破坏！我们革命小将负责保护九号院！请大家积极配合我们的工作。

我爸下夜班拎着饭盒走进小院，他身高体壮浓眉大眼，只可惜塌鼻子减了分数，不能完美代表工人阶级形象。

我爸板着炼钢工人面孔问我，他们这是排练什么节目呢?

我说通知居民购买洋蜡。我爸极其不屑地说，咱家有手电筒别搭理不法小贩。

我爸身为炼钢工人，从来不把阿猫阿狗放在眼里。他走进厨房拿起两个窝头当作早饭吃掉，进屋没脱衣服就上床睡觉了。

马坡妈妈连续眨动眼睛对我说，你爸整宿炼钢很辛苦，不喝口热水就睡了，你这孩子没给工人阶级做好后勤工作！

我意外遭到批评，只好对她实话实说，平时让我爸喝热水的工作由我妈负责，今天我妈上早班我没睡醒她就走了。

马坡觍着脸插嘴说，所以嘛，我们小将要为工人阶级做好后勤工作，让你爸炼好钢，让你妈纺好纱，让我们共同建设社会主义祖国！

我家屋里传出炼钢工人的吼声，你们说话嗓门这么大，怎么不去跟驴比赛呢！

马坡妈妈被震住了，反而批评我和马坡，你俩不要嚷嚷好不好？抓革命促生产！我们要让工人阶级睡好觉。

我觉得马坡妈妈这人不错，特别顾大局识大体，非常尊重工人阶级包括我爸这个炼钢工人。

小院平静下来。我吃了早饭去学校，白磊说跟我顺路。我俩走出光荣胡同，白磊有些神秘地对我说，马坡爸爸是百货大楼搬运工，马坡妈妈瞧不起马坡爸爸，马坡妈妈特别崇拜产业工人，比如你爸这样的炼钢工人。

我说马坡妈妈要是特别崇拜我爸，我妈肯定不乐意的。

白磊思索着说，我爸是茶叶公司仓库保管员，我妈就没有瞧不起我爸。

我说可能因为你妈是家庭妇女，全靠你爸工资养家，所以她不能瞧不起你爸。

白磊表情诚恳地说，你讲得有道理。别看我爸上班浑身茉莉花茶味道，他下班回家也发脾气的。

我发现白磊右脚穿的条绒布鞋被大脚趾顶破了，露出的趾甲好像半枚古钱出土了。看来他家确实生活困难，连双球鞋都买不起。

我问他分拣扣钉的事情，他说把不合格的剔除，拣得一千颗合格扣钉计一分钱，大晚上全家人能拣得一万颗，合计一毛钱。

白磊揉了揉鼻头说，可是这种活计不经常有，所以我妈总去央告街委会，盼望多派活计给我家。

这活计不是马坡妈妈给你家争取来的吗？让你妈央告马坡妈妈就是了。

白磊睁大一双小眼睛望着我，你说央告吴林镜啊，这活计是她给我家争取来的？

我得知马坡妈妈叫吴林镜，也是家庭妇女没工作不上班。

我们走到东方红中学大门前，白磊告诉我他姐白丽也在东方红中学，是“老初一”的，可能明年就要上山下乡了。

我知道白磊姐姐的体形很像白磊妈妈，都是营养不足的样子。

白磊去长征中学还要朝前走，所以叫长征中学名不虚传。我跟白磊分手走进东方红中学大门。记得老师说过这里曾是外国兵营，让我们不忘西方列强的侵略罪行。

我们这届学生叫“新初一”，主要开五门课，政治课、外语课、工业基础知识、农业基础知识，还有军训课。外语课学俄语，比如“举起手来，缴枪不杀！中国人民解放军优待俘虏！”这类战场用语，一旦苏联入侵，便学以致用。俄语发音要卷舌头，比如“斯多伊，帕得娘青路皮！”我的舌头硬得像陈年饼干，卷不了。

上午头节课是农业知识，老师讲到山西大寨“七沟八梁一面坡”的地理环境，即兴念了首顺口溜：“山高石头多，出门就爬坡，地无三亩平，年年灾情多，三天没雨苗发黄，下场急雨地冲光，地里上肥地边流，冲走肥土剩石头。”

这合辙押韵的顺口溜很有文艺味道，我听得兴趣盎然。那么贫瘠的土地被贫下中农改造成高产良田，我记住大寨几个地名，虎头山、狼窝掌、白驼沟。

课间休息我从教室溜达出来。学校大操场“老初一”学生上军训课，集中练习战地救护技能，男生女生搭配练习紧急包扎伤口。我看到白磊的姐姐白丽甩了单儿，孤零零戳在那里。

我们学校操场宽敞，一身蓝布衣裳的白丽愈发显得单薄，看着身材几乎没有厚度，活像用木板雕刻出一个营养不良的女生。

军训老师大声呵斥，说白丽你不怕苏修原子弹掉你脑袋上。

我情不自禁走过去大声冲她喊道，白丽你用我来练习包扎吧。

白丽消瘦的脸庞露出僵硬的笑容，一掠而过。我走近白丽就地卧倒，这是军训课学会的动作。

她随即进入状态，问我哪里负伤了。我说左侧大腿中弹。她单腿跪下拿起绷带勒紧我的左侧大腿根部，这叫止血。我看到白丽的蓝布裤子膝盖打着补丁，这证实她属于生活困难家庭。有些女生家里再穷也不穿带补丁的裤子上学校，除非只有这条裤子。

白丽完成包扎练习，举手向军训课老师示意。我无意间看到她穿的蓝布裤子竟然是前面开门的，这分明是条男式裤子。莫非白丽穿着她爸的裤子来上学？我嗅到淡淡茉莉花茶的味道。

白丽看到我惊讶的表情，腾地红了脸。这种红润脸色对营养不良的女生来说，很快便褪去了。

我裤子洗了没晾干呢。我听到她的低声解释。本想安慰她几句，想起还有工业基础知识不能旷课，我起身向教学楼跑去。

中午放学了，人流羊群似的拥出东方红中学大门。马路边有农村老汉偷偷兜售烤红薯。学校“基干连”小将冲出校门抓捕不法小贩，十几个红薯满地滚落，可巧有个红薯被我踩扁，粘得鞋底黏黏糊糊。

我捡了根木棍儿坐在马路边刮净鞋底，这时学校门外清静了。我看见学校门柱下躺着个红薯，分明是漏网的逃兵。

一只脏手快速抓起红薯倏地闪身离开了。我抬头望着疾速远去的背影，立即穿好鞋子起身追去。

我只追了几步就停了下来。白磊回家路上捡食红薯，这幸福不亚于拾到狗头金。听说他家人口多粮食少，总是不够吃到月底。白磊清早经常空着肚子上学，放学回家午饭照旧吃不饱。

我走进光荣胡同情不自禁停下脚步，一股浓浓的炖肉香气自七号院弥散而出，那气势足以馋死这条小巷。我打量着七号院两扇铁门，想象不出院里的景象，只得恋恋不舍回家了。

我妈上早班不在家。我爸下夜班呼呼大睡，鼾声起伏。刚刚受到七号院炖肉香味的刺激，我决定做顿好饭犒劳自己。走进厨房翻盆掀瓮总算找到小块咸鱼，洗净切丁跟粳米煮粥，我耐心等待饭熟。

白磊嗅着味道来了，隔着厨房窗户问我做什么好饭呢。我说你去七号院门外闻闻吧，人家吃的才是真正好饭。

白磊不酸不凉地说，七号是独门独院，人家吃的喝的接近共产主义水平了。

我想象不出共产主义伙食的具体模样，估计还是要用嘴吃的。

白磊耸了耸鼻子，提醒我咸鱼粥煮熟了，当心煳了锅。我迅疾端锅离灶，然后有些虚伪地问道，你不尝尝我的咸鱼粥？

他明显咽了团口水，然后表情真挚地说，我午饭吃撑了，你的咸鱼粥我吃不下的。

我知道他今天胃里增加了街边红薯，这顿午饭会比平日吃得饱些。

这样想着，我拿起木勺给碗里盛粥，却被白磊阻拦说千万不要盛到碗里。之后他具体解释说，你把粥盛到碗里肯定会粘些米粒米汁，包括木勺也会粘些米粒米汁，你吃完饭洗碗涮勺都浪费了，你直接从锅里吃吧保证全进胃里，然后把锅刮干净。

这种颗粒归仓理论折服了我。我索性端起钢精锅送到嘴边，直接喝粥连勺子都不用。白磊笑容满面地说，你虚心接受别人合理化建议，这要比马坡骄傲自满强多了。

不过我爸要是看见我直接从锅里吃饭，必然动手打我的。白磊同意我的这种危险预测，因为民间风俗直接从锅里吃饭的是叫花子。

我很快喝光咸鱼粥，伸出食指刮净锅壁，放进嘴里吮着。学校星期二下午没课，我不慌不忙洗净钢精锅，也不知该去做什么了。

白磊情绪突然低落，告诉我说他家面缸又见底了。他妈掏了四块钱派他去黑市买粮票。

我知道黑市是非法交易市场，时不时受到执法清剿，但是屡清不绝久剿不止。

白磊无奈地笑了笑说，我每月要去黑市一趟，那些票证贩子都认识我了。

我知道城市实行粮食定量供应，却没想到白家的粮食亏空如此严重。白磊的哥哥白秋技校读书，按月取走粮票交给学校食堂，等于从家里舀走口粮。白磊上有姐姐白丽，下有妹妹白芹也是张嘴吃饭的高级动物。人口多粮食少，每逢月底就要断粮，白磊妈妈只好派白磊到黑市购买粮票，然后拿粮票到国营粮店买成玉米面，这样就能连接下月了。其实这比寅吃卯粮还要严重，因为白磊家里没有卯粮。

白磊继续给我讲解黑市景况，说那里倒买倒卖布票、棉花票、食油票、白糖票，还有纺织券、工业券及手表购买证、自行车购买证、缝纫机购买证，甚至大衣柜购买证，而且价格基本稳定。

听到屋里传出爸爸鼾声，我决定自己掌控下午时间，轻声问白磊说，我跟随你去开开眼好吗？

我去黑市买粮票就是个污点，你炼钢工人的儿子何必染这水呢？

我毫不虚假地说，我觉得你挺孤单的，跑黑市我陪你去吧。

白磊好像被感动了，低头说你家要是早搬来多好，我就有朋友了。

白磊认为自己有污点，还认为自己没有朋友。我顿时受到震动，伸手拢住他肩膀说，白磊，我就是你的朋友。

我家特别穷，你不要瞧不起我。他说着掏出两张二元面额的钞票，快速叠成小元宝形状说，这钱是我妈找人借的，等到下月五号我爸发工资我妈偷偷把债还了。

他家确实很穷。四个孩子两个大人，一间屋只好搭建两层阁楼，一层睡男的，一层睡女的，好像蒸包子笼屉。

白磊说他家不光缺粮，还缺钱。一家六口依靠白磊爸爸工资，总是花不到月底。月月都有五六天窟窿，月月要借钱填补窟窿。于是，月底四处借钱，月初悄悄还债，这便成了白磊妈妈的生活循环。

咱们走吧。白磊猫腰把钞票叠成的小元宝塞进鞋里。我再次看到半枚古钱似的脚指甲，顶破鞋面暴露阳光下。

我猜测他把钱藏进鞋里等于放进保险箱，即使出事搜身钞票也不会暴露。我登时觉得白磊比马坡聪明，尽管他只是战斗小组副组长。

我们小步跑向鱼市大街，拐过南马路白磊突然站住不走，用近乎商量的口吻对我说，我妈每月借钱的事儿，你不要说出去好不好？因为连我爸都不知道。

我再次被他打动，当即发誓保守秘密。白磊说了声“谢谢”，然后要我跟他拉开距离不要搭话，这样假若在黑市被抓也不会牵涉到我。

他凡事先替别人料想。我认定白磊是我靠得住的朋友。

跟随白磊来到鱼市大街，走进水铺旁边胡同里。我发现这是条“非”字形大巷，横向有好几个出口，绝对四通八达。难怪黑市选择这种地方，形势险恶，说撤就撤。

我看见白磊停住脚步猫腰提鞋，一闪身胡同里就没了他影子。我只得返回水铺等候。几个男人快步跑了过去。我担心白磊被人逮住，紧张得呼吸急促起来。

终于看到白磊从公共厕所走出来，远远朝我笑了。我估计交易成功了，跟随他快步离开鱼市大街，颇有虎口脱险的感受。

白磊走得气喘吁吁，有些兴奋地告诉我，一斤粗粮票小贩要卖两毛二分钱，经过讲价降到两毛钱，他买到二十斤粗粮票花了四块钱。

我问怎么不买细粮票呢？他说细粮票一斤三毛二，拿着细粮票去国营粮店买标准面粉一毛八分五一斤，这样加起来面粉折合五毛零五分一斤，太贵了吃不起。

我为他顺利买到粗粮票而高兴，说你完成家庭使命了。他态度坚定地说，这不是家庭使命是我的污点。

白磊坚决认为在黑市购买粮票是自己的污点，我心里挺佩服他的。

我俩路过红旗煤店，我提出坐下歇会儿。他会心地笑了说，干完危险事情就会感觉疲劳，这不是心理紧张这是胆量怂了。

白磊大胆完成黑市交易，反而坦然承认自己胆量怂了，我心里更加佩服他了。

他用手背蹭蹭脑门汗珠说，明天我妈拿粮票到国营粮店买粮食，一斤玉米面九分九，加上黑市粮票两毛钱，一斤玉米面折合两毛九分九。这确实属于高价粮，可是全家有的吃了。

既然折合两毛九分九，为吗不直接去买高价玉米面呢?

他终于坏笑了，一双小眼睛含有几分瞧不起我的神色说，全国粮食统购统销，你让我去哪儿买高价玉米面？从天津到北京也没有卖的。

之后他意犹未尽说，你爸你妈是产业工人，两口子工资高，家庭人口少，过日子从来不用你糟心发愁。

我被他说得窘了，不想反驳也无言反驳。我认为白磊的确比我强得多，比如他懂得“统购统销”，还懂得叠成“小元宝”把钱藏进鞋里，更懂得甘居配角接受马坡的领导，特别是敢于以“污点”形容自己的行为，令我刮目相看。

我请你吃冰棍儿吧！我顿时豪爽起来，从衣兜里掏出五分硬币。

天气不太热不用吃冰棍儿！白磊说罢起身跑走了，好像参加学校的短跑比赛。

2

我妈下班进家已是傍晚时分，她径直走进厨房谋划晚饭，小声问我下午疯到哪儿去了。我正想如何撒谎抵赖，被她一句话给揭穿了。

你看看自己鞋底沾的煤灰！赶快跟我编瞎话说你到煤球厂学工劳动去了。

我只得承认下午跑出去玩了，但是不能说去了鱼市大街。我担心我妈知道那里有黑市。

黄昏时分，马坡妈妈昂首挺立香椿树下，扯开嗓子大声宣布，五一节增加供应，凭户口册到居委会领取鸡蛋票，咱们九号院有两户还没有领取，不要辜负党和国家对我们城市居民的关怀！

我倚着厨房门框告诉妈妈，我已经领取了鸡蛋票，不论家庭人口多少，五一节每户半斤冷冻鸡蛋。

我爸翻身下床端起漱口盂蹲在门口刷牙。我知道这是吃晚饭的前奏，他不刷牙晚饭吃不香。

厨房里妈妈散发着煮肉的香气说，今年供应鸡蛋好哇，比去年的明太鱼强多了。

爸爸也嗅到煮肉的香气，起身靠近厨房说，这不年不节的弄腥荤，你这是要跟七号院的八级工较劲吧？

妈妈随即解释说，厂里给职工改善生活大卡车拉来鸡架子，我抓阄抓中了，鸡架子下锅吊好了给你做玉米面汆汆汤！

说着我妈出现抵触情绪，你说要我跟七号院的八级工较劲？人家工资比科长还高，我哪有人民币跟他较劲！你有本事也拿高工资，咱家天天精米白面爊鱼炖肉。

我爸工资不低，但是按月给我奶奶十块钱，按月支援我姑姑五块钱；每月工厂“储金会”攒五块钱；二十块钱交给家里过日子；他剩余十块钱挂零，用于抽烟喝酒包括红白喜事随份子，有时还要给厂里遭遇生活困难的家庭捐款。

一番话被我妈数落得理亏，我爸不吭声了。我担心他恼羞成怒拿我出气撒火，趁着黄昏溜到院子里香椿树下，这是我们战斗小组开碰头会的地方。

马坡倚着香椿树手里举着白面大包子，吃得津津有味。我想起白磊说过，每逢家里改善生活吃好饭，马坡就到香椿树底下显摆。

这包子是油渣白菜馅的。马坡主动介绍好饭内容，仍然改不掉吃饭吧嗒嘴的不良习惯。

我毕竟有疑难问题向马坡请教，只得忍受白面大包子的诱惑。他咀嚼着答道，你问八级工是谁？就是七号院郜占奎，他是津沽大学实验工厂八级钳工，每月工资比科长都高，单身生活，一个人吃饱全家不饿，邻居们私下取外号叫他八级工。

我想起七号院飘出炖肉的香味，敢情独门独院里住着高工资的八级工，而且成了外号。

这时我妈召唤我吃饭，习惯性地添了那句“放心吧你爸不打你”。好像我爸打我是本分，不打我倒成了福利。

我跑进厨房把大盆汆汆汤端进屋，我爸糖蒜就酒，已然喝上了。鸡架子吊汤香喷喷，一只只金黄色汆汆漂浮着，就跟袖珍水雷似的。

我妈给汆汆汤里撒了几撮子韭菜末，满盆金黄添加翠绿景致，令我想起地理课本里的南湖。

我爸居然对劳动节每户供应半斤鸡蛋不满，认为应该一斤。我妈伸出筷子直指我爸酒盅说，怎么老白干还堵不住你的嘴？给半斤鸡蛋就不错了。

我壮足胆量趁火打劫说，爸爸，工人阶级吃苦耐劳，不要跟鸡蛋斤斤计较。

我爸啪地放下筷子，我知道他要腾出手来打我。我妈也啪地放下筷子说，我认为孩子说得对！供应半斤鸡蛋已经是党和国家的关怀了，你怎么还不满足呢？

我爸满脸涨红，吭吭哧哧说不出话来。我立即给他盛了碗汆汆汤，表示臣服。我爸只得就坡下驴说，全家开展批评与自我批评，必须做到解决实际困难，你们光放空炮谁不会啊？

我不知道他说的实际困难是什么，就埋头吃饭了。我妈也趁机缓和局面跟我爸说，这鸡架子吊汤真不错，你趁热快吃吧。

吃过晚饭我的任务是洗锅刷碗。妈妈跟到厨房告诉我说，你奶奶春天犯咳嗽，她老人家寻摸到了偏方，每天开水冲个鸡蛋，再淋上几滴香油，空肚子喝下润肺化痰还败火。你爸恨不得给你奶奶送一百斤鸡蛋去，可惜国家只供应半斤，你爸就着急了。

如此看来我爸是个大孝子，我后悔顶撞了他。天色晚了，我爸洗脸换衣裳准备上夜班去。我滗掉汤水把玉米面汆汆装满饭盒，配了咸菜和酱豆腐，这就是爸爸的夜班饭食。

天黑了。我把饭盒装进兜子递给爸爸说，我争取寻摸半斤鸡蛋票，凑成一斤鸡蛋给我奶奶送去，这样您就拿得出手了。

我爸重新成为沉默的男人，一声不吭接过沉甸甸的兜子，走出家门上夜班去了。

我妈挺欣慰的，用慈爱的目光照耀着我说，有你这句话你爸就宽心了。养儿防老，哪个老爷儿们不愿意多生几个儿子。

我妈说话音量大，引来了马坡妈妈。她迎头对我妈发表感想说，你纺织女工工作繁忙，我是家庭妇女也不清闲，女红一把剪子，厨房一把铲子，整天没有闲白时间。我真佩服白磊妈妈，吃过晚饭还能出门溜达消食。

我听出她这是挖苦白磊妈妈。白家晚饭肯定不会吃得过饱，根本用不着出门溜达消食。

你是街道积极分子，全心全意为居民服务，即便吃肥了也跑瘦了，哪里用得着溜达消食呢。我妈只是夸奖马坡妈妈，显然避免对白磊妈妈发表评论。

马坡妈妈见没有取得共鸣，有些扫兴地走了。我觉得我妈不愧是国营大厂纺织女工，不像那些家庭妇女们，喜欢背地里踩张三贬李四，嘴里有牙无德。

我妈思路转向节日供应问题，说干脆买了那半斤冷冻鸡蛋，你奶奶全凭这香油鸡蛋汤压咳嗽呢。

我说那不是鸡蛋汤那是治咳嗽偏方，必须清早空腹喝下去。我妈略含讽刺地笑了，说空腹喝了鸡蛋汤再吃个窝头就等于早饭了。

我爸不在场，我妈对我奶奶的治咳嗽偏方不以为然。我认为给老年人吃鸡蛋补充营养，毕竟是有益无损的事情。

天色很晚了，从院子里传来白磊爸爸斥责白磊妈妈的喊叫声。

你就是个不会过日子的家庭妇女！弄得我连买书的钱都没了，我身体很好不用补充营养，这句古文你懂吧，神农尝百草，日遇七十二毒，得茶而解之！

白家明亮的灯光瞬间转为昏暗，我没有听到白磊妈妈的反驳。小院里遍地月光，渐渐平静下来。

我妈洗脸漱口睡下了。这时马坡出现了，小声召唤战斗小组成员，说召开紧急碰头会。我们聚集香椿树下，他刚刚说了两句话，就被他爸给骂回家去了。

战斗小组组长走了，紧急碰头会自然开不成。我借机询问白磊父母吵架的原因。他唉声叹气说，我妈看我爸越来越瘦，说买鸡蛋给他滋补身体，我爸听了就发脾气，说吃鸡蛋不如买书看，还骂我妈不支持他的事业。

我说有身体才有事业，如果身体垮了连看书的气力都没有了。

白磊计算着说，五一节供应冷冻鸡蛋四毛八一斤，买半斤鸡蛋两毛四分钱，当然也可能两毛五分钱或者两毛六分钱，这笔钱差不多够买常用汉语小词典了。我爸需要购买很多工具书，比如《中国通史》。

原来白磊爸爸真要动笔写书了，这令我感到意外。白磊爸爸是茶叶公司仓库保管员，白天上班不爱说话，下班回家埋头抄录读书卡片。为了节省电费房间换成小灯泡，只有分拣扣钉时换成大灯泡，全家人面孔才会清晰起来。

白磊满脸郑重表情说，我爸随身携带读书卡片，好像衣兜里装着食堂饭票，单位同事嘲笑他把书当饭吃了。我爸不抽烟不喝酒不打扑克不听评书不逛马路，还不怕领导讽刺挖苦。唐朝不是有人写过《茶经》嘛，一千多年过去了，我爸就是要给《茶经》续上，所以写书叫《续茶经》。

我受到白磊情绪感染说，你们全家应当支持你爸写书，不过要是花钱让你爸买书，你家鸡蛋票就用不上了。

我趁机提议花钱买他家鸡蛋票，这样就不用去黑市了。白磊有些惊讶，认为既然是朋友就不能收钱，收了钱便不是朋友了。

我说如果白拿你家鸡蛋票，我就不够朋友了。白磊揉了揉鼻子说，所以说朋友之间不能做买卖。

夜色浓重了。白丽走出家门拉起晾衣绳，看来洗了不少衣裳。

白磊抬头看看月亮说，没看见有风圈这些衣裳明天晾不干的。

白丽并不言声，一件件晾好衣裳，挪步走到香椿树下说，就是八天晾不干也不能穿脏衣裳。

我想起陪白丽练习战地包扎的场面，心里突然有了主意。等待白丽晾好衣裳回家去了，我凑近白磊耳畔说，明天我爸下夜班进家，你就让白丽把鸡蛋票送来，我爸受到感动肯定有回报，这样事情就成了。

白磊听得半懵半懂，伸手揉着鼻子。我索性和盘托出自己的谋划。

你不知道我爸这人性格特别分裂，他抠门儿时百分之百铁公鸡，那是根毛不拔。他要是豪爽起来敢把手表撸下来送给你，当然过后他只能后悔了。我妈说这种性格的工人钢厂里有不少。

白磊听了再次揉了揉鼻子，好像仍然困惑不解。

我继续给白磊讲解，也不知道我爸从哪儿弄来几件工作服，半新半旧放家里没人穿，有劳动布长裤，还有斜纹布上衣。只要明天顺利完成交换，我爸有了鸡蛋票孝敬我奶奶，你姐有了替换衣裳再不怕裤子晾不干，这就叫一举两得。

这时白磊听明白了，眨着小眼睛说不要你爸明天撸手表，只要当场把那件工作裤送给我姐就成了。

我拍着胸脯说，你跟你姐就放心吧，明天我会引导我爸的。

白磊明显受到我的鼓动说，咱们这才叫非常行动呢，马坡那玩意儿是过家家。

我认为白磊进步很快，身为战斗小组副组长敢于贬低组长了。

第二天是星期日，一大早我妈上班走了。我妈轮休星期三，所以她永远没有星期天。我立即翻箱倒柜查对那几件工作服，果然半新半旧却叠得干净整齐。我爸敢情这么精细，一下子教育了我。

我爸下夜班回家来了。我怕他立马上床睡觉，主动寻找话题跟他聊天。我发现父子之间根本没有话题，我爸就是上班，没有爱好。我就是上学，也不懂得爱好什么。这样想着心里难过起来，觉得我和我爸都活得挺可怜的。

我跑进厨房给我爸侍弄早饭，我爸说在厂里食堂吃过了。我透过厨房窗户看见白丽扭摆着身子来了，她上身穿褪色蓝布小褂，颜色接近铁灰好像是她妈妈的旧衣裳。

我走出厨房迎上前去，一时不知说什么好。看到白丽手里捏着那张浅黄色纸片，我转身冲屋里说，爸爸，人家白丽给你送鸡蛋票来啦。

我爸迎出家门有些迷惘地说，你家鸡蛋票怎么送给我家啊？

白丽竟然实话实说，我爸不愿吃鸡蛋想买书，我就寻思送给您吧，好不容易节日供应半斤冷冻鸡蛋。

我替我爸接过鸡蛋票，极其热烈地对我爸说，咱家鸡蛋票加白家鸡蛋票，正好能买一斤鸡蛋，您立即给我奶奶送去！

我说罢急切期待炼钢工人豪爽起来。可是我爸朝白丽说两声谢谢，扭身进屋了。白丽没有见到预期效果，愣了愣神儿只好转身回家了。

我追进屋里跟我爸说，人家听说我奶奶拿偏方治咳嗽，马上就把鸡蛋票送来啦！

白丽学雷锋，这真是好人好事。炼钢工人说着把脑袋放枕头上，身体躺平睡了。

这就是敢撸手表送人的豪爽气派？我望着鼾声渐起的炼钢工人，恨不得给他连鞠三个躬表示哀悼。

小院香椿树下，白磊焦急等待我的消息。马坡赶来询问事情缘由，当即严厉批评我。你犯了严重的主观主义错误，你爸的豪爽是你想象出来的，绝对不是客观存在。你要认真学习《矛盾论》和《实践论》，杜绝你的小资产阶级思想情调。

我极力反抗说，这件事情处在发展过程中，你提前下结论也是主观主义。

白磊迫不及待问道，今儿晚上能有结论吗？我姐把我的裤子也洗了。

我想起《沙家浜》芦苇荡里十八个伤病员，咬紧牙关告诉白磊坚持就是胜利。然后悄悄溜回家里，继续打量着酣睡的炼钢工人。

您要自始至终抠门儿该多好啊，我就不会把您评估得特别豪爽。如今别说您撸手表送人，干脆铁公鸡根毛不拔。您把我逼上梁山我只能采取非常行动了，这事儿您不能怪罪我。

我爸呼呼大睡肯定没有听到我的表白，兴许梦里炼钢呢。

我轻轻打开樟木箱子，挑来选去拿起这件劳动布裤子，迅速叠好夹在腋下快步走出家门。

白磊依然戳在香椿树下，就跟坚守阵地等待援军的士兵似的。我把这件半新半旧的劳动布裤子递过去说，封死前缝，侧面开边，让你姐改成女式的。

白磊又惊又喜接过裤子说，你说到做到，没放空炮！

我说我爸就是不爱当面表功，其实他心里有座炼钢炉呢。

我觉得自己办了件大事，跟白磊兑现了承诺，对白丽也有了交代，内心挺满足的。

临近中午时分，马坡倒背双手溜达到我家门前，这派头就跟地主家少爷似的。我以攻为守说，一切从实践出发，咱俩谁是主观主义者？

好啦！这会儿白丽借用我家缝纫机忙着改裤子呢。马坡并不跟我辩论，侧耳听见我爸传出的鼾声说，炼钢工人了不起，打呼噜都比别人响亮。

我心里暗暗叫苦，炼钢工人风光无限，生生把自己炼成铁公鸡。

这个值得纪念的星期天就这样过去了。第二天照例是星期一。

大清早上学路上。身材高挑的白丽穿着那条改裁合体的劳动布裤子走在前边。我突然觉得她走路姿势特别好看，以前我不懂往心里去。

她半斤鸡蛋票换了条半新半旧的裤子，我认为这不是交易，这叫社会主义大家庭各取所需互通有无。

星期三我妈公休不上班。我爸下了夜班没有马上睡觉，坐在屋里抽烟。他抽一毛九分钱的战斗牌烟卷，这烟卷味道特别怪异，使人想起臭脚丫子。

我爸过足烟瘾，翻箱倒柜找出那几件半新半旧的工作服，一件件摆在床前就跟摆摊小贩似的，独自低头寻思着。我没有想到我爸居然惦记他的收藏品，内心登时紧张起来。

我爸自言自语，那件劳动布工作裤不见啦？它足有五六成新呢。

咱家总共三口人不会丢东西的，何况是条半新半旧的工作裤，值不了一壶醋钱。我妈试图打消我爸寻找旧物的念头。

我爸反问我妈，你说咱家总共三口人不会丢东西，我信。要说那条劳动布裤子长翅膀飞啦？我不信。

我爸说着把目光挪到我身上。我心里愈发紧张，脑门冒汗了。

毕竟夫妻心有灵犀，我妈也随即投来疑问目光，审视着她给我爸生的这个儿子。

我生在新中国长在红旗下，自幼缺乏撒谎抵赖的训练，只得承认私自把那条劳动布裤子送人了，但是我坚决不说送给谁了。我爸暂时没发脾气，闷声问我能不能追回来。

我说绝对不可能追回来。

我估计我爸就要动手打我了，下意识绷紧浑身肌肉，极力提升抗击打能力。

我爸罕见地笑了。我没有防备这种笑容的经验，吓得倒退半步。

我爸连连摇头表示遇到了怪物，然后喝了杯凉白开，上床睡了。

我妈又惊又喜压低嗓音说，太阳从西边出来啦，你爸没打你！

我并不认为躲过了这场劫难，暗暗防着我爸欲擒故纵或者声东击西。我妈拉着我胳膊进到厨房，摆出李奶奶给李铁梅痛说革命家史的架势，先掰了块馒头给我吃。我担心这是我妈的计谋，摇头说不饿。

我妈果然追问我把裤子送给谁了。我说经过改裁变成女裤了。棉纺厂挡车女工没再追问，伸手给自己掰了块馒头，一边咀嚼一边说，你年岁不小了，咱家的事儿也该让你知道了。

我不是您亲生的？我担心承受不住打击，抢先做出最坏估计。

放屁！你要是你姥姥生的就成了我弟弟。我妈说着表情凝重，下意识做了个深呼吸。

你爸他们钢厂属于冶金行业，职工福利待遇很高，厂里专门设有免费给职工清洗工作服的洗衣房，全年三百六十五天不歇班。我今天彻底告诉你吧，你爸不是炉前炼钢工，他是洗衣房的洗衣工。

我听了完全蒙顶，一时难以接受我爸的新身份。洗衣工？让我想起电影里河边洗衣的妇女。我妈抓紧安慰我说，你爸他们钢厂洗衣房完全机械化，总共五台大型滚筒洗衣机，你爸按按电钮就成了。

可是全院邻居都以为我爸是炼钢工人，咱家怎么没有及时更正呢？

炼钢工人多光荣啊！你爸天生好面子，就将错就错没有更正，不过邻居们没人知道你爸是洗衣工，咱们索性就这样吧。

我渐渐恢复理解能力，马上询问那几件工作服的来历。

这时我爸睡着了，我妈代替我爸给我讲解，我感觉进了课堂。

凡是送到职工洗衣房清洗的工作服，转天工人就取走穿了。洗衣房不是小件寄存处，也不是失物招领处。可是偏偏就有清洗过的工作服长期没人取走。

我完全恢复理解能力并且抢答道，我认为造成这种情况有两个原因，一是主人发了新工作服，旧的就不愿要了。二是主人调动工作走了，旧工作服就留下了。

我妈连连点头说，真是知父莫如子！你爸也这样认为，因为洗衣房没有存放无主工作服这项业务，他就拿回家几件搁着，总觉得迟早有人来找的。

我提心吊胆问我妈，我爸醒了会不会打我。我妈说都变成女裤了打你也打不成男裤了。

你小子给我听着！我妈特别强调说，我不追究那条裤子穿谁身上了，但是我警告你不要早恋！谁知道将来你们是留城还是上山下乡，提早搞对象很难收场的。

您放心吧我不早恋。然后我谨小慎微地问道，我爸要是知道我知道他是个洗衣工，今后不会跟我耍威风了吧？

我怎么觉得你有幸灾乐祸心理呢？他是你亲爹！我妈喘了口气毅然决定说，今后你就装作不知真相，让你爸在家继续做炼钢工人吧。

我认为我妈说得对，洗衣工虽然也属于工人阶级，毕竟不如炼钢工人威武雄壮。那么就让我爸继续假装炼钢工人，我保证不检举不揭发不戳穿真相。

3

我爸凭两张鸡蛋票买了一斤冷冻鸡蛋，马不停蹄给我奶奶送去，还关心她老人家有没有香油。我奶奶说偏方治大病，鸡蛋香油很顶用。全家就这样欢度了五一国际劳动节。

第二天晚间突然拉响城市警报。只觉得天边有巨人呼啦啦扯下夜幕，顿时没了天光。我们九号院邻居都知道这是防空演习，家家关门闭户熄了灯，一片黑暗。我体验到“伸手不见五指”的处境，这天这地确实比煤球还要黑。

我爸明天上早班，天黑就睡下了。我妈今天中班还没回来。我孤零零憋闷屋里。一个多钟头过去了，并没有解除防空演习警报。

我终于明白人类为什么热爱和平了。这只是防空演习就没了自由，要是真打起仗来更没法活下去了。

这时我家窗外有人叫我，这分明是白磊的声音说，组长马坡下达命令，咱们战斗小组开始行动。

我立马高兴起来，好像受到组织营救。看来还是参加组织好。所以我爸多年努力要求入党，而且积极接受组织考验。

屋外白磊声声催促。我害怕惊醒入党积极分子，不敢开门从窗户爬了出去。

窗外白磊接应我。马坡赶过来批评我磨磨蹭蹭贻误军机。我说你这是紧急集合鬼子还没有进村。

马坡下达任务说，防空演习，熄灭灯火，这就给坏人搞破坏提供可乘之机，这时咱们战斗小组就要发挥保家卫国的作用！

我反驳说不是保家卫国是保家卫院。白磊同意我的观点，说咱们保住光荣胡同就行了，不要抢解放军叔叔的任务。

马坡也觉得保家卫国是当年抗美援朝志愿军的任务，于是缩小战斗小组使命，同意以保卫光荣胡同为主，兼顾大街敌情。

我们仨悄悄摸出院子。胡同里黑洞洞。这时夜空再次响起警报，三声长鸣是解除警报的信号。我们兴奋地跑出光荣胡同。只见街灯陆续亮起，这座城市重返光明世界。

大街上陆续有人活动了。我们仨朝着海河方向走去。一对青年男女并肩走来。女的抬头看见我们，迅速从男的身旁闪开，由并肩变成前后行走。

马坡望着这对男女的背影发出判断说，这两人防空警报没解除时躲在哪里呢？而且慌里慌张的样子，这里面肯定有问题！

白磊认为我们战斗小组的任务是保卫光荣胡同，不要越界了。

马坡身为组长无法反驳副组长，只得同意返回光荣胡同执行任务。路过街心公园我猫腰捡了根粗树枝拿在手里，感觉有了武器。

白磊你不是弹弓打得准吗？下次行动带武器出来！马坡突发奇想，

下达命令。

我妈怕我打破人家窗户玻璃还得赔钱，让我把弹弓收起来了。

我能够理解白磊妈妈的担忧，如果赔偿一大块玻璃要两毛多钱的。

我们走到光荣胡同口，纵深看到七号院门前有个人影儿。我认为是“八级工”出来溜达了。邻居们都知道这男人常年保持晚间外出散步的习惯。

我们光荣胡同是条实巷子，俗话叫“死胡同”，所以没人路经这里，白天不热闹，晚间更清净。

我们仨摸黑从七号院门前经过，人影儿轮廓清晰起来，这男人身材精瘦细长，显然不是外出散步的“八级工”。

我们仨快步溜进九号院，你言我语将那个人形状拼凑起来。

马坡自然要抢先表达，说那个男的身穿蓝色衣服。白磊认为黑咕隆咚不可能看清衣服颜色，除非那男的身穿白色衣服。

我说黑天半夜身穿白色衣服那是闹鬼。无神论者马坡提议重新侦察敌情再做结论。

确定前后次序，我们仨接连走出九号院。胡同里黑得空洞无物，已然没了人影儿。马坡反而精神抖擞说，我们要提高警惕，不放过任何蛛丝马迹！

这时我明白了，马坡不需要平安需要敌情，而且敌情愈大愈好。没了敌情等于吃饭没有盐，口渴没有水，走路没有脚，睡觉没有脑袋，甚至活着没有意思。

我们毫无收获，无业游民似的走出光荣胡同站到大街上，猛然发现阵阵尘土飞扬。敢情这是清洁工打扫路面，跟敌人逃跑毫无关系。

白磊打了个哈欠，说明是困了。马坡突然说前面街边有人走来，拉着白磊闪躲大树后边。我定住眼神看清这是我妈下班回家来了，也只得隐蔽大树后边，低声抱怨马坡把我妈当作敌人对待。

定定注视着我妈走进光荣胡同，白磊忍不住笑出声，说这要是战争年代肯定互相开火打死自己人。

马坡急赤白脸地说，白磊你以为这是过家家呢？我撤了你的副组长！

我马上表态说永远做战斗小组普通士兵，绝不接受任何提拔。

白磊认为关键时刻我很够朋友，冲我跷了跷右手大拇指，起身说了声“回家睡觉”快步走进光荣胡同。

一眨眼间，白磊触电般从胡同里弹出来，满脸恐慌冲马坡说，坏啦！那人影儿又在七号院门前晃悠呢。

一个人影儿便吓得白磊手忙脚乱，我发现他胆量其实不大，家长让他跑黑市买粮票真是煎熬他了。

马坡猫腰从街边拾起半块板砖，以此激发我们的斗志。他打头阵走进光荣胡同，我和白磊紧紧跟随着。

我借助街灯漫延胡同的微光，看到七号院门前徘徊的人影儿，竟然是个又矮又胖的妇女，根本不是那个精瘦细长的男人。

我们仨潜回九号院香椿树下，及时召开总结会。今晚七号院门前闪现两个可疑人影儿，一个瘦男一个胖女，就跟哨兵换岗似的。马坡认为敌情愈发复杂，我们要坚持夜晚巡查，发现坏人绝不放过。

白磊嘟嘟哝哝，认为那两个人应该跟八级工有关系，否则大黑天不会在七号院门前晃荡。

马坡并未理会白磊的分析，宣布散伙，各回各家。

我从家里出来没有走门，返回家里仍然爬窗户。黑暗里听到我妈声音，说你别惊醒你爸，他半夜打你没人管。

我知道这是我妈对我的宽大处理，屏住呼吸摸到床前，把身体平放床上假装睡了。

我躺在床上暗暗寻思，先走了瘦男，后来了胖女，不知他们是不是同伙。其实白磊说得有道理，这两人应该跟七号院八级工有关系。可是八级工属于工人阶级，他不会招引坏人吧。

我睡着了。梦里我爸狠狠打了我一顿，然后气汹汹说，你小子抓不到坏人就提头来见我。

我被吓醒了，蒙蒙眬眬看到我爸的床铺空了，一大早他就赶班车去钢厂上班，可能连早饭也没吃。这样想着觉得工人阶级很辛苦，比如我爸我妈就是。

吃过早饭上学路上，可巧白丽又走在前边，她身材消瘦反而轻捷明快，一路行走弹性明显。她大我两岁，我已超过她的身高。

走过十字路口，她放慢步伐有意跟我并肩行走，轻声低语问道，这几天你爸没打你呢。

我说形势大好你放心吧。她深深呼吸着说，你是独生子不愁吃不愁穿，家庭生活条件好，即便天天挨打也值得啊。

我听得心酸，又不知说什么好，就傻傻地看着她。她确实很像她妈妈，鸭蛋脸尖下颏，五官精致紧凑，只是眼睛流露出犹豫不定的目光，缺乏几分生气。

不知为什么，我突然勇猛起来说，白丽，以后无论遇到什么困难你都要跟我讲的。

她听了我这句话，立即快步朝前走去。望着单薄的背影，我觉得她活得真不容易，总算有了换洗的裤子。

终于迎来星期三，这是我妈公休的日子。一大早我爸上班去了。我妈把该洗的衣服泡在大盆里，还往盆里撒了几撮子洗衣粉，然后找出搓衣板，朝我深深叹了口气。

你爸不想为难你，他只好为难自己啦。我妈指着大盆里浸泡的那条劳动布裤子说，你爸认为这几件工作服搁在家里等于侵占公物，他在旧货市场依照原样买了条半新半旧的劳动布裤子，这就填补了缺损。你爸让我洗净晾干叠好，明天备齐交回厂里去。

我受到震动，意识到给我爸添了大麻烦。为了减轻内心愧疚，主动提出替我妈洗衣服。我妈说你快给我滚蛋，以后别给家长添麻烦就是了。

黄昏时分，我跑到小桥旁边豆腐房，动用自己小金库全部存款，买了一毛钱制作豆腐干的下脚料，这种食品不收粮票。

我快步跑进家门，看见我爸正给杯里斟酒。我手捧酒菜递到饭桌前说，爸爸我给您买了熏豆腐丝。

我爸抬眼看了看货色，说赶紧腾到碟子里吧。我妈乐得送过碟子说，你给他奶奶买鸡蛋做出孝顺榜样，他就学会给你买下酒菜了，这叫老猫房上睡，一辈传一辈。

我爸开始喝酒，嘴里嚼着儿子给他买的熏豆腐丝。我趁机建议说，那几件工作服您还是搁家里吧，主动交回厂里兴许产生负作用的。

我爸不吭声继续喝酒。我妈替我爸解释说，你爸这是严格要求自己，首先要做到思想入党。

我认为我妈说得很有道理。我爸申请入党多年，这次就算他自行接受组织考验了。

全家吃过晚饭，我到厨房洗锅刷碗。我妈悄悄跟过来说，我跟你爸工资不低，咱家伙食理应吃得好些，可是你爸强调艰苦朴素，总让我把饭菜弄得寒酸，就好像白磊家困难户似的。其实我明白你爸的心思，他要做到三老四严四个一样，努力争取早日加入组织。

我知道"三老四严四个一样"是大庆铁人精神，就满怀期待说，咱家要想长期提高伙食标准，只能盼望组织早日批准我爸入党。

我妈有些警觉地说，你小子不是信口开河吧？

我说绝不是信口开河，我爸光荣入党之时，必定是咱家改善伙食之日，那应当是双喜临门的事情。

棉纺厂挡车女工诚恳地说，你说的双喜临门，但愿早日到来吧。

小院里天色黑得很快。白家灯光昏暗，这又是白磊他爸整理读书卡片的时间，不开大灯节省电费。我想象着白家人的处境，两层阁楼里光线朦胧，彼此五官看不清楚，仿佛都是陌生人。

马坡突然来到我家，进门就问叔叔阿姨吃了吗。其实这只是民间问候语，却弄得我爸满脸茫然。我妈反应敏捷说吃过了，礼尚往来问马坡吃了吗。马坡志得意满说，我爸单位分了猪大肠，我妈用矾水洗拿白醋泡，反复搓弄拾掇干净，一半卤煮一半红烧了。

我妈说怪不得满院香喷喷，敢情不是七号院飘过来的福利。

我爸可能反感卤煮大肠的奢华生活，闷声闷气开腔说，马坡你有事儿就讲吧，我们全家听着呢。

我爸的炼钢工人身份毕竟很有分量，马坡稳了稳被打乱的情绪说，我们三个小将成立战斗小组，保卫光荣胡同的大好形势，战斗小组都是晚间开展活动，所以必须得到家长支持！

我妈伸出目光征求我爸意见，我爸的习惯是不吭声就算默许。我妈得到默许转脸对马坡说，那我们就支持呗，不过你们要掌握政策尺度，对于人民内部矛盾，求大同存小异就是了。即便矛盾激化了，也要文斗不要武斗。

您不愧是产业工人，说话政治水平特别高！马坡满意地转身就走。

我爸声音追着他的背影说，回家告诉你妈妈，猪大肠应该卤煮不适合红烧!

我听了暗暗要求自己，今后争取买到卤煮大肠给我爸做下酒菜。

既然经过家长同意，我们战斗小组从地下转为公开，就跟掌握了政权似的。我们夜晚聚集香椿树下，我和白磊共同赞扬马坡大胆接触家长，给我们夜晚行动赢得合法身份。

马坡平和地表示这是他应该做的。这家伙的转变令我欣喜。经过这段实践我们思想觉悟都有不同程度的提高。骄傲的懂得谦虚了，自卑的增添了勇气，糊涂的渐渐明白了。

马坡分析当前形势说，这两天根据我妈提供的情况，即使白天七号院门前也有陌生人徘徊，这说明夜晚出现人影儿绝非偶然现象。我们保卫光荣胡同就要把七号院列为重点，因为里边住着八级工部占奎，我们更应该对工人阶级负责。

白磊同意马坡的观点，认为七号院好比光荣胡同的中南海，必须列为重点保护对象。我不赞同白磊这种说法，我们国家只有北京中南海，不能随意拿它形容和比喻。

白磊当即开展自我批评说，我错了，我把部占奎比喻得过高，七号院再重要也就是座独门独院，八级工再高大也不过是工人技师。

咱们现在行动吧！马坡带头走出九号院，随即下蹲隐蔽身体。我攀着马坡肩膀，白磊攀着我肩膀，依次蹲下好似儿童游戏“拔萝卜”的队形。黑暗里我听到马坡说，七号院门前有人徘徊，不高不矮不胖不瘦应该是个男人。

我把马坡的话语传给身后的白磊，他很不赞成马坡的描述说，不高不矮不胖不瘦的男人，咱们中国有好几亿，这算什么人物特征。

我觉得白磊识别能力明显提高，这跟他偷看禁书《福尔摩斯探案》有关。

马坡弓身猫腰向前走去，这姿势有点儿像小儿书里的武大郎。黑暗里我们跟随着武大郎。猫腰走到七号院门前马坡停住脚步，突然大声问道，喂，你到底是干什么的?

黑暗里，这个不高不矮不胖不瘦的男人猝不及防，不由朝后退了两步，身体紧贴七号院关闭的铁门。

马坡再次发问。逼得对方终于答道，我不是干什么的，我什么的也不干。

白磊好像有了重大发现，告诉马坡这人很像日本鬼子说中国话，怀疑是外国间谍。

马坡受到启发，迎上前去问道，我听你不太会说中国话，你到底是什么人？

我怎么不会说中国话呢？我当然会说中国话，你们到底是什么人？对方态度强硬起来，胳膊肘碰得铁门咣咣响。

他的胳膊肘起到叩门的作用。七号院里突然有人说了话，你们白天来过敲门的，大晚上又来敲门，我歇班都睡不成囫囵觉，你们不论是谁介绍来的，都请给我离开，谁有困难找谁组织解决去吧。

这个不高不矮不胖不瘦的男子侧耳听着，然后大声说，您是郜占奎郜师傅吗？我保证白天敲门的不是我，那肯定是别人我不认识……

七号院铁门里再次说了话，可是我更不认识你啊，你再纠缠我报告派出所啦。

马坡被铁门里的郜占奎给提醒了，上前抓住对方胳膊说，人家郜占奎根本不认识你，我们带你到派出所说清楚！

我下意识抓住对方另一只胳膊说，走吧！去派出所说清楚就是了。

白磊依然固执地解释说，你刚才说话确实不像中国人，让我们怀疑你的身份了。

我们仨押解着可疑分子，快步走进清河街派出所大门。派出所门厅灯光明亮。我看清可疑分子的模样，他是个身穿蓝色中山装目光暗淡脸色苍白的中年男人。

马坡抢先告诉值班警察说，这个人大黑天躲在我们胡同里不走，我们怀疑他有问题。

值班的是个皮肤粗糙的老警察，他抬眼打量着可疑分子问道，你是哪所学校的教员啊？

我们仨同时惊呆了，没有经过任何盘问便认定对方是老师，值班老警察真是神了。

这个可疑分子老老实实承认，他在红卫中学教外语主要教俄语。

不知触动哪根神经，我高声甄别道，斯多伊，帕得娘青路皮！

他扭脸看着我，表情苦涩地说，举起手来，缴枪不杀？不过你俄语发言很不准确，战场上苏联士兵是听不懂的。

说着他打了个手势，嘴里卷起舌头说出一串标准俄语，然后高高举起双手说，缴枪不杀，我没枪可缴，你们押我来派出所做什么呢？

老警察急了，啪啪拍响桌子说，我这儿还没审你，你倒审起革命小将啦！给你这张纸，本人姓名、政治面目、家庭出身、个人成分、婚姻状况、工作单位、家庭住址、有无海外关系、受过何种奖励与处分，统统如实写出来！

他缓缓放下表示投降的双手，从衣兜里掏出自来水笔，伏身桌前流利地书写起来。我伸长脖子看见他的字写得很漂亮。

马坡趁机虚心向老警察请教，警察叔叔，您怎么知道他是教员？

你没看见他袖口沾满粉笔末子？这明摆着是个教书匠嘛！你们仨人六只眼睛看不见啊？

白磊给我们战斗小组找理由说，我们年轻缺乏对敌斗争经验。

这时袖口沾满粉笔末子的教书匠请示道，我个人履历还用写吗？

老警察接过填写完毕的纸张，一目十行看过问道，毕浩我问你，这大晚上躲到光荣胡同干吗？

名叫毕浩的教书匠被问得红了脸，垂头弯脖酝酿着，似乎有难以启齿的事情。

早说早解脱，晚说受折磨。早晚都得说，何必还拖着。老警察念出合辙压韵的顺口溜，使我觉得老警察变成新诗人。

顺口溜起作用了。教书匠抖了抖袖口粉笔末子说，我到光荣胡同七号院找部占奎师傅借钱。这是津沽大学钱教授写的推荐信。说着他从衣兜里掏出牛皮纸信封，主动递给老警察。

钱教授推荐你来找部占奎借钱？这个教授姓钱都不借给你钱，反而让你跑来找部占奎借钱？你傻不傻啊！我看这姓钱的教授就是反动学术权威，你怎么认不清他的阴谋嘴脸？老警察越说越生气，差点儿把墨水瓶当作水杯端起来喝了。

马坡抓住空当说，找人借钱还用推荐信，你真让我们喜闻乐见。

我哥哥来信说家里出了大事。我紧急跟同事朋友求援没借到钱，只好找我大学恩师钱教授，可是他每月只发十九元生活费，同样没钱借给我，只好给他们津沽大学实验工厂八级工写了推荐信，钱教授说如今工人阶级最有钱，那个郜师傅月薪一百多块，自己根本花不完。

老警察皱起眉头发问，你根本不认识郜占奎，人家会借钱给你吗？

我有钱教授推荐信啊。教书匠双手颤抖解释说，钱教授以前找郜师傅借过钱，据说大学里经常有人找郜师傅借钱，当然好借好还再借不难。

听着教书匠的解释我悄悄寻思，七号院门前总有陌生人出现，敢情都是找郜占奎借钱来的。

我扭头发现白磊不见了。老警察打量着我和马坡说，你们这堡青少年受到《寂静山林》《皮包》《英雄小八路》反特电影影响，总想在现实生活里抓出个坏人来。这种革命警惕性值得表扬！你们先回去吧，我还要跟毕浩单位保卫科核实他的身份情况。

我们走出派出所。马坡好像脑子不好使了，问我毕浩是谁。我说毕浩就是袖口沾满粉笔末的教书匠。马坡先是恍然大悟，随即思索说，假如苏联军队攻进来，这家伙懂俄语会不会当了汉奸？

我说当年日本鬼子占领中国，好多不懂日语的也当了汉奸。

你说得对！马坡兴起也念出顺口溜：我是中国人，为啥学外文，不懂 ABC，还是革命接班人！

趁着夜色，我跟马坡哼唱着“我们走在大路上”。远远看见街边摆着块大石头。走近看清这是白磊。他站起身来说，这个人没借钱却进了派出所，真是越冷越尿尿，越穷越吃亏。

马坡说找人借钱还拿着推荐信，知识分子臭老九就是穷酸。

然后马坡给今晚行动做出总结说，虽然没有抓到真正的坏人，但是起到练兵作用，我们在社会实践中成长了。

战斗小组任务完成。各回各家，各找各妈。

4

我爸喝酒的规模有所扩大，从小饮变成必醉，清醒过来不言不语，就跟没有清醒差不多。我发现他连打我的火气也没有了，好像变成橡皮人。

我懂得替家长分忧，却不知从何入手。吃过晚饭来到香椿树下，独自品尝孤单的滋味。幸亏我有战斗小组这个集体，遇到问题能够集思广益，有了苦恼可以跟伙伴发泄。

天色昏暗，白磊妈妈走出家门经过香椿树下，停住脚步望着我。不知什么原因，白磊妈妈总是给我匆匆忙忙的印象，好像机器人儿拧紧发条停不下来。

她突然张口对我说，我家又碰到大困难了，还请你们耐心开导白磊，千万不要让他钻牛角尖。

我请白磊妈妈放心，我们是团结乐观积极向上小集体，遇到牛角尖谁也不会钻进去的。

白磊妈妈消瘦面孔稍稍露出欣慰表情，快步走出小院上街去了。

天色越来越黑。白磊悄无声响来了。我俩屁股底下垫块砖头，倚着香椿树坐下。他不说话，我也不便询问，就这么耗着。

马坡跑来了，当头就问我俩吃了吗？三个家庭竟然吃的相同的晚饭：玉米面窝头，白菜汤，外搭咸菜疙瘩。

马坡兴致高涨说，吃同样的饭，穿同样的衣，咱们是革命好集体！

我说国营菜店处理小白菜二分钱两大捆，家家户户当然都做白菜汤下饭。

我觉得这很像召开生活会，便挑头说出我爸近来喝酒异常的情况，请求战斗小组成员帮助分析原因，寻找解决办法。

马坡建议首先弄清造成我爸喝酒情况异常的原因，否则盲人摸象。

否则刻舟求剑。白磊补充成语说。

我受到战斗小组革命友谊的感动。鱼儿离不开水，瓜儿离不开秧，参加组织跟不参加组织相比，真是大不一样。

我们的讨论达成共识，请我妈出面找我爸谈心，争取解开炼钢工人的思想疙瘩。

白磊愁眉不展说，你爸思想疙瘩可以解开，我爸的思想疙瘩怎么办呢？他被单位领导挤对得喘不出气，在家歇病假躺倒了。

马坡非常关心说，你详细说明情况，咱们战斗小组全力以赴！

白磊情绪激动显得语无伦次，我和马坡还是听清了来龙去脉。

白磊爸爸是茶叶公司仓库保管员，工余时间埋头整理资料，凡人不理，本职工作没有出过差错。他的领导是个单身未婚男人，屡屡相亲，难求成功，女方怪他满嘴外省土话听不懂。这家伙情绪压抑找碴发泄，便大会小会批判白磊爸爸，列为茶叶公司走白专道路的典型。白磊爸爸不承认自己有成名成家的思想，就被调离保管员岗位去做搬运工。搬运工是重体力劳动，白磊爸爸营养不良身体虚弱，搬运麻包累得两次吐血，医生给病假休息。茶叶公司职工请病假，扣除福利费和交通费，白磊爸爸少了五块钱，弄得全家财务更加吃紧。

我边听白磊讲述边计算行情，这五块钱去黑市可以买到二十五斤粗粮票。

马坡听罢气急了，挥了挥拳头问，那光棍领导叫什么名字？

邓自高。白磊报出茶叶公司领导姓名，说这家伙整天忙着搞对象，把革命工作撂到旁边不管。

凳子高？那就让他坐地下吧。马坡提议战斗小组去茶叶公司找邓自高交涉，要文斗不要武斗。

咱们找邓自高交涉，那么理由是什么呢？我比较严谨问道。

白磊接过话题答道，咱们早在唐朝就有了《茶经》，后来日本人发明茶道，如今连英国人也跟着喝茶。我爸决定续写《茶经》，这是给伟大祖国茶业填补千年空白，姓邓的不支持反而打击，咱们质问他站在哪家立场上去了。

白磊为父鸣冤，字字句句说到点子上。马坡当场决定战斗小组集体逃学，明天上午前往茶叶公司声讨当权派邓自高。

战斗小组会议结束。各回各家，各找各妈。我妈中班不在家，我爸独自处于半醉半醒状态。邻居们崇拜的炼钢工人，此时毫无生气。

我不敢进屋，溜进厨房，耐心等待我妈下班回家跟我爸谈心，这样既避免马坡说的盲人摸象，也避免白磊说的刻舟求剑，必须摸清思想疙瘩解决问题。

我趴在厨房案板前睡着了。我妈叫醒我，已是夜半时分。

刚才趁着你睡着了，我跟你爸谈了心，一个人受到沉重打击，难免产生船到码头车到站的思想，不过你爸会重新振作起来的。

我爸到底出了什么事情？夜半时分气温降低，我感觉身体有些颤抖。

我妈以为我被吓坏了，伸手抚摸我头顶说，这事儿谁也不怪，要怪只能怪事情太巧合，说评书讲故事都没有这样巧合的，偏偏让你爸给赶上啦。

我请求我妈把底细告诉我。我妈说大半夜赶快进屋睡觉，厨房里弄得浑身葱花儿味都要炒菜了。

我摸黑进屋，听到我爸打鼾，心情放松几分。人逢烦恼难安眠，我爸鼾声不绝，说明他容得下化得开。

尽管猜测不出我爸遇到什么事情，我还是睡着了。第二天醒来，我爸已经上班走了。我听见我妈在屋外跟人说话，悄悄起身看到白磊妈妈。

白磊妈妈悄声跟我妈借钱，说借给五块钱就行，借给十块钱更好，保证七天还清。我听到我妈犹豫着答应了。白磊妈妈解释说，全家每逢月底就要借钱过日子，这个月底没找着人家，只好跟邻居张嘴了。

我妈应允着进屋来了，我翻身躺下装睡。我妈轻轻搬开我大腿，使劲掀起床垫角落抻出个物件，气喘吁吁数着“一二三四五”，看来平时我妈把钞票隐藏床垫下边，这是小偷想不到的地方。

我妈显然数出五块钱，低声说了句“穷日子不好过啊”，起身走了出去。

我听到白磊妈妈连说三声谢谢，再次强调不出七天保证还清，便匆匆走了。我想起白丽也是这样匆匆走路，给人奔波劳碌的印象。

穷日子不好过啊。我记住我妈这句发自肺腑的感慨，这就是生活的名言。

我不由想起政治课老师讲过世界上还有三分之二受苦人。白磊全家毕竟生活在我们社会主义祖国，吃的喝的穿的戴的肯定比那三分之二受苦人强百倍。

迅速吃过早饭，我假装上学走出家门。跑出光荣胡同跟马坡和白磊会合，一起去茶叶公司找邓自高讲理。

一路上白磊忧心忡忡说，咱们找到姓邓的不难，关键是他不讲理怎么办？我爸大半夜又闹心口疼呢。

马坡以理论表达说，见机行事，因势利导，牢牢抓住主要矛盾，做到各个击破！

我认为首先气势上要把姓邓的镇住，让他不敢不讲理。马坡乐了，说气势方面毫无问题，这是我久经锻炼的强项。

并排走进茶叶公司大院，我们直奔二楼主任办公室。马坡进门就说找邓自高同志。

一个矮小精干的男子说，你们是来联系学工劳动的吧？我们这里安排不开，你们快去找别的地方吧。

马坡继续问道，这么说你就是邓自高？我们不是联系学工劳动的，我母亲是吴林静同志！

矮小精干的男子点头承认是邓自高，然后满脸困惑望着马坡说，你说吴林静同志？

对！吴林静同志对你的做法很不满意，要求你马上恢复白书林同志的保管员工作，而且全力支持他的写作，让《续茶经》这部书早日填补我们国家这项空白！

我知道白书林同志是白磊的爸爸。一时想不起吴林静同志是哪位大领导。

哦。小个子邓自高依次打量着我们仨，显然在极力思考着。

这时办公桌前的电话机叫唤起来。邓自高伸手抓起话筒喂了一声。电话传音效果很好，我隐约听到里面女人说话的声音。

是的，今晚七点老地方。邓自高轻声说罢，随手放下电话筒，转脸注视着白磊。

白磊有些慌张，不时错动双脚摩擦着办公室地板。我猛然想起吴林静是马坡妈妈的名字，原来这家伙开场便讹诈邓自高，误导他以为吴林静同志是高级领导，迫于上级压力恢复白磊爸爸的工作。我心里倏地紧张起来，这毕竟属于诈骗行为，马坡让事情性质起了变化。

邓自高眯起眼睛询问白磊，这个同学你叫什么名字？我单位有人内心紧张，也是双脚不停摩擦地板。

我感觉就要露馅了，白磊相貌实在太像他爸白书林，尤其遗传了双脚摩擦地板的动作。

白磊终于扛不住了，哇哇跳脚喊道，你是茶叶公司当权派，我爸写书不是白专道路，不许你打击迫害我爸白书林！我爸病倒了你还在打击他，邓自高你不能不讲理！

邓自高放声大笑，抬手指着马坡说，这仨人里你是头目吧？三个小骗子敢胆跑到茶叶公司来演戏！你们是立马给我滚蛋，还是我叫保卫科送你们去公安局吃午饭？

马坡朝邓自高翻了翻白眼，说了声“骑驴看唱本——走着瞧！”起身撤离了。我和白磊跟随走出邓自高办公室，沿着楼道快步从财务室门前经过，噔噔噔下楼去了。

站在楼下院子里，马坡抬头望着二楼窗户大声说，姓邓的你不要得意太早，我回去就让吴林静同志撤了你的职！

我提前防范说，马坡！你不要再把你妈牵扯进来，难道你想让你妈吃挂落儿吗？

白磊忍不住流泪了，小声抱怨马坡不应该把正义声讨变成弄虚作假，反而让邓自高抓住把柄，最后闹得不可收拾。

马坡满肚子计谋不服气，这让我想起《三国演义》里的马谡，结果被诸葛亮给斩了。然而马坡不是马谡，他坚信邓自高在自取灭亡。

我们跑到街心花园里。既然逃学就要耗到中午回家。时间富余，我们群策群力，开会研究如何惩治邓自高。

我想起电话里“今晚七点老地方”的男女约会，这就是邓自高的行动轨迹。马坡听罢兴奋地拍响大腿分析道，电话传音效果这么好，估计那女的距离不会很远！

白磊淡而无味报道敌情说，姓邓的跟财务室女会计谈对象，办公室隔壁打电话当然传音清楚。据说姓邓的经常晚间跟女会计遛马路。

太好啦！搞清楚他的行动路线，咱们也打个平型关大捷！马坡复仇心切，决定学习八路军一一五师，打一场漂亮伏击战。

白磊似乎对马坡丧失信心，并未做出热烈反应，说了声“那就做好准备吧”起身走出街心花园。我和马坡追将过去，仨人攀着肩膀，横向形成肉墙规模，并排朝回家方向走去。

马坡不断强调团结就是力量，显然担忧失去组长威信，全力安慰着白磊。

我们沿着大街行走。一辆八路公共汽车停站。白磊好像看见新奇景致，禁不住哎了一声。

人称八级工的部占奎走下八路汽车，他头戴崭新宽檐工作帽，身穿崭新蓝色工作服，脚踏崭新黑色皮鞋，手里提拎崭新的人造革旅行包，这从头到脚的崭新，令我想起工业展览馆里人物塑像。

白磊反倒不吭声了。马坡这家伙跟谁都是自来熟，迎上前去打招呼。郜占奎认出我们是光荣胡同的孩子，当即乐乐呵呵说，我参加老工人调查团去北京异型轫具厂指导工作，今天光荣归来了。

他说着抬手摘下工作帽。我看到他头发谢顶，脸色光鲜，眼睛里透出祥和目光，的确是个稳重温和的中年男人。

我对八级工感到好奇，也凑上前去搭话说，您北京出差把过年的新衣服都穿上了。郜占奎表情郑重说，这是老工人调查团集体着装，外出不许乱穿衣服。

可能因为在茶叶公司吃了败仗，马坡谦恭了许多，主动为八级工拎包说，您年岁不老啊，参加老工人调查团干吗？

郜占奎解释说老工人是荣誉称号，调查团主要吸收政治思想端正实践经验丰富技术水平高超的技师，定期给工矿企业把脉开方，避免工程项目投产前出错招走弯路。

不知什么缘故，马坡和白磊都不出声了。我想起夜晚带着推荐信跑来借钱的教书匠毕浩，便忍不住实话实说，光荣胡同经常来人找您，大晚上还在七号院门外等候呢。

八级工表情稳定，说，大家来自五湖四海，可是我能力有限。一人浑身都是铁，究竟能打多少钉？

郜占奎说着从马坡手里接过人造革旅行包，大步走进光荣胡同。胡同里迎面走来白磊妈妈，她满脸惊异挓挲双手说，哎哟，原来您出差了，怪不得这几天没见。

八级工频频点头说，我可巧月底出差，让你措手不及啦。

马坡妈妈闻声冲出九号院，颠儿颠儿跑过来说，这几天一拨拨来人找您，七号院都快成革命圣地了。

郜占奎呵呵点头说，谢谢大伙惦记着，谢谢大伙惦记着。

这场面令我重新认识郜占奎，他独自居住七号院里，却是光荣胡同的焦点人物。

正午时分，我们仨假装放学走进九号院，各回各家吃饭。

我告诉我妈七号院八级工北京出差回来了。我妈眨了眨眼说，他出差啦？这几天果然没闻见爊鱼炖肉的味道。

我觉得唯独在我妈心目中，八级工部占奎算不上焦点人物。

这为什么呢？我不知道。我只知道我妈是国营棉纺六厂挡车工，每月工资四十八块八毛五。

5

马坡果然没有白白姓马，他马不停蹄搜集情报，立马召集战斗小组开会，马上讨论非常行动的方案。

香椿树下，马坡从衣兜里掏出小本子，趁着遍地月光介绍他的非常行动名称：小将狙击手。

我已经摸清姓邓的规律，他星期六晚间七点钟走出茶叶公司单身宿舍，步行五分钟在河北梆子剧院大门前跟女会计会合，共同前往河边公园，中途经过黑暗地段，男方会做出搭肩拢腰的动作。到达河边公园倚靠水畔护栏谈恋爱，通常持续两小时左右，这期间可能出现依偎搂抱行为，当然都是男方主动。

白磊急切问道，你决定在哪里伏击呢？

马坡尽情享受身为指挥官的荣耀，不急不躁说，我经过实地考察认为不适合打伏击，所以我将此役命名为小将狙击手。

我问小将狙击手就是隐蔽在暗处打击敌人吧。马坡仿佛遇到知音，双手鼓掌说，我们手持弹弓隐蔽在防洪墙后边，只要姓邓的行为不轨就射击！这样坚持数日，我们定有收获。

我们定有什么收获？白磊是受害者家属，急于得到答案。

什么收获？马坡坏坏地笑着说，不出几天就把他的女朋友打怕了，立马跟他散伙呗！

白磊有些失望，认为打跑姓邓的女朋友，并不能给他爸恢复工作。

你没读过《论持久战》？我们要积小胜为大胜！马坡信心满满说，只要我们坚持不懈，甚至半夜射击这家伙单身宿舍窗户玻璃，最终迫使他精神崩溃，只得同意恢复你爸的工作。

白磊谨慎地笑了说，我要给弹弓更换皮筋，天晴了制作泥丸，充分做好战斗准备。

我跟马坡说自己从小不会打弹弓。他让我负责现场瞭望，一旦发现敌情马上报告。

分工明确了，便暗暗企盼星期六的到来。不过我还是产生两点忧虑，又担心说出来影响斗志，只好憋在心里。

首先我担忧即使邓自高被弹弓打怕了，但是他不知道谁是狙击手，自然不会想到给白磊爸爸恢复工作。其次我担忧即使我们故意让邓自高知道是我们干的，这家伙要是跑到学校告发，我们必然写检查挨批判，成为反面典型全校通报。

这如何是好呢。我特意打开《汉语成语小词典》寻找适合我忧虑心情的成语，终于遇到这四个字：投鼠忌器。

我的忧心忡忡流露出来，我妈看在眼里疼在心上，吃过晚饭她到厨房里跟我谈心，轻声低语显然不想让我爸听见。

我看出这几天你为你爸担忧，那么我都告诉你吧。其实党小组和党支部同意你爸加入组织，正准备召开全体党员会议通过，这节骨眼你爸把那几件工作服交回厂里，这就等于有了新情况。即便你爸主动交回也算侵占公物性质。当然你爸主动写了两次检查，努力提高思想认识，表示愿意继续接受组织考验。

我没想到我爸遇到这种挫折，他即将跨进组织大门却意外停住脚步，被那几件工作服给害了。

我焦急万分忍不住抱怨说，当初劝过我爸不要把那几件工作服交回厂里，这下子成了导火索。

你爸说不后悔，你爸还说交回厂里就清白了，他做好长期接受组织考验的思想准备。不过，你千万不要跟你爸说这件事儿，装不知道就是了。

我心里挺难过的，跑到胡同里悄悄哭了。这时白磊妈妈匆匆走过，我擦干眼泪不愿让她看到我哭了。白磊妈妈好像无心顾及我的存在，快步走出胡同上街去了。

我还是替我爸感到悲哀，我是中学生能给他做什么呢？我只能攒钱多买几次酒菜给他了。

终于盼到星期六。心里替我爸的遭遇难过，反而激发几分斗志，这样姓邓的正好成为我的出气筒。吃过晚饭天色渐黑。我知道自己的任务是瞭望哨，偷偷拿了家里手电筒。

自从我爸遭受意外挫折，他脾气大变不再打我，好像从革命父子变成革命兄弟，反倒弄得我不知如何跟他相处。

我们仨出发了。急行军赶到河边，隐蔽在防洪墙后边。我回头瞭望邓自高的来路方向。马坡看到我的手电筒很有感慨说，大革命时期发起武装暴动，很多富家子弟带着自家枪支参加革命，据说我爷爷的表嫂的娘家哥哥就是这样的。

我的手电筒曲里拐弯继承了革命老前辈的光荣传统，真有意思。

天色黑透了。河边渐渐有了搞对象的身影，一对对倚靠在水畔护栏前，谈起恋爱。

我远远没有达到谈恋爱的年纪，暗暗觉得这是件挺好的事情。

白磊从布袋里倾倒出十几颗泥丸，这就是狙击手的子弹。他的弹弓用铁条制成，这远比树杈制作的射击精准。

邓自高还没有出现。马坡兴致高涨讲解起来，凡是晚间河边搞对象的，绝大多数比较规矩，谈心而已。也有个别搂搂抱抱的，多是男方搂抱女方，一旦女方躲闪说明不愿被搂抱。如果男方死皮赖脸硬要搂抱，我们可以拿弹弓射击。因为妇女能顶半边天，我们要保护半边天的合法权益。

白磊摇摇头说，搞对象难免搂搂抱抱，咱们还是少管闲事，我射击的目标是邓自高。

邓自高仍然没有出现。我们没有手表，只能估计接近晚间八点钟了。我开始怀疑马坡情报不准，悄悄跟白磊交换眼色。

白磊向马坡提供新情况，据说女会计不愿意跟邓自高搞对象，这家伙今天送手绢明天送奶糖，小恩小惠腐蚀人家。

既然这样，那么会不会两人已经吹啦？我即时做出判断。

马坡不吭声。我重复着自己的判断，逼迫战斗小组组长拿主意。

你们快看！马坡身子探出防洪墙，兴奋地指着远处水畔护栏。我以为他发现了邓自高，旋即起身望去。白磊闻风而动将泥丸放进弹兜，做出射击的准备。

那男的太过分啦，人家女的躲闪着不肯让他搂，他硬是把人家顶到护栏上！马坡义愤填膺说，今晚咱们既然来了，就要保护妇女权益不受侵害！马坡义愤填膺，伸出胳膊指向水畔护栏那对男女。

这显然不是发现了邓自高。白磊一屁股坐在防洪墙下，表情沮丧泄了气。我陪白磊坐着，想起我爸在家又喝醉了，心情沉重起来。

你俩都给我起来！马坡小声吼叫表示愤怒。我和白磊缓缓起身，不认为这是敌情警报。

邓自高没有出现，但是并不影响马坡的斗志。他目光转向河边黑暗角落里说，搞对象都是男的主动搂女的，你们看这是女的伸出胳膊搂男的，这等于上赶着贴补人家，真给半边天丢脸！

马坡的愤怒，使人觉得那男的受到严重损害。我瞪大眼睛望去，河边黑暗角落里果然有对人影儿，两人身体靠得很拢。女的个子高些，男的似乎矮些，身影显得高低错落。

我看到女的搭着男的肩膀，男的个子稍矮，看着很像他被女的拢进怀里。男的不停地拱动身体，不知他要做些什么。

马坡认为男的极力摆脱女的搂抱，却被女的黏住。我不知马坡为何积累如此深仇大恨，居然咬牙切齿说，白磊！准备射击。

我不认为情况严重，即使男女搞对象发生搂抱也不算大罪过，何必视为敌我矛盾呢？

马坡似乎丧失理智，固执地给白磊下达命令，这次不射男的，射女的！谁让她没羞没臊给半边天丢脸呢。

白磊只得遵命将泥丸夹进弹兜，举起弹弓拉伸皮筋，牢牢瞄准那对黑暗剪影，砰地射了出去。

白磊弓法精准，果然射中女方。只见她身体触电似的抖了抖，猛地脱离男的怀抱，立即扭身望着我们隐蔽的阵地。

马坡得意地拍着白磊肩膀说，战斗小组给你记三等功！那根冰棍儿让你咬两口。

这是我们战斗小组制定的奖励规则，买一根冰棍儿仨人吃，三个人轮流一次咬一口，记了三等功允许一次咬两口，这不叫多吃多占。

那对男女受到惊扰，慌忙走出黑暗角落。女的身材瘦高走在前面，男的身材矮些跟在后面。两人依次走到路灯下，一下就被照亮了。

哎呀！白磊惊叫起来，拖着哭腔说，这是我妈……

马坡瞪大眼睛望着路灯照亮的地方。天啊！那男的是七号院的八级工。

我知道七号院八级工就是郈占奎。他的确身量不高，头发谢顶被路灯照耀得泛起亮光。

马坡失控地自言自语，这怎么会是白磊妈妈呢？这怎么会是白磊妈妈呢？

白磊妈妈并没有发现我们隐蔽在防洪墙边，她快步从路灯下走了过去，那姿态基本属于逃离案发现场。

八级工反而步伐稳重，仿佛没有发生任何事情。这家伙一边走路一边抽烟。我想起邻居们说过，郈占奎只抽上海出产的牡丹烟，不抽天津出产的香烟。他除了抽高级香烟另有两大爱好，一是吃过晚饭出门溜达。二是特别爱听别人讲笑话，有时乐得前仰后合，就像个老小孩儿似的。

白磊双手捂脸蹲在防洪墙下边。我不知如何安慰他。能言善辩的马坡同样哑了口，显得比我还要傻两倍。

白磊脑袋垂到裤裆里，半泣半诉地说，每月我妈找八级工借五块钱，晚上经常陪他散步。这月我舅来信说赶大车摔断腿，我姥姥得了青光眼。我妈这次只好找八级工多借五块钱，可能心情过于迫切吧，就伸手搭了人家肩膀表示友好。

我马上表态说，白磊说得很对，是搭了搭肩膀不是搂了搂脖子。

我们不要过早下结论，究竟搭了搭肩膀还是搂了搂脖子，这可是原则问题啊。马坡竟然摆出坚持真理的架势，拿出宜将胜勇追穷寇的劲头。

我觉得不论搭了肩膀还是搂了脖子，这对白磊来讲都过于残酷，便调和事态说，每月伸手找人家八级工借钱，总要找机会表示一下感谢，就随手搭了搭肩膀，这属于阶级友爱吧。

马坡字正腔圆说，我们要划清阶级友爱与生活作风的界限，不可同日而语。

我觉得马坡掌握的战斗词语实在太多，信手拈来，脱口而出，用得字字见血，很有杀伤力。

白磊憋得脸色泛紫对马坡说，我求你不要传播这件事情，尤其不能让我爸知道。他生病在家不能再受刺激了。

马坡不言语，似乎坚持着原则立场。白磊哧哧呼呼喘着粗气，猛地扬头盯视马坡说，你妈也找部占奎借过钱，还偷偷跟我妈发泄不满情绪，说八级工没文化没技术没才调，这年头就是沾了工人阶级的光。

马坡仿佛遭空袭，一瞬间失去地面优势。我更是感到意外，原来这么多人找部占奎求援借钱。

白磊索性给马坡补充材料说，你爸单位抓阄儿得了朝鲜维尼龙裤子购买证，一条裤子七块八毛钱。你妈舍不得废了购买证，大黑天悄悄跑到七号院找八级工借了五块钱，过了两个月才还清。别看过春节你爸穿着新裤子，他不知道这是你妈借钱买的。

一瞬间，我怀疑我妈也找八级工借过钱，便承担起收拾残局的角色说，我认为今天晚上什么事情都没有发生，咱们战斗小组行动结束，马上撤离现场吧。

马坡从遭遇空袭的状态里恢复过来，说了声“行动结束撤离现场”。我们仨起身离开防洪墙，不言不语走回家去。

一路走到光荣胡同口，不由自主停住脚步，我们仨依次握了握手，就跟电影里革命同志告别似的。谁心里都清楚战斗小组从此解散，这次真正是各回各家，各找各妈。

马坡率先走进九号院，脚步噔噔回家了。白磊缓住脚步低声对我说，穷——真他妈的害人啊。

白家灯光明亮，显然全家忙着干活儿呢。白磊说罢走进家门，跟着分拣扣钉去了。

我家厨房里亮着灯光。我妈正猫腰淘米，头也不抬对我说，你爸饿了说想喝碗大米粥。我眼睛里突然涌出泪水，说今后咱家仨口人的细粮都给我爸吃！

我妈惊诧地抬头望着我，好像不知从何说起。我要让屋里我爸听到便提高嗓音大声冲我妈说，我爸当炼钢工人多辛苦啊，咱家白面给我爸蒸馒头，咱家大米给我爸焖米饭！咱娘儿俩吃什么饭都行。

我妈淘米的手有些颤抖，极力压低声音说，你真是你爸的好儿子！

我同样压低声音告诉我妈，今天晚上感觉突然长大了。我妈不知内情，伸手攀着我肩膀，亲了亲我脸颊说，好儿子慢慢长大，爸妈不着急呢。

一连几天过去了。自从经历那个难以言说的夜晚，我们仨反而陌生起来，以往的战斗友谊淡化了，渐渐退化成为新近认识的邻居。

我仍然关注白家的动态。听说白磊爸爸坚持写书，还说书稿完成后要寄给中央首长，继往开来续写《茶经》，让全国重视茶叶研究工作。

白磊妈妈有所变化，晚间不再外出溜达，在家里不是伺候丈夫写书，就是埋头分拣扣钉，已经成为室内动物。

我的最大变化是暗暗留心白丽的行踪，我不知道这出自什么心理。

一天晚饭过后，白丽穿身干净衣服走出家门，独自去了七号院。我立即行动起来，趁着天黑攀爬香椿树，翻过女儿墙上了房。

我骑着屋脊挪动屁股朝前蹭去，好像野生动物。终于居高临下趴到七号院房檐前，小院场景尽收眼底。

郜占奎手里托着小茶壶，站在院里慢慢悠悠饮着，过着工人阶级的幸福生活。

他听到有人叩响铁门，产生延时回荡的声音效果。郜占奎应声问谁。之后放下小茶壶，他走过去开门。

我猛然想到光荣胡同总共五个门牌，有四座院落门板破旧，只有七号院安装了铁门，八级工确实与众不同。

郜占奎打开铁门。白丽迈步走进小院，迎头叫了声郜伯伯，之后站稳身子微笑说，您叫我有事要谈啊？

八级工殷勤地搬来凳子说，请坐请坐，其实也没有什么重要事情。

白丽不坐站立说，这件事情我考虑好了，您仍旧每月底借给我家五块钱，我妈仍旧下月初头还清，不过我妈不好再陪您散步了，我每天晚上过来给您讲段笑话，这就等于替我妈谢您了。

八级工郜占奎呵呵笑着，并不说话。

我给您讲《阿凡提的故事》好吗？白丽主动报出书目。

八级工郜占奎听到书目思忖着说，好像有个什么《一千零一夜》，要是按照一年三百六十五天计算，那就要连续讲上三年喽？

白丽淡淡一笑说，没想到您还知道外国笑话，咱们还是讲中国的吧，阿凡提智斗黑心巴依。

郜占奎给白丽斟了杯茶水说，其实我没逼你妈陪我溜达，她是害怕我不借钱给她，就撺掇我饭后百步走活到九十九。其实人活那么大岁数干吗用呢？还不是多给国家浪费粮食。

您今年才四十多岁，就奔着九十九岁活吧，那时兴许实现共产主义了。白丽显得特别冷静。

你说我要是活到九十九，那时真的实现共产主义了吧？郜占奎极其认真问道。

我趴在房檐上听着，觉得这个八级工真的没文化，偏偏请教少女白丽。

这时我听到白丽答道，那时候能不能现实共产主义，现在谁也说不准，但是我认为那时候肯定不用我妈每月找您借钱了。

八级工郜占奎听罢双手拍掌说，那时候我就把钱全部存到人民银行里，积极支援国家建设。

白丽显然不放心，随手抻了抻小辫儿问道，郜伯伯，您同意我来给您讲笑话啦？

他重新端起小茶壶说，我们是社会主义大家庭嘛，但是你初中毕业上山下乡走了怎么办？

我妈说不会再陪您散步，她害怕我爸知道了说不清楚。白丽环视着小院答道，我要是上山下乡走了，等于我家少了个吃闲饭的，那样可能我妈就不用每月找您借钱了。

我不知被触动了哪根神经，想哭。转身攀过屋脊，我沿着来时的路线缓缓爬回九号院去。

天色黑得很深了。小院里五户家庭散发的味道升腾起来，宁聚勿散地笼罩在小院上空，混合成为简单而复杂的小气候。

一个念头突然涌现出来，我在心里大声说，白丽！即便上山下乡了，只要够了结婚年龄我就娶你，我不怕你比我大两岁。你饭量再大，咱家粮食也够吃的。咱俩好好过日子，到月底绝不找别人借钱。再者说如果实现了共产主义，天下大同也就不用借钱过日子了。

这样思谋着未来，我小心翼翼攀住那棵碗口粗香椿树，抱住树身出溜下去。我感觉双脚落地了，却没有摆脱腾云驾雾的感觉，悄悄掉下几滴眼泪。

这时候，从白家屋里传出充满激越情绪的朗诵，我听出这是白磊爸爸高调的声音：

下定决心，不怕牺牲，排除万难，去争取胜利。世界上怕就怕认真二字……

我坐在香椿树下，等待白丽从八级工家里回来，然后当面把我的想法告诉她。

白家屋里又传出响动，这是白磊妈妈的哭泣，这声音低回婉转好似窃窃倾诉，令人不忍细听。

我坚持坐在香椿树下，等了很久。抬头发现满天繁星眨动眼睛，充满好奇地望着我们人间。

狗尾草箴言

1

县城街头的闲人们记得十分清楚，城关的平安旅馆住过一个精瘦的男人。他从早到晚无言无语，只有吃饭的时候，才见张开嘴巴，匆匆往胃口里装进一些东西，然后唇齿又闭成一道铁闸。县城很小，这个精瘦的男人外出散步，几次走到城外山洼里去。记得那时节的狗尾草适逢枯黄，不绿。

没人知道，这精瘦的男人何许人也。从旅馆住宿登记册上看，他来自省城。不知什么原因，他的精瘦形象总是让人认为他是一个还俗的道士。事实上他的确是一个素食主义者，住在客栈数日，从未沾荤。城关有名的胡记狗肉馆，根本赚不上他的钱。心胸狭窄的饭馆经理因此而愤愤不平。于是处处留意这个精瘦男人的行踪。

精瘦的男人是在山洼里发现那座小巧玲珑的宅院的。当时宅院里长满齐腰的枯草。他走走踏踏，摸摸看看，脸上掠过一丝少有的喜色。之后，他在院中打坐，似乎是想采一采这里的真气。暮色降临，他起身离去。屋檐下的鸟巢里传出一阵响动。大概是来了一条蛇，偷偷吞了窝里的小鸟儿。

这座宅院后面的山洼里，远远看着是一片荒芜的厂房。那曾是一座生产地雷的兵工厂。而这座宅院则是兵工厂的招待所。“冷战”结束世界和平起来，兵工厂废弃。招待所随之成为弃妇，一任野风穿堂过室，成了荒芜的院落。这景象总是令人联想起《聊斋志异》里的狐仙变幻的宽宅大院，不由得森森可怖。

精瘦的男人回到县城城关，破天荒去胡记狗肉馆吃了一顿红烧狗肉，说是品尝品尝。见素食者动荤，饭馆的胡经理惊喜不已，愈发坚信此公曾是云游四海的花花道士。狗肉吃罢，胡经理趋身询问味道如何。精瘦的男人微微一笑，并不言语。胡的心中很是失落。

第二天，精瘦的男人上路走了。谁也不知道他的真实身份是一个风水先生。这位风水先生迄今最大的业绩是曾为省政协拟建的十八层大楼充当风水顾问，提供一份长达二百五十页的风水报告，索价二十五万。最后这份标题为“十八楼箴言”的风水报告以二十万元成交。那五万元，据说成了基建处长的回扣。

城关的胡记狗肉犹在。那位风水先生回到省城，向他的那位神秘的委托人圆满交差，一步迈出这个故事又到别处看风水去了。

干燥的春风刮起来的时候，县城来了一彪人马。他们并不在城关落脚，直奔山洼里那座废弃的招待所。看得出，这是一支来自外埠的修缮队。有消息说，那座招待所已经被人买去，面貌即将一新。

要说这是一座很小的招待所，总共十几个房间。这支外埠修缮队是一支特别能干的队伍，不出七日，宣告竣工。胡记狗肉馆的经理是个深有城府的人，事事全看在眼里记在心上。他及时赶到现场。果然，废弃多年的招待所面貌大变，成了这方圆百里数一数二的房舍。

修缮队为了庆祝顺利竣工，到城关的胡记狗肉馆狠狠吃了一顿。胡经理拿出好酒好肉，一桌酒席净赚二百五。酒足饭饱，修缮队的头目摇摇晃晃拍着胡经理的肩膀说，你赚大钱的日子还在后头呢。

胡就以为这是酒后吐真言。

修缮队走了。那种被人们称为狗尾草的东西突然走红，一下子就成了时尚。文化馆的馆长站出来说，经考证此地自古就有崇尚狗尾草之习俗，只因为历经战乱，文化断裂了。如今古俗复兴，属于古为今用。不出几日，县城就沦陷了——成了狗尾草的天下。胡经理遵照“狗肉馆栽狗尾草，主人宏运就来到”这句名言，亲自动手在饭馆门前栽上一簇簇新绿。那原本一文不值的狗尾草虽然不入品位，如今登堂入室走进县城人民的生活之中，倒也不乏几分绿油油的情趣。

狗尾草一荣一枯，已经是一年光景。狗肉馆的生意风平浪静，不见起色。心高志大的胡经理，腹中渐渐有了内火。

对现实生活颇感不满的胡，渴望改变现状的愿望由来已久。这种愿望的日见强烈，使他成了一个身在县城而心怀四方的志士。尽管他的人生目标此时并不清晰，但他从未将自己等闲视之。

生活依然故我。那座修缮一新的小小招待所，也不见有人来住，铁将军守门，看上去凄凄清清没有丝毫人气。胡认为，如果手捧一部《聊斋志异》坐在庭院之中阅读，必有身临其境之感。

县城有一个名叫小亟的女子，她是个随父母迁居此地的南方姑娘。她的父母都是兵工厂铸造车间的工程师，专长是铸造地雷外壳。兵工厂撤销，她的父母随即退休，回南方去了。小亟在县立图书馆工作，月薪一百九十六元。她没有随父母南迁，而是请县文化馆的馆长手书“留鸟”二字，裱成条幅挂在居室墙上。立即有消息说小亟正在恋爱，离不开意中人。其实这种说法纯属谣传。真实情况是小亟收集蝴蝶标本入迷。而离县城十里远的那个名叫母谷的地方，乃是中国北方蝴蝶云集之处。小亟离不开的是那形态各异的蝴蝶。因此她宁可与父母分离，留在这个与世隔绝的小小县城里。小亟认为自己是个理想主义者，那漫天飞舞的蝴蝶，正是写照。

平时，她总是头戴斗笠，手持丝网，游走于山野之间。几年以来，小亟所收集的蝴蝶标本，无以数计。日积月累那些千形百态的标本挂满了她的房间，堪称蝴蝶世界。已经有人私下传言，说小亟是个蝴蝶精。如果写一部《新编西游记》，必然要将小亟这个蝴蝶精写入唐僧西天取经路上那八十一难之中。孙悟空请来金喙玉鸟，啄了蝴蝶精的魂魄。

对这些说法，小亟一概不知。

小亟最喜欢在狗尾草大绿的季节走出城关，到山洼里捕捉蝴蝶。她头戴大檐草帽，手持丝网，纤细的身姿于万绿之中，很有几分大自然女神的韵味。尽管她如此招眼，城关的好色之徒，对她却是怀有几分惧意，不敢走到近前。

那一天的清早，小亟来到修葺一新的招待所门前，定定看着眼前的景象，心中暗暗吃惊。

她觉得自己昨天在梦中分明到过这座院落之中。记得院中那株参天古柏，笼罩着整个梦境。

自幼生长在太平盛世的小亟，一下子激动起来。

在小亟心目之中，面前正是一部神话。这座装修豪华的宅院，分明是从天而降。她认为这部神话目前所缺少的，恰恰是一群漫天飞舞的五色蝴蝶。小亟觉得有些奇怪，这远远近近，到处都有无尽的蝴蝶飞来舞去，唯独这座宅院的前后左右，从来不见蝴蝶踪影。

小亟是个单纯似水的姑娘，并不认为这一现象与凶吉有关。醉心于捕蝶的小亟多年以来对神话颇有向往，虽然常常游走于山野之间，她还是牢牢记住了这座四合院式的房舍。

这座四合院式的房舍是在深秋季节出现人类气息的。一辆破旧的吉普车开进县城。这种车辆驶进城关是不会取得什么轰动效应的。吉普车似乎对这里的道路十分熟悉，过了县城径直朝西开出十二里路，停在那座房舍门前。

狗肉馆的胡经理骑着一辆破旧的摩托车跟踪上来。这场面使人想起美国警匪影片里的镜头。可惜没有观众。

吉普车中走出一位老者。胡多年从事勤行，见多识广却也无法估算这位老者的年龄。粗略说来，应当在五十岁到六十岁之间。老者一双鹞眼炯炯有神。胡为这一双眼睛所折服，愈发觉得自己是一个走进《聊斋》的赶考书生。

老者从车上搬下一应用品。胡一眼就看出，这位老者肯定是来此常住了。他不知该不该上前搭话，老者却先张了口。

您是胡经理吧?

被对方一眼看穿了自己的身份，胡有些处于下风的感觉。

您怎么知道我是胡经理呢?

我嗅出你身上发出的一股狗的味道。

胡面有愠色说，应当说是狗肉的味道。

老者说，从今往后，我天天都要到你的馆子里去吃那红烧狗肉。

胡连忙请教贵姓。

老者要胡经理叫他老山。从此，县城城关大街上就添了这么一个外来的人物：老山。这老山也是一个精瘦的男人。同样都是精瘦，这样就使胡经理想起以前来过的那位“道士”。这时老山告诉胡经理，以前来过的那位“道士”其实是一个风水先生。听了这个底细，精明过人的胡心里蓦地灯火通明。既然前边来过风水先生相中此地，那么到这里安营扎寨的肯定不会是一个喽啰，后边呢必然有领衔人物尚未出场。胡暗中断定，这老山只不过是个打炮的角色，真正的大轴戏正等待开锣。

这样一想，年富力强的胡立即觉得多年平庸的生活终于有了一点点内容。每天早上醒来，总是要期待着那个人的到达，而那个人究竟是谁？自己又全然不知。这种陌生的期待，使胡经理隐隐感受到一种快意。

老山通常是在每天黄昏时分走进城关的。商家店铺，走马观花。除了胡记狗肉馆，他还常去鼎记药铺小坐，配上几服丸散膏丹，说是应付时令小症什么的。

胡知道老山只是一个配角，但从不怠慢他。老山对饭馆门前栽种的狗尾草赞不绝口。胡总是朝他微微一笑。

胡的家中有一个女儿名叫胡桃。胡桃初中毕业在家赋闲，给人一种闺中待嫁的印象。胡桃平素并不消极，常常到灶上帮厨。青胜于蓝，胡桃烧出的狗肉汤，那味道连狗都想喝上几口。

老山也是十分欣赏胡桃的狗肉汤。他的那一双鹞眼，也只有在喝胡桃的狗肉汤的时候，才显出几分温良。胡从不认为狗肉汤能够使恶人变善，但是他也从不希望狗肉汤能够使善人变恶。

喝了一个月的狗肉汤，老山变得满面红光。胡很是得意，愈发坚信自家的狗肉汤能够益寿延年健身驱病。

老山嘿嘿一笑说，你不知道，我每天都在你那狗肉汤里另加了几味佐料。神农尝百草。功夫不负有心人，我也总算是摸索出了最佳佐料的配方。要说品评狗肉汤，我老山算是专家了。

胡桃正在灶上帮厨，听了这话心中将信将疑。

老山告诉胡经理，当年屠狗的樊哙跟随刘邦转战南北，成了汉朝大将，如今商品社会，卖狗肉的更是前途不可限量。

听了这话，胡更加认定老山只不过是一个配角。

2

入冬竟然不见一丝雪花，这在县城算得上是反常气候了。多年来这里本是一个多雪的地方，曾有雪城之称。如今多雪的地方竟然无雪，人们显得忧心忡忡的，唯恐这种反常的气候昭示着人事的不测。

满眼都是枯黄的狗尾草。

深秋的日子里，城关的平安旅馆里住进了一个文质彬彬的中年男子。他戴着一副二十世纪六十年代颇为流行而如今早已绝迹的白框眼镜，令人顿生怀旧情绪。由于此公的老式眼镜实在落伍，平安旅馆的服务员对他颇有怠慢。这位“老式眼镜”并不介意，他关心的只是这个地区的天气。

初冬的天空一旦晴朗起来，便干干巴巴的异常执着，变阴，不大容易。“老式眼镜”在胡记狗肉馆一日三餐包了伙，城关的人们都认为他要在这里度过一个漫长的冬季。在此之前，还没有一个外埠来客在这个被称为雪城的地方过冬。“老式眼镜”渐渐受到尊重。其实他的早餐和午餐并无主题，有什么吃什么。晚餐则有个讲究，必有狗肉汤一碗。胡记狗肉汤与戴老式眼镜的食客之间，似乎前世注定，有着千丝万缕的缘分。当然，这只是胡经理的一种猜测。

每天“老式眼镜”都要向世事洞明的胡经理打听这里的天气——什么时候下雪。胡则皱着眉头告诉他，此地的冬天来得奇早，秋风扫罢落叶，大雪就落下了。年年如此，有的时候甚至大雪成灾造成人畜伤亡。“老式眼镜”听了这话，脸上透出喜色。似乎他不远千里来到这里，正是为了听取人畜伤亡的消息。

对此，胡经理泰然处之。

这时候，胡记狗肉馆新招了一个干粗活的姑娘。这姑娘邻县口音，名叫吴雪。吴雪平日少言寡语，脸上表情恬静。这个恬静的女孩儿来到这里打工所做的第一件事情，就是给“老式眼镜”端上一碗热气腾腾的狗肉汤。对“老式眼镜”来说，这完全出乎意料。因为以往都是胡经理亲手上汤。猛然之间面前晃出一个如花似玉的姑娘，不啻平地响起一声惊雷。

他定定看着吴雪，问她名字叫什么。

吴雪并不十分怯场，说出了自己的名字。

他听到吴雪这两个字，愈发定定看着吴雪，目光显得很黏。

胡经理开始怀疑“老式眼镜”是一个色大胆小的男人。

吴雪不知如何是好，放下热气腾腾的狗肉汤，摇动着丰腴的腰肢快步走到灶间去了。看那丰臀，说明她是一个颇能生养的女子。

“老式眼镜”就这样呆呆坐着，好比一尊泥塑。那一碗热气腾腾的狗肉汤，渐渐变得冰凉。

天色已经晚了，他才缓缓站起，口中自言自语。胡经理留心去听，“老式眼镜”反反复复说着一句话：吴雪就是无雪，无雪就是吴雪。

“老式眼镜”似乎得到神示，神情恍惚走出胡记狗肉馆。城关大街上已经没了多少灯火，他见到饭馆门前栽种着许多业已枯黄的狗尾草，就猫下腰来，采了一根枯枝儿，拿在手中，表情悲怆。

胡经理看到“老式眼镜”情绪如此低落，不由得追了出来。他看见“老式眼镜”猫腰采摘狗尾草的枯枝儿，不觉心头一动。他感到“老式眼镜”也是一个颇有来历的人物。小小城关近来常有非同寻常的人物光临，今年的气候反常，也实属情理之中的事情了。

“老式眼镜”回到旅馆房间，关门闭窗，没了动静。站在窗前，他努力回忆着自己成为一名摄影高手以来的经历。记不清到底拍过多少人物肖像照了。尤其女子肖像照，更是多如天上繁星。能够记住的女子能有几人？他脸上现出一丝苦笑。

城关这地方，自古以来就有偷窥他人的传统。扒门缝听窗台，并不为人所耻。这样一来，无论你将自己包藏得多么严实，也抵不住暗中的目光射透你的隐私。

当天晚上，“老式眼镜”虽然关门闭户，但他在房间里的活动还是被人看了个一清二楚。其实“老式眼镜”只是一家报社的摄影记者，因一次全省摄影大展评奖不公而愤然下海，成了一家图片社的白领职员。他的这次下乡采风，是受到一个基金会的资助。基金会声称并无附加条件，但是在资助协议书上签字的时候，“老式眼镜”被告知，历时六十天的“隆冬采风”结束时，“老式眼镜”必须交出有关雪景的摄影精品二十幅，权作这次采风活动的成果。

为什么要上交关于雪景的作品呢？

基金会的女干事回答说，资助这次活动的企业家喜欢冬天的雪景。

“老式眼镜”这才知道，此次所谓下乡采风，自己等于是被商界雇用了。他知道木已成舟，悔之晚矣。转念一想，这六十天的采风活动的确机会难得，快快然他背起摄像器材上路，踏着秋风走进这座据说有雪城之称的山地县城。

当天夜晚，“老式眼镜”在自己房间里整理摄像器材，厂商赞助的胶卷在床上堆成一个小山儿。潜在窗外偷看的那几位城关闲汉根本看不懂屋里堆放的究竟是什么东西，便想当然认为是当年兵工厂的剩余物资。于是第二天城关便有了传言，说“老式眼镜”是个生意人，来到这里意在收购当年兵工厂的零散物品。

“老式眼镜”的身份就这样被确定下来了。

对此，“老式眼镜”并不知晓。当几个本地土著十分神秘地走进房间，问他要不要七九式步枪撞针的时候，“老式眼镜”根本听不懂对方口中说出的是什么谶言。

本地土著见他对步枪撞针不感兴趣，私下判断“老式眼镜”千里迢迢来到这里，一定是来收购手榴弹的。手榴弹这东西，在国产诸种武器的使用之中，最容易做到与别人同归于尽，因此颇有市场前景。

“老式眼镜”当然不知道自己已经成了别人心目之中的军火贩子。他的头等大事是天天坐在房间里打量着窗外的天气。

等待大雪。

枯坐屋中，“老式眼镜”居然对人生有所领悟。他认为，在这短暂的两个月里，自己生命的价值，皆由那一片片雪花所决定。如果天天碧空如洗万里无云，那么这六十天里自己的价值将是一派虚无。

就这样枯坐屋中的“老式眼镜”，思想渐渐深刻起来。

后来他终于想起，前年初春在邻县，自己曾接受一个什么基金会的委托，在一间废弃的仓库里住了几天。那间废弃的仓库给他留下的印象太深刻了。他画了一块巨大的幕布挂在墙上，地上则铺满了枯黄的狗尾草。没事可做的时候，他就躺在地上，枯草的气息透入毛孔，进入他的全身。那块幕布上画的是冬日的雪景，看上去是一个银装素裹的世界。每天总是要有年轻貌美的姑娘前来拍照。照相是免费的，因为那些姑娘手里拿着一个什么基金会的条子。他在为基金会工作，见了这种条子照相就不收钱。那雪景也是基金会让画的。基金会喜欢雪景。

那些不知来自何方的姑娘们大多不言不语，笑眯眯站在镜头前面，等待拍照。白灿灿的雪景将她们的身后映得一派光明，给人一种前途无量的感觉。他曾经问过一个姑娘，来这里拍照片做什么。那姑娘大大方方告诉他，拿了照片去找工作。

邻县美女如云。记得曾经有那么一位与吴雪相貌酷似的女子，来仓库里拍了照片。

那时候他还是一个堂堂正正的摄影记者。那时候他还不知道基金会其实是由一个财团老板供养的。

3

那位一去不返的风水先生回到省城，给母谷这个地方的评价是四个字：阴柔圣地。关于那座小小的招待所，风水先生更是首肯。正因如此，才出现了后来的修缮队，以及修缮之后老山大叔的进驻。

在这座远离大都市的县城里，只有心高志大的胡经理才密切注视着小小招待所里的一举一动。然而他毕竟不是刘备的义弟张飞，睡觉也要睁着眼睛。就在胡经理鼾声如雷的那个夜晚，一辆来自外埠的黑色轿车穿过人们的鼾声从县城驶过，朝十里之外山洼里的那座宅院驶去。这是一辆十分豪华的轿车。

坐落在山洼里的招待所悄无声息迎接着这辆黑得与夜色无异的轿车。四合院大门敞开，老山提着一盏桅灯立在门前。

一个一年四季不分昼夜都戴着墨镜的男人，从轿车上走了下来。黑色轿车并不停留，随即转头驶上公路，径直开回省城。

戴墨镜的男人并不急于走进小院。他沿着院墙围着小院走了一圈，然后十分郑重地说，我觉得这里扑面而来的胭脂气味十分浓重。老山你说这一股女人气味是我带给这座宅院的呢，还是这座宅院原先固有呢？

老山提着桅灯亦步亦趋，连声说两方面都有可能。

戴墨镜的男人说，久居大都市，心里难免生出几分闷气。出来走一走，才知道大都市有大都市的繁华，小地方有小地方的景致。前些年我都是春天出来踏青，今年改在落叶遍地的深秋。这就不能说是踏青了吧？应当说是踏枯。

老山说，去年踏青你去的是邻县。那里的宅子不如这里的好吧？

戴墨镜的男人悠悠说道，各有特色。天涯何处无芳草嘛。你说，是邻县的杏子好吃，还是这里的杏子好吃？

老山怔了怔，连声说从来没有到邻县去过，也从来没吃过这两个地方的杏子。

你不妨尝一尝，生涩的居多，熟透的很少。戴墨镜的男人说着，走进了院门。老山手里的桅灯，将这个男人的影子拖得又细又长。

戴墨镜的男人坐在堂屋喝了一杯淡茶。他清了清喉咙对老山说，这座宅院里的脂粉气特别浓烈。我怎么觉得有许多女人在眼前走来走去呢？

老山说，人要是疲劳过度，就容易眼前泛滥，人来人往的，精神作用。都说这座宅院阴气很重，养人啊。

戴墨镜的男人说，凡事总得阴阳相合才成啊。这真是一个无所事事的年代。老山，你不觉得无所事事吗？

老山微微一笑。

子夜时分，戴墨镜的男人正房安歇。正房里没有别的家具，只摆着一张大床。这是一张罕见的大床，宽宽敞敞豁豁亮亮，看上去使人想起夜间的停车场。

躺在床上的时候，他依然戴着墨镜。

见戴墨镜的男人睡下了，老山这才拎着桅灯查看了一番门窗，打着哈欠也去睡了。

熄灯之后，月光之下的这座宅院愈发令人想起《聊斋》的故事。

第二天一早，老山起床之后的第一件事情就是捅旺灶间的炉火，然后在院子的门外挂起一只牌子，上面写着两行大字：

收购活狗，必须是活的，而且要颜色纯正的黑狗（有一根杂毛也拒绝收购）。白狗更不收购。请大家互相转告，以免白跑冤枉路。

具有猎狗一样嗅觉的胡经理早早就来到院子门外。他围着院墙起了一圈儿，就断定那位领衔的人物已经到了。重新转回院子门前，他看到老山挂出那块牌子。认真念了两遍，他立即跳着双脚大声嚷嚷起来。

老山你出来！老山你出来！

院门敞开一道缝儿，伸出一个老山的脑袋。

胡记饭馆的经理冲上去说，老山！我盼星星盼月亮，盼着有朝一日饭馆兴隆财源茂盛。你呢？没给我引来财源，反而断了我的财路！

老山从门缝儿里挤出了身子说，我怎么断了你的财路？

你收购活狗，而且大张旗鼓收购没有一根杂毛的活狗，你这样做让我怎么办呢？

老山说，我收购活狗，难道还要你批准不成？

胡大声说，这里的狗肉，是我独家经营的。你们都是冒名顶替的伪劣产品！

老山笑了。他对胡经理说，收购活狗不假，但目前只打算收购一只，这样算来，并不影响胡记饭馆的生意。

听了这话，胡并不甘休，依然大声嚷嚷着。

这时候从院子里传出一个男人的声音。老山，怎么一大早就遇到刁民啦？要钱就给他钱，让他快走！省得吵得人心神不宁的。

老山连忙俯身凑近门缝儿，毕恭毕敬说，是啊，这一大早就吵吵嚷嚷的，把你搅醒了吧？这里马上就会安静的。你歇着吧。

院子里的男人说，当初风水先生不是说这地方特别清静吗？怎么刚睡一宿觉就乱成这样啊。不行不行，咱们马上搬到邻县去吧。

老山嗯嗯应着，使劲瞪了胡经理一眼。

胡经理满脸放晴，走上前去压低声音对老山说，我大清早来这里探营，就是为了见见这位领衔人物。既然已经听见他的声音了，我心里也就有了底细。

老山的表情立即警惕起来。胡经理你到底要干什么？

胡立即做出委琐的表情说，干什么？赚钱啊。你们能买下这幢房子，就说明这个领衔人物在省城里是个人物。不是富豪就是高官。无论是富豪还是高官，反正你们既然来到这里，我是星星跟着月亮转，总得沾沾光吧？你们的这位领衔人物一到，我就得发一笔小财啊。他总得去喝我的狗肉汤，去吃我的狗肉宴吧？

老山觉得胡经理确是个精明的刁民。精明得令老山无话可说，转身进了院门。大门咣当一声关严了。

胡的表情立即严肃起来。这个领衔人物到底是个什么人呢？

这时候，身背摄像器具的“老式眼镜”从远处走了过来。久日无雪，他在屋里坐不住了，终于出了城关。出了城关走进山洼，他的心情豁然开朗。远远看到胡经理身穿一套黑色西装站在宅院门外，他举起手中的长焦镜头，将这个场景拍摄下来。这是他此行拍下的第一张照片。

在等待大雪的日子里，“老式眼镜”并不知道自己的摄影生涯此时正悄悄进入辉煌时期。事后回忆，他只记得在那六十天的采风活动中，他成了一只虫子，吃掉了许许多多的胶卷。

胡骑上破旧的摩托车离去了。“老式眼镜”背着照相机慢慢悠悠走了上来。他还是第一次看到山洼里从天而降有着这么一座宅院，心中有些激动。选一个角度，将那张收购活狗的牌子甩在镜头外边，他拍下了宅院的门面：麻石的台阶，黑漆的大门，青砖青瓦的院墙……按动快门的一瞬间，他已经为这幅黑白作品确定了标题：《积木》。

不知为什么，他觉得这座山洼里的宅院只是一堆积木而已。

此时“老式眼镜”肯定不知道，他的《积木》后来在“中国民居”摄影大赛中获得铜牌。

大门吱的一声敞开了，走出了老山。

老山说，咱们以前好像见过面。请到屋里坐一坐，聊一聊吧。

“老式眼镜”有些惊讶。咱们并不认识啊。或许您是认错了人，拿我当成您多年之前的一个朋友了。

老山说，您到宅子里坐一坐，从今以后就算认识了。认识了，兴许就是朋友了。您是喝啤酒呢还是喝咖啡什么的？

“老式眼镜”说，白水。您千万不要误认为我说的是矿泉水啊太空水啊什么的。我说的就是普普通通的白水。

你给我出了一个难题。你说的那种普普通通的白水，这宅院里没有。老山引着客人走进院门，沿着游廊朝正房走去。

院中长满枯黄的狗尾草，“老式眼镜”觉得走进了青凤的宅院。

一个戴墨镜的男人从正房走了出来，口中慢慢悠悠说着欢迎。“老式眼镜”没有思想准备，一时还搞不清楚这里的主人到底是谁。

老山也不做介绍，而是给“老式眼镜”递上一瓶白水。“老式眼镜”看出老山在这里只是一个干活儿的角色，那位戴墨镜的男人才是这里的主人。于是他就朝这位主人拱了拱手，说自己外出拍片子路经此地，进来打扰了。戴墨镜的男人似乎不善辞令，颔首一笑，将客人让进了厢房。厢房的摆设，古香古色，看上去是一间老式客厅。

宾主在太师椅上坐下。“老式眼镜”找不出话题，只得摆弄着那只鼓鼓囊囊的摄影器材包。主人坐在太师椅上好像已经睡着了。一下子这里冷了场。

“老式眼镜”惶惶地看了看默默立在一旁的老山，觉得他是一个蜡人。“老式眼镜”心里想，我怎么到了这样一个地方呢？人人都无话可说，成了哑巴。此时他终于体验到什么叫作沉默。真正的沉默不是无话可说也不是有话不说，而是无法找到说话的趋势。流畅如水的语言在这种时候往往也已经凝结成冰。

继续冷场。

老山朝“老式眼镜”眨了眨眼睛，示意他喝水。

他只得咕咚咕咚喝下一瓶白水。这似乎不是普通的白水，有一种诱人继续畅饮的味道。他知道这就叫作欲望。

这种冷场真是让人无法忍受。喝下这瓶白水仍然不知道说些什么才好，“老式眼镜”拎了拎摄影器材包，起身做出告辞的样子。

戴墨镜的男人这时轻轻咳了一声，终于说了话。你还是坐一坐吧，既然来了，咱们为什么不聊一聊呢？咱们还是聊一聊吧。住在这种地方，荒村野店的，只能聊一聊天了。除了聊天，真想不起还能做些什么别的事情。要说住到这种地方，本来就是无所事事的。无所事事的时候，往往又想做一些事情。可细细一想，从夏商周开始，这几千年来，人们又做了什么事情呢？什么都没做。这么一想，聊天倒成了重要的事情。咱们还是聊一聊吧。

语出如瀑。

“老式眼镜”觉得面前这位戴墨镜的男人，绝对是个人物。他要么静若处子哑口无言，要么纵论古今天下大事张口滔滔不绝。只有干大事业的人，才能做到两个极端。

我只是一个普通的摄影师。天气渐渐冷了，我接受了一个基金会的资助，到这里来采风。采风对于我来说，就是拍一拍照片而已。这些天我在等待一场大雪。可是，今年它迟到了。没有大雪我就成了一个无所事事的人。出来随便走一走，到了你的门前，你的管家就请我进来了。

戴墨镜的男人说，你以前没有见过我吧？

“老式眼镜”摇了摇头。这时候他突然闻到一股女人的气味。环视四周，并没有见到人影。这里的气氛使他又想起《聊斋》。

戴墨镜的男人继续说，那些基金会其实都是依靠财团的赞助才存活下来的。基金会只是财团们桌子上的一只拼盘。你不要发愁，没有大雪，你就随便拍一拍别的东西好了。大自然之中，总会遇到令人意想不到的景致啊。

“老式眼镜”说，那我就给你拍一组人物照片吧。

戴墨镜的男人显然没有足够的思想准备，连连摆手说不行。

“老式眼镜”不由分说，手中的相机已经开始拍照了。

戴墨镜的男人大声说道，住手住手，我是从来不照相的。

有人咚咚叩着院门。老山跑去开门，不由吃了一惊。门外，黑压压站着一群山地的汉子，每人手里都牵着一只黑毛大狗。一定是怕狗吠吵得买主心烦，耽误了交易，那些黑毛大狗的嘴上都戴了布兜儿。这样，狗们不言不语，一个个都显得十分深沉。

一个圆脸汉子对老山说，听说你们这里收购黑毛大狗，我们马上就送来啦。保证没有一根杂毛。您验一验吧。

那一群黑狗，和颜悦色望着老山。

“老式眼镜”颇具新闻记者的意识，他从院子里跑出来，举起相机朝着那群黑狗，啪啪不停地拍照。

闪光灯下，那群黑狗毫无表情地看着镜头。

很久以后，这一幅题为《我们要么就是人类的朋友，要么就是人类的敌人》的作品，在“老式眼镜”个人摄影作品展上引起轰动。这一幅作品的标题，显然出自画面上那一群黑狗的内心独白。

“我们要么就是人类的朋友，要么就是人类的敌人。”展室里许多参观者都在这幅作品面前流连忘返，思考着人类怎么混到了今天这步田地。

这些都是后话了。

4

精瘦的风水先生提供的风水报告的最后一页，有一行提示性质的文字：进住宅院七日之内，当屠黑狗一只。黑色狗皮阴干熟罢，挂于中堂之上，权作镇宅之宝。

老山挂出收购黑狗的牌子，正是寻找镇宅之宝。

没承想，只需要一只，却一下子来了十八个山地汉子，总共牵来十八只黑狗。老山不知如何是好。

“老式眼镜”又拍下了老山犹豫不决的瞬间。背景是一群黑狗。

从院子里传出了指示。戴墨镜的男人说，从十八只黑狗里挑出一只上好的，留下。另外那十七只，照样给钱，让狗的主人们牵回去。

山地汉子们隔着院门无法见到院内的景象，但是他们知道这座昔日兵工厂的招待所里住着一位日常罕见的人物。这种慷慨的举动，小人物是万万做不出来的。面对这种人物，每个山地汉子都希望自己的黑狗能够入选，也算是人和狗的造化。

老山戴上老花镜，开始选狗。戴上老花镜的老山，看上去很像是卡通画片里的一只精通人性的大鼠。大鼠仔细看着，有时与狗的目光形成对视，他就嘿嘿一笑。

老山终于选中了圆脸汉子牵来的那只黑毛大狗。这是一只公狗。圆脸汉子见自己的黑狗入选，比自己入选还要高兴。

每只狗按五百元作价，山地汉子们平时没见过这么多钱，都惊讶得半张着嘴，以为听到了神话故事。

十八只狗，总共九千块钱就把山地汉子都打发走了。

入选的那只黑狗望着昔日主人的背影，目光之中流露出依依不舍的神色。圆脸汉子回头对它大声喊道，伙计，这都是命！是好是坏这都是命！听了这话，那狗的目光里就没了留恋。

老山将黑狗牵入早已盖好的狗舍。这时候，夕阳像一只烂熟的西红柿，被巨人扔到大山后边，做汤去了。

没了西红柿的世界，一下子变得昏暗。

什么时候杀狗呢？老山问。

不是七日之内杀狗吗？明天再说吧。今天，咱们一起到县城里的餐馆去吃晚饭吧？

老山提出到胡记狗肉馆去吃狗肉宴。戴墨镜的男人点头恩准。主仆二人雷厉风行，立即出门，一前一后朝县城走去。天渐渐黑了下来，这座宅院里只剩那一只刚刚买来的黑狗。

黑狗不言不语打量着这座宅院。

他们走在初冬的路上，影影绰绰看着像是两个无钱乘车的穷人。十余里的旱路，他们走了很久。到达城关的时候，戴墨镜的男人对老山说，走路还是很有意思的事情。老山说，天天走路你就烦了。

是啊，这就叫作永远的无聊啊。他显出感慨万端的样子。

朝前走去。鼎记药铺正要打烊。老山说，这几次我都是来这里配药，也不知道助阳的药力究竟如何。戴墨镜的男人说，实践出真知，也出假知。总之人对药物，是万万不能过分依赖的。

拐过横街，看到胡记狗肉馆一派灯火通明，生意显得很是火爆。

戴墨镜的男人问老山，在这样的县城饭馆里吃一顿饭要花多少钱？老山说，依您的地位，到这种地方吃饭只不过是九牛一毛而已。

来这里吃饭，咱们就要一般的饭菜，千万不要大吃大喝摆什么排场。本来就活得无聊，咱们不要无聊之中再添无聊的事情了。

我记住了。老山连连点头，引着主人走进胡记饭馆。

满面春风的胡经理看见老山引着一个戴墨镜的男人走了进来，心里明白了八九。他所企盼的领衔人物终于光临。平时在这个偏僻的县城，四周都是庸碌之辈。今日贵人光临，胡的心情自然兴高采烈。立即打开一间雅间，他亲自引路，将客人安顿落座。

那位名叫吴雪的姑娘走了进来，给客人们送上擦脸的毛巾。

戴墨镜的男人不接吴雪递来的毛巾，而是掏出自己的手绢，擦了擦手。胡立即说，看来您是信不过小店的卫生啊？我马上去给您换一块新的。

戴墨镜的男人缓声缓语地说，我来这里吃饭，是为了贪图一个清静。

千万不要说太多的话，千万不要做太多的服务。你看行吗？

胡经理从未见过这样的客人，一时还不能猜出这些话的含义究竟是什么，只得嘿嘿笑着，继续察言观色。

吴雪定定注视着戴墨镜的男人。她嗅到一股狗尾草发霉的味道。

戴墨镜的男人也抬头来看着吴雪。

胡则静静看着这个场面，暗暗分析时势。这时戴墨镜的男人突然对老山说，那个摄影记者是不是住在县城的旅馆里？目前这地方也只有他这么一个文化人啦。请他来一起吃饭吧。

你是说那位戴老式眼镜的外埠人吧？嘿嘿，他刚刚到，正坐在大堂里，还没点菜呢。

老山起身说，我去请他吧。

胡就趁着老山不在，躬身问道，请问您在什么地方发财啊？

戴墨镜的男人似乎对这种问话非常反感。他慢慢吞吞说，我是一个无所事事的人。你要记住我的话，我是一个无所事事的人。

您太谦虚啦。小店还指望今后傍着您发财呢。胡经理故意操着江湖腔调说。

傍着我发财？戴墨镜的男人茫然地看着胡。傍着我，你真的能够发财吗？难道我会有这么大的本领？我真的没有发现自己会有这么大的本领。你知道吗？一个能够让别人发财的人，往往是能够齐家治国平天下的人物啊。我可不是那样的人物。告诉你，我真的不是那样的人物。如果你想发财，应当立即寻找别的道路。我是无能为力的啊。我的话你听懂了吧？

胡呆呆望着面前这位来自省城的人物，摸不透对方究竟是个什么底细。这位人物，不说话则闭口不语，说起话来竟滔滔不绝仿佛洪水过闸。胡记狗肉馆开张十年了，还没见过这种奇异之人。

老山引着“老式眼镜”走进了雅座。

戴墨镜的男人并不起身，只是伸了伸手，对“老式眼镜”的到来表示欢迎。“老式眼镜”也并不介意，径直坐在他对面的位子上。

这些天拍了许多照片吧？

拍了许多，只是没有大雪。我住在这里等待大雪，其实心里是非常焦急的。今年为什么迟迟没有大雪呢？难道除了我，别人也不需要大雪吗？

是啊，有时候我们急于得到的东西，往往不能得到。当我们并不需要它的时候，它却整天出现在我们面前，驱赶它都不走。看来你等待的大雪，也是这种情形啊。为了使你能够早日见到大雪，今天应当吃什么菜呢？

老山埋头看着菜单，酝酿着菜谱。

胡在一旁大声说，我提一个建议，全狗宴！来一个全狗宴！

一旁侍候的吴雪，不失时机地注视着戴墨镜的男人。

戴墨镜的男人抬头问吴雪说，小姐，你说我们该不该要全狗宴？

吴雪笑了笑说，先生，您认识我？

我认识你？不，我觉得我并不认识你。我为什么要认识你呢？难道我们到这里来吃全狗宴，必须要认识你吗？

吴雪笑了笑说，对不起，算我多嘴了。如果您愿意要一个全狗宴，我们会让您感到满意的。

告诉你吧，我这个人活了几十年，尤其是近十年来，还不曾遇到令我满意的事情。其中最最令我不满意的，就是我自己。我敢断定，今天这个全狗宴也不会使我满意的。否则，我肯定会在这里落户，从此再也不到其他地方去了。当然，我这样说并不是特指你们的全狗宴做得不好，而是告诉你们，我这个人很少有感到满意的时候。我说的话你听懂了吗？

吴雪说，我听懂了。您的意思是要一个全狗宴，尽管您已经知道这个全狗宴肯定是不会让您满意的。是这样吗？

胡经理从来也没有想到吴雪竟然拥有如此口才。他隐隐感到，这个姑娘也是一个颇有来历的人物。

全狗宴就这样被确定了。

席间，“老式眼镜”发现戴墨镜的男人滴酒不沾。他知道与这种行为怪异的人打交道，说话宜曲折而忌直硬。于是他举起照相机对戴墨镜的男人说，我想给你拍一张举杯痛饮的照片，留个纪念。

这不可能，因为我不喝酒。

你为什么不喝酒呢？

没有好酒。这个世界上目前还没有让我感到满意的好酒。

中国如果没有令你感到满意的好酒，如今不是时兴喝洋酒吗？难道洋酒也没有令你感到满意的吗？譬如说人头马什么的。

我说过了，这个世界上目前还没有令我感到满意的好酒，所以我是不会轻易喝酒的。我的话你听明白了吗？

“老式眼镜”说，你的话我听明白了。在喝酒这件事情上，你是一个理想主义者。说心里话这个世界令人感到满意的地方的确很少，可是我们也没有必要过于恪守自己硬性规定的种种原则。在我们这个世界上，生命力最强的人，往往是那些最善于妥协的人。

戴墨镜的男人陡然变了脸色。老山急忙说，咱们应当尝一尝这道菜的味道如何。这是白焯狗鞭吧？大家请吧。

“老式眼镜”毕竟是当过记者的人，知道桌上局势已经有些紧张，就顺着老山的话头，开始投向白焯狗鞭。

空气又渐渐缓和下来。戴墨镜的男人问“老式眼镜”会不会杀狗。“老式眼镜”则认为，杀狗不存在会不会一说，而是敢不敢。

老山立即问他敢不敢。“老式眼镜”毫不犹豫回答说不敢。

一阵脚步声，拥进来一群当地闲人，说是要看一看大人物。站在银台里算账的胡桃拦住这群人，说恐龙早就死了，这里怎么会有大人物呢？闲人们异口同声说，那个戴墨镜的男人就是一个大人物。

听闲人们这么说，胡桃动了好奇之心，回头朝雅座里望着。这时候，那个戴墨镜的男人正襟危坐。不知道为什么，胡桃觉得这是一个大病初愈刚刚出院的男人。

闲人们互相簇拥着，来到雅座门口。

胡经理跑上来压低声音说，你们要干什么？这一桌酒席，八百块钱呢。千万不要惊扰了我的财神爷呀！

我们就是要见一见你的这位财神爷。

空气显得紧张起来。

请你们都进来吧。雅间里传出戴墨镜男人的声音。闲汉们怔了怔，一个接一个走了进去。

戴墨镜的男人发现，走进来的这群汉子，人人的脖子后边都插着一株枯黄的狗尾草。他笑了，觉得这跟市场上那种出售物品的草标完全一样。人，要是为自己插上草标，这就好比将自己当作市场上的劳力，待价而沽。

这一群汉子进了雅间，目光一起投向那个戴墨镜的男人。

戴墨镜的男人不言不语喝着可口可乐。灯光下，他脸上墨镜的颜色与嘴边可口可乐的颜色，相映成趣。

你叫我们进来，我们就进来了。我们进来了，你怎么不说话呢？

戴墨镜的男人听了这话，望着那个矮个汉子说，你们是来应聘的吧？我看到你们人人都插着草标，就知道你们都是等待雇工的劳力。

矮个汉子说，我们不是等待雇工。脖子后边插上草标，是我们这里时兴起来的一个风俗。

“老式眼镜”举起相机问道，什么风俗？

矮个汉子想了想才说，这是本地一个内容很大的风俗。当初流传起来的时候，都说脖子后边插上一株狗尾草就是一个约定。

老山问道，什么约定？

闲汉们参差不齐地说，不知道。

“老式眼镜”说，我想这可能是表示一种契约关系。由于这是古俗，它的真实含义反而失传了，流传下来的只是皮毛而已。

听了这话，闲汉们面面相觑。

老山立即说，要是没事了，就请你们退出去吧。我们还要接着谈事情呢。

“老式眼镜”开始抢拍这个少见的场面了。那些脖子后边插着狗尾草的人们，一个接一个被他摄入镜头。

戴墨镜的男人慢慢悠悠说，世界变得越来越简单了，只是插上草标的买卖契约而已。我呢，正想雇一个杀狗的人，杀死我院子里的一只黑狗。你们有谁愿意去吗？

闲汉们定定站着，等待着他的选定。

矮个汉子说，我们正是听说你买狗的时候，出手特别大方，才认为你是一个大人物的。这地方十年八载也见不到一个大人物，所以我们就来看一看你，也算是开眼了。你要是想雇工，就择一个吧。我们这些人莫说杀狗，杀人都敢。

戴墨镜的男人表情郑重地说，你这话肯定是说错了。相比而言，杀人容易，杀狗难。所以我才花钱雇人杀狗。可惜，你们这群人里没有令我感到满意的。

你这话肯定是说对了。莫说你对我们不满意，我们对自己也不满意。所以呢，我们才出来闲逛。要是我们对自己感到满意，就坐在家里不出来了。

听了这话，戴墨镜的男人抬手指着矮个汉子说，我选中你了，你明天到我的宅院里来上班吧。就是那条黑狗，我说什么时候杀，你就什么时候杀。一天工资一百元，行吗？

矮个汉子仿佛听到天上传来的声音，激动得说不出话来。

这时候，吴雪端着著名的狗肉汤走进雅间。她始终暗暗认为这屋里散发着狗尾草发霉的味道。

迎着狗肉汤，老山从怀里掏出一包自制的佐料，嘿嘿笑着投到了汤里。

5

站在银台里，远远望见那个戴墨镜的男人，胡桃的好奇心理渐渐强烈起来。她是一个生在县城长在县城的女孩儿，印象之中除了挂在家中的领袖画像，迄今也没有亲眼见过所谓大人物到底是个什么样子。既然那些大街上的闲汉们称那个戴墨镜的男人是个大人物，胡桃心底便萌生了与他接近的念头。

他到底是个什么人呢？无论是在灶间帮厨还是在银台结账，胡桃总是要移神走思。胡经理看在眼里，以为女儿进入怀春的年龄，有个长思短想的时候，也用不着大惊小怪。

自从戴墨镜的男人到这里吃过那一桌酒席，胡记狗肉馆新添了一项业务：送菜上门。老山预付了五百块钱，饭馆每天送一个狗肉汤到宅院里去。胡经理拿出一只祖传的葫芦充当容器，骑着摩托车亲自送汤。第二天他就病了，胡桃将这个差事接了过来。

终于有机会走进那座宅院了，胡桃拎起葫芦，兴冲冲骑上摩托车。吴雪站在饭馆门口，默默望着胡桃远去的背影。

城关的闲汉们，人人脖子后边插着干枯的狗尾草，在街上走来走去。吴雪觉得他们的样子非常丑陋，转身走进饭馆。

城关大街上，小亟推着一辆自行车，驮着一捆书籍，气喘吁吁朝前走着。胡桃停下摩托车大声说，小亟！你为什么还干这种受累不讨好的工作呢？离开县立图书馆，调到开发公司去当秘书吧。如今已经是女秘书的时代了。

小亟冲她笑了笑说，我要写一本关于蝴蝶的书。说完，她推着自行车走进县立图书馆的门洞。

望着她那纤细如握的腰肢，胡桃心里很是羡慕小亟的苗条。

本来一派晴朗的心情，一下子变成多云。胡桃骑上摩托车，心里总是想着小亟。不知为什么，只要见到小亟，胡桃就感到自卑。她不知道自己到底羡慕小亟什么。小亟好像是从王母娘娘那里来的。

不知不觉驶到那座宅院门前，胡桃心里一阵忐忑。有生以来还没有到过这种地方。这时院里传出一阵狗的叫声。

那个一天工资一百元的矮个汉子从院门里走了出来。

胡桃手里拎着装满狗肉汤的葫芦，定定看着矮个汉子。一天工资一百元，这在县城绝对是个天文数字。从这里也可以看出，戴墨镜的男人出手如此阔绰，在省城里不是高官就是富豪。

矮个汉子满脸喜色，朝胡桃大声说，刚刚三天，我就赚了三百块钱啦。这已经抵上县长的工资啦。

胡桃问他在宅院里干什么活计。矮个汉子说整天坐着，等待主家的决定。主家决定什么时候杀狗，他就立即操刀。可是一连三天主家也没拿定主意，就这么犹豫着。

胡桃笑了。拎起滚烫的葫芦前去叩门。那门环很是沉重，让人想起万恶的旧社会。这时候她猛然发现，宅门的上方不知何人挂了一束干枯的狗尾草，给人一种十分神秘的感觉。

老山来开门了。他看到矮个汉子站在门外，就笑了。你还没走哇？刚刚有了决定。

矮个汉子迎上去说，决定杀狗啦？

老山摇了摇头说，决定不杀狗。从明天起你也就不要来了。

为什么呢？不是要我随时等待杀狗的决定吗？

这几天，主人跟那条黑狗有了感情，不但不杀，还要将它养起来，成为宅院里的一员。我的话你听懂了吗？

矮个汉子眼看着一天一百块钱工资的差事瞬间成了泡影，几乎无法承受这个打击，冲上去对老山说，你说什么，主人跟那条黑狗有了感情？真是笑话！这几天我已经看出来了，他跟任何人都不会产生感情，怎么会跟一条狗会产生感情呢？

老山嘿嘿笑着说，跟任何人都不会产生感情，所以才跟一条狗产生了感情。这个道理你怎么不懂呢？你的工资不是一天一结吗？要是没有什么别的事情，你可以走啦。

矮个汉子知道事情无法改变了，骂骂咧咧走了。

胡桃说，老山大叔，我送狗肉汤来啦。

老山说，怎么换成你来送啦？昨天还是你爸爸亲自来送呢。

胡桃说，从今往后，就是由我来送了。

拎着葫芦，她随着老山走进了这座宅院。

这狗肉汤，天天谁喝呀？她好奇心难捺，问着老山。

狗喝。

谁喝？

狗喝。

什么？狗喝狗肉汤？我的天啊。胡桃惊异得失声叫了起来。

老山看着失魂落魄的胡桃说，这有什么可惊可怕的？

我怎么从来没有听说过这种事情呢？居然让狗喝狗肉汤，这主意是谁想出来的？这跟让人喝人肉汤是一个道理啊。胡桃因惊吓显得有些失态，大声朝老山诉说着自己的观点。

你说得很对。那个戴墨镜的男人迎面走来，胡桃被他说话的声音吓了一跳，怔怔看着他。

能告诉我你是谁吗？他问胡桃。

老山抢着回答说，她是胡经理的女儿，来给咱们送狗肉汤。

戴墨镜的男人眼睛一亮，目光定定注视着胡桃。这目光雄性十足，给胡桃的心理造成很大的威慑。她担心自己一会儿就被这目光给剥得一个精光。

你刚才说给狗喝狗肉汤，就等于是给人喝人肉汤，这个道理是不错的。你的意思是说，狗吃狗，就等于是人吃人？

胡桃连忙朝他点了点头。

戴墨镜的男人引着胡桃进了正房。他径直坐在太师椅上说，不过，狗吃狗与人吃人毕竟不同。狗吃狗，绝对不会受到什么舆论的谴责，因为狗是动物。可是人吃人，当然我指的是公开的人吃人，恐怕就要受到社会的全面声讨了。所以说，狗吃狗容易。人吃人呢，很难。

胡桃静静听着，心里也不觉得有多么害怕了。不知为什么，她被这个戴墨镜的男人雄辩的言论所折服。在此之前，胡桃从来不曾拥有这样的感受：如此专心专意听着一个陌生男人滔滔不绝地说话。

老山走进来送了一杯茶。他看到胡桃满脸崇敬的表情，不由嘿嘿笑了。老山人生六十年，只相信缘分这两个字。空中响起炸雷，那是天与地的缘分。洪汛决堤一派汪洋，那是水与土的缘分。牛儿啃食青草，那是生与死的缘分。金木水火土，相生相克相因相成，都是缘分。今日胡桃与这座宅院，兴许就是阴与阳的缘分。

老山给胡桃搬来一只椅子，胡桃这才意识到自己的走思。她的脸顿时一片绯红，连忙坐在椅子上，不知说些什么才好。

戴墨镜的男人说，老山，那狗肉汤一定要晾一晾才行。昨天黑狗喝的时候，就烫了嘴。

老山连声应着，走出屋子去了。

胡桃抬起头来，看着戴墨镜的男人。她突然觉得，自己仿佛有一肚子的话，要与他诉说。这种一吐为快的感觉，她是从来不曾体验到的。这时候，她终于明白了人们所说的那种一见钟情究竟意味着什么。

只是一个瞬间而已。

你的名字是不是叫胡桃？

她使劲点了点头。

你知道我的名字叫什么吗？

她使劲摇了摇头。

天色渐渐昏暗下来。他站起身走上前来，轻轻拍了拍她的肩膀。她的心儿咚咚跳得极快，好似听到一面大鼓正在敲响。

你是不是有一些话要问我？他的手离开了她的肩膀，前去抚摸她的头发。

从来没有男人摸过自己的头发。他的手好比一把大梳，轻轻篦着胡桃的秀发。她觉得浑身酥了。

我知道你认为我是一个怪人。我也知道你想问我什么事情。你想问我，为什么给狗喝狗肉汤？为什么不分昼夜我都戴着墨镜？为什么我从省城跑到这么一个地方来住？为什么想杀那条黑狗而又突然改变了主意？为什么这么大一个世界没有我所满意的东西……

胡桃突然双手捂脸，连声抽泣着说，虽然咱们素不相识，可你说得都对！你好比是我心里的虫子！

之后，处女胡桃难以自制，放声哭泣起来。

他将她搂在怀里。她的哭声也就响亮起来。他不言不语定定地搂着她，看上去像是一个毫无春心的圣人。

胡桃伏在他的怀里，哭泣之中再次表达了自己的强烈感受。

你就是我心里的虫子！你就是我心里的虫子！

他若有所思地说，你这样激动让我很是为难啊。前几年我年年春天出来踏青。从今年我改成秋天出来踏枯。既然我已经不再踏青了，你这样激动就让我很是为难啊。你知道我是谁吗？

胡桃目光迷离看着他。你不用告诉我你是谁。我只要你告诉我，什么叫踏青？什么叫踏枯？

戴墨镜的男人残忍地笑了笑。让我给你打个比方吧。你知道生与死吗？踏青呢就是生，踏枯呢就是死。生生死死，一青一枯啊。胡桃呻吟着说，一生一死，一青一枯，那你就踏吧。他抚摸着她的肩头轻声说，告诉你吧，我已经是一个魔鬼了。

之后这个自称魔鬼的男人使劲将胡桃抱到了床上。他气喘吁吁说，我真的不想踏青了。踏青就是生，生又有何用呢？

6

县广播站发出天气预报，说三天之内将有大雪。“老式眼镜”激动起来，跑到胡记狗肉馆要了一只红烧狗腿二两本地烧酒，预祝大雪的到来。吴雪给他端上来一小碟辣椒，问他为什么偏偏要吃红烧狗腿。

他说吃了红烧狗腿，在雪地奔跑起来就会很有力量。

她说，哟！狗脚一下子就能变成人腿呀。

他笑了，说只有在雪地里奔跑才能拍到雪天的景致。

她问他为什么要拍雪天的景致。

他被她问住了。他说一个基金会资助了这次采风活动。基金会要求拍摄雪景二十幅。这是没有办法的事情，只能盼望大雪的到来了。

她不解地看着他，问基金会是一个什么东西。

他又一次被她问住了。想了想他才说，基金会是一个有钱的团体。

吴雪笑了，说既然这样，那么以后我有了孩子，就取名叫基金会。

“老式眼镜”哈哈大笑起来，但是只哈哈了几声，脸上就没了笑容。他觉得吴雪能够说出这种话来，就证明她是一个颇有来历的姑娘。啃着红烧狗腿，他将自己的这个感觉告诉了她。

她说，无论是谁，其实都是颇有一番来历的。就连天气预报里说的三天之内就要到来的那场大雪，也是颇有来历的。

“老式眼镜”愈发觉得，吴雪是一个颇有来历的姑娘。渐渐又觉得吴雪有些眼熟，以前好像在什么地方见过面。他将自己的这个感觉告诉了她。吴雪笑了。

有时候我也觉得你很面熟，好像以前在什么地方见过面。其实这只是一种错觉。你与我，我与你，可能从来没有打过交道。

喝着那二两本地烧酒，“老式眼镜”要她讲一讲这些年来的经历。

吴雪眨着圆圆的眼睛说，咱们打一个赌吧。

这时候，“老式眼镜”才发现，吴雪是一个长得十分漂亮的女子。

吴雪说，如果三天之内果然下了大雪，你就给我讲一讲你的经历。如果三天之内果然没下大雪，我就给你讲一讲我的经历。

“老式眼镜”说，如果三天之内果然下了大雪，我肯定就跑到外边去拍片子了，哪里还有什么时间坐在屋里给你讲我的经历呀。你说是不是？

吴雪的眼睛里突然注满了泪水。迟早我会将自己的全部经历讲给你听的，迟早我会将自己的全部经历讲给你听的。

“老式眼镜”呆呆望着她，不明白泪从何来。

等待大雪吧。我要在暗室里将这几天拍下的那些作品冲洗出来。你愿意到我的暗室去看一看吗？

什么是暗室啊？

平时很少有人这样提问。他认真想了想，笑着对吴雪说，暗室，就是一个暗无天日的地方。只有在这种暗无天日的地方，我才能够看到光明。譬如说阳光灿烂的地方。

吴雪听了这话，笑了。

“老式眼镜”吃罢红烧狗腿，顿觉浑身有劲。他与吴雪约了时间，请她到旅馆去参观他的暗室。

等待大雪，可是“老式眼镜”的心情却一下子晴朗起来。他回到旅馆，从提包里找出早已备好的厚厚的绒帘挂到窗上，房间里的灯泡也都换成了绿光。世界变得很小，最终变成一间小小的暗室。暗无天日的日子就这样开始了。

他哼起了歌。尽管他知道自己是个五音不全的人。是啊，很久不曾拥有这种心情了。以自己的歌声来为自己的工作伴奏，该是一件多么开心的事情啊。他拾掇着那些从省城带来的东西，昏暗之中透露出存在的意义。房间里摆满了器材，使他觉得自己反而成了一个多余之物。他觉得这很可笑。

这时，他蓦然感到，自己在这种暗无天日的环境里工作了很多年了。从这个意义上说，他知道自己并不需要多少阳光。冲洗胶卷是一个从朦胧到清晰的过程。这些年来，他无数次重复着这个过程。生活也就时而清晰时而朦胧。

吴雪是第二天上午去向胡经理请假的。胡虎着脸孔，问她请假去做什么。她说去看一个亲戚。怎么从来没听你说过在这里还有亲戚呀？胡经理满脸狐疑地准了她的假。

正在接受父亲训斥的胡桃偷偷朝吴雪做了一个鬼脸儿。

吴雪走进“老式眼镜”的暗室，立即被这暗无天日的情景吓了一跳。看到他长年累月在这种环境里工作，她心底泛起一阵同情。

“老式眼镜”匆匆冲她一笑。

记忆的火花倏地一闪，吴雪想起当年有一次在邻县拍照片，那个照相的师傅好像就是面前的这位“老式眼镜”。记忆的火花瞬间就熄灭了，吴雪又回到了眼前的暗室，当年的邻县成了一团雾气。

她开口告诉“老式眼镜”，刚才请假的时候，胡桃正在挨训。自己向胡经理请假的理由是去看一个亲戚。

听着吴雪喋喋不休的讲述，“老式眼镜”心不在焉地说，那你就快去看一看你的亲戚吧。

我根本就没有亲戚。

没有亲戚？那你请假的时候为什么说去看亲戚呢？

我说的亲戚就是你。

噢，你说的亲戚就是我呀？你为什么把我说成是你的亲戚呢？

不知为什么，我请假的时候，就把你当成我的亲戚了。其实在这个世界上我早就没了三亲六故，只剩下我一个人了。我怎么会有亲戚呢？所以说这句谎话的时候，我的心咚咚乱跳。听说在国外说谎也要经过培训，要花很多学费才能进入说谎训练所，是这样吧？

她坐在他的身旁，娓娓道来。他只是嗯嗯应承着，沉浸在工作之中。她继续讲述下去。

她开始给他讲述那个故事了。应当说这是一个情节曲折悬念迭出的故事。同时这也不是一个古老的故事。吴雪讲述的时候，如小溪流水，九曲十八折的，给人一种故事漫长的感觉。“老式眼镜”并未感到漫长，他脸上挂着一丝适意的微笑。这微笑极大地鼓舞了吴雪。

她一波三折讲述着。有时候她眼含热泪，有时候她面带苦笑，有时候她居然语塞，似乎是在回忆着什么。故事在叙述之中穿越了四季。

胶卷在“老式眼镜”手里一张张冲洗出来。此时，只有他自己心底清楚，摄影真是他人生之中最大的工程。至于其他事情，统统都是这项工程的陪衬而已。摄影的魅力就在于，它复制了这个世界。

他的摄影，使这个世界难以推诿。

吴雪还在继续讲述着——这似乎只是一个断想：那男子如何如何，那女子如何如何。虽说这个故事里有男有女，但并非是一个爱情故事。世上关于男女之间的故事，未必都是含有爱情的。吴雪这个山地女子，讲给“老式眼镜”的这个故事，有着深刻的内容，绝不是人类每天都能听到的。可惜“老式眼镜”完全沉浸在胶卷之中，吴雪的讲述就成了过耳之风。尽管如此，吴雪依然讲述着。此时就连她自己也不知道，这种讲述本身已经成为一种独语，根本不需要听众。她完全走进了自言自语的大地，步入一个悬浮的世界。

“老式眼镜”突然啊地大叫一声。

吴雪痴痴看着他。

“老式眼镜”满面惊恐，无助地看着吴雪。天啊！这到底是怎么回事呀。一个人都没有，胶卷上一个人都没有！人的位置空空荡荡，只有那些陪衬的景致。吴雪你快看一看，人都跑到哪里去啦？

一种绝望的气氛笼罩着“老式眼镜”。他不知所措，在屋里走来走去。

吴雪这时才从自言自语的天空中归来，回到现实的大地上。她看着“老式眼镜”因惊悸而扭曲的面孔，不知道眼前发生了什么事情，

他指着冲洗出来的胶卷说，你看，凡是应当有人的地方，统统无影无踪！人呢？好像都变成了气体，升到天上去了。

人是很难升到天上去的。她展开胶卷仔细去看。

是啊，冲洗出来的胶卷上显现的只是一些景物：宅院的门面，收购黑狗的招牌，空无一人的酒席，飘浮在空中的狗尾草……凡是应当有人的地方，全都变为空白。胶卷上的世界，成了一个巨大的静物。

最令吴雪感到震惊的是有一张胶片上只显现出两个圆圆的黑孔。她认出这就是那个男人的墨镜。胶片上没了人物的痕迹，却显现出这个极富个性的人物特征。这墨镜，看上去使人想起魔鬼的眼睛。

吴雪渐渐静下心神，将手中的胶卷递给“老式眼镜”。你看胶卷上留下的空白，与我刚才讲给你的那个故事，说明了一个相同的道理。

“老式眼镜”惊讶地说，你刚才给我讲了一故事？你刚才给我讲了一个什么故事呀？

吴雪惊讶极了。之后她苦笑着说，既然你根本就没听见那个故事，就说明你与那个故事没有丝毫缘分啊。

窗外传来一阵叮叮当当的声音。

“老式眼镜”兴奋地说，是下雪的声音吧？一定是下雪啦！说罢他扔下手中的胶卷，冲了出去。

吴雪呆呆站在屋里说，有谁能听到我讲的那个故事呢？有谁能听到我讲的那个故事呢？

7

整天与狗肉打交道的胡经理其实是这座县城里最具雄心大志的平民。自从见到那个戴墨镜的男人，他心底就产生了破译对方身份的强烈愿望。他企盼与隐蔽在墨镜后面的那双眼睛早日对视。

他希望那是一双真正的男人眼睛，虎视眈眈令人望而生畏。多年来他虽然身为县城饭馆老板，但心中却飘扬着理想的旗帜。他盼望有生之年能够遇到一个令自己心悦诚服的男人——无论这个男人爱不爱吃狗肉。那个戴墨镜的男人来到这里，无疑是在县城静若止水的生活里激起一朵令人惊喜的浪花。胡则认为对方是个从天而降的人物。

平庸的生活终于有了奇特的内容。

关于那个戴墨镜的男人，胡经理心中有许多谜团不得其解。

1. 他为什么不分昼夜都戴着墨镜？

2. 狗肉汤对他来说，究竟意味着什么？

3. 他来到风行狗尾草习俗的县城，是暂住一时还是长期扎根？

4. 谁能说出他的身世呢，老山吗？

5. ……

胡开始为自己今生今世居然有如此重要的研究任务而激动不已。在此之前，他以为余生只有开饭馆这宗事情了。

他开始搜集资料。

先找到那个被雇去杀狗的矮个汉子。

矮个汉子谈起那座宅院仍然十分激动。

一天工资一百块，三天三百块。真是一个难得的好差事。跟评书里说的《聊斋》一样，就是那座宅院让人摸不着头脑。要说院子里都是男人吧，可是我总是能够闻见女人的味道。白天，我坐在厢房里等着杀狗，也不知道为什么，总觉着有女人在身前身后走动。其实呢，你四周根本就不见人影。是我的耳朵和眼睛都出了毛病？那座宅院真的让人想起《聊斋》。那些看不见摸不着的女人啊，就跟评书里说的狐狸精一样。

既然无踪无影，你怎么能够闻见那些女人的味道呢？

我也说不明白。兴许不是味道，是影子。反正这事情谁都说不明白。只有在那里住上几天，才有亲身体会。

胡知道，矮个汉子说的事情只能意会，不能言传。

那座宅院里潜藏着不显山不露水的女人。她们的胭脂气息弥散在空气之中，看也看不见，摸也摸不着。这些影子一样的女人到底来自何方呢？胡经理陷入长久的思考之中。

这时候，胡桃的反常行为引起了他的怀疑。那天黄昏女儿到老山的宅院里送狗肉汤，很晚才回来。几天里胡桃都显得精神恍惚，要么外出不归，要么目光痴痴独坐屋里，永无休止地自言自语。

踏青，踏枯。踏青，踏枯。药片两枚，一黑一白………

他知道，女儿的这种症状分明是精神分裂症的先兆。从不相信医生的胡经理，到县立图书馆来借有关精神病学方面的书籍。

小亟热情地接待了他。

小亟以为他也是来借爱情小说的。他说自己从来就不懂什么叫爱情。小亟说，来县立图书馆借爱情小说的读者，十之八九都认为自己不懂爱情。正因为不懂爱情，所以才想在爱情小说里读到惊心动魄的爱情故事。生活缺少什么，人们越想在小说里找到什么。

他定定看着小亟说，照你这么说，爱情属于珍稀元素了？

小亟笑了笑说，你说得很对。当然，也有相当一大批读者借阅的不是爱情小说。

他们借阅什么小说呢？

原欲小说。近些年来描写原欲的小说普遍受到读者欢迎。

他告诉小亟，自己要借阅精神病学方面的书籍。

小亟说只有几册前些年流行的弗洛伊德的著作。

他对小亟说，这几天胡桃精神很不正常，整天坐在屋里自言自语，目光呆滞，思维障碍，似乎对生活已经失去信心。

她一定是受到了什么刺激。要么让她跟我在一起吧。让她跟我在一起收集蝴蝶标本，身心沉浸在大自然之中，心里的病就会渐渐好转。胡觉得这是一个上好的主意。

小亟笑了。

为了进一步了解女儿的病因，从县立图书馆回到家他偷看了胡桃的日记。父亲偷看女儿的日记，应当说是一件非常卑鄙的事情。他根本不去思考这些有关道德事宜，悄悄打开了抽屉。

胡桃的日记本是一只精美的硬壳本子，封面是一幅关于秋天的油画。那是一望无际的枯黄的狗尾草，充满画面，给人一种强烈的溢出感。作为父亲，他受到了震撼。

解读胡桃的日记，并不是一件容易的事情。尤其是近期的日记，女儿写得极其简约，他似乎是在阅读一封封电报。

1月8日　晴　无雪　风力三四级

向往陌生。陌生的人，陌生的时间，陌生的天地。零点的意义就在于她从无到有，又从有到无。这就是他所说的从踏青到踏枯。

1 月 9 日　晴　无雪　风力二三级

彻底的失望并不等于绝望。真心希望看到一个小小的我，重新长大。能够看到自己重新长大的人，肯定已经做了母亲。

1 月 10 日　晴　无雪　风力三四级

什么时候能够看到那双眼睛呢？

或许他根本就没有眼睛。

或许他正是因为不愿意看见到处都是枯黄的狗尾草，才将眼睛匿藏在墨镜后面。

1 月 13 日　阴　无雪

他递来两枚药片，一黑一白，让我吃。我就吃了。他说过，这个世界白茫茫黑茫茫，什么都没有。所以那药片也是一黑一白。一黑一白，象征着“没有”。

现在我明白了，即使万念俱灰，他也还拥有一个意愿，那就是生育子嗣。我觉得这是他今生今世的最后一件事情。即使是这样，他还是让我服下那两枚药片。从这个意义上说，他是一个病态的理想主义者。这个世界对于他，永远是充满缺陷的，甚至无所指望。

读到这里，胡经理大惊失色。他分明已经感觉到字里行间处处都在散发着那座宅院的气息。尽管女儿的日记写得隐晦难懂，但他还是在一月十三日这天的日记里看到了胡桃与那个戴墨镜的男人厮混一处的迹象。

虽说这是一个毫无根据的判断。

不知为什么，他将那个戴墨镜的男人想象成为一个将生活晾晒成枯叶，然后将枯叶衔在嘴边四处游走的魔鬼。魔鬼身上所散发出来的气息，足以使鲜活的枝叶告别春季进入隆冬。

胡其实非常崇拜那些能够成为魔鬼的男人。因为男人一旦成为魔鬼，天堂与地狱对他来说就显得毫无区别。但是令他不能放心的是自己的女儿胡桃。胡桃已经成了一个与魔鬼打交道的女子。

黄昏时分，他知道自己应当去那座宅院送狗肉汤了。想到那个戴墨镜的男人，他就渴望与这个魔鬼对话。

他将煮得滚烫的狗肉汤装入葫芦里，骑上摩托车驶到那座宅院门前。夕阳正忙着落山，抛下最后一线残辉，看上去显得十分可怜。叩响门环，他猜测前来开门的一定是老山。

大门敞开的那一刹那，他看到那个人脸上戴着墨镜。

戴墨镜的男人似乎淡淡一笑说，今天怎么不是胡桃来送汤啦？

他说，我也没有想到前来开门的不是老山。

老山不在。我看你满脸煞气，不是前来声讨我的吧？戴墨镜的男人说罢，引着胡经理沿着游廊朝正房走去。

这时候他才发现，这座宅院的主人的脖子后边也插了一株狗尾草。

胡笑了。你怎么也插了一株狗尾草呢？

如今已经成了狗尾草的天下，我怎么就不能在自己身上插上一株狗尾草呢？这样，就会感到自己将自己给拍卖了。

胡打量着院子里的景物说，是啊，如今已经成了狗尾草天下。

戴墨镜的男人说，其实我也不知道插上这株狗尾草到底是什么意思，总觉得这是一种无可奈何的标志。

胡突然之间换了一个话题说，我怎么闻见这宅院里到处都是女人的脂粉气息呢？

是吗？这个院子里兴许住过很多女人。人的气息其实是很难消散的，尤其是女人的气息更是不易消散的。女人的气息跟男人不一样，女人的气息是看不见摸不着的。

胡大声问道，如今是不是仍然有很多女人到这里来？

就连胡桃不是也要天天到这里来送狗肉汤吗？

院子里一派静寂。这种静寂，犹如进了坟场。

还是胡经理打破了这种可怕的沉默。老山大叔干什么去啦？

送葬去啦。

什么？送葬！送什么葬？

那条黑狗去世了。老山到洼里去埋它了。恕报不周啊。

觉得非常滑稽。狗死了，居然还要说什么恕报不周。胡放下装满狗肉汤的葫芦，说黑狗已经死了，这狗肉汤也就没用了。

戴墨镜的男人说，我喝。

这狗肉汤不是给狗喝的吗？

戴墨镜的男人十分宽容地笑了笑，引着胡经理走进了厢房。

买来那条黑狗的本意是想杀狗取皮，当作镇宅之宝。可是见到那条黑狗之后，我又不忍心杀它，就养了起来。你问我为什么给狗喝狗肉汤，这真是一件说不清楚的事情。不知为什么，我就给黑狗定了一份狗肉汤。如今想一想，让狗喝狗肉汤，也的确是一件非常残忍的事情啊。

胡环视着这间古香古色的厢房说，你是不是受到了狗尾草的刺激？譬如说你来到县城之后，看到世界竟然成了狗尾草的世界，你才决心残忍起来的？

你的意思是说，我自从来到县城之后才变得残忍起来的？不不不，狗尾草的确给我以很大刺激，它使我知道这个世界已经变成一个袖珍世界——侏儒正在被评为巨人。但是我要告诉你，远在见到狗尾草之前，我就已经懂得什么叫作残忍了。因为我不是一个文盲。前几年我都是初春出来踏青，化名吴仁。今年我是深秋出来踏枯，就化名吴义了。情况就是这样。我知道你很想了解我的底细。

听了这些话，胡经理改变了初衷，他决定放弃关于胡桃的话题。因为关于胡桃的话题，最终只是关于女人。不知为什么，他很想与这个戴墨镜的男人讨论一些更为重要的问题。譬如说关于人类的饥荒以及无雪的冬天，还有那些干涸的河流。

就这样，两个男人拉过两张太师椅，面对面坐着，开始了一场似乎与他们自身处境毫无关系的对话。

来自大都市的戴墨镜的男人说，我第一次见到你的时候，就看出你是一个心怀大志的男人。你是一只大鸟，可是命运偏偏将你装在一只很小的笼子里。具体说这个笼子就是这个县城，更具体说这个笼子就是这个饭馆。你心里是这样想的吧？

胡点了点头，说以前的确是这样认为。

你只要认为自己是一只大鸟，就会永远认为笼子太小。什么时候你认为自己是一只小鸟，笼子也就变得非常宽敞了。大都市是不是一只小笼子？小县城是不是一只大笼子？只能凭自己的感觉而定。无论住在大都市还是小县城，这种笼子心理恐怕是很难消除的。是吧？

胡立即问道，大都市与小县城，这两个地方对你来说，哪一个是大笼子哪一个是小笼子呢？

这两个地方对我来说都不是笼子。你知道我的笼子是什么吗？

胡低下头，思索起来。片刻，他抬起头注视着对方。

你的笼子就是你自己。

戴墨镜的男人听了这话先是怔了怔，随即使劲搓着双手，在屋里快步走来走去。说得好！说得太好啦！你是我心里的虫子吧？你肯定是我心里的虫子！

之后，他抬手摘下墨镜说，你一定早就想见一见我的真面目，今天咱们就认识认识吧。

这时候，胡看到了一张普普通通的男人的面孔。那是一双细长的眼睛，并不威严，也不亲切，看上去给人一种睡眠不足的印象。这绝不是一张熟悉的面孔，也绝不是一张生疏的面孔。在人海之中，似乎天天都能遇到这样的男人。

摘下墨镜的男人平静如水，定定望着胡。你见过我吧？你想一想，以前是不是见过我。譬如说在电视里或者报刊上以及其他的地方？

胡十分坚定地摇了摇头。这时候，一股莫名的悲哀袭上心头。他敢断定，面前这个男人无论是戴着墨镜还是摘去墨镜，都是一个失去家园而永远走在路上的男人。如果真是这样，那么这座宅院也就真的成一座鬼宅了。

我知道你是一个无所事事的男人了。可是你到我们这座县城来，打算住到什么时候呢？狗尾草这东西，一岁一枯荣啊。

这很难说。如果我打算在这里住上十年，但是第三年的时候我可能一命呜呼了。如果我打算在这里住上三年，但是十年之后我可能仍然没有离开这里。

这时候他又将墨镜戴在脸上了。戴上墨镜之后，他才真正显出了平和之相。胡经理拎起葫芦将滚烫的狗肉汤倒在一只瓮里，说狗肉汤这东西对男人来说是很有滋补作用的。

戴墨镜的男人咧嘴笑了笑，很有风度地将客人送出这座弥漫着女人味道的宅院。

宅院门外，两个男人对视着，像两棵树。此树与彼树，看上去都是无话可说的样子。

送葬归来的老山，气喘吁吁从远处走了上来。走到戴墨镜的男人面前老山大声说，入土为安啦。

胡经理对老山说，原本不是想杀黑狗做镇宅之宝吗？怎么又改变主意啦？

老山说，看来这宅院是谁也镇不住啦。

戴墨镜的男人轻声说，丧事从简。不设灵堂，不发讣告，不接受花圈，不开追悼会。

老山不解地说，你这是说人呢，还是说狗呢？

胡抬头看了看天气自言自言说，这两天一定是要下大雪了。

8

吴雪讲给“老式眼镜”的那个故事，充满了令人难以置信的情节。“老式眼镜”一心冲洗胶卷，吴雪的叙述就成了耳旁风。其实吴雪是鼓足勇气讲给“老式眼镜”听的。她朦朦胧胧觉得面前的这个一门心思摆弄胶卷的男人，还是值得信赖的。她渐渐打开了叙述的闸门。故事的主人公名叫雪儿。故事开始的时候，雪儿走进一间废弃多年的仓库，拍了一张生活照。摄影师并没有给她留下什么深刻印象。令雪儿久久不忘的是拍照的背景。那是一场冬雪，白茫茫一片真干净。当她站在雪景之前等待拍照的时候，灯光突然灭了，说是停电。雪儿就定定站在雪景之前，望着这暗无天日的废弃仓库。仓库里无声无息，只有雪儿身上散发出来的青春气息，使这里有了人味。

黑暗之中，雪儿听到摄影师问她拍照片做什么用。

面对黑暗她大声说，去找工作。找到好工作就能挣好多钱。挣到好多钱，将来就能嫁给一个好男人。

黑暗中她听到摄影师叹了一口气说，很多来这里照相的姑娘都这么说。可是这个世界上哪里有那么多好男人呢？

后来当她拿着洗好的照片，看到自己站在无边的雪地里，感到非常惬意。雪儿喜欢大雪。她之所以名叫雪儿，恰恰因为她是雪天出生的。拿着照片去指定的地点参加面试，她愈发认定自己的理想朴实无华——

就是要嫁一个好男人。雪儿很上镜，照片比本人显得更美。雪儿期待着。雪儿什么都不怕。

雪儿将自己的照片交给一个名叫小旺大叔的男人。小旺说，有一个好工作，就看你是不是合格了。

交了照片，她等待合格。

吴雪儿身材修长乳房高挺，走起路来很是引人注目。县城一夜之间就变得开化，小女子们放下羞涩走到前沿，与外面的世界接轨。几天之后，小旺大叔终于跑来了，连声说大有希望。雪儿问他到底找的什么工作。小旺说，公关。这一次兴许你能大富大贵。

之后小旺将工作的内容告诉给雪儿。雪儿很是惊讶。她说，那一定是个十分可怜的男人吧？

小旺听了她的话很是诧异。虽然我说不清他的底细，但我敢肯定他是个人物。你怎么能说他是个可怜的男人呢？

雪儿笑了笑说，他已经到了四处奔走的地步，还不可怜啊？小旺觉得雪儿是一个有着古怪想法的姑娘。他将雪儿安排在县立招待所二楼的一个高级房间里，说十点钟的时候开始工作。

屋里只剩下雪儿一人。九点二十分，她推开卫生间的门走了进去。

平时没有机会住进这么高级的房间。脱光衣服她站在镜前欣赏着自己的胴体。她对自己感到满意。

洗完澡走出卫生间，她披着浴巾在房间里踱来踱去。桌上的小钟嘀嗒嘀嗒走着：九点四十分。她索性拿起小钟，将时针唰地一下拨到十点钟。之后关灯躺在床上她大声说，时间已经到了。

扑哧一声她又笑了，觉得自己像一个正在过家家的大孩子。此时此地的雪儿，居然一点儿也不感到紧张。

门儿轻轻一碰，一个男人的身影已经站在屋中。雪儿看着这个身影，不由轻轻叫了一声。深夜鬼影，她在电视里看过《聊斋》的故事。

屋中黑暗无光，根本不能看清那个男人的面孔。但是，雪儿却嗅到一股浓烈的枯草味道。这味道使她想起狗尾草的枯黄。

莫非是来了一个狗尾草扎成的假人？她从床上坐起，看了看手中的小钟说，现在已经过了十点钟，你是谁呀？黑暗里那男子无声笑了笑说，你的钟跑得快。现在刚刚十点钟。

哦，现在刚刚十点钟。那就从现在开始吧！你已经看过我的照片了，你记住我的名字啦？

对方似乎有些张皇，站在黑暗之中连忙说，我根本不知道你叫什么名字，我也不想知道你叫什么名字。一个人如果知道的事情太多，肯定就要崩溃的。你的照片上编了号码，我只记住号码就可以了。你的号码是十三。你知道你的号码是十三吗？

雪儿笑了。既然我出来做这种辱没祖宗的营生，你就叫我十三吧。可是，我叫你什么呢？你有钱有势的一个大男人，总得有个名字啊。

你就叫我路人吧。走路的路，人民的人。路人。

路人就是大路上走来的人？好吧，我就叫你路人。总在路上行走，一定很累吧？

是啊，总在路上行走的确很累。你呢，你出来做这种事情，也很累吧？黑暗之中男子坐在床边，伸手拍了拍她的肩头。我不累。我只有一个心思，所以不累。心思要是多了，就累了。

你只有一个什么心思？

挣钱，然后嫁一个好男人。我只这么一个心思，所以不累。

哦，嫁一个好男人？这是不是说你想得到一个爱情？

我不懂爱情，我只想嫁一个好男人。雪儿直截了当地说着，显得十分质朴。黑暗之中，那个男人似乎受到了震撼，在屋中踱来踱去，看上去很是焦灼。

那你看我是不是一个好男人？

不是。

对方一下就凝固在屋子中央，黑暗之中看着好比一座雕像。山地姑娘的心直口快，给他的身心带来极大震荡。他猛地抓住她的手，急声说，为什么说我不是一个好男人？为什么说我不是一个好男人？

雪儿感到那一股枯草的味道更加浓烈了。她也用力抓住他的手，这时她切实感到对方不是干草扎成的假人。

你必须回答我！你必须回答我！

雪儿说，你弄疼我啦！你弄疼我啦！对方立即松开手，等待着她的回答。她气喘吁吁。她开始担心自己面对的这个男人是个疯狂的人物。她也不知道自己为什么答应小旺大叔，来这里搞这种“公关”。她只知道自己需要钱，有了钱她就能走出山地，到外边世界去嫁一个好男人。她不怕失去肉体，如今山地的姑娘都不怕失去肉体。对方站在床前，急促的喘息扑出一股股热浪，带着枯草的味道。她知道他在等待着自己的回答。不知道为什么，她认定这是一个可怜的男人。

我说你不是一个好男人，只是凭一时的感觉。我觉得好男人是不应当东奔西走总是颠簸在路上的。

为什么？快告诉我为什么？因为……因为好男人总是与自己所真爱的女人在一起的。即使上路，他心中也应当总想着那个女人。我觉得应当是这样。

屋子里沉默无声。许久，仍然没有动静。

凌晨时分，那个伫立许久的男人仿佛一座大山倒塌下来，将雪儿淹没在床上。压在山下的雪儿听到他的喃喃自语。

胡扯。人间从来就没有那么多爱情。如果真有爱情，那么它也是一种毒药，毒死男人，毒死女人，或者让男人女人同归于尽。所以说能够被爱情毒死的人是最为幸福的人。可惜我没有那种福分。我只要一次伟大的生育。找到一个心若蓝天身如沃土的女子，为我生下一个处处强我百倍的儿子，我也就涅槃啦。可我怎么就是找不到这样一个女子呢？兴许这是天意啊。

他双目紧闭不停地呻吟着，看上去就像一个受了重伤的兵士。

雪儿蒙蒙眬眬看了看他的脸孔。这是一个长相十分普通的男子。她不能理解，一个男人居然如此看中生育，东奔西走寻找着那个意念之中的女子。她知道这种习俗在山地被称为“借肚子”。难道在男人心目之中，没有比生育更为重要的事情了？就是生下一个儿子，你也未必能够涅槃啊。

看来大地方来的男人就是古怪。她起身穿衣，以为那男人已经睡熟。那男人并不睁眼，用一块枕巾蒙在头上说，请你将小桌上那一黑一白两枚药片服下去吧。

你是不是要毒死我？雪儿笑着说。

至今我还没有遇到值得我下毒害死的女子。我还是叫你一声十三吧，你服下那两片药吧，那是避孕药。服下去你就肯定不会怀孕了。

你不是东奔西走四处寻找能够为你生孩子的女子吗？

是啊。我已经寻找了很久。事前总是犹豫，事后总是后悔。没有令我满意的啊。你也是一样。快服下这药片吧。这是一种事后型避孕药，很有效的。

看来它已经成了你最为常用的药物了吧？雪儿说罢抓起桌上的一黑一白两枚药片，服了下去。

你到那个名叫小旺的老头儿手里去领取公关劳务费吧。她嗯了一声，起身要走。他的心一下子变得空空荡荡的。刚才你说想嫁一个好男人。有了钱，你真的就能嫁一个好男人吗？他从床上坐起，迫切地问道。

我想是这样的吧。如今这种世道，好男人呢大多都是穷人。所以说我要想嫁给一个好男人，手里就必须有钱才行啊。

可是，你已经被我给睡了，那些好男人还能要你吗？他悻悻问道。

我也总在考虑这个问题。不过我想，既然是一个好男人，他就不应当在乎我是不是处女。你说呢？

他摇了摇头说，我不知道。雪儿走了。当晨曦爬进这间屋子的时候，这个男人站在床上大声喊道：我不知道！我不知道！这声音惊动了附近的家犬，都随之汪汪叫了起来。枯草的味道，弥漫在天地之间。

吴雪给“老式眼镜”讲述这个故事的时候，外面正在落雪。“老式眼镜”如果真的听到了这个故事，他一定会瞪大眼睛望着吴雪。

可惜“老式眼镜”是一个自私的男子。他只热爱他的照相机，他只知道等待那一场莫须有的大雪。因此吴雪感到有些失望。

其实吴雪大可不必失望。猫有猫道鼠有鼠道，这个世界上的男人们都忙着涅槃呢。

9

踏着初雪，胡记狗肉馆的经理脚步匆匆走进城关邮局，往省城打长途电话。连日的失眠使他心浮气躁面目憔悴，大有惶惶不可终日的感觉。他急于搞清那个戴墨镜的男人的真实身份。此时，他甚至觉得这是一件令他死不瞑目的事情。

只要走进那座宅院，他就能够嗅到阵阵女人的气息。有时他甚至能够听到从宅院深处传出的嬉戏之声。他知道这是一种幻觉。但是他无法容忍。胡是一个自我无以实现而对世界充满探秘精神的男人。

省城的私人侦探所在电话里告诉他，至少要一周之后才能将对方的身份调查清楚。私人侦探所的小姐还在电话里指出他提供的背景资料过于粗疏，使调查工作有如大海捞针。

他提供给私人侦探所的背景资料只有一句话：那是一个常年戴着墨镜的有钱或者有势的中年男子。

私人侦探所的值班小姐在电话里哧哧笑着说，他还总给人一种对生活失去信心的印象，对不对？

胡对着电话兴奋地说，对！你说得太对啦！

您先别激动，这种男人如今多如牛毛。

走在积雪盈尺的大街上，他心里总是想着那个戴墨镜的男人。虽然目前还弄不清对方的身份，但是他敢肯定这是一个来自省城的非凡人物。已经拥有这种地位了，你还东奔西走寻找什么呢？这真是不可思议啊。

雪花打在脸上，麻酥酥的舒心。大雪将覆盖这里的一切。这时候他猛然明白了，这里的万物，恰恰是由于夏日里有青草冬日里有积雪才显得拥有一种秩序。这里是不能没有青草的，也不能没有大雪。没有青草和大雪，这里将成为一个众目睽睽之下的裸女。

怪不得那位摄影家专程跑到这里来等待大雪呢。

前面就是城关的平安旅馆。那位戴老式眼镜的摄影师此时一定会欣喜若狂的。胡看到大雪已经将路边枯黄的狗尾草埋没了，心中很是空茫。这时，吴雪从平安旅馆跑了出来。

紧随其后跑出来的是“老式眼镜”。

吴雪兴奋地大声说，大雪！好大的雪啊！

“老式眼镜”摘下老式眼镜，使劲揉了揉两眼，重新戴上眼镜。什么大雪，哪里来的大雪！我怎么什么也看不见呢？我怎么觉得白茫茫一片什么都看不见呀！

吴雪说，对！白茫茫一片就对了。大雪落地足有一尺，所以白茫茫一片。俗话说，白茫茫一片真干净嘛。

“老式眼镜”使劲扯着自己的头发说，不对！现在我又觉得黑茫茫一片什么都看不见啦。真的，我什么都看不见了！

吴雪呆呆看着“老式眼镜”，不知如何是好。

“老式眼镜”绝望地说，我住在这里等待了五十九天了，终于有了大雪。可是我却什么都看不见啦！这到底是为什么啊？

以卖狗肉为生的胡经理走上前去，拍了拍“老式眼镜”的肩头说，这一定是雪盲。你听说过雪盲吗？

“老式眼镜”无助地摇了摇头。

身穿大红色风衣的小亟好似从天而降，出现在人们面前。

她如同一团大火，照耀着雪天雪地。

我听说过雪盲。雪盲是由于眼睛长久受到雪地强光的刺激，引起的视力障碍。严重者就会失明。

“老式眼镜”挓挲着双手盲目捕捉着空中的雪花，尖叫着说，你这是胡说！我住在这里整整等候了六十个日日夜夜，今天刚刚见到几片雪花，我的眼睛怎么会长久受到雪地强光的刺激呢？

吴雪小声说，是啊，今天刚刚落下大雪，你就患了雪盲。是不是你在梦中总是目不转睛注视着漫天大雪，才患了今天的雪盲？

“老式眼镜”咬牙切齿地说，这是天意！这肯定是天意！大雪与我这个盼望大雪的人，永远不能相见啊。

胡经理颇为感慨地说，在你这种人的生活之中，可能就不应当拥有大雪，或者说你与大雪今生今世根本就没有缘分。

这么说我来这里拍摄雪景是逆天行道，那我到底应当怎么办呢？

小亟笑了笑说，不要着急，有些事情真的是可遇而不可求的。

“老式眼镜”大叫着又跑回平安旅馆里去了。

小亟不无悲哀地说，这就是宿命吧。不过古人也说过穷而后工，兴许日后他能成为一个伟大的摄影师。但他必须拥有一双真正的眼睛。

这时候吴雪才发现小亟身后背负着一只外出捕蝶的竹篓，手里拿着一柄丝网。一时间，雪下得越来越大了。

小亟，你这是去做什么呀？

小亟朝吴雪微微一笑，说要到山洼里走一走。

胡经理试探着说，小亟，你不是到山洼里去捕蝴蝶吧？小亟说，生活里充满了新奇的发现，今天我才知道，冬天里也是应当到山洼里走一走的。说罢，身穿大红风衣的小亟朝前走去。

漫天大雪之中，远去的小亟宛如一团大火，冲天燃烧着。

“老式眼镜”从旅馆里冲了出来，将照相机狠狠摔在地上。之后他哈哈大笑着说，这是一场子虚乌有的大雪！大雪覆盖了我这个子虚乌有的摄影师！摄影师受雇于一个子虚乌有的基金会！

听了这话，经营狗肉的胡经理似乎开了天目，朝“老式眼镜”大声说，基金会后面是一个子虚乌有的财团。财团的老板戴着一副子虚乌有的墨镜。墨镜后面是一双子虚乌有的眼睛。

“老式眼镜”望着胡经理说，你怎么知道这么多事情呢？

胡经理望着“老式眼镜”说，我给省城的私人侦探所交了很多学费。

这时候，平时城关大街上的那一群闲汉突然出现在漫天大雪之中。他们好像对这场大雪的突然降临缺乏足够的思想准备，脸上的表情显得有些慌张。他们的脖子上依然插着一枝枝狗尾草，大声叫唤着。

我们贱卖啦贱卖啦！我们贱卖啦贱卖啦！

也弄不清楚他们到底是在出卖自己还是在出卖别人。

“老式眼镜”摔在地上的那架照相机，很快就被大雪覆盖了。望着这个已经被大雪所统治的世界，吴雪总觉得今天是一个天灾人祸的日子。

而那个初尝男人滋味的胡桃，此时正将自己关在屋里，躺在床上胡思乱想。她不知道外面已经落雪。当雪片叩响窗棂的时候，她心中的万种猜想终于有了统一的答案。

无论那个戴墨镜的男人来自何方去向何处，胡桃已经断定他的身份。一个视女子为沃土视生育如涅槃的男人，肯定是一个从小衔着狗尾草在田野里东奔西跑的农民的儿子。

大雪到第二天还是不停。老山在烧得滚开的狗肉汤里加了几宗自制的佐料，其中有一样就是狗尾草籽研成的粉末。

戴墨镜的男人喝罢狗肉汤情绪很是高涨。他说基金会雇用的那位摄影师终于等上了这场大雪，也算是不虚此行。

我什么时候能够找到自己可心的土地呢？

老山劝他不要着急。并告诉他踏破铁鞋无觅处得来全不费工夫这个道理。戴墨镜的男人走出宅院大门，老山就以为主人颇有踏雪寻梅的雅兴。主仆一前一后，冒着大雪走进了山洼。

他兴致高涨起来。他告诉老山，那位戴老式眼镜的摄影师，根本就不知道究竟是谁赞助了这次为期六十天的“隆冬采风”。他之所以赞助这次摄影活动，恰恰是因为前几年在邻县的一间废弃的仓库里“老式眼镜”为他的“寻找沃土”行动拍摄了那些山地姑娘的照片。

老山说，摄影师知道这些内情吧？

他当然不知道。他只知道赞助这次采风活动的财团要求拍摄二十幅雪景作品。其实我只是那么一说。至于他拍不拍雪景，我是不会计较的。我们是提倡创作自由的。

老山说，你只是信口一说，可是“老式眼镜”却当了真。世界上怕就怕认真二字。从事艺术创作的人就最讲认真。为了等待大雪，这位摄影师已经食不甘味夜不寝席了。

是啊，一个人被一场大雪弄得这样狼狈，这真是出人意料的事情。我看这肯定是一场让人莫名其妙的大雪。

山洼里一派白茫茫，没了原先的万种颜色。老山回头看了看，猛然发现漫天大雪之中只有主人脸上的墨镜闪闪烁烁，仿佛魔鬼的眼睛。

老山觉得这很有趣，就嘿嘿笑了。

远处似乎燃起一团大火。老山从怀里掏出望远镜，朝前望去。

戴墨镜的男人急切地问道，前边到底是什么景致？

老山缓缓地说，这是一个前无古人后无来者的景致。你见过有人在漫天大雪里捕蝶吗？

望远镜里，一个身穿大红风雪衣的女子，挥舞着一只丝网，小步颠颠追逐着漫天飞扬的雪花。戴墨镜的男人忘情地喊叫起来。

就是她！就是她！

他扔掉望远镜，兴奋地搓着双手，朝老山呵呵笑着。

老山！从望远镜里看到的东西，不会是假的吧？我寻找了这么多年，原来这位女子就住在望远镜里啊。

老山连忙说，不是住在望远镜里，是站在远处呢。

听了老山的话，他就朝前边跑去。

我终于找到你啦！我终于找到你啦！

小亟大声唱着歌子，挥动丝网捕捉着漫天的雪花。远远望去，小亟如同从天而降的女神，载歌载舞。她捕蝶多年，今日终于明白，这漫天飞翔的雪花，正是冬日里的蝴蝶。北方冬日无蝶的说法，实属不确之辞。小亟多年的理想，终于穿越了冬季。

于是漫天大雪之中，小亟成了一团燃烧的火焰。

戴墨镜的男人大声喊叫着冲了上来。他的脸孔，因兴奋而显得有些扭曲，脸上的那副墨镜远远看上去活像两只黑洞。小亟被这突如其来的情景吓住了。她不知所措地朝后退去。

见姑娘被吓成这个样子，他感到困惑不解。

隔着一层层雪帘，他与她对视着。

你别怕，我不是魔鬼。昨天呢我还是一个乡下人，今天我已经是一个城市人了。我只想寻找一个能够令我心安神宁的女子。我现在是心不安神不宁啊。我已经一无所有了。

我听不懂你说的话。请你不要打搅我好吗？我想一个人在大雪里跑一跑。小亟惊恐地说着。

不！你不要误会我的意思。我寻找了许多年了，今天我才觉得寻找的就是你啊。

小亟渐渐镇定下来。我也寻找了许多年了，但是我寻找的绝不是你。对不起，我要走了。

小亟说罢转身就走，朝山洼深处跑去。

他怔怔站着，突然追了上去。

求求你！千万不要再跑了。我丝毫没有恶意。求求你！

他大步追赶上去。银色世界里，那红色的风衣在前边跑，这黑色的墨镜在后边追。一红一黑，成了一场颜色的战争。

老山远远看着自言自语说，兴许这就是缘分吧？

一声巨响。

老山看得非常清楚。那是一次巨大的爆炸。雪花飞舞，似一只只白色的精灵。爆炸给这个银色世界增添了鲜红的色彩。

雪花被染红了，像一只只赤色的蝴蝶。

事后的调查报告证明，那是兵工厂粗心大意遗失在山洼里的一颗大型地雷。目睹这种场合使老山的神经受到了强烈刺激，他目光变得呆滞，总是喃喃自语。

他很快就要追上了，就炸了。其实他是不应当去追赶她的。她是一个仙女啊。脏手脏脚的凡人是不能去碰仙女的，所以只能爆炸了。

一周之后，省城人民广播电台新闻纵横节目报道了这条死亡消息。此时，经营狗肉的胡经理也已经知道了死者的真实身份。

妈的，为了打听到你的真实身份，我花了两千块钱的咨询费。原来如此。二十年前你跟我一样，是一个在山洼里打草谋生的穷汉，走到哪里身上都散发着枯草的味道；十年前你也跟我一样，开着一个小门小户的饭馆；到了今天你跟我就不一样了，成了人物。人要是活到你这种样子，也挺不容易的。你就是生下一个令自己满意的孩子，就说明你的生命得到延续了吗？看上去你是一个极端的理想主义者，其实你的理想是最为通俗的。要说你死得也值了，是跟小亟一起走的。谁不知道，小亟是一个仙女啊。小亟肯定是升入天堂了，你呢？我劝你下地狱。地狱比天堂好。总而言之你是个人物。

从这以后，经营狗肉饭馆的胡经理一心经营狗肉，清心寡欲不问人事了。总有一些好奇之人前来打听那次爆炸的故事，他就摇头一笑说，不要问我，我什么都不知道。

清明节那天，吴雪来到那个爆炸现场。她意外地发现胡桃正在这里焚烧纸钱。见吴雪来了，胡桃立即站起，慌忙离去。

吴雪追了几步问道，胡桃请你认真回答我，难道你真的爱上那个戴墨镜的男人啦？

胡桃点了点头，眼里含着泪光。

望着胡桃远去的背影，吴雪很是感慨。她从地上捏起被炸烂的墨镜碎片说，居然有一个姑娘真心爱上你这样的男人，如此说来你也没有白活一世啊。

站在那个被地雷炸出的大坑里，吴雪小声说，我就是那个编号十三的女子。你肯定早就把我给忘了。就是面对面坐着，你也认不出我是谁。可是我能认出你，因为无论你多么有钱有势，我也能从你身上嗅到干草的味道。你不知道女人的嗅觉有多么的灵验。如今你死了，我干脆告诉你吧。你太自信了，你让我吃的那种黑白两片的避孕药，唯独在我身上没起作用。我怀孕了，养下的私生子是个男孩儿，我给他起名叫乱了。你想知道乱了的下落吗？告诉你吧，降生之后第十八天我就将他送给了一个专卖假酒的山地汉子。依我记忆，你死的那一天，正是乱了的生日。他一周岁了。你走了，人间有乱了这个孩子，你的生命也就算是得到涅槃了吧？

吴雪说着，朝那坑里投去一束枯黄的狗尾草。

枯草的味道与女人的味道混杂在一起，弥散开去。这是一种谁也说不清楚的味道。

黑枣树

这故事出自一锅老汤。

——作者题记

行距结识老六那年我八岁，是“三年自然灾害”后期的一天下午。那天中午我吃了一顿美好的炸酱面，至今余香在口。我认为那一天是我一生中的“胃口节”，印象极深。至关重要的是我胃口里装着一大团炸酱面认识了老六。

这时日子还是清苦的。我与外祖母相依为命，全凭老人家给小巷里的小布尔乔亚们做拆拆洗洗的手工营生过活。穷，我的玩具就是我自己。

老六大约长我三岁。他猴儿瘦，嘴里词儿多，小大人似的。与我往来，他常有老爷们儿式的慷慨。玩了一会儿“摔锅儿”，老六就咧开大嘴许下了宏愿。

“哪天咱们去劝业场玩儿，我请你洗澡！”

我始终认为洗澡就是光着屁股坐在大木盆里往身上搓黑胰子。老六说完就挓挲着一双泥手进了巷北那个宅门，咣当一声关上大铁门。

我就想象着那个浴池的模样，却想不出。

大铁门与我家院门一南一北正对着脸，我就坐在院门外边等着他，洗澡怎么还能“请”？

等得乏了也没见老六出来，之后许多天也没能见到他，我为失去第一个朋友而失望。

老六不是我们这条小巷的“土著”，似乎他是来走亲戚的，住住而已。澡是请我洗不成了。

大铁门每天都关得严严的，不见有人进出，死气沉沉。院子里有一棵黑枣树，笔直，树冠已经高出二楼窗户许多，年年结果。

我只知道大铁门里的那个二层灰色楼房里的住户姓沈，黑枣树也是沈家的。年年黑枣满枝，无人打枣，它们就都烂在枝子上，浪费着。

还是见不到老六，我就向外祖母打听。

“老六？沈家哪有小孩子？瞎说。”

晚上睡觉外祖母就给我讲鬼的故事，这完全是一种灌输，为了让我早些入梦。适得其反，鬼那超越人间的威慑力使我心惊肉跳，只能装作睡着了。这时，对面大铁门里的灰色楼房就传出了咳嗽声，断断续续，在夜空中弥散。

“沈先生又犯了病……”外祖母喃喃自语。

我们这条小巷旧时属日租界，解放这么多年了，依然保留着过去时代的称呼，叫男人“先生”，称女人“太太”。

我问：“沈先生……”

“你快睡吧！”外祖母累了一天，很烦。

“姥姥我想吃黑枣。”

“沈家的黑枣是你吃的吗？没出息。”

老六贬值了，沈家黑枣成了我心中的神秘果，总盼着有个机会能到沈家院子里去闻闻味道。我就等待着枣熟时节。

外祖母给小巷里的住户们拆拆洗洗，有时让我去送活计，把手工钱捎回来。我去得最多的宅门，是金大夫府上。似乎这个家庭诊所有永远拆洗不完的活计：四季衣裳、床单枕巾、窗帘桌布……是我和外祖母过日子的主要财源。

金大夫是三十几岁的男子，浓眉大眼白脸盘高身量，待人斯文又和蔼，说话柔声柔气。

金大夫的诊所很有规模。二十世纪六十年代自己开业的医生，大多在家门口挂个白漆黑字的招牌，写明医科和姓名，没有什么机构。而金大夫诊所就可以说成是个“小医院”了。一楼开诊，雇一老头儿坐在楼道条案前挂号，两间大屋是诊室，外室问诊，里屋有床供患者查体、注射或按摩。忙里忙外的还有一个年轻的女护士，人称马三姐。

二楼是金大夫的住家，都说他老娘躺在朝阳的那间房子里，只比死行距人多一口气儿。

金大夫是个大家庭的子弟，祖传中医，很有名气。后来他拜师修习了西医，还是个高才生。远近四方都知道他是个中西医内外科无所不通的高明医生，温文尔雅规矩正派，风度潇洒。一门心思扑在学问医术上，三十几了还是单身，没有娶妻。

外祖母说："金大夫要找个合适的媳妇可不容易，大家庭的子弟眼光高，又是那么大能耐的大夫，难哪。"

我说："马三姐挺俊……"

"嗐！两路鸟住不到一个窝里去。"

看来马三姐没前途了。可她照旧是个开朗活泛的姑娘，下班时走在小巷里常跟邻居们说笑，铜铃儿一样的声音震颤着细腰儿。而在金大夫诊所里当班的时候，马三姐的表情总严肃得像个检查学生作业的女教师，脸上没内容。

我还是期待着沈家黑枣，问外祖母："怎么沈家不找你洗衣裳呢？"

外祖母搓着胰子沫说："他家有人洗……"

我永远也没有机会走进沈家宅门了。

一天过午，我帮着外祖母在小巷里拴绳子晾衣服，花花绿绿像挂满了万国旗。外祖母数了数晾在绳子上的短衣长裤被单子，说："一块五毛钱，该给你炖一回肉吃了。"

这时候沈家的大铁门开了，蹿出来多日不见的老六，我欢喜极了，就迎上去问他："洗澡？"

他眨了眨眼睛："洗枣？你馋啦，嘿嘿。"

看来他已经忘记了曾许下的宏愿。

外祖母问："你是哪家的孩子？"

老六油滑地一笑说："你是哪家的老婆子？"

这时候从沈家宅门里扭摆出来一个少妇，团团脸杏核眼，肤色极白，蓝色长裙下是一双白色高跟鞋，嗒嗒敲着石板铺就的巷道。

"沈二太太……"外祖母笑着打招呼。

"老六，不许跟大人耍贫嘴，快叫姥姥！"沈二太太接着说，"这是我从娘家哥哥那儿过继的儿子。我一个人怪冷清的……"

"您不是打算再走一步吗？怎么又过继了个儿子……铁心不走了？"

沈二太太叹了口气，没说什么就牵着老六走了。老六回头冲我伸舌头翻白眼做了个鬼脸。

"白太太早晚得走一步呀。"外祖母自语。

我终于知道了那大铁门的宅院里，整夜咳嗽不止的沈先生是有两个太太的：二太太生得极白，人称“白太太”。大太太长得黑，年龄也大了几岁，人称“黑太太”。

一个男人可以拥有两个女人，这对我是个刺激。

外祖母说：“那白太太其实已算不上沈先生的人了，早些年就办了手续。可白太太离婚未离家，二楼上仍然有她一间房子，心烦了她才回娘家哥哥家里住几天。”

我说：“让金大夫娶了白太太吧！”

“你个小屁孩儿熟得倒挺早，能当媒婆啦！金大夫是啥人，白太太是啥人？”

白太太是妓女，黑太太也是妓女。沈先生是妓院的大老板，解放前夕他从了善，关掉妓院做了别的生意。妓女们全放了，只剩下一黑一白他收了房，之后就整天整夜地咳嗽。

我知道妓女是一种很下贱的人，又觉得白太太长得实在很俊很甜，心中就十分矛盾，统一不了自己的思想。

一天我又去金大夫家里送活计，包袱里裹的全是金大夫他老娘的东西：褥单子枕头套儿内衣内裤毛巾被……我进了一楼的楼道，见一个老太太正在朝专管挂号的那个老头儿叨叨个没完没了。

“我呀，您知道我是谁吗？我跟金大夫素无来往根本就不认识，更没有求他瞧过病。我是鼓楼西张家的六少奶奶，当然这是早先的称呼如今不行啦！我吃斋信佛。我早就听说下边这块地界老日本租界里有个金今儒，好人性好品行！为了老娘病在床上，三十好几了不娶亲，全城没有第二份儿呀。”

专管挂号的老头儿面无表情地听着，如同在听一个急诊病人的呻吟，司空见惯一般。

“我是专门来这儿的，请东门外圣手刘写的，娘娘宫前街齐二爷裱的……”说着这老太婆朝空中一抬手便展开了一幅“竖挑儿”，上面赫赫然是七个大字，气势很壮。

津门第一大孝子

专管挂号的老头儿伸手接过，在楼道墙上找了钉子就把“竖挑儿”

挂了上去。

“嗯，道地的楷书。”老头儿用眼睛品味着。

老太婆的话儿赛过瀑布：“嘿嘿，您是个行家！咱给规矩人就得送规矩字儿。草书？多乱呀，不周正不周正……”说着她话锋一转，“您老先生早先在哪儿高就？好眼力。”

老头儿原本平静如水的脸上倏地肉丝儿一紧，连声说：“混饭吃混饭吃……”

老太婆挪动着一双小脚往门外走。老头儿慌了，追着说您稍候我去请金大夫下楼来谢。

“不啦不啦，礼儿全免吧！不见他真人最好，我就在心里猜他是个韩湘子的长相，大福大贵早晚成仙哪。”

老太婆出了巷口，叫了辆三轮，心满意足地回府了。

老头儿转脸看我：“送活计？金大夫正在二楼呢，每回都是他亲手给老太太更衣扫床，你快送上去吧。”

这时候进来一个妇女，高身材裹在一件紫旗袍里，黑且瘦，梳着盘式发。她一双丹凤眼瞧了瞧我，我看她有两颗门牙长得不整齐，稍稍朝唇外突出了些，就更显得牙齿洁白。

“大姑娘您又哪儿不安康？”老头儿问。

被称为“大姑娘”的她拢了拢头发，说：“劳您给我挂个号，还是一块钱吧？”

“金大夫说了，从这个月起街坊邻居看病，减半收五毛钱挂号费，替他的老娘行善积德。”

我看到“大姑娘”是贵人的身子却有一双粗糙的手，手上的戒指闪着蓝光。

我抱着活计登上二楼，在客厅里站定。

只有一间内室的门大敞着，金大夫正在叮叮咣咣收拾瓶瓶罐罐，动作很大手很重。

“老太太，您老可不能死，就这么躺着吧，千万别死……”是金大夫在轻声自语。

我咳了一声他吓了一跳，脸上做了颜色：“谁让你上来的！”马上又平和下来，接了我送来的活计，微笑说，“下楼找管挂号的老大爷去要三块钱吧，捎话儿谢谢你姥姥辛苦了。”

我受了平生最强烈的感动，热烈地望着他，不知为什么冒出一句话来：“金、金大夫您多好呀！您快点儿结婚吧。”

多年之后我忆起此事才弄懂这句话的分量。那是我的一种美好的祝愿并把祝愿一个体面的男人早日娶妻当成最为美好的言辞。

他怔了神儿，片刻才说：“你是个好孩子。”

我已经看清了躺在床上的金老太太鼻孔上插着氧气管儿，眼睛合得死死的，像一大块干肉无声无息。唯一的活物是吊在床前架子上的那只玻璃瓶子里正滴答着的水珠儿。

他居然送我到楼梯口，抚着我的头顶轻声问：“你听别人谈论我的婚事?”

我说：“没。”就下楼找老头儿领工钱去了。

我看到“大姑娘”正焦急地等待着看病。

金大夫在楼梯上就瞧见了“大姑娘”，一边朝下走一边说：“您来啦? 上次我已经说了，我医术浅薄治不了您的病，不能误了您。您怎么没去总医院呢? 请坐请坐，沈先生无恙?”

她微微一笑：“打扰了，您能治我的病。”

“我一个礼拜才来瞧一次您哪。”她又说。

我回到家就把所见到的风景跟外祖母说了。外祖母搓着水里的东西说那就是沈家大太太。

也就是人们暗地里称为“黑太太”的那个人? 我又问外祖母：“怎么叫她‘大姑娘’呢? 她都三十多了。”

外祖母松懈了：“老称呼呗！那个专管挂号的老头儿早年是沈先生‘杏花村’里的茶壶。你小孩子家不该问这些，不许出去乱说!”

茶壶? 人变成了沏茶的壶，还是只坏壶。

金大夫偏偏雇了这个“坏壶”当门房儿，我心中就愈发认为金大夫是个好人，善。

沈家黑枣熟了。

一早晌外祖母就穿戴整齐了，还对着镜子“开了脸儿”：两根白线在面孔上绞来绞去像老爷们儿的刮脸刀，把汗毛绞了个干干净净。每次到大宅门里去领活计，她都作神圣状。

“我去金大夫家领营生，你好生在家待着。”

我问：“你怎么知道金大夫家又有营生做?”

外祖母笑了："只要我觉着又有营生做了，一去就保准有！要说是挺怪的……"

果然她一会儿就抱了一堆拆洗的活计回来，进门就说："这金老太太躺了十年了，她可不能死呀！"之后外祖母感慨起来，"她活着也是受罪，只比死人多口气儿。"

金大夫是大名医，应当知道什么人该生什么人该死什么人该半生半死。

外祖母搓洗着金老太太的褥单，上面有斑斑可辨的污秽遗痕，很难洗净。外祖母停了搓洗，很神秘地望了望我，我知道她话瘾又犯了。

"这个半死半活的金老太太呀，可不是金大夫的亲生娘老子，她是个小夫人！金大夫是大夫人生的，大夫人被小夫人给气死啦，啧！"

又是一个男人娶两个女人的故事，而且还出了人命……我在心中归纳着。

"金大夫应当很恨那个小夫人呀！怎么还又医又治总让她这么活着呢?"

外祖母被我问得怔了神儿，似乎也觉得这是个问题，她想了想："大孝子呗！你个小毛孩子怎么总是刨根问底呢？给我坐一壶热水去！"

提着洋铁壶我在小院里撞见了老六。

他眼珠子一转："我找了你小子好几天呀！"

我知道这是大瞎话儿，就问他什么事情。

"打枣，我让你帮着我打枣！二十几个小孩儿央求我，可我选准了你……"

我顿时觉得老六比手中的洋铁壶可爱十倍。

"不过……还得请你晚上跟我玩一趟。哪天我请你去洗澡！劝业场楼上福仙池呀。"

好像他心里的愿望很多，话就说得很乱。

我一揽子都答应了……无论白天还是晚上。

打枣，我终于进了沈家宅门。

老六早就备好了竹竿子和铁钩子，他大将军似的说："把我们家的大盆儿小盆儿都搬到院子里来，可别搬我妈的尿盆儿！"

沈家住两层楼房，楼道很暗，地板陈旧，踩上去吱吱乱响，我想起了外祖母常讲的鬼。

老六在院子里催命："快点儿，你是粘屁股呀！进了屋就出不来？"

这好像是一间卧室，有床有柜有沙发，只是没有盆。我看到床头墙上挂着一张大照片：烫了发描了眉涂了唇，很大的头像正在笑。

是那个黑太太，沈家大夫人。我站在床前看着照片，而她也不动眼珠儿地久久望着我。

我逃出了这间屋子顺着楼梯上了二楼。

一下子我就变得蹑手蹑脚，小毛贼一样推开了一间房门。屋中极亮，太阳越窗而入扑了个满室温暖。很静，一张大床横在屋子里侧，一个女人十分耀眼地卧在床上，打着轻微的鼾声，睡得很沉。阳光下，她的身体白得灼人，光源一般闪烁着雪色。我知道这是白太太——沈先生的二夫人——老六他妈。我从床下拉出一只不大不小的白色搪瓷盆，白太太很重地在床上翻了个身，床吱吱叫了几声，很像我养的那只蛐蛐在"叫玲儿"。

我心中已经十分害怕了，满屋的白光使人失明。我抱着盆走出屋，楼道又是极黑，我看清了二楼还有一间屋子，屋门半掩着，传出哗哗水声。有水就有盆，有盆就有人，我推开屋门，小心翼翼地蹭了进去。

屋中太暗了，一道严严实实的大幅黑色窗帘把阳光阻在外面，屋中空气凝固，水还在响。

刚刚逃离白光，眼涨得疼，我蒙蒙眬眬看见屋中央一个高身材的女人正背对着我，猫着腰哗哗撩着水，搓洗着一个庞然大物。这女人穿着十分简单，像在干着一件力气活儿。

庞然大物原来是一个坐在大木盆中的肥硕男人，他哼哼叽叽呼呼喘喘，含混不清的声音显出了心中的舒坦。

"哪一天我死了，你也别忘了最后给我洗个澡，呜，一天一个澡。就赛你上辈子欠了我的……呜，舒坦咧。"之后是几声咳嗽。

"你快别说了，我侍奉你一辈子，洗就洗呗，累吗？累就歇一会儿。"女人边说边给庞然大物搓背，轻轻地喘着，之后用毛巾给男人擦干头发，"吃首乌也没见你头发变多黑，笨郎中呀。"

"今儿晚上你下楼去吧，我跟小二……"

女人十分吃力地将庞然大物从大木盆中搀起，男人行动极缓，朝窗的方向蹭着步子……始终无人察觉屋门近处多了个我。

我抱着盆下楼到了院子里，不见了老六。

老六这时已经攀上黑枣树的大枝杈，样子十分古怪地吮着黑枣，又一边扒住窗台把脸挤在窗户缝上朝屋中窥探着。

我知道那是庞然大物的窗户，心中很怕。

片刻才从树上滑下来的老六，脸色惨白，两眼无神地说："不一样不一样，对黑妈妈对白妈妈不一样，我爸。"

树上的黑枣已经熟得烂乎了，比往年早。我突然觉得沈家楼房微微颤抖了一下，像有个巨怪一屁股坐在了楼顶上歇息。树上落下一只涨出浓汁的大黑枣，泥团一样粘在地上，发腻。

望着那枣我一下子就倒了胃，想呕。

老六抡起杆子砰砰乱打，像个疯孩儿。我看他那样子不是在打枣而是在宰树。

"今天是礼拜六吧？"他力气很大地突然问。

我把落在地上的乱果往盆里收。老六看了看，急了眼。

"你王八蛋到底把我白妈的尿盆儿搬来了！想吃臊枣呀？"

我被他骂傻了："这么大的盆儿能是尿盆儿？"

"废话！每回我爸都用它给我白妈洗腚，它能不是尿盆儿？不信你问我爸去。"

我犯了迷糊：那处处用人伺候的庞然大物居然还能为别人服务？

窗户打开了，露出了一张很白的女人脸，一直白到颈和肩头："老六！你瞎叫唤什么？满世界就你能驴吼，给我滚回来睡午觉。"

老六立即蔫儿了，说："您先睡吧……"

之后老六命令我打扫院子：散果赠给我，整枝儿的他拿上楼去。最后他说："晚上我去找你！"

我脱下小褂子兜着黑枣回了家，见到外祖母我就学着老六的样子把一颗肥大的黑枣嘬在嘴唇上，使劲吮着。

外祖母沉着脸很不高兴："馋猫儿！当心将来嘴巴给身子招祸，再嘬，我缝上你的嘴！"

我就不敢再嘬，囫囵地吃着黑枣。

吃出了疯劲，我索性坐到院子门口对着小巷猛嚼猛咽。我终于吃到了沈家黑枣。

刚才那股子恶心的感觉全没有了，只有甜。

来了那个专管挂号的老头儿。他倒背着手哼哼着一支小调，走起路来摇摇晃晃。

“吃沈家黑枣，大补呀。”说着他伸手在我怀里抢了几颗，丢进嘴里猛嚼。

我说：“你是个茶壶……”

他身材矮小，眼睛长得更小，像两颗黑豆嵌在脸上。眉毛却很浓，似眼窝上生出了两簇枯草。我叫他“茶壶”他反而嘿嘿笑了，笑得没了眼睛：“我是这条小巷的大茶壶，你喝吗？”

我说不渴。他猛地向我伸出手。

他嘎嘎笑着。

我低头去咬他的手。他很灵活，顺手就把一颗黑枣塞到我嘴里，我猛然又觉得恶心。

“段四爷，您是寻找童子尿做药引子吧？”

外祖母站在院门口冲“大茶壶”说了话。

大茶壶名叫段四爷，他干巴巴地笑着：“逗个乐子嘛，寻找童子尿也不能在这条小巷里呀。”

“这条小巷怎么啦？您刚才说什么您是这条小巷的大茶壶，别人家养得起我们家可养不起这种物件，您嘴下留德吧！我老婆子凭双手挣饭吃。”

段四爷连声说您怎么说着说着上了火呢。

之后他正了脸色：“金老太太的东西洗得了吧？金大夫差我来取……”

外祖母说待一会儿叫孩子送了去您回吧。

“不，金大夫今晚上急用，您快交活儿。”

外祖母笑了：“金大夫急用？真是笑话……”

段四爷检点着活计：褥单子、毛巾被和一堆长短不齐的衣裳……他干干一笑：“这些玩意儿可不容易洗干净呀，费胰子吧？”

他又说：“工钱捎来了，两块。金大夫手大多给了五毛。”抱着活计就往外走。

走到院子门口他又站住了，回身说：“上头指派我当咱们这条小巷的街道代表，唉！我哪有那么多闲工夫走家串户呀。”

外祖母面孔冷冷：“给您道喜呀！又管事了。”

这时候进来了沈家的黑太太，段四爷笑了。

黑太太朝他打招呼：“您忙着发财呀。”

段四爷从怀中拿出一条褥单子，郑重地说：“我来取活计，金大夫催着我来的。您瞅，金老太太的褥单子毛巾被浆洗得多干净！正等着用呢金大夫。您聊着您聊着……”

黑太太盯着段四爷怀里的活计不言不语。

“嘿！我还忘了禀报您哪，上头指派我当这条小巷的街道代表，为大伙办事呗。往后有什么吩咐，沈太太您就言语一声。”

他就哼着小调儿走了。

外祖母愤然：“工钱他半道上扣了一块，当我猜不出来呀这个老茶壶！噢，沈大太太您别介意……”说着就歉意地笑了笑。

“这不干我什么事，他茶他的壶去吧。”

黑太太问：“金大夫洗得挺勤呀？”

“这条小巷里就数他洗得最勤，男人里像金大夫这么爱干净的可不多见。沈大太太您无事不来……”

沈家黑太太：“我……我想叫小鹿子替我办点儿事情。”看来她早就知道了我的名字叫小鹿子。

外祖母的脸一下子阴沉下来。

黑太太显出几分尴尬，使劲用上下唇去抿她那两颗稍稍外突的白色门牙。

我高兴起来：有人求我办事情了。

“小鹿子还是个孩子哪！不是有那个段四吗？跑里跑外的都是熟门熟道。”

黑太太双唇微微发颤，丹凤眼闪着泪光。

外祖母心软了：“您让小鹿子办什么事就明说吧，反正就这一次……”

黑太太静下心来，不紧不慢对外祖母说：“我怎能让个孩子去跑下三烂的道？不仁不义。这一次我是想做个人呀！才不用那个该死的段四……”

外祖母十分爽快地说小鹿子你随沈太太去吧，替人家办事一要认真二要少言少语。

黑太太掏出五毛钱塞给我：“买糖块吃吧。”

外祖母伸手拦住：“嘿……我看您印堂的气色准是要转运，仁义道德的事情让孩子帮出一把力，用不着赏钱看小了我们，您日子也不富裕。”这口气像是外祖母已经卜出了事情的大概。

我随黑太太去了沈家，她领我进了一间长年上锁的门房，黑，她燃起一支蜡烛。

“小老弟儿，我拜托你了……”

替黑太太办完了事情我回了家，心咚咚地跳，那个魔影总在我眼前晃动……

外祖母头也不抬地浆着衣裳。

“刚才白太太来了，请我晚上去她家打牌。”

我感到意外：沈家这个神秘的宅门突然跟我们这个洗衣挣饭的家庭有了热乎乎的往来。

外祖母自豪起来：“白太太到底知道了我当年也是个富户出身！告诉你吧，你姥爷活着的时候当过吴佩孚的被服处处长，可惜他不到三十岁就死了。说评书的管这叫家道中落呀。”

外祖母的模样在我眼前一下子陌生起来。

小巷里那个段四爷敲着铜盆吆吆喝喝，叫喊着“除四害讲卫生每户从下月起交一毛钱扫道的费用”，在每个宅门前他都要停上一阵子，把破锣一样的声音灌到人家屋里去。

“段四照样欢实！这日子就赛几十年没变过样子……这小巷是铁打的呀。”外祖母念叨着。

我问外祖母小巷为什么是铁打的呢?

她想了想，嘿嘿一笑，十分惨烈。

“因为人他娘的都是肉长的玩意儿呗!”

我一下子又想起金大夫家里那半锅稠乎乎的老汤和他那嘎巴嘎巴嚼动着的牙齿……

还有护士马三姐那双含着泪光的眼睛。

段四爷一身黑衣黑裤，十分利落地走家串户，满面红光像是喝了参汤。

他挽着白色袖口，一个宅门接一个宅门收缴扫道的月钱，很是得意，千篇一律地说着那句话：“往后有什么事情您就言语一声，我办。”

收钱收到沈家，老六正站在大铁门外嗑瓜子，吐得地上全是瓜子皮儿。天阴沉沉的。

“除四害讲卫生！你乱喷什么……”

老六趾高气扬：“一毛钱？我给两毛算是赏你了。”又吐出一口瓜子皮儿。天阴得更沉了。

段四爷嘿嘿笑了：“有老爷们儿样子！咱说话搁着，将来你比我强。你小心着别挤扁了鼻子就行……”

老六红了脸：“段四你大茶壶！”

段四爷笑容依然：“我现在是街道代表……”之后他从容不迫地收了老六的两毛钱，哈了哈腰就到别的宅门去卖嗓子了。

老六哼了一声：“我白妈瞎了眼！这阵子经常托他办事情……早晚我得把段四掐死算完事。”

然后老六热烈地说：“劝业场福仙池我请你洗澡！现在咱们就走……”

我壮了胆子，没向外祖母请假就随老六动了身。近来外祖母心里高兴，昨晚她又在沈家牌桌上赢了八毛钱，那天清早还对我说：“比他娘的洗衣裳可强！还用不着费胰子……”

外祖母从年轻守寡从来就没这样乐呵过几天，我深信小巷是铁打的了，铁得幽深。

出了巷口迎面来了一个疯疯癫癫的女人，只穿着背心裤衩，脏得看不见肉。她一把扼住老六，古怪地笑着。

“儿子，你又长高了？真爱死人儿了。”

老六不慌，小声冲我说：“她不打人。”

疯女人甩了甩头发打了个嗝：“你妈妈挺安生吧？多有福气的人呀！”

老六：“你问哪个妈妈？我的妈妈可多了 。”

“就是我当不成妈妈，小崔小崔呀！”

我们丢开疯女人往前跑，老六突然说：“我去一趟厕所……”就进了儿童公园旁那个臊味冲天的小门儿。

他出来后对我说：“那个疯子是六号宅门里银行苏家的老小姐，她疯了十多年啦！”

看来老六过继到小巷不久却比我知道得多。

“搞对象没搞成她才疯了的，整天在世界上疯跑，一年回一趟家，说是探亲假。”

路过狗不理包子铺旁边的厕所，老六又跑了进去。我说你胆子真大什么厕所都敢进呀。

他说："有人的地方我就敢进！"

老六的尿太多了，他离开厕所好像就活不成了。进了福仙池的第一件事情又是去厕所。

我有生以来第一次进浴池，心情紧张。

到处都是肉的身子，人像是下了汤锅。一种从未嗅到过的味道四处飘散，我又反胃了。

老六很老练地交了竹牌儿，喊："管堂的，找两个铺呀，我来了半个钟头啦！"

远处吆喝："钱物交柜，鞋帽靠篓儿！"

一个赤着上身的汉子迎上来："二位小爷。"

老六掏出两毛钱说沏一壶茶要是来了卖青萝卜的你给留一个。他小大人儿似的领着我往澡堂子深处走去。甬道两边都是木榻，躺满了身裹毛巾被的人们。我第一次赤身裸体在这样一个陌生的世界里"曝光"，只想闭上眼睛变没了自己。终于在一只大桶前领到一条浴巾，湿乎乎像条蛇，我赶紧打开它搭在小腹前，遮遮拦拦十分难堪。

"都是男的你羞什么？没见过世面。"

老六已经看出了我的弱点，他大大方方地进了池子，猛地咳了一声，浴池里发出嗡嗡回响。老六泡在水里舒坦得闭上双眼，拿掐着嗓子唱起了京剧青衣，我只听清了一句"苏三离了什么县"。雾气很大，池水深处传来一声"好！"

泡在水里的几个汉子正在聊天儿。

"这几年肚子里粮食多了，洗澡的人也渐渐多了，听说西关外张胖子老毛病又犯啦？"

"嗐！他倒霉就倒在过年贴的那副春联上啦。他老婆的娘家人不乐意了，以为是他在损人，告了官，得！按反革命逮了去……"

老六睁了眼，问人家："什么春联？"

"哪来的小毛孩子？快洗你的小狗鸡儿吧！"

老六笑了："你真的不认识我啦？"

那是个浑身长着黑毛的汉子，他凑近老六，疑惑地看了看："面熟……"

“你还没娶上媳妇呢？”老六突然发问。

“没没……你到底是谁呀？”

“我是你大爷！”老六出了水，蹭着快步往淋浴室去了。

水里的人们大笑不止。那个黑毛汉子嘟哝着：“叫个小毛嫩给我涮啦！这小子准是窑姐养的……”

我泡在池子里不敢出水，心情十分复杂。在汉子们的继续聊天儿中，我听到了那副与我毫无干系的春联的词儿。

上联：移风易俗按新规矩下海赚小钱

下联：兴无灭资照老章程上炕睡大觉

横批：五谷杂粮

我心里背诵着，朦胧觉得这不是什么好字句，写这春联儿的人，模样可能跟段四爷差不多。

黑毛汉子搓着身子还在议论：“这是千古人间大道理！头两年节粮度荒饿得人们活不成，还不是照样生孩子？我这是光着屁股说实话。”

淋浴室墙根儿一条木凳子上，老六正小神仙一般躺在上面，他花一毛钱叫了个搓澡的，那个中年汉子腰上围着一条浴巾，正吭哧吭哧搓着老六的大腿：“您人小谱儿倒不小……”

老六闭着眼睛，舒坦得正在哼哼呢。

我浑身起了鸡皮疙瘩，小腹发紧。

老六仍不睁眼，还在哼哼着，他缓缓抬起手，做梦似的搂住搓澡汉子的大腿。

“醒醒吧！小爷你这是什么毛病？这么大了还跟你妈妈睡一个被窝吧？当心你爸揍你。”搓澡的汉子急了，朝他吼起来。

老六坐起，说：“我……”

望着搓澡的汉子，我又想起了段四爷。

果然老六提起了段四爷——他领着我走到大桶跟前，小声嘟哝：“这年头搓澡的也冲我发火，他有啥了不起，还不如当年段四呢！”

我俩披着大浴巾往回走，一个木榻上卧着的白胖惊人的汉子正在撩去毛巾被，老六出神地看着，停住了脚步。

那白胖汉子察觉了，艰难地坐起身，拢着头发冲老六说：“看直了眼儿，这孩子你怎么连爹都不认识啦？你妈妈在哪儿等我呢福子？”

我气急了，老六却无动于衷，收回了眼神走近我们的木榻，扑身就躺了上去。

“你要死呀？脸色白成这样……”我问。

他不言语，端起小茶壶对着嘴儿咕咚咕咚喝起茶来。我眼巴巴瞅着他把茶壶喝空了。

望着小茶壶我想起了“大茶壶”：“段四爷……”

“段四？”老六仍在吮着壶嘴儿，脸色煞白。

那天晚上老六领我去干那件秘密的事情，黑暗中我也看到他满脸惨白，吮着拇指的双唇微微颤抖。他什么都看见了，我什么都没看到。

“段四这老小子，这一阵子总往我家跑，跟我白妈嘀嘀咕咕的……”老六忧愁地说。

老六神情恍惚叨叨着，似睡非睡。

望着他吮吸拇指的古怪样子，我听着。

这一阵子段四爷经常东奔西走给白太太介绍对象——媒婆似的忙着为白太太找主儿。当然这是她对他的拜托：“得找个实在人，比我小几岁也行呀！”段四爷就隔三天过五日地常来回禀。

“有个军官，连长呀！岁数相当身体好，可是一提起您早先是那个……人家就把个脑袋摇成拨浪鼓，可惜太可惜了。”段四爷说。

白太太就笑一笑，赏给他一些跑腿儿钱。

“有个药材公司的业务员，二茬光棍儿，就是收购鹿茸人参驴鞭狗肾的那路业务。我一提起您早先是那个……他先是一怔，接着就点头要定下来见面的日子，还他娘的挺欢喜。我看不合适，就没跟他应对时间，算了吧算了吧。”

白太太还是笑一笑，照赏不误。

段四爷就这么忙来忙去，回禀不出第三种情况来，除了泻药就是补剂。

好像世界上只有两种男人：痛恨妓女的和喜欢妓女的。半痛恨半喜欢的男人还没有出现。

老六不讲了，坐起身修剪手指甲。

我问：“你乐意你白妈嫁出去吗？”

他目光凶狠地盯着我，剪刀一滑割破了他的拇指，渗出血来。

我被他盯慌了神："反正也不是亲妈……"

他将拇指伸进嘴里，使劲吸吮着渗出的血。

"谁敢娶我白妈我就跟他拼命！"

我想起沈家二楼上的那个"庞然大物"，便问老六："你爸不是已经娶过你白妈了吗？"

"我爸？唉，他怎么也不死呢！大肉球。"

我动了好奇心："你爸有两个老婆，房子怎么住？好像你跟白妈住一间屋……"

"你管不着！就连那个金大夫也这样问过我。你们统统管不着！我黑妈说过天底下的老爷们儿都是软蛋，只有窑姐是真货。"

我脱口说出："这么说你们家有两个真货啦？"

老六想了想，撩起白毛巾被猛地扑到我的木榻上，叉开双腿骑到我身上。

他五官挪位脸泛邪光，双手狠狠掐着我的胸脯，死声死气："看我今天怎么弄、弄死你！"

我却吓得哭了。

他更肆意了："你来劲儿啦？哼！"

他手劲太大，像一个壮汉。

扑通一声老六掉到了木榻下，一个瓮声瓮气的声音吼着："从刚才我就看你小子犯邪性！你牲口呀？再闹哄我把你填回到马眼里去……"

是那个念叨春联的黑毛汉子。

老六爬起身看见那汉子，立即蔫了。

我愈看愈觉得老六像一个浑身干枯五官错位四肢落地的小魔物，全没了孩子味儿。

许久，老六才恢复常态，如大病初愈。

他喘了一口气："你小子也跟段四一样，给我们家当上听差的了？"

我一慌，心里知道老六是说我帮黑太太办的那件事情："我跟段四不一样，他大茶壶！"

老六幽幽地笑了，像一个成年魔鬼。

黑太太托我办的那件事情，其实简单极了。在那间小屋里她交给我一枝黑枣——十几片绿色的叶子衬着三十几颗熟亮亮的黑枣，枝头还系了一根红头绳。她又递给我一张叠得四四方方的白纸，说是药方子。之后黑太太捧住我的脸，亲了亲，说：“给金大夫送去，躲着那个段四爷走……”

我说：“这事儿我谁也不告诉。”就出了沈家宅门。我的心热乎乎的。自幼丧母，第一次有年轻的女人亲吻我的脸，我想哭。

回过头，看见黑太太站在宅门里正望着我。

进了金大夫诊所，很冷清。我看见那个护士马三姐坐在楼道的长椅上，倒像是个病人。

我问她金大夫在家吗？她直呆呆看着我。她身后墙上是那幅“津门第一大孝子”的竖挑儿。我从她眼中看到了正在干涸的泪水。

“你说，他怎么不理我这个清白女子，反而乐意闻那些脏东西呢？”马三姐自言自语。

之后她又说下个月她就走了，这个私人诊所不是她一生落脚的地方。我就怕有人离开这条小巷，就从枝上摘了一颗黑枣，往马三姐嘴里塞。不料她却尖叫一声。

“脏——”就哇的一声哭了起来。她哭泣着说，“脏，有的时候倒显得香，不公道呀！”

抛下马三姐，我蹿上二楼，轻手轻脚进了那间朝阳的屋子。没人，只有一具木乃伊躺在床上——金大夫的老娘金老太太。仍然是氧气和输液维持着一个毫无用处的生命。

我鼓起勇气也不敢去看那张老女人的脸。

“金老太太是个小夫人，早年金老太爷从妓院里把她买出来的。她八天气死大夫人。金大夫是大夫人所生，这是杀母之仇呀。”外祖母的声音又在我耳边响起，她是“小巷史”专家。

我就从枝头又摘了一颗黑枣，扔在金老太太床上——她耳旁闪烁出乌暗的光。

我也不知为什么要向这“尸床”上投去一颗黑枣。后来我才知道我于无意识中模仿了一个男人黑暗中的动作。这个男人对妓女充满了疯狂的恨和疯狂的爱，甚至哀叹自己是个男人。

我朝楼下走去。楼道里已经没了马三姐，空荡荡中透出几分骇人的味道。我沿楼道向后院走去。后院很小，只有三间小平房，其中一间飘出一股十分古怪的香味。我知道这是厨房，便站在门口向里边张望。

这厨房收拾得很干净，一定是马三姐的功劳。我从小就以为干净的屋子都是女人拾掇出来的，男人不成。

我听见了牙齿的声响：嘎吱嘎吱……

之后我看见一张狰狞的面孔：双眉紧锁，目光僵直，两唇扭曲，满脸肌肉都在抖动……发出一种哼哼叽叽的声音，不像人的喉咙。

像进入一场噩梦，我呆呆立着，不能动弹。

是那个金大夫。

他已经完全陌生了，只有眉心的那颗红痣和手腕上的那块金壳手表证明着这个人是名医金今儒。这是我有生以来所见到的最为残忍的面相，除非我梦见了鬼。

他身穿一件白大褂，嘴里咀嚼着什么，嘎吱嘎吱作响，桌子上放着半瓶白干酒——另外半瓶大概已经装进肚子里。他还在喝。

墙上有五个墨写的大字：救人难救己。

他分明喝得半醉了，摇摇晃晃起身，去灶前那口铁锅旁，用一双筷子从热气腾腾的汤水中挑出一只烧鸡来，说了声："杀！"

烧鸡近乎酱紫色，很痛苦的形状。金大夫将烧鸡挑到桌上摆平，手里捏着一把很小的刀子——这就是后来我才认识的那种手术刀。

金大夫持着手术刀，一块一块割吃着那烧鸡。他死劲嚼着，猛猛地咽。这只烧鸡像是浑身没有一根儿骨头。

更令我惧怕的是那一锅热腾腾黑乎乎的老汤——它一定很稠很稠，已经煮了千万年。

"以毒攻毒。"金大夫哼哼着。

之后他扶住桌子大口大口呕吐起来。

我心里惶惶，以为是鬼魂附了金大夫的体，吓得拔腿就跑。

"小——鹿子！"身后金大夫的声音追着我。

我的身子被他那含混的声音给"钉"住了。

一双大手抚摸着我的头顶，声音又有几分温和了："给我来送黑枣？我这儿还存着很多去年的干、干黑枣，用不完哪。"

我转过身抬头看他：又是原先那个金大夫了，只是透出血丝的双眼显得目光发痴。

"这枝枣，这个药方子都是黑太太让我给您送来的，就是沈家大太太呀。"

他听着，似乎在努力思索着，突然哈哈大笑："黑太太——沈家大太太？黑……很形象！很形象！”

金大夫猛然止住笑声，死死盯着黑枣。

“你进来的时候，没、没有人瞅见你吧？”

我点点头。他就从兜里掏出几个硬币给我。

不知出于一种什么心理，我不想接他的钱。他向我微笑，样子很可怕。我冲口说道：“我不要钱，我又不是大茶壶像段四一样！”

金大夫的笑容僵在了脸上，之后他怒吼了。

“你以为，我、我是个嫖客？”

我吓坏了。他拍拍自己脑门，低声叹口气：“我金今儒还不如是个嫖客呢，心里没罪。”

我跑开了，出了楼道，见那个段四爷正坐在院门口的青石上唱曲。这曲，我听不懂。

我记起了，金大夫还对我说了一句“好好长吧，当个男人可难着呢”。我不懂“大茶壶”和“嫖客”是什么意思，更不懂“男人难当”。本打算向老六请教的，可是老六已经坐在木榻上开始穿衣服了。我知道有许多秘密不能讲。

老六冲我说：“晚上，我去找你。”

我和老六走出澡堂子，路上又遇见那个疯女，老六又向我说“她是银行苏家的老小姐，因为搞对象才发的疯”。

我说看来这对象搞不好就容易发疯。

老六说：“哼！傻瓜才为这事发疯呢。”

半道上老六买了一支糖堆儿吃并上了一趟厕所。我心中猜想金大夫跟黑太太一定是搞上对象了，他和她千万谁也别发疯。

回到家我就觉得浑身不自在——想起福仙池的那一塘子水就想起金大夫卤鸡的那锅老汤。

小巷开进来一支筑路队，说是要铺设柏油地面。早先的青砖地面属于日租界时代，如今社会主义的柏油就要将它们完全覆盖了。

这是个大响动。住在二楼上的沈先生终于拉开了那幅常年合着的黑色窗帘，颤颤巍巍露出大胖身子，从窗内向外凝望。阳光吞吃着他。

他身后衬着一个黑太太。她在沈先生的阴影中立着，看上去又增添了几成暗色。

“老几位辛苦！喝茶呀，这壶里有。”段四跑前跑后张罗着，活像电影里的伪保长。

沈家二楼上的另一扇窗子打开了，露出白太太的脸庞。阳光把她映得更加白嫩了。

一个身穿工作服头戴大草帽的筑路工人抬头望着那株黑枣树，以及二楼那两个窗户里的白太太和黑太太，有些惊异地说：“这年头还有这种景致……”

段四嘿嘿笑了：“这不是季二爷吗？有名的大花脸怎么当了修胡同的啦。”

那人见了段四一怔：“你？敢情这是沈家呀？你还跟着干哪……天啊。”

“混饭吃混饭吃。”段四又去照应另一个筑路工，“孙铁腿，您老不当足球教练也改行修胡同了？真委屈您了。”

那个被段四称为著名京剧大花脸的季二爷哼了一声：“我们都改行了，就你段四还没转业。”

这时我才看清，大花脸季二爷原来就是我和老六在福仙池澡堂子里碰见的那个“黑毛汉子”。

沉寂多日的小巷终于热闹起来了。

金大夫提着一把十分轻便的椅子出来了，身后跟着马三姐，携着一个十分轻便的小桌儿。段四迎上去，说金先生胡同墙上那幅“除四害讲卫生”的标语您还没给写完呢，街道主任可催了我好几天了。金大夫毫不动容，说改日等我空闲再写吧街道上派的任务我当然得完成。

我第一次看到段四给金大夫派任务，心里就觉得十分奇怪。胡同墙上已写了四个白漆大字“除四害讲”，只剩下“卫生”二字没有写了。

京剧大花脸季二爷和足球孙铁腿齐声向金大夫打招呼。金大夫怔了怔神，显然认出了，困惑地说：“二位先生，改到这一行来啦？”

金大夫和马三姐在小巷口上摆开了桌椅。临着那条大街的一棵树干上，马三姐挂了个木牌子，上写：金大夫，义诊。

京剧大花脸远远望着，小语小声：“金大夫，好人哪。”足球孙铁腿听了也说：“好人哪，金大夫。”两个昔日社会名流说着就抄起洋镐刨地卖苦力气干活了。

金大夫十分稳重地坐在桌旁。桌上放着紫缎面的诊包儿、自来水笔和一沓子处方纸。

老六从沈家宅门里冲出来，到了金大夫桌前：“我瞧病，我瞧病！”

金大夫无可奈何地摇摇头，斯文地笑着。

“我腰疼！”老六眨着一双虾米眼说。

“童子，何腰之有？快去找小鹿子玩吧。”

老六一龇牙：“我就知道你是个笨郎中。我男子汉大丈夫怎么没有腰？哼！治男人腰疼的秘方，还是你从我黑妈手里求去的呢。”

马三姐急了：“老六不许胡说……”

老六翻了个鬼脸：“马三姐你早该出门子啦！”

马三姐捂住脸抽泣着跑进了小巷。

我拉着老六叫他快离开这儿别添乱了。

老六嚼着黑枣，得胜还朝似的走了。

驶过来一辆三轮车。蹬三轮的跳下车来说：“金先生您哪又行善义诊呀！这是什么日子？”

金大夫笑笑：“家母卧床多年，后天是老人家六十六寿辰，我替她做些方便众人的小事情。莫道行善，身为人子嘛。”

“您这一嘴文词儿咱也不懂，就知道您是大好人。我这痔疮……”蹬三轮的开始求医。

又来了治脚气的，又来了闹牙疼的。金大夫都一一问诊，很耐心地开了方子。末尾总是那句话：“到仁济堂抓药吧，就说是我的方子。”

我站在不远不近的地方看着金大夫。不知为什么，总觉得是在看一个陌生人，心中有些害怕。金大夫突然侧过脸来——微笑着瞅我。

我愣头愣脑地问：“金大夫您吃那黑枣了吗？”

他脸上的笑容凝固了，像个石头人。

老六又跑来了：“金大夫！我爸爸说请你今晚上去我们家打牌。嘻嘻……”

许久金大夫才自语：“移风易俗了，打什么牌呀。老六你这孩子……”

沈家的牌局，我外祖母已是常客了。每次她打牌回来，都要从兜里掏出几颗黑枣给我吃。她喋喋不休：“牌桌上用黑枣记账，我还没怎么输过呢。”而我，却已经不愿意吃黑枣了，总觉得这是一种十分古怪的果子，心里发怵。

这时候小巷里传来外祖母对我的召唤。

外祖母正坐在大木盆前哗哗洗着衣裳。

“去坐一壶热水，整天就知道疯跑!”

没等我动弹，黑太太就走了进来。

外祖母说：“不用您来请，吃了晚饭我就去府上，误不了打牌。”

黑太太穿了一身黑色衣裳，显得瘦了。

“这……又是金大夫的活计?”黑太太问。

外祖母说金大夫的活计还没洗呢，在那包袱里裹着哪，又是段四送来的。

黑太太就动手解那只鼓鼓胀胀的大包袱。

“这么干净，根本用不着洗呀。”黑太太说。

外祖母嘿嘿一笑：“倒是省我的胰子了。”

黑太太不言不语像是在想心事。许久她才说：“医不治已呀……”

外祖母突然说：“您可不能毁了自己。我看沈先生是实心实意拿您当夫人待着，居家过日子可不易呀。”

黑太太大度地笑了：“还用您嘱咐我？什么样的男人我没见过。往后……金大夫再洗这洗那，您就别动手了……”

外祖母抬头：“您要抢我饭碗呀?”

“不，我洗，工钱还归您。只求您嘴严就成，除了小鹿子谁也别让知道。”黑太太认真地说。

外祖母低头说：“我可不明白了……”

段四跑进院子，大叫：“坏啦！外边来了个警察正要拉着金大夫走哪……”

黑太太听罢，小步颠颠跑了出去。

外祖母十分镇静：“金大夫没罪过！是站十字路口的那个交通警于胖子吧?”

段四说：“是胖得有了分量，我没认清模样。”

外祖母笑了：“没事儿，是求医的……”

我跑出小巷的时候，那个警察已经走了。

金大夫与黑太太面面相对正无言。

金大夫说：“莫名其妙，我又不是江湖郎中。”

黑太太小声自语："是啊，你治不了他的病。"

金大夫的脸一红一白，十分难堪的样子。

小巷里筑路工们收工了，乱哄哄聊着走。

大花脸说："是男人就应当登台唱大戏。"

孙铁腿说："是男人就应当上场踢足球。"

段四追着说："老几位辛苦了……"没人理他。

老六从二楼窗户里投来一颗黑枣，正打在段四那核桃皮一般的老脸上。段四急了。

"你小子也学会这手啦？投肉枣叫门儿！"

金大夫出人意料小喊了一声："都别闹啦！"

天唰地暗了下来。谁也看不清谁的长相了。

吃晚饭的时候外祖母没头没脑地说："那个交通警于胖子是个大废物。老爷们儿脸皮都薄，啥时候练厚了就没罪受了……"她吃得挺舒坦。

只是金大夫治不了于胖子的病。

老六双唇泛着油光，跑来找我了。

"今晚上咱们还是老章程——去看小电影吧！"老六很迫切的样子。

每次都是我给老六当人梯他独自看景致，我就显得积极性不高。老六塞给我二分钱。

我说："你也学会了赏别人小钱儿啦？"

他很机警："还有谁赏过你？说！"

我扯谎："段四！"老六哈哈笑了，说你连扯谎都没学会，太嫩了。

"那段四赏你钱？都是别人赏他钱花！"

老六又说："离开这小巷段四马上就没饭吃。"

我一下子就惧怕这小巷了，不敢随老六往外走。老六让步了，说先到我家去看看牌局。

我问："不是请金大夫去你家打牌吗？"

老六说十有八九金大夫不会来："我总觉着金大夫一个大活人反而有点儿害怕我那个半身不灵便的大胖爹。他从来不见我爹的面。"

听了老六的话，我心里也纳闷："金大夫害怕沈先生？怪事儿。电影里的好人从来不怕坏人。沈先生与金大夫比，算不上是个好人。

段四走在小巷里吆喝着——说是前天从外边跑进来一只黄鼠狼，半大个儿是只母的，各家各户养鸡的喂鸟的要多加小心哪。

我愈发害怕小巷的夜色了，像个无底洞。

小巷墙上那条标语还是缺着“卫生”二字。这是一块瘆人的空白。

我随老六去他家二楼沈先生屋里看那牌局。我盼望在那里能够见到金大夫的模样。

小巷里一个黑影叫住我，吓得我不敢抬头。

“小孩儿，你们见着马惠兰了吗?”

是个又高又壮的小伙子，声音挺焦急。

我不知道谁是马惠兰。老六却答道：“找马三姐呀? 不知道!”那小伙子愈发焦急。

“我从塘沽赶回来，明儿一早就得走。”

老六想了想：“噢，马三姐搞对象去了!”说完就拉着我的手进了他家宅门。

沈先生的屋里，牌局已经开始了。

我第一次随老六晚上出来行动，是他请我在福仙池洗澡的那天黑下。那是个礼拜六的夜晚，小巷里死静。只有一个过客——敲着竹板儿穿着长衫占卦算命的盲先生。老六在瞎老头后脊梁上吐了一口痰，得了一句“小杂种”的回报。之后我随他趴在黑枣树墙根底下。

“这是干什么呀?”我小声问他。

“今儿晚上是礼拜六，我黑妈不上楼睡。我白妈到我胖爹屋里睡觉，剩下我一个人可就自由啦! 小声点儿……”老六黑暗中眨着眼睛。

过了一会儿老六猫儿一样溜进楼道，去窥视一楼黑太太的那间卧室。

我又想起了黑太太托我送给金大夫的那一枝黑枣和一纸药方子。

老六爬了回来，两眼在黑暗中闪着光斑。

“嘿! 我黑妈又一个人靠在床上念识字课本呢。她头几年就认识一千多个字啦，还说要学会写。我白妈是只会认不会写，不如我黑妈。”

那个敲竹板儿的盲先生又折了回来，走到大街上去了。静，只有黑枣树的枝头偶尔摇动一下，使我觉得自己还活着。

黑太太窗户里的灯啪的一声熄灭了。

二楼上传出了沈先生的咳嗽声，时断时续。

老六低声说："我胖爹年轻的时候抽过大烟。"

我就认为是很大很大的烟卷儿。

片刻，黑太太的屋门开了一道缝儿——一个黑影儿很轻很轻地飘了出来，立在院子里，踱了几个来回。

是黑太太，只能看清她的轮廓：高瘦。

老六嘴里开始嚼吃黑枣，我听见他的牙在响，黑枣的味道从他嘴里散发出来，扑到我脸上。我不敢挪动，死人一样趴在老六身旁。

这时我心中毫无根据地冒出一个念头：沈家以及小巷里的许许多多人都离不开这黑枣。

要么那株黑枣树早就死去了。

黑太太终于轻手轻脚出了宅门，朝金大夫的坐落在巷底的宅门走去。

潜伏了片刻，我随老六也到了金大夫院门前。老六伸手推那两扇黑漆大门，里边却已经锁死了。

老六小声说："怪事儿，谁锁的门？"

我随老六从墙头上翻了过去。老六小声哎哟了一嗓子，说左手拇指头让栽在墙头上的玻璃碴子给划破了。我小声说要是能让金大夫给你搽点儿药水就好了，他是大名医呀。

老六用嘴唇吮着那拇指："名医？我胖爹说金今儒连伤风感冒都不会治，狗屁名医！"

我顾不得多问就随老六进了楼道。我说："听我姥姥讲金大夫一个人住在一楼。"

一楼死静，根本不像有活人的地方。黑暗中我用手在墙上摸到了那幅"津门第一孝子"。

我吓得浑身打战，被老六拉上了二楼。

二楼厅里漆黑，角落里有一个亮点儿，眨动着绿光。我想起段四说的小巷里跑进来的那只黄鼠狼，就团缩着身子闭上了眼睛。

朝阳的那间屋子里似乎有些声响。

我知道这是金老太太的房间——她死人一样躺在那张硬木大床上，人事不知。

老六胆大，爬到角落里把那个绿色光点儿逮在手里——看着。我壮胆爬过去，终于看清是一只绿色玻璃花瓶摆在一张方桌上，花瓶中插着一枝有果有叶的黑枣。

“我家的黑枣跑到他家花瓶里来了？”

我猜想金大夫年年是有黑枣吃的。

老六还在摸索着那一枝黑枣，之后他把嘴堵在我耳朵上说：“我数了一共三十六颗黑枣，每颗黑枣摸着都不是囫囵的，像是谁给啃了。”

我去摸，也竟然在一颗颗黑枣上摸出了牙齿的痕迹。我小声说是那只黄鼠狼吧？

“不许欺负我家的黑枣！”老六怒了。

从那一刻起我就再也不吃沈家黑枣。每每隔墙看到那果实累累的枝头，心中就极其恐怖，认为只有疯了的树才能结出这种乌黑的果子。

我随老六也断断续续听到屋里一男一女的对话。

女声：“您真是大孝子呀，夜里还守着老娘？”

男声：“孝子……我早晚得死在这屋里。”

男声：“我多想扬眉吐气走出这间屋子！”

男声：“吃鸡吧，吃鸡吧……”

女声：“你离不开这种东西。”

男声：“老汤，这老汤是我父亲传下来的。”

男声：“我要让这位老太太看着我吃看着我喝看着我……”

女声：“你……我这是干什么来了呀。”

男声：“你的药方子……治不了命呀。”

静了片刻，我感到站在我肩头上的老六开始发抖，我也随着他抖。屋里有了一些响动，我从来没有听见过这种声音，像是从地洞里传出来的，沉闷而又尖厉：“你是男人呀！往后我不再来这儿了，你敢走出这屋子到我那儿去吗？”

老六从我肩上滑落下来，坐在地上喘着粗气。我看到他双眼放射着黄鼠狼一样的光。

“天！我黑妈成了一块大排骨，让他全啃啦……”老六说着就往楼梯那边爬。

我完全记不清是如何从金家宅门里出来的了。我蹲在小巷里，喘着气对老六发誓。

“我这辈子也不随你到金大夫家扒窗户去了！跟去阴曹地府一个样呀。”

老六木头人一样立在夜色之中。

缓过气来我问：“金大夫请你黑妈吃鸡，她吃了吗？我见过那只鸡是和黑枣一锅里煮的。”

老六说：“我瞅见我黑妈扬着头说金先生你得从自己心里认准了自己是个男人，别自己吓唬自己……这时候我黑妈横过身子点了一根烟卷儿，递给金大夫说抽吧，抽烟才是老爷们儿。借着那根儿洋火的亮光，天呀！我、我绝不扯谎，我看见屋角大床上躺着一个尸首，尸首！”

尸首？望着仍然浑身打战的老六，我说：“那尸首还有口气儿呢，是金家的老太太。”

老六瞪大眼睛看我：“敢情是这么回事儿！”

我在黑暗中与老六分手。他突然愤怒起来了：“妈的，我胖爹跟我白妈黑妈还不同屋呢！金大夫不避他老娘就敢这么闹腾？狗屁大夫。”

我说金大夫的老娘只比死人多口气儿。

回到家我就挨了外祖母一顿臭揍，之后她给我吃了半个窝头就开始对我夜审。

我全招了。

外祖母听罢，却抽抽泣泣落下泪来。

“咱们这条可怜又可恨的小巷呀！真像铁打的一般。真是男人不男，女人不女哟。”

外祖母沉思片刻问我：“你、你见着金大夫用那些常让我洗的床单子毛巾被了吧？”

我说我用肩膀驮着老六，什么都没瞅见。

外祖母眼光发僵：“他还是嫌她脏嫌她脏呀。脏？可他又离不开这脏。明个一早儿，段四保准送洗的活计来，天啊。”

我问了一句：“他跟她那是干什么呢？”

外祖母变了脸色：“小孩子家！金大夫跟黑太太有一笔账算不清，急了两人就打呗。懂了吗？往后不许瞎寻思。”

我就相信了这是一笔算不清的糊涂账。

段四哼着小曲儿端着一小碗白油漆，亲手在小巷墙上写下了欠缺日久的“卫生”二字。小巷终于“除四害、讲卫生”了。

这两个字他写得十分难看，畸得没了样子。

我在一旁说：“黄鼠狼也得除吧？”

段四斜了我一眼说黄鼠狼不算四害算五仙。之后他来到我家，送了一包袱活计。

“您就接着洗金大夫吧，没完没了哪。”

外祖母请他落座，说：“段四爷今儿个您得给我说说古了，我问金大夫怎么爱吃那烧鸡？”

段四嘿嘿笑了：“解放这么多年了，你还问那些事儿有什么意思呢？”

他大模大样起身：“可说呢，昨儿个街道主任遇见我，说金大夫大有进步向他递交了入党申请书呢。金大夫跟街道主任说单干开诊所是身在街道，就得有个好表现。虽然配不上入党，可也得表明个心迹，申请书就递上去了。这就叫新人新社会，你还问那些个黑暗里事儿干吗？”

外祖母听呆了，许久才说：“那我老婆子就洗我的衣裳吧，反正得洗到死呗！”

段四：“闭着眼洗吧，从水里搓出银子来呀。”

“晚上我给你炒个菜，你来我这儿喝两盅？”外祖母一下子热情起来。

“我忙。今儿个晚上我介绍一个人来跟白太太见面，我这是唱红娘啦！”段四很得意。

外祖母笑着说：“你从哪儿找来这么多光棍汉呀，白太太托你办事也算是老伙计了。”

段四说：“没想到我还有机会助人为乐。”

这一程子是忙了段四。小巷子就好比一锅汤缺了他这点儿味之素还真压不住腥气。他当了街道居民代表整天一本正经，坐在金大夫诊所里给求医的挂号还大讲杀蝇灭鼠防匪防特。

晚上就给白太太当差，吃了晚饭他就在沈家门口候着，也不分一三五还是二四六。

白太太似乎很想一步就嫁出去过新生活。

老六提着一根木棍站在院门里边。

“段四你大茶壶，再敢给我白妈找主子我打折你的狗腿！”老六边说边嚼着黑枣。

“小祖宗，我这是给你白妈介绍对象。爱情，电影里不是也演吗?恋爱自由这是你白妈托付我办的。待一会儿就来一个，好人。你可别跟着添乱呀!”段四说得口水直淌。

段四语不休：“你看，男婚女嫁。人家马三姐不是也正搞对象嘛，一个样。眼瞅着马三姐就要把上门女婿招进来啦。你懂吗?”

我插了一句，问：“段四爷你怎么不搞呢?”

这句话把段四给问怔了。老六在院门里喊：“对!来的那只母黄鼠狼就是找他搞对象的。”

段四坦然了：“我这辈子都是看着人家搞，这就叫助人为乐把困难留给自己慢慢克服着。”

黑太太推开了楼道的门，小声唤老六：“不许和段四爷顶嘴，他这么大岁数了。”

老六怒视了段四一眼，扔下棍子上二楼去了。这时黑太太眨了眨丹凤眼，笑着朝我招手。我知道她又有事情找我，就装模作样走过段四身旁，进了沈家的楼道。

楼道依然很黑。进了黑太太的卧室，我发现屋中的摆设与我上次所见有了挪动。最引人注目的是那张床的四周，挂起了一圈儿黑纱的幔子，而那只大沙发也披上了黑色平绒罩子。

屋子黑得十分素净。鲜红的只有床头墙上她那张大照片里的双唇。

黑太太递给我一个包袱，我认出是金家的活计。她说：“工钱还归你姥姥，我闲极了，洗一洗手工营生算是玩一玩。”

之后她抚摸着我的脸，说：“好好往人上长。”

我就说出了我早想说的话。

“白太太忙着让段四给她介绍对象，您怎么天天待着不搞对象呢?您长得也挺俊……”

她笑了：“傻孩儿，我有丈夫呀，沈先生。我还搞什么对象呀?”之后她不笑了，“白太太比我年轻，我得让她走出去我留下，早就说定了的，不能改了……”

我抱着包袱要走，黑太太说：“小鹿子，你多待一会儿吧，跟我说说话。”

我说：“说话?我不会说呀!”

“不会说咱们就这么坐着，啊?”

我就陪着她坐着。她哭了。

“你过继给我当儿子吧?”她突然说。

我说我妈妈下放农村再有一年就能回来了。您缺儿子，就自己生一个吧。我就是我妈生的，她在女七中教书那年生的。

黑太太笑了，这种笑容我至今也没从第二个女人脸上见到。她说：“你妈妈当然了不起。一万个我也顶不上一个她。当年是你妈妈给我扫的盲。长大了你可要疼你妈妈，给她养老。”

院子里，段四吆喝起来了。

“来了您哪，季二爷请……”

那个季二爷边上楼边嘟哝：“段四你这老毛病怎么也改不了呢?我不是来听你吆喝的。”

我将包袱里的活计送回家，在刚刚浆洗过的一条床单子上发现了一朵手绣的花朵——黑色牡丹。我知道这是黑太太给添上去的。

外祖母没瞅见，只是叹道：“她这是自己洗自己呀，命苦……”

我随外祖母动身，往沈家二楼去打牌。

沈先生肉球似的坐在屋里，我看清了他有一双很小的眼睛和一只很大的鼻子，十分突出。

“姥姥您坐，老六他妈妈有客人，一会儿就过来，咱们开局……”沈先生人倒很和善。

我就出了屋走到白太太的门口，见老六坐在门外地上正吃黑枣。他说：“我早晚宰了段四!”

段四正在屋里给那个季二爷递茶送烟。

门半敞着，我看见白太太正和客人聊着天儿，显得轻松自如。段四像个小伙计。季二爷四十来岁的汉子，原来就是那个筑路工，当年有名的京剧大花脸。

这演员出身的人反而显得有些不自然。

白太太：“当年我没眼福，不过可以想象季先生的唱念做打艺术自成一家呀。”

“过奖了过奖了，只是个戏子呗。”

“季先生如果不忙，我请您打两圈牌呢。”

“不，多谢，我告辞了……”

季二爷起身。白太太笑吟吟说：“您不赏脸，就劳段四爷送您，我失礼了。”

段四哈腰点头送客人下楼了。片刻段四就噔噔跑上楼来，喘着问：“二太太您看……”

白太太随手塞给段四一张小票子，很欢喜地说：“也就是见见呗，不成。你接着寻吧。这人来人往，也给我解解寂寞。”

段四：“我说也是。”

老六：“段四瞧你那孙子样，哪像个街道代表！你那除四害讲卫生的威风呢？”

段四急了：“二姑娘您可得管教这小少爷，他四处跟我过不去……”

白太太大笑起来：“这新社会的人跟那旧社会的人就是过不去，有啥稀奇？咱们打牌去。”

当外祖母说“三缺一”的时候，楼梯上有了响动，大家都说贵人到了。

门开了，屋里的人都怔住了。

是金大夫。

沈先生先打破了僵局，声音像是从喉咙深处发出的：“金先生请坐，您这是千呼万唤始出来呀，赏脸赏脸……”说着他居然抬起那不太灵便的左手，礼让着。

金大夫一身深蓝色西装，深红色领带，头发梳得很光亮，白衬衣的领子雪一样白。他十分礼貌地冲在座的人们点着头，脸上全是微笑。

“这、这么多年了，我是第一次上沈先生的二楼，真是疏于邻里了。”

白太太十分响亮地笑了：“贵人多忘事，去年您还上楼给我家先生瞧过一次风寒呢。”

“噢、噢……我这记性呀。”

外祖母说咱们开桌打牌金先生坐我对门。

金大夫连声说我不会打牌我不是来打牌的。

空气又凝住了。

段四陪着笑容，往外边走边说：“我侍候了金先生这么几年，真不知道您不会打牌。”

外祖母可能是让牌瘾憋急了：“金大夫您不实诚，老爷们儿哪有不会打牌的!”

金大夫有些不知所措：“这……不太好吧?”

白太太说：“有吗不好的，玩呗！没警察来。”

沈先生挪了挪大屁股又说了话。

“别难为金先生，我看他八成不会打牌。这旧社会的玩意儿，有的人是在新社会才学会的。金先生今儿个就是来学的吧?”

我当时从沈先生那双混沌的眼神中看出了一丝淡淡的轻蔑。

“老六，站金先生身后边，跟着吱嘴儿。金先生这玩意儿有一刻就学会。今儿个黑下，输赢我都不让您破费……”沈先生一口气说。

金大夫的脸一下子涨成了紫色。我觉得半身不灵便的沈先生蓦地壮大了很多。

沈先生说了一句前后不搭界的话，口气显得很冷：“打牌打牌金先生，是真名士自风流。”

段四慌慌张张跑了进来：“有个警察……”

外祖母哗啦一声就用台布兜起那堆骨牌，一伸手就掖到了白太太怀里。白太太伸手递给老六，老六猫腰就送到床底下去了。

“有个警察问金大夫阿司匹林一次吃几片?”

白太太瞪圆了杏核眼睛：“段四你说话大喘气!”

老六帮腔：“扣你五毛跑腿儿的钱!”

金大夫起身：“我是专门来请几位的。素常多蒙关顾，明天是家母的寿辰，请大家去舍下，我略备薄酒淡菜，请赏脸。”

老六嘴快：“行！这事儿你让段四捎个话儿就成了，还往我家跑一趟干吗呀?”

我也插嘴：“金大夫是想来你们家看看呗。”

沈先生竟然要从那张罗圈椅里拔出身子：“谢金先生啦。这几年多蒙您照应。我废了，养不住活物儿了。喂着一只黄雀儿，前几天还飞了。”

外祖母想起了什么，问：“金大夫上个月你就在街边上义诊说是给老太太寿辰行善，怎么明儿个才过生日?”

金大夫已褪了满脸紫光，细声细语说：“闰四月，我就挪到后头这个四月里办喜寿了。”

送客。下到一楼楼道里段四提高嗓门说：“金先生小心，脚底下黑。”

黑太太那间挨着楼梯的卧室里亮着灯，却没有丁点儿动静。金大夫侧过脸去——不看。

老六从二楼往下追，停在楼梯半道上喊：“金先生你请我们吃宴有烧鸡那道菜吗？”

段四扶着金大夫回头说：“有狗鸡！”

金大夫摇摇晃晃有些站不稳，走在巷子里赛个纸糊的人。段四说金先生我没想到您能到沈家来。

金大夫含混不清地说：“我来我来了。”

段四：“您这么虚，来了也没打赢。”

金大夫不懂：“什么打？什么赢？”

段四连忙说我是说赌钱您赌不赢呢。

“所以我才说来了个警察，把您救出来了。”

金大夫不知为何起了火：“你滚回去我不用你送，滚！”

段四站定：“忠言逆耳不是？我早就想告诉您，您还依旧把沈先生当成早先的沈老板，心里不就壮实多啦？当年您爹可比您能闯……”

“你住嘴！还有点儿新社会的味儿吗？我辞了你的工！”金大夫说着就往宅门里晃。

段四：“您走好。别辞，您可离不了我。”

小巷里只剩下我和金大夫。我追进他的宅院里，说金大夫您等一会儿我回家把洗好的活计给您送来。

他狠狠应了一声：“成！”

我小步跑着去给金大夫取那一包袱洗好了的活计——这是黑太太亲手洗净的，又在那床单子角上绣了一朵黑牡丹。进自家宅门时我回头看了一眼，原本是怕那只段四爷所说的半大黄鼠狼追随了我，可我却影影绰绰瞅见沈家宅院里站着个人。这身影我早就瞅熟悉了，是黑太太。从那时起我就不怕在黑暗里瞅见女人了。

我知道她们不会一口吃了我，我是男孩儿。

我折身进了她家宅院。见是我，她依然没停下自言自语。

“不敢来吧？漫着我的门口过去了，这不算你敢来。自己欺骗自己呗。你要是真敢来，你那病也就好喽。哪有男人味儿呀，我真是有办法也救不了你……”

我当时真怕黑太太疯了，像银行苏家那个老小姐一样，整日里街上疯跑喊叫着找小崔。我见过黑太太把苏家老小姐领到家里，给她梳给她洗给她吃，抽泣着说：“苏小姐你是个好女子呀！敢疯。”疯女人叫着“小崔”就又跑到街上去了。其实那个小崔已经自杀八年了，正在阴间候着她去登记结婚。可苏家老小姐整天价疯跑却不知早些去找小崔办喜事。

我陪着黑太太站着。二楼那个被黑色窗帘捂得严严实实的屋子里人们牌兴正浓。

黑太太摸着黑站在楼道里往自己卧室的门上贴着一张纸。我问：“您……”

她边贴边说：“早年我跟一个跳大神儿的老婆子打听来这一招。你想学吗?”

把半斤南天星研成细末，用山西老醋调和好了，抹画在一张纸片儿上，往门外边一贴，夜深了你就能听见敲门声。你愿意去开门，是没了声也没了人。关上门一会儿就又响了。

“保密，这叫假鬼敲门。”黑太太说。

我问：“这有什么用呢？其实没人。”

黑太太说只是为了听呗，就当有人来了。

我说：“兴许就来了真鬼……”

“好孩子！千万往出息上长。”

我说您早歇着吧就奔自己家门去了。推门推不开，我就大喊“开门”。

让乱七八糟的事情搅得我记不起外祖母正在沈家二楼打牌，只想取了活计快给金家送去。

我威胁：“不开门可就要砸啦!”这时我猛然想起屋中锁着空无一人。

屋里却唉了一声，我吓傻了。

“小鹿子你别出声了，千万！我开门……”是个很弱很柔又很慌乱的声音。

马三姐！是久日不见的马三姐！

我就不怕了。她开了一道门缝儿，眼神儿不稳。我从门缝儿挤了进去："拿包袱我……"

屋里站着个男人，又高又壮模样不错。我认出了，就是那天黑下向我打听寻找马三姐的那个小伙子。他冲我一咧嘴，算是笑。

"你姥姥让我替她看家我就在这儿替她看着家……来，三姐给你糖吃。"马三姐头发挺乱。

是一种像黑枣似的糖块儿。我知道它一分钱，味道有些苦头儿。那小伙子说吃吧吃吧。

我说不吃不吃，就抱起那个包袱，往外走。

马三姐追出来："别说！"

"别说什么？"

"什么都别说三姐求你了……"她要哭。

我说："不说！"撒腿往金家宅门跑。

我似乎听见了黑太太门上正敲响叫门声。而黑太太躺在床上问："你是真鬼还是假鬼？"

那株黑枣树摇得哗啦哗啦山响：没人敢来。

黑灯影儿里在金家二楼见到金大夫的时候，他已经醉了。这么一会儿工夫人就完全走了样子：没了西服革履和领带，只穿了一件白大褂。白大褂里头好像什么都没穿，空心儿。

他两眼溢出火苗："我可怎么办？"

我抱着包袱望着他，全然不知害怕了。

"什么您可怎么办？"

他埋头又去用手术刀切割那种紫得发黑的自制烧鸡了，一块接一块往嘴里塞。

他又灌下一口酒，摇摆着身子递过来一只鸡腿，我接了，闻到一种十分古怪的味道。细看，这鸡腿上沾着一只烂乎乎的黑枣。金大夫把鸡和黑枣放到一个锅里卤了，我心里想。

"我吃，你也吃，我喝，你也喝……就、就让她她她吃不上喝不上，一个人眼巴巴看着干生气……"他说着，伸手按下桌子上的一个开关——屋里随着光亮就添了一个景致。

我已经不懂得什么叫害怕了，只木呆呆地看。怀中抱着的包袱稳住了我的心。

屋角那张硬木大床上，挂着一圈儿黑色纱幔。这黑色纱幔跟我在黑太太屋里看到的几乎一个式样。床顶，装了一圈儿葡萄珠儿般的小灯，竞相亮着鬼一样的眼睛。床里端，临着靠山倚坐着干尸一样的金老太太，盘腿端肩，一头花白头发随灯光明灭似在轻轻颤抖着。

她半闭着那双永远也睁不开的眼睛。

金大夫摇晃过去，往她鼻孔里插上氧气管。

“你……老人家可不能死。你死了罪谁受？我、我让你看着我活着，活成一条男子汉！我让你一直活到这个世界上的妓女从老到少全死绝了，你还得在这儿躺着颐养天年……”

金大夫举着一只鸡爪子送到金老太太嘴边，狞笑着：“你老人家吃鸡，吃！你没这口福了。”

“你敢说我不是男子汉！”他像是在摆弄一个巨大的玩具——金老太太。之后他扔了鸡爪子，哗哗朝地上撒起尿来了。

地上湿了一大片，我猛然闻出那种老汤的味道，忽然喘不上气来。

金大夫渐渐平稳了一些，他脸上现出几分惬意。

他说：“这独特风味它叫汉子鸡。这老汤我兑水卤鸡一锅又一锅用了快二十年啦！我爹……”

我说：“它叫娘儿们鸡，早先老汤里有一盅童子尿，提味儿。”

他一怔：“娘儿们鸡？童子尿？我爹、他他咽气之前怎么没告诉我？你快坦白，坦白从宽！”

我闹不清他用的这是什么词儿：坦白？

我坦白了：“是段四爷跟我姥姥说的。”

我就鹦鹉学舌都说了。段四的说古是外祖母两盘菜半瓶子酒从他嘴里汲出来的。

我前言不搭后语讲完了，就把包袱朝金大夫怀里一送：“洗好了的活计。”

金大夫哇的一口把吃进胃里的玩意儿全吐了出来。

他低头看见了那件床单子上新添的内容，脸上放出光来：“黑——牡——丹！这是她的花名啊。”

硬木大床上的金老太太倚靠不住——身子一滑歪着卧在了床沿上，很像积木的倒塌。

“我这毛病是胎里带出来的，没治呀？”

他挣扎着，像是要从那锅老汤里爬出来。

那锅老汤浸得他腌得他味道纯正。

我转身就跑，觉得脚底下黏糊糊全是汤。

回到家外祖母头一句话就是赌局。

“老六这小子人小牌打得倒鬼精，我输了六毛五……”

一个女人哭号着跑出了小巷，惊动了夜色。

“是马三姐？是马三姐！”我盯着外祖母。

“事情搞糟啦？怎么……”

我觉得外祖母知道许多事情像个女巫。

“马三姐得自己找到自己的归宿。寻个血性男人才能觉出自己是个女人。”

我大声说姥姥您快说实话吧我什么都知道啦心里一清二楚。

“你小毛孩子知道什么呀？”

“我姥爷根本没死他扔下你跑到大西北军队里当官儿去了，还从天津捎走了一个窑姐儿。”

“谁告诉你的？”外祖母从被窝里坐了起来，我看到了她那两只干瘪的乳房像两只旧口袋。

我哭了：“段四！”我因从未见过姥爷而落泪。

外祖母小声说段四嘴好长啊，漏风。

她无声地笑了：“我不恨你姥爷，我没工夫恨你姥爷。他……是个真正的老爷们儿。”

“哼！段四活得也可怜……不如你那死鬼姥爷一根儿汗毛有分量。”外祖母渐渐沉默下去。

我问：“咱们去金家吃喜寿宴吗？”

“吃！有请的咱就去吃。其实金大夫用不着亲自去沈家请大家，他是想壮一壮自己的胆量做个真正的老爷们儿。可结果还是上不了阵，货软蛋没瓤子，唉！沈先生倒显得挺大度的。”

我没吃早饭是为了空着肚子。我问外祖母：“金大夫他老娘的喜寿宴是中午还是晚上呢？”

她说："也不知金大夫昨夜里喝醉了酒今早晨醒过来没有?"

我认为金大夫的酒肯定醒了。昨晚我把段四讲给外祖母又被我偷听来的故事说给金大夫听的时候，他的酒就应该醒了。

那烧鸡不叫"汉子鸡"而叫"娘儿们鸡"。

金大夫的父亲金老太爷当年不是什么名医。初闯码头时常在青楼巷口摆摊叫卖"大力丸"。他吆喝的词儿很粗糙，给街面造成很大冲击。不久又得"助阳散"秘方，制成之后身先士卒试验了一次，惊人的成功。于是当年的金老太爷以"助阳散"为全城嫖客所追逐，渐渐发了横财。一条条青楼巷也因之业务兴隆。嫖客们制造出了妓女，妓女又使当年的金老太爷和助阳散一起腾飞，誉为城里一绝。

后来他就摇身一变成了有名的郎中。与此同时也涉足风月场上跻身于嫖客之列。家中糟糠之妻吵闹，他就说每每并非狎妓而是在摸索配制另一种秘方"金刚丸"。

一日，他在翠花楼后院姑娘们的厨房里发现一种卤制而成的烧鸡，风流味道十足且可强健身心，是一个胜芳姑娘的土法烹调。他大惊失色，耽于佳味而不返。这鸡俗称"娘儿们鸡"，为世人所不知。后来他赎了那姑娘也就随之赎出了"娘儿们鸡"，给自己添了个小夫人和鸡。

小夫人进门八天就气死了大夫人。金家厨房里从此也就有了一锅老汤，永远稠稠乎乎用之不尽，居然成了金家传代的独特风味。

当我讲到"娘儿们鸡"佐料的时候，金大夫揪着自己头发怪叫了一声，像受了伤的兽。

"童子尿？十二岁那年我爹从被窝里叫醒了我，说我是个大童子。我二妈端着个瓶子接着。可、可从此我就觉着我不是童子了……我恨窑姐儿!"

金大夫就淹在那锅浩浩荡荡的老汤里了。

金大夫的亲妈死后，他要掐死那小夫人。当时的金老太爷也不拦阻，坐在太师椅上听着动静。

"你长了男人的手了吗？就来掐我!"

"你、你说我怎么不是男人？你别……"

片刻，斯斯文文白白净净的他就屁滚尿流退了回来，脸上全无血色："爹，我是男人!"

他爹叹了一口气："要断香火呀。"

多年后当金老太爷临咽气的时候，用生命最后一点气力对儿子说了一句话：

"勿近女色，多吃烧鸡……"

从此金大夫在成为金大夫之前就很少动弹了，像似大门不出二门不迈的闺秀。

多年之后我才明白，金老太爷临终遗言"勿近女色"与"多吃烧鸡"这两句话充满了矛盾，这矛盾形成的冲突教科书般使金大夫始终难以自拔。金老太爷极有可能在这两句话之间摇摆着活过了一生，才遗言于独生儿子的。

但当时我只懂得空着肚子等着吃请去，就空着肚子上了小巷。又见到脚步匆匆的段四爷。他已经给白太太介绍了八个对象了，白太太无一相中，而他却一次次得到辛苦钱。

段四小声嘟哝："白太太真像是第二次从良呀。"见老六从宅门里出来了，他就乐了。

"老六，那个原先唱京剧的季二爷相中了你白妈，你乐意随着嫁过去吗?"

老六骂了："你这个六十六岁的老茶壶该给我当夜壶了!"

骂得段四爷疾步往巷子深处金家宅门走去。

我说过我是肚子里装着一大团炸酱面认识的老六，而我却又是空着肚子看着老六被警察给带走了。这时候巷口停了一辆三轮摩托车，一个很瘦的警察进了沈家宅门，一会儿就出来了，身后白太太哭叫着："他还是个孩子呀……"

"所以要送少年管教所。"警察冷冷地说。

老六绝望地看着我，挣扎着。

"我只扒了几次女厕所，我是想看看没有当过妓女的那些女人是什么样儿……"

老六喊了一句"小鹿子别忘了替我打枣"就随摩托车走了，倒好似我是他唯一告别的亲人。白太太不顾地脏，一屁股坐下号哭起来。

我说别哭了一会儿我替老六吃那份寿宴。

小巷深处也传出了一阵号哭。

金家宅门没有丁点儿喜宴的色彩，门右首却贴了一张白纸，四个墨写的大字：恕报不周。

是金家老太太归了西，在寿辰这一天。

段四又有了活计："我先雇几个人来搭天棚，马三姐呢？马三姐去买几刀纸来砸钱儿……"

门口围了一群小巷居民看热闹。

一个人说："别找了你找不着马三姐，她今天结婚，下晚才打塘沽跟她爷们儿回来呢。"

段四惊异极了："马三姐……结婚？"

那个人又说："找我家借了一间门房儿，算是招女婿吧还住在咱巷子不动……"

我所盼望的寿宴是肯定吃不到肚了，心里就恨那金老太太死得太快了。

外祖母也闻讯赶来，一脸镇定之色。

"这金老太太躺了这么多年了，怎么一下子就升了天？躺得不耐烦了呗。让一让，我进去哭她一遭，给她洗了这么多年活计了。"

外祖母进了宅院，金大夫给她行了孝子礼。我看见他脸色铁青不言不语没有丁点儿表情。

外祖母依照程式开始大号。女人哭灵都是有词有谱的，很有音乐感。

"往后再也洗不着你啦，我没有洗干净你呀，你狠心就这么快走哟，往后我去洗谁呀！"

金大夫一身黑衣陪跪地上，像一块石头。

整整一个上午，总有吊孝的人来，尽是一些生面孔我没见过的人物，使人觉得这些人物都是死了多年而今天才得以复生的。

我为老六的被捕而感到深深的遗憾。小巷里的确少了个热闹和神秘。他被捕的前一天还找到我说："我一连三个礼拜六的晚上都出来侦查，可我黑妈一次也没到金家去，她真的永远不去啦！可也没见金大夫出门往我黑妈屋里来，我黑妈好像总在等着他来。我黑妈那屋里挂的黑纱幔子床头灯，一应摆设都跟金老太太屋里差不离。金大夫出了家门就没了能耐！"

我也认为金大夫憋在他老娘屋里年头太多了，等于是一个活死人。

活死人又吃了那么多年老汤里卤出来的鸡，还以为是汉子鸡呢其实是娘儿们鸡，越吃人越阴，没了男人味儿，可怜。

可这可怜的人又像疯狗一样黑影儿里拿黑太太当成一块大排骨啃，老六说的。

黑影儿里黑太太对金大夫说：“我就是一剂药得看你怎么服用才对了症。”老六听见了这话。

老六被逮走了我就什么也不知道了，包括那马三姐突然结婚。

段四请来了一群念经的，小巷终于热闹起来了。下午，巷口停下了几辆三轮车，车上下来了几个肥瘦不一高矮不等的老太太。

我一眼就认出为首的那个就是曾给金大夫送过“津门第一孝子”条幅的鼓楼西张家六少奶奶。这群老太太个个都像“旧社会”。

老太太们显然不知道金宅正办丧事，都哎呀着立在了门口，列出一大堆金莲小脚。

“是、是金家老太太过去啦?”

哇的一声老太太们全哭了起来：“大妹子哟……”

我听出这种哭声是动了真格的，没假。

段四就迎出来，往宅门里礼让着。

老太太们念叨着：“人早晚一死，她命不错呀，找对了主儿。不是亲生自养的儿子可对她是一百一的孝顺，没这儿子她早死啦……”

金大夫在宅院里给这群老太太跪了孝子礼。他不言不语起身，眼光寒寒地瞅着。

老太太们有点儿畏惧，互相瞅着没了主张。

那个张家六少奶奶说我们不知宅门有丧事其实我们是来送挑儿的。说着她展开手中的条幅，说：“没想到赶上了这种时候，金大夫您节哀。”

那条幅上仍是七个字，道地楷书。

“我们早年跟你娘都是姐妹儿，亲着呢。”

金大夫轻声问：“那……与先父也都相熟了?”

老太太们吱吱啊啊变成一片唏嘘之声。

“多谢诸位把先父培养成了郎中，才得以有了我。”他的咬肌一凸一凸，声调阴沉。之后随手递上一个簿子：“请诸位留名，也算先父的生前友好吧。请。”

一个老太太不满意了："孝子，怎么总先父先父地提你爹，我们哭也是现实哭姐儿们。话可别说差了……"

金大夫脸上居然浮出一丝得胜者的笑容，像是借助先父亡灵壮大着底气。他谦卑起来算是应酬："得罪得罪，我替先父在此治丧，抱歉。"

老太太受不住这扑面的阴气，一拉一地退出了宅门，神色惑惑。

"没见着尸首，先遇见了活鬼，这孝子八成悲痛过度脑子中了病。"

为首的张家六少奶奶脱口而出："他爹年轻的时候可没有他阴气大，胎里的毛病。咱们走。"

黄昏时分，沈家宅门走出两位太太。黑太太先白太太后，都是一色黑衣裙。她们款款走进金家宅门，哭灵。我站在院门外边见不到这两位太太的哭相，但能听到她们所哭的内容。

这是一次十分漫长的哭灵，声嘶力竭。

门首的段四自言自语："哭吧，哭一次少一次了，都是同命人呀，妈的。"

只是听白太太的哭词，与众不同。

"你到底走了呀，盼了这么多年呀；早走早享福呀；走了就没罪受啦；你活着躺了这么多年呀，半死半活又躺了这么多年呀，死了还是这么躺着呀；都是这张床哟……"

白太太性子干脆利落，哭也不改她的样子。

就是听不到黑太太的哭词。她好像没词，也就哭不出任何内容来。

过了一会儿白太太扶着黑太太走了出来。黑太太面色惨白，嘴角上挂着殷红的血痕。

黑太太在灵前吐了一大口鲜血。

外祖母迎上来劝慰："哭就是哭，眼泪流出来就成了，你活着还得喘着气躺着呀！"

黑太太有气无力："她死了，我可怎么办呀！也成了活尸首？"

白太太怒了："我看你是岁数越大越没阅历。还动什么真格的，门前扫雪焐活了赶考的举子？那是说评书。"

沈家二楼上传出沈先生的咳嗽，一声接一声持续了许久。

天黑下来的时候，马三姐身着一套鲜艳的礼服领着新婚的丈夫进了我们的小巷。

她见到金家宅门前的灯火，惊得尖叫一声。

“我命苦呀！赶在同一天这喜和丧呀！”

这次我又有了活计。外祖母早从哭灵的阴影中走了出来，投入马三姐的喜事。

“童子压炕，小鹿子吃了晚饭到马三姐的洞房里去。再找个全齐人儿去铺褥子铺被！”

马三姐喜不起来：“剩下金大夫一个人了……”

我当童子去“压炕”了，这是一架大木床。她新婚的丈夫给我剥糖吃，手劲很大。我趴在床上冲马三姐说：“三姐你要在这床上躺一辈子呀，真舒服。”

马三姐变了脸色：“小鹿子不许胡说。三姐跟她们不是一种人，懂吗？”

他丈夫乐呵呵递给我一块糖，对马三姐说：“什么不是一种人？大家都一样呗，干活吃饭过日子……”说着就把我从床上抱下来。

他不愧是个码头工人，力气真大。

金老太太的棺材要在家里停上七天才能送到坟地里去。入夜，棺材十分安静。马三姐新婚洞房里却不时传出乒乓的声响和几声人吼。

小巷惊惊战战像是患了打摆子的病。

段四跑来找外祖母了，一脸真实的表情。

“金大夫这几天没正式吃一顿粮食，您给他做个饭菜吧，我给端回去。”

外祖母说：“是啊，金大夫要是死了你可就没了主子。给他炒什么菜呢？”

我建议：“他爱吃鸡，那种黑紫色的鸡。”

外祖母给金大夫炒了两个菜：一荤一素。她又用手绢包了个热气腾腾的白馒头，说：“段四怎么还不来端，你给送过去吧。”

我往金家宅门去送饭菜，远远见段四站在另一个宅门口，正在无可奈何地摇着脑袋。

这宅门院里的那间门房就是马三姐的洞房。洞房里黑着灯，门窗紧闭，却传出声响来。

“我又不是妓女，为吗让我那么干，你不嫌脏我还嫌脏呢……”马三姐压低声音哭叫着，还是让屋外听得一清二楚。

“这年头还提什么妓女不妓女，咱是两口子，两口子你懂吗？我看你是给金大夫当护士当出了毛病……”男人放开了嗓门。

“我怀疑你逛过妓院，不然你怎么这么坏。”

“放屁，有妓院的年头我刚断了奶！”

段四听着，小声嘟哝：“都受了病啦。”

屋里男人说：“离婚？找金大夫说理让他好好教育教育你。你是女人吗？混账东西。”

马三姐音量猛增：“不许你去找金大夫！不许你去找金大夫！”

段四边走边说：“找金大夫说理？他这大半辈子还不懂得怎么当个男人呢。”

从棺材旁边走过，我觉得这黑灿灿的大盆子里装着的那个金老太太根本就没有死——她正躺在黑纱幔子里一口接一口喘着气呢。

金大夫坐在楼梯口上发呆，像一个丢了玩具的儿童。我说金大夫您该吃饭了。

他抬起头，我看见他的脸已经干枯了。

“吃饭？吃什么饭……”他眼光呆滞。

“段四爷往后这几十年你说我吃什么呢？还是光吃那鸡？”他像一个全不懂事的孩子。

段四扑通一声跪下了，我吓了一跳。

段四老泪挂腮：“听我一句真话，荤荤素素，往后你想吃什么就吃什么，换个活法吧！”

“这人世间荤与素是纠纠缠缠分不清的！大荤若素，大素若荤……”段四说不下去了。

“我做不到我做不到……金大夫起身，逃进二楼那间屋子了。

段四跪着不起：“到现在你也不明白这人世上有女人，所以你也就不敢去当男人……”

我扶段四爷起身。他问我。

“爷们儿，你知道人身上哪儿最干净吗？”

我想了想，说：“嘴。”

他笑了：“心。”

“你知道人身上哪儿最脏吗？”

我使劲想了想，说：“屁眼儿。”

他苦笑了，说：“还是心。”

我突然想起了金大夫的那一锅老汤。

回到家外祖母对我说："刚才白太太来了，说要借你几天，你去吗？"

外祖母又说打从老六逮了去，白太太一个人黑下睡觉就害怕；外祖母又说打从金老太太死了，白太太就整宿合不上眼，得有个童子避邪气。

童子尿童子压炕童子避邪气，到处需要童子可人人都不愿当一辈子童子。

我说："金大夫也算是大童子呀，没结过婚。"

"金大夫要是敢出他那屋子，那好事早就成了，也不至于苦活这么多年人不人鬼不鬼的。"

她又说："我送你去白太太那吧！"

我大叫："我不去！我不去！"

外祖母惊了："你中了病啦？疯吼什么！"

"我——不——去！"

"我又不是推你下火坑？去吃去喝有多美。"

我说："白太太是妓女，我不去！"

外祖母许久才说话："你懂什么叫妓女？"

我摇摇头："反正不好——毁人。"

金老太太起灵的头一天黑下，吃了晚饭我就被外祖母押送进沈家宅门了。外祖母说白太太简直就活不下去了；小鹿子就当你是一味药吧去给白太太压压惊。进了宅院，我看见黑暗中的那株黑枣树的叶子落了满地，而那树枝随着沈先生的咳嗽声一颤一颤，像是树根连着沈先生的气嗓管儿。

没见一楼黑太太屋里有动静。上二楼进了白太太屋，我看见她已经是病人的模样了，头上包着一块白手巾，躺在床上。我站在门口不愿上前去。

她对外祖母说："段四引来七八个了，我没看中一个人。我得往前走一步了。您瞅瞅这宅子成了什么样子，连一分活气都没有……"

外祖母神秘地说："那个唱过京戏的季二爷相中了您哪，正单相思呢。您走一步吧。"

白太太一笑："就因为旧社会我干过那一行他才相中了我，这种老爷们儿就爱闻那种味儿。那种味儿如今没处买去啦，成了缺宝儿呀。"

"男人里还是想当嫖客的多，装成不近女色的样子是为了做人呗，做给别人看。"白太太说着就拉我的手，"委屈你跟我这一黑下，明天我就不害怕了，明天灵就进了坟地。"

我问："那锅老汤也随着去坟地吗？"

白太太怔了神儿："噢！你千万可别提它，没有几十年修行的人可别沾那味道。金大夫不是已腌成肉干儿了吗？一锅假药呀！"

外祖母叹道："其实金大夫是个好人，可怜。"

白太太招手叫外祖母凑近，低声小语。

"我那黑姐姐呀中了邪，这一程子她是真心爱上了金大夫，甘心当一块大排骨让他啃一辈子。你说……她救得活金大夫吗？这个男人对她是又恨又怕又离不开嘴。他心阴着呢。"

外祖母说金大夫要是个真男子汉就应当敢张嘴找沈先生要人——娶了黑太太让她真正从良做女人。

白太太黯然："也说不清他是恨还是爱。"

外祖母走了，把我交给了白太太。

我搬个小凳子坐在门口，说："白太太您睡吧我给您站岗！"

她笑了："真是个好孩子。老六……他算是毁啦！我不该过继他当儿子。断了后多好呀。"

不知什么时候我趴在沙发上睡着了。

当我醒来的时候，屋里漆黑。我看见白太太睡得挺稳当，就悄悄出了屋去了楼道。

沈先生屋里没有响动，只是偶尔发出吱吱的轻响，许是老鼠的声音。

我下了楼，站在黑太太门口望着她的那扇黑乎乎的门。之后我伸手去摸，没摸到她贴的那张纸片——能发出声响的"假鬼敲门"。

黑太太为什么把自己的房间布置得跟金老太太的房间一样呢？尤其是那黑纱床幔。

这时候有了响动。宅门轻轻一动溜进一个人来，站在院子里不动。之后他很机警地关严了宅门，进了楼道。

我蹲在楼道一侧，离他八九步远。

不知为什么我从心里认定他就是金大夫。

那人从怀里摸索出什么东西，轻轻朝黑太太门上投去：嘭！又一投……夜静，声音显得很响。

一个东西滚到我近前，我摸到手里了。很软很圆，是一颗黑枣——沈家黑枣！

“黑子，你落灯啦?”声很轻，是金大夫。

“我、我来了，谁说我不敢来?”

我却以为听到了鬼的声音，阴气扑面。

金大夫的声音又飘了过来声音很硬。

“你们这些人，当年都是我爹的衣食父母呀！没有你们青楼，谁买我爹的药吃呢。我为什么是我爹的儿子呢？我恨死你们了！”

门敞开了一道缝儿：“可还是来了，你离开黑屋子又活不成呀。”这声响来得很突然。

金大夫被黑太太的声音震了一下，结巴起来：“你你你……”

他又用乞求的口吻说：“明、明天就进坟地，我实在熬不下去了……”就一步迈了进去。

黑太太屋里亮起一盏光，地板乒乓响了几下，似很沉很重的脚步声。之后是金大夫一声低闷的惊叫：“你、你怎么也住这样的屋子?”

我爬上楼梯，从门上方的那扇窗子往里瞧。

我看见黑太太影影绰绰坐在那张床上，掩映在黑纱床幔之中——很像那个已经躺在棺材里的金老太太。我吓得闭上了眼睛。

“你、你怎么知道我来找你?”金大夫站在床前与黑太太隔着一层黑纱床幔，他身穿一身白色孝服，头戴一顶白色孝帽子，昏暗的灯光下活像一个冬天里的雪人儿。

“她死了，你没处泄恨了自然就来找我。离开恨你能活得下去吗?你要把我也变成活尸！”

金大夫近前一步，抬手去撕扯黑纱床幔，身子却又僵住不动了：这黑色纱幔大墙一样竖在他的面前，难以跨过。

“你就接着恨下去吧，一直到死！我是真心想救你活呀，可你偏偏治死了她。她死了我也就再也救不活你了，所以我在这儿给你布置了一间黑屋……”

金大夫扑进黑幔之中，喊：“你也治死我吧！”

白色孝衣与黑色纱幔纠缠在一起，扑翻了床前那盏灯。楼房微微一颤，楼上沈先生又一声接一声咳嗽起来。

“你说，我为什么是个废人?”金大夫的孝帽子落在地上，像一团白色的脑浆。

黑太太呻吟：“因为、因为……”

小楼咳嗽起来了，发出吱吱的怪响。

黑太太卧室的天花板上正是沈先生卧室的地板。我倚在楼梯上听到一声很重的怪响。

嘭——嘎吱！我猜想是沈先生从床上摔下来砸在年代久远的日本地板上了。

我往二楼上跑去，只听嘎吱一声巨响。

沈先生卧室的门被震开了，扑出一股呛人的尘烟，我趴在门口迷糊过去了。

我爬进沈先生卧室的门槛，伸手朝前摸，什么也摸不到了……这时月亮闪了出来，月光下我看到沈先生卧室里什么都没有了，连地板也不知去向。屋子成了一口方井。

白太太从我身后冲上来，抓住我的肩头尖叫一声就昏了过去。

沈先生屋中的地板塌落了——沈先生随着屋中的一切乘电梯似的降到一楼去了。

下边正是黑太太的卧室!

我不明白这一切究竟是怎么发生的。

我大喊：“金大夫快救人哪!”

我冲到楼下，楼梯就倾斜了，吱吱怪叫着。

我喊：“救人救人呀!”

小巷死静，没见一个人影，像是这条青灰色小巷两侧的楼房里从来就没住过人类。

沈先生的地板覆盖了黑太太的卧室，撕裂成几大块落在屋里。我看见一团白色正在蠕动，推开散乱的地板残片缓缓向门口爬来。

门口团坐着肉球一样的沈先生。那团白色爬近沈先生，停住，扬起一只手去摸沈先生的鼻息。沈先生的手缓缓抬起，抓住了这只手。

“金大夫……你、你是很想当个嫖客的吧?”

那团白颜色凝住了，挣扎着往外爬。

“你……不去救救她？鬼郎中。”

那团白颜色挣扎着往外爬行，牙齿咬得咯咯咯怪响。

“告诉你……那个秘密吧！你的亲生娘老子，也是妓女！”沈先生用力喊出一个无人知晓的谜底，“生了你之后，才才才下的水。”

那团白颜色终于爬出楼道。他在那落满黑枣树叶的地方继续爬行，哼哼叽叽。

“这秘密我早就知道了……黑牡丹告诉我的。我恨你们让我爹发了财！”他爬出宅门。

沈先生居然扶着门框渐渐起身，呻吟着。

“金……你爬回去吧。再爬回来，就算你这辈子当了一次回头客。恨就去恨你爹吧！”

白太太站在二楼上哭叫着找不到下楼的路。她跪下了：“沈先生你不能死，等我下去……”

天亮的时候，景象看得十分清楚了：黑太太躺在床上，死了。一块楼板落下时折成两段，恰恰搭成一个“人”字，支在她的上空，像是给她搭了一个“人”字形小帐篷。几缕黑纱挂在“人”字上，飘摇着。一只沉沉的黑铁灯罩砸中了她的头和胸，像一只笨重的斗笠。

沈先生躺在黑枣树下的一只大沙发里，平静地喘着气。他哼哼着说随楼板往下落的时候看见了鬼来捉自己，一眨眼鬼又没了踪影。

段四不言不语给黑太太穿着寿衣。

金家出殡了，响起了震耳的哀乐。

段四转过头对我和外祖母说：“那个还没进坟地，这就又死了一个。八成她俩真有缘分，约好了一块儿走路上做个伴儿。”

金大夫打着孝子幡，低着头猫着腰瘸着腿。

段四往地上喷了口酒，问沈先生：“这楼板是怎么塌的？年久失修呀。”

“年久失修，再者说我这么胖，砸的。”

白太太望着金老太太的棺材从眼前抬过去，坐在地上号哭起来：“死啦！我黑姐姐也死啦！我一下子可明白啦！我哪儿也不去啦！”

她缓了一口气又哭：“我哪儿也不去啦，沈先生沈老板！明天我就去办手续，我重新嫁给你啦！我又从了一次良呀……”她扑到沈先生怀里。

沈先生听罢，头猛然一歪，没气儿喘了。

外祖母哇的一声哭了："你楼上她楼下你们一块儿都死啦！这可不应当呀，你怎么天天偷着锯楼板呀？黑太太可不到四十岁呀……"

白太太惊呆了："他使小锯……天呀！"

外祖母抹着眼泪："你抬头看那檀条的碴口！少不了一年的工夫哟，难为沈先生了。"

白太太瘫倒了："他这是图什么……"

段四给黑太太身上蒙了一条白单子，阴着脸说："难怪当年您外号傻姐儿呢！沈先生这是救黑太太出地狱上天堂呀。我这么猜想，金老太太一死，他就知道黑太太得接班当活尸首，就抓紧时间弄塌了呗。"

我也哭了："黑太太心眼儿好……"

段四收拢着残留在四处的黑纱："就是我心眼儿最坏！可还让我当街道代表。哎，小鹿子姥姥，清洁费您还没交呢，一毛。"

巷尾传出一阵惊惧的喊叫声，跑来了马三姐的新婚丈夫，像一个良民呼唤保长。

"段四爷！她死啦……她死啦！"

"谁？又死了……"段四昏倒在黑枣树旁。

马三姐上吊死了。

她留了绝命书，贴在墙上。

"我不知结婚是这样，脏。我后悔了，我要像金大夫那样独身一生该多好呀！晚了迟了，结婚真脏！我到西天去独身生活吧。"

外祖母听了绝命书，急了眼。

"马三姐这是干净死的，中了邪教呀！打她当护士那一天起就没闹明白啥脏啥净。"

就这样，在黑枣树败叶季节，小巷里死去了三个不同朝代的女人，死法不一。

那疯女——银行苏家老小姐跑进小巷。

白太太望着疯女沉吟："她八成懂过爱情。"

段四说白太太我看您是越活越幼稚了。

日子渐渐平静下来了。

我经常看到那个季二爷在小巷口徘徊，有时走进沈家宅门前，向二楼的那扇窗户张望，满脸迷茫的表情。

金大夫活了很久，默默目睹了许多活人的死之后，终于在二楼那间黑屋里死去了。不知是他生前的一个什么患者——八成是大脑炎患者给金大夫送了一个挽联：金今儒之魂不死。

我见到老六的时候，段四爷已经享年八十八岁而去世了。段四爷晚年收养的一个徒弟正年轻，在马路边开了一个烧鸡店，生意兴隆。出售的烧鸡俗称“风流鸡”，味道独特供不应求，自立于个体户之林并被评为卫生先进摊点。

我问老六在什么地方高就发财呢？

“瞎跑，我白妈也没见着我过上好日子，就死了，命苦！”他骑着摩托车走了，雄赳赳一条好汉。

我终于了解到老六是个“人工流产业务员”。有未婚姑娘怀孕或寡妇大了肚子，均可求他办理——找关系网中一家家小医院悄悄卸掉“货物”。他经常本着“无人负责我负责”的精神在患者家属一栏中签下自己一时一变的名字，为数以百计的女人勇敢地充当“家里人”。

老六见到我便嘿嘿一笑：“我胖爹当年的行当是侍候男人，现今我是专门侍候女人了。”

我说：“不然，你依旧在侍候男人，因为女人肚皮隆起都是男人粗心大意的结果。”

他又提到那个段四。

最后他龇出一排黑枣色的牙齿冲我一笑。

“金大夫那个大傻帽儿！”

图书在版编目(CIP)数据

人间消息 / 肖克凡著. — 北京 : 中国文史出版社, 2020.3

(中国专业作家小说典藏文库·肖克凡卷)

ISBN 978-7-5205-1653-2

Ⅰ. ①人… Ⅱ. ①肖… Ⅲ. ①中篇小说-小说集-中国-当代 Ⅳ. ①I247.5

中国版本图书馆 CIP 数据核字(2019)第 261854 号

责任编辑：蔡晓欧　薛未未

出版发行：**中国文史出版社**
社　　址：北京市海淀区西八里庄 69 号院　邮编：100142
电　　话：010-81136606　81136602　81136603（发行部）
传　　真：010-81136655
印　　装：北京新华印刷有限公司
经　　销：全国新华书店
开　　本：720×1020　1/16
印　　张：24.25　　字数：396 千字
版　　次：2020 年 3 月第 1 版
印　　次：2020 年 3 月第 1 次印刷
定　　价：69.80 元